FANTASY

Buch

Sylah, die Rosenpriesterin, hat ihre Reise beendet und von der Suche nach der Tür fünf Bücher mitgebracht; Bücher der Macht, die das Wissen einer untergegangenen Zivilisation enthalten. Die Erntemeisterin der Kirche setzt sofort alles daran, an das geheime Wissen zu gelangen. Als Sylah sich weigert, ihr die Bücher auszuhändigen, wird sie aus der Kirche ausgestoßen und zum Tode verurteilt. Von den Henkern gehetzt, flieht Sylah in die Drei Territorien, jene Gebiete, in denen Gan Moondark die Herrschaft übernommen hat. Nur hier kann sie auf Schutz hoffen, und darauf, die fünf Bücher zum Besten der Menschheit einzusetzen.

Autor

Donald E. McQuinn diente 20 Jahre bei den US-Marines, bevor er mit dem Schreiben begann. Er sieht sich selbst als Geschichtenerzähler – was ihm durch seine irische Abstammung im Blut liegt. »Die Moondark-Saga« ist sein erster Fantasy-Zyklus, nachdem er zuvor mehrere Spionagethriller geschrieben hat. Donald E. McQuinn lebt im Nordwesten der USA.

Bereits erschienen:

DIE MOONDARK-SAGA: 1. **Die Rosenpriesterin** (24789), 2. **Das Spiel des Kriegers** (24790), 3. **Die Geiseln des Königs** (24791), 4. **Die Mondtänzer** (24839), 5. **Der dunkle Pfad** (24840), 6. **Ort ohne Dunkelheit** (24841), 7. **Die Verstoßene** (24836)

In Kürze erscheint:

DIE MOONDARK-SAGA: 8. Hexengift (24837)

Weitere Bände sind in Vorbereitung.

FANTASY

Donald E. McQuinn

Die Verstoßene

Die Moondark-Saga 7

Aus dem Amerikanischen
von Andreas Helweg

BLANVALET

Die amerikanische Originalausgabe erschien
unter dem Titel »Witch« (Chapters 1–29)
bei Del Rey/Ballantine Books, New York

Umwelthinweis:
Alle bedruckten Materialien dieses Taschenbuches
sind chlorfrei und umweltschonend.
Das Papier enthält Recycling-Anteile.

Blanvalet Taschenbücher erscheinen im Goldmann Verlag,
einem Unternehmen der Verlagsgruppe Bertelsmann.

Deutsche Erstveröffentlichung 7/2000

Umschlaggestaltung: Design Team München
Umschlagillustration: Agt. Schlück/Lehr
Satz: deutsch-türkischer fotosatz, Berlin
Druck: Elsnerdruck, Berlin
Verlagsnummer: 24836
Redaktion: Waltraud Horbas
V. B. · Herstellung: Peter Papenbrok
Printed in Germany
ISBN 3-442-24836-1

1 3 5 7 9 10 8 6 4 2

In Liebe
Für Caitlin und Emmett und
Ilana und Alec

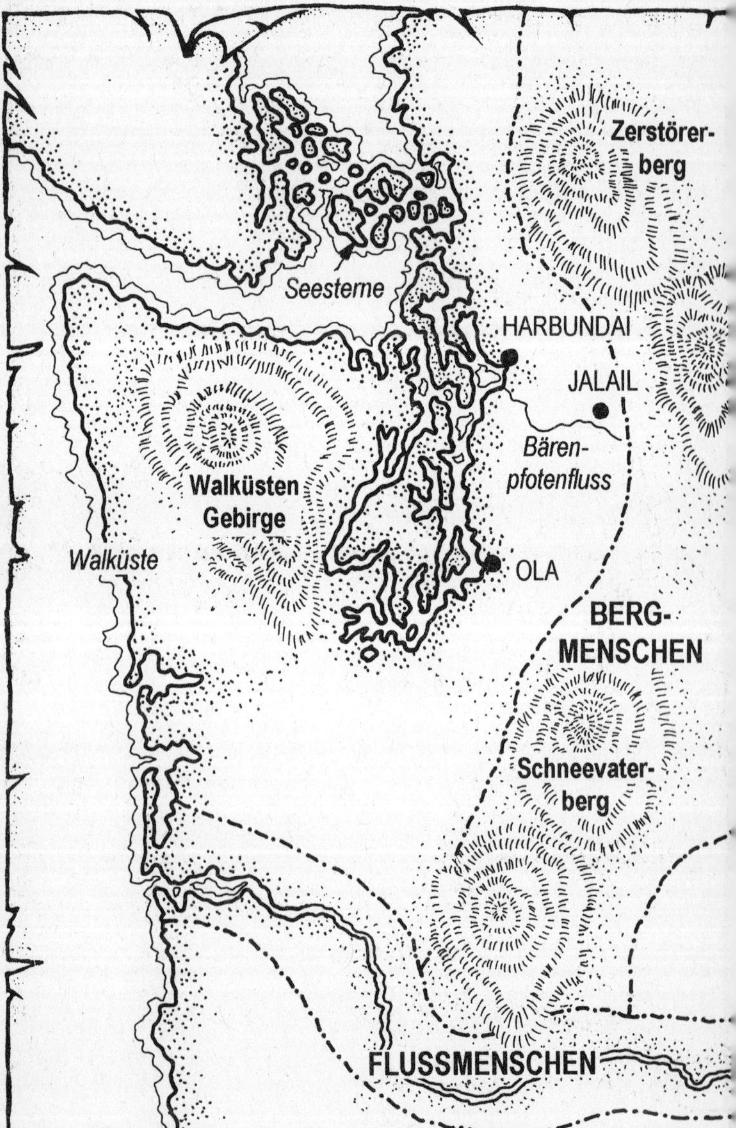
Zerstörer-
berg
Seesterne
HARBUNDAI
JALAIL
Bären-
pfotenfluss
Walküsten
Gebirge
Walküste
OLA
BERG-
MENSCHEN
Schneevater-
berg
FLUSSMENSCHEN

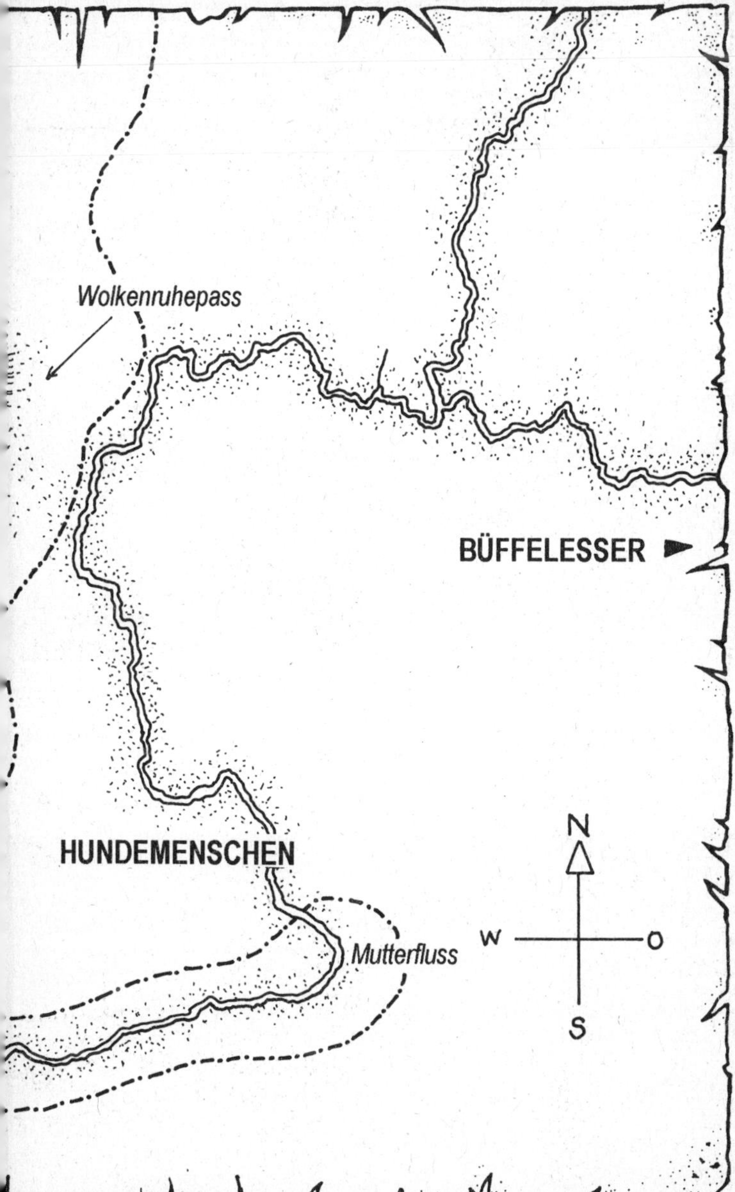

Wolkenruhepass
BÜFFELESSER
HUNDEMENSCHEN
Mutterfluss
N
W
O
S

Prolog

In der aufgewühlten Finsternis einer sturmgepeitschten Nacht kämpfte ein winziges Feuer ums Überleben. Hoch aufragende Felsen schlossen es wie ein natürliches Amphitheater ein und hielten das Licht vom Festland fern, so dass es nur hinaus auf das tosende Meer leuchtete. Der Wind drückte die Flammen flach, die sich aus der schwachen Glut aufrichteten. Das Knacken des Treibholzes vermischte sich mit dem boshaften Zischen von Gischt und Regen.

Die Brandung glitzerte schwarz und bedrohlich. Unaufhörlich warfen sich die Wellen an die zerklüfteten Steinzacken der Küste und wichen wieder zurück, geisterhaft, blass.

Am Feuer hockte eine verhutzelte Gestalt. Den Rücken hatte sie dem Meer zugekehrt.

Langsam und schmerzhaft kroch eine Hand aus dem Fellumhang. Im rötlichen Feuerschein spreizten sich die alten, knochendürren Finger. Sie wärmten sich kurz an den Flammen, bevor sie zur Seite glitten. Dort stand ein silberner Becher, dessen runder Boden auf dem glatten Fels des Strandes ruhte. Daneben befand sich ein Dreifuß aus menschlichen Schenkelknochen. Diese waren im oberen Drittel mit den metallenen Tentakeln eines goldenen Kraken verbunden. Eine ebenfalls goldene Schale saß in der Halterung, den die oberen Enden der Knochen bildeten. Die ziselierte Außenfläche war mit einem verschlungenen, stilisierten Kraken verziert.

Das Innere des Gefäßes war mit einer menschlichen Schädeldecke ausgelegt.

Die gebrechliche alte Hand schob sich vor, einer Spinne gleich, umschloss den Silberbecher und hob ihn in die Höhe. Der Kopf in der Kapuze neigte sich. Trank. Der Becher wurde wieder abgestellt. Die Hand strich zärtlich über die Wärme des Feuers, ehe sie sich wieder unter die dunklen Felle zurückzog.

Plötzlich fing die stille Gestalt an, eine unheimliche Melodie zu singen. Fein wie Nadeln stachen die Noten durch das Getöse von Wind und Brandung.

Flehentlich bat die Stimme um Eroberung und Beute und versprach dem Gott Sosolassa im Gegenzug, seinen Hunger zu stillen.

Während die Gestalt ihren Gesang fortsetzte, wandte sie sich zum Meer um.

Der böige Wind warf die Kapuze zurück und enthüllte die Person darunter. Das lange graue Haar wurde von der Brise hin und her gepeitscht wie die Schaumkronen der Brandung. Aufgewirbelte Gischt spritzte auf die scharfen, eingefallenen Gesichtszüge der alten Frau. Dunkle, wieselartige Augen blickten boshaft in die Welt. Die zusammengepressten Lippen waren dünn wie Draht, die Mundwinkel hingen missbilligend herab. Ihr runzliges Gesicht war wie eine Karte, auf der man die Generationen umspannende Reise ihres Lebens nachvollziehen konnte. Die Frau hatte beobachtet, wie das Leben anderer begann, dem Höhepunkt zustrebte und endete. Für dieses düstere Gesicht hatte Zeit keine Bedeutung mehr.

Das ganze Wesen strahlte Böses aus.

Bedächtig setzte die Alte die Kapuze wieder auf. Sie stützte sich auf den geschnitzten Stab, der sie an Höhe überragte, und hob den Dreifuß und die Schale auf. Daraufhin kehrte sie zum Feuer zurück und stellte die Gegenstände zwischen sich und die Flammen. Mit dem Silberbecher in der Hand ging sie steif zum Meer. Dort nahm sie ihre Robe hoch und watete tief genug ins

Wasser, um den Becher füllen zu können. Die hohen Stiefel schützten ihre Beine. Wieder bei der Schale angelangt, kniete sie sich hin und goss das Wasser hinein. Nachdem sie sich vergewissert hatte, dass die Höhe stimmte, zog sie an der dünnen Goldkette um ihren Hals ein gebogenes Objekt hervor, das an einen breiten Schnabel erinnerte. Das spitze Ende des auf Hochglanz polierten Stahls glitzerte im Licht des Feuers. Sie tauchte es ins Wasser und hielt es mit beiden Händen in die Höhe.

Sie sprach, und ihre Stimme schien aus einem Alptraum zu kommen. Krächzend und heiser hörte sie sich an wie knirschender Sand.

»Sosolassa, Jäger in der Tiefen Stille, Vater der Stürme, höre die Gebete deiner Sklavin. Mich selbst biete ich dir an. Prüfe mich und stelle fest, dass ich nur lebe, um dir zu dienen. Mit diesem Symbol deines Mundes übergebe ich mich in deine Hände.« Die Frau zog sich mit der Spitze über ihren Daumen. Ausdruckslos verstaute sie den Schnabel wieder an seinem Platz und hielt die frische Wunde über den goldeingelegten Schädel. Blut spritzte ins Wasser. Das Licht des Feuers beraubte die Tropfen ihrer Farbe, während sie sich rauchartig ausbreiteten. Zufrieden nahm die Frau den silbernen Becher und ging erneut zum Wasser.

Unter Schmerzen vollführte sie die rituelle Verneigung und goss ihre Opfergabe in eine ablaufende Welle. Einen Augenblick später füllte sie den Becher erneut. Sie kehrte zum Feuer zurück, nahm ihren vorherigen Platz ein und schüttete das frische Wasser in die Schale.

Abermals hörte man aus ihrem Mund diese erstaunliche, klare Melodie, diesmal ohne Worte. Rhythmisch und eintönig sang die Alte den kurzen Refrain wieder und wieder. Ihr Blick blieb an der flachen, ruhigen Oberfläche des Wassers in der Schale haften.

Plötzlich zuckte sie mit dem Kopf, nachdem sie schon eine Weile gesungen hatte. Bald nickte und schwankte sie zu ihrem Lied.

Das unbeaufsichtigte Feuer flackerte. Scheite brachen auf der Glut zusammen, verwandelten sich in Flammen und schließlich selbst in Glut.

Der Kopf unter der Kapuze sank weiter vor, bis er nicht mehr tiefer fallen konnte.

Abrupt endete der Gesang. Die stille Frau schaukelte von einer Seite zur anderen. Der Wind nahm an Stärke zu. Böen ließen den kleinen Körper erzittern. Die Wellen reichten jetzt fast bis an ihre Füße heran. Noch immer wankte sie. Das Fell ihres Umhangs stand im Nacken hoch und erinnerte an eine nasse, wütende Katze.

In der Schale bildeten sich winzige Wellen. Die alte Frau zuckte unkontrolliert. Ihre Hände schossen aus den Ärmeln hervor und umklammerten die Steine auf dem Strand. Das Scharren ihrer nackten weißen Finger verriet die Panik einer enthüllten düsteren Kreatur. Sie stöhnte leise in Ekstase. Ihr Oberkörper neigte sich nach vorn. Aus der dunklen Kapuze troff ein silberner Speichelfaden. Der Wind zerrte ihn mit sich fort.

Die Frau murmelte.

Eine zweite – tiefe, herrische – Stimme antwortete.

Gespenstisch sprach diese aus ihrem Inneren. Lastend, brutal, machtvoll; dennoch war es der winzige Körper der Frau, der sie hervorbrachte. Die Worte konnte man nicht verstehen. Kehlig und feucht vermischten sie sich mit dem Rauschen des Meeres und verwandelten es in etwas, das auf brodelnde Weise einer Sprache glich.

Als die Frau wieder mit normaler Stimme sprach, krümmte sie gleichzeitig den Rücken zum Buckel. Sie fuhr vor und zurück und wand sich in vollendeter Unterwürfigkeit.

Die bizarre Unterhaltung dauerte an, bis das Feuer beinahe vollständig niedergebrannt war. Lange danach richtete sich die Frau langsam und unsicher auf, als würde sie aus tiefem Schlaf erwachen. Mit weit aufgerissenen Augen versuchte sie sich zu orientieren, während ihr Bewusstsein offensichtlich noch unter der Spaltung litt. Eine Böe erfasste ihren schwachen, verletzlichen Leib und ließ sie schwanken. Sie packte ihren Stab und richtete sich mit seiner Hilfe auf. Daraufhin nahm sie Schale und Dreifuß, stellte sie zur Seite und bückte sich über die schwarz-roten Überbleibsel ihres Feuers, dessen Wärme sie, soweit Wind und Regen es ihr erlaubten, regelrecht in sich aufsaugte.

Schließlich stand sie auf und zog die hölzerne Pfeife aus der Robe. Der schrille Ruf flog auf dem Wind zum Land hin, über die Felsen hinweg. Augenblicke später rannte ein Mann um die äußere Ecke des natürlichen Amphitheaters. Er überragte die Frau um halbe Körperlänge und wirkte mit seinem Pelzhut, Mantel und seiner Hose wie ein Riese. So plötzlich kam er zum Stehen, dass er auf den Kieseln ins Rutschen geriet. Als er auf sie zutrat, war sein Humpeln nicht zu übersehen. Er hielt die Hände verschränkt vor sich und beugte sich zu ihr vor. »Hier bin ich, Jadetränen. Bist du fertig?«

Sie schenkte ihm nicht einmal einen Blick. Kurz huschte ein gekränkter Ausdruck über das harte, rechteckige Gesicht des Mannes. Sorge folgte, da er sah, dass die Hand von Jadetränen sank und die alte Frau den Stab kaum mehr halten konnte. Entsetzt beobachtete er, wie sie die Hände hilflos ausstreckte und sich übergab. Er berührte sie nicht.

Nachdem sie sich wieder aufgerichtet hatte, sagte er: »Das sind die Pilze, die du isst, um dich auf diese Begegnungen vorzubereiten. Es wird immer schlimmer. Früher war dir vielleicht schwindlig, aber nicht übel. Es wird zu schwer für dich.«

Jadetränen strich die Kapuze zurück und ignorierte Gischt und Regen. Ihr Gesicht wirkte vor der schwarzen Kleidung, vor der schwarzen Nacht geisterhaft. »Deine Zunge wird dich eines Tages noch umbringen, du Narr. Der Pilz ist die göttliche Speise, die mir hilft, Sosolassas Worte zu vernehmen. Willst du etwa das in Frage stellen, was mich dazu befähigt, mit dem Gott zu sprechen?«

Verängstigt erwiderte er: »Trotzdem tötet es dich.«

Sie keuchte. Ihre Stimme klang schrill. »Rede nicht vom Tod, während er, der tot ist, noch gegenwärtig ist! Bete! Bete, Lorso, bevor er dich holt.« Sie packte seine Handgelenke. »Dreh dich nicht um. Sieh nicht hin. Sogar jetzt noch könnte der kalte Tentakel, der das Herz gefrieren lässt, aus dem Meer nach dir greifen. Sieh nicht zum Wasser. Sehen heißt sterben.«

Aschfahl und zitternd schloss der Mann die Augen. Die blutleeren Lippen formten eine stille Bitte. Jadetränen starrte aufmerksam und ohne Furcht zum Wasser. Sie hätte ein kleines, wieselähnliches Tier sein können, das sich einer Bedrohung für sein Junges erwehrte. Nach und nach entspannte sie sich. Sie ließ Lorsos Handgelenke los. »Wir sind in Sicherheit. Er hat dir vergeben. Diesmal noch.«

Lorso atmete tief durch. Doch er richtete den Blick nicht zum Meer. Förmlich fragte er: »Erlaubt mir die Geisterfrau, die heiligen Gegenstände zu berühren?«

Da er sicher war, dass sie aufbrechen würden, streckte er schon die Hände aus, als ihr heiseres »Nein« ihm Einhalt gebot. Reglos und aufmerksam wartete er. Sie sagte: »Du musst mich anhören. Sosolassa warnt mich. Im Osten erheben sich Feinde. Ich sehe einen Mann, der wie die Sonne ist, hell und hübsch. Ich sehe eine Frau. Sie ist dunkel, aber sie glänzt wie das nächtliche Meer, auf dem die Sterne funkeln. Die Blumen des Landes verneigen sich vor ihr in Liebe und Eintracht. Der Mann ist ein Eroberer, einer, der kommt, um zu herrschen, nicht um zu plündern. Sie sind Kinder der Prophezeiung, der Mann und die Frau.« Sie legte eine Pause ein und spuckte aus. »Er ist ein Landmensch, er kennt das Meer nicht, er ist einer, der in der Erde nach dem Salz gräbt. Die

Frau ist ebenfalls ein Landmensch, und sie ist schlimmer als der Mann. Sie ist böse. Sie bringt Wandel und nennt ihn Liebe. Ich spüre den Fluch in ihr, den Fluch dessen, der zu viel weiß. Sie will sich nicht den Gesetzen beugen, welche den Platz der Frauen bestimmen.«

Jadetränen hielt inne. Lorso wartete atemlos. Endlich fuhr die Alte fort: »Sosolassa sagt, der Mann, der alles erobern will, wird die Soldaten der Landmenschen gegen die Skan schicken – gegen uns, die wir über alles herrschen, was an das Königreich von Sosolassa grenzt. Der Gott sehnt sich danach, diesen arroganten Toten zu verschlingen. Jadetränen hat den Befehl erhalten, die Kinder der Prophezeiung zu vernichten. Sosolassa wird Gott über alle sein.«

Aufgewühlt breitete die alte Frau die Arme aus und drehte sich im Kreis. Sie saugte das Tosen und die Wut der Nacht in sich auf.

Angespannt wartete Lorso mit geballten Fäusten, bis sie sich beruhigt hatte. »Du, die du mich vom Kind zum Mann erzogen hast, hör mich an: Ich werde für Sosolassa töten, und ich bin stolz darauf. Ich kann die Leben nicht mehr zählen, die ich bereits in die Tiefe Stille geschickt habe. Und dennoch sehne ich mich bereits danach, diese Kinder der Prophezeiung umzubringen. Aber stehen sie nicht, da sie in der Prophezeiung genannt wurden, unter Schutz? Wird Sosolassa uns vor ihrem Gott schützen?«

Die Frau setzte die Kapuze auf und drehte sich langsam zu ihm um. Ihre Augen blitzten grausam zu der aufragenden Gestalt hoch. »Sosolassa gibt Befehle, er verspricht nichts.« Ihre Finger, deren Nägel lange Krallen waren, strichen über Lorsos Wange. Der bewegte nur die Augen, und das Weiße trat hervor, wie bei einem aufgeschreckten Pferd. Eher an sich selbst gewandt, sprach sie weiter: »Mächtiger Lorso. Sklavenfänger. Habe ich den Falschen ausgesucht, um meine Macht zu sein? Wuchs er nicht auf, um die Skan zu Herrschern über den Großen Ozean und all seine Zuflüsse zu machen? Ich habe einen Mann gesucht, der Armeen entgegentritt, und mein Lorso zittert vor einem Mann und einer Frau. Ich bin alt. Müde. Muss ich noch einen weiteren Jungen aufziehen, der Lorsos Stelle einnimmt, einen, der mich wahrhaft liebt und unserem Gott gehorcht?«

Lorso sank auf die Knie. »Ich habe dir Treue geschworen, Jadetränen. Alle wissen es. Befiehl, ich gehorche. Ich bin deine Waffe.«

Jadetränen nahm seinen Kopf in beide Hände. »Ich weiß, mein Sohn. Ich weiß. Mein unfehlbarer Lorso. Es war falsch von mir, dich zu provozieren. Doch spüre ich den zerstörerischen – katastrophalen – Wandel, der mit diesen Feinden heraufzieht. Du kannst nur eine meiner Waffen sein. Ich werde weitere brauchen. Keine stärkeren. Keine tapfereren. Listigere. Gift, Lorso. Und du wirst es mir besorgen.«

Lorso war von Hingabe erfüllt. Er nickte heftig. Nichtsdestotrotz stahl sich seine Hand, als Jadetränen davonging, zum Heft seines Schwertes. Er schaute zur tosenden Brandung. In seiner Miene stand eine schmerzhafte Sehnsucht, wie bei jemandem, der seine Liebste sieht, und sie doch nicht erreichen kann, weil sie zu weit entfernt ist, weil sie ihm verboten wurde. Er seufzte und schüttelte den Kopf. Dann hob er die heiligen Utensilien von Jadetränen auf und trottete ihr hinterher.

Eins

Die letzten Sonnenstrahlen strichen mit kaltem, goldenem Glanz über das dunkler werdende Wasser des Inneren Meeres. Nachdem das Licht den ganzen Tag hinter dem öden Grau der Wolken versteckt gewesen war, brach es nun mit blendend grellem Überschwang nahezu horizontal hervor und ließ die aufragenden Fichten und die Steilküste der Seesterne aufleuchten. Die tiefen Wolkenbänke blitzten in plötzlicher Pracht auf.

Das Meer wogte unbehaglich unter der raschen Verwandlung, als würde es spüren, dass diese Schönheit nicht von Dauer sein könnte und bald die dunkle Nacht folgte.

Die dreißig Menschen an dem Treibholzfeuer waren zu beschäftigt, um solchen Gedanken nachzuhängen. Lachend und scherzend hievten sie hilfsbereit das letzte schwere Kanu auf den Strand. Der Vater und der Sohn, die es bemannten, hielten einen fetten Lachs in die Höhe und unterhielten die anderen, wie es Brauch für die Fischer ist, mit einer Geschichte über den riesigen Fisch, der ihnen entkommen war. Während sie sich auf den Weg ins Lager machten, ernteten sie dafür den gebührenden Spott.

Viel später kroch das schwarzgrüne Wasser fast unmerklich den Strand hinauf. Zwischen dem hellen Feuer und dem dunklen Wald breitete sich ein wildes Gewirr von Treibholz aus. Äste ragten empor. Massive, gebrochene Stämme waren an den Enden ausgefranst. Gebleicht von der Sonne und vom Flugsand geschliffen, bildete der Haufen die Kulisse für die Gruppe, die ihre Lieder sang und Geschichten zum Besten gab. Krumme Schattenfetzen schlängelten sich über den unebenen Boden. Manchmal –

aber das war wohl eher ein Streich, den die flackernden Flammen spielten – schienen sie regelrecht zum Leben zu erwachen.

Primitive Hütten aus Fellen und Flechtwerk umstanden das gemeinschaftliche Feuer. Bei den Menschen handelte es sich um For von der nahe gelegenen Walküstenhalbinsel. Diese Pilger- und Fischfangfahrt fand jedes Jahr im Vorfrühling statt.

Die religiösen Zeremonien der For waren streng an die Kirche gebunden, in ihren Legenden hingegen vermischten sich Naturglaube mit den Fährnissen der Stammesgründer. Zwar verehrten sie die Leben spendenden Lachsschwärme nicht, die vom Meer her zum Brutgeschäft in die Flüsse ihres Landes drängten. Auch den Mörderwal oder den Grauwal betrachteten sie nicht als richtige Götter. Nichtsdestotrotz waren ihre Häuser mit gemalten oder geschnitzten Bildern von Salmo verziert, dem stilisierten Fisch, der den Geist des Lachses verkörperte. Keine Befestigungsanlage galt als vollendet, ehe der Häuptling den heiligen Rhythmus auf ihrer Waltrommel geschlagen hatte. Diese Musik und der dazugehörige Tanz der Krieger weihten gleichermaßen die Trommel und das Bauwerk.

Heute Abend lagerten überall auf den Seesternen ähnliche Blutclangruppen der For. Zu dieser Jahreszeit wurde der Vorfahren mit einem Festmahl gedacht, das auch die Vorfreude auf die Wärme des Frühjahrs ausdrückte. Das Leben war wunderbar. Inzwischen hatte man das letzte Lied gesungen und über den letzten Scherz gelacht, und nun ging man auseinander und schlenderte zu den Schlafhütten.

Das verlassene Lagerfeuer erlosch langsam und warf nur mehr einen schwachen Schein auf das Wasser. Die Reflexionen glitzerten mit überraschender Heftigkeit, kalten Augen gleich.

Im Verlauf der Nacht sank die Temperatur beständig.

Verstohlen spähten Nebelbänke zunächst über die Landspitzen und krochen dann westwärts, bis sie die Inseln vollständig eingehüllt hatten und nur noch die höchsten Bergspitzen herausragten. Feuchtigkeit sammelte sich auf den Hütten, auf den ersten kühnen Blättern des Frühlings, auf dem alten vertrockneten Laub, auf den hängenden Nadeln der immergrünen Pflanzen. Die Stille wurde gelegentlich vom geheimnisvollen Flüstern der fallenden Tröpfchen durchbrochen.

Nur wenige Meter entfernt draußen im Meer schlug ein Raubfisch seine Beute. Gischt und Schaum murmelten im Moment urzeitlichen Triumphes und Schreckens. Eine der beiden Wachen der For rührte sich. Die Gänsedaunen in seiner gesteppten Jacke raschelten mitfühlend. Weiches Leder, das gegerbt und gebeizt war, verströmte den stechenden Geruch von Tierhaut und Tannin aus Eichengalle. Die Wache auf der anderen Seite des Lagers schlief tief und fest weiter.

Und noch andere Wesen zogen durch die nachtverhüllte See.

Lorso zischte seinem Steuermann Befehle zu.

Schlank und scharf tastete sich das Haiboot, vorsichtig wie das Meer, auf die Küste zu. Am Ende jeden Schlages drehten sich die Ruder um ein Viertel. Mit der Kante voran glitten sie in die Ausgangsposition zurück. Eingefettete Ledermanschetten verhinderten jegliches Knarren. Lorso brummte leise und bestimmte so Beginn und Ende eines jeden Schlages. Das Meer gluckerte eifrig unter dem Rumpf.

Die geschnitzte Bugfigur des Haiboots stellte einen riesigen weißen Bären in Angriffshaltung dar. Mit gierigen Augen sah er der Landung entgegen.

Erneut sorgten Raubfisch und Beutefisch für Unruhe im Wasser. Die Ruderer hatten dafür keinen Blick übrig. Skankrieger lebten in der Gewissheit, dass sie die schlimmsten Räuber des Meeres waren. Der Tod niederer Kreaturen berührte sie nicht.

Mit sanftem Knirschen schob sich der Rumpf auf den Sand. Zwei Männer ließen sich behände an der Seite herab. Sie eilten zum Strand, wobei der eine ein festes Seil aus geflochtenem Leder abrollte. Am Heck senkte sich langsam der Anker. Kurz darauf wurde das Bugseil stramm gezogen. Nun führte Lorso seine Krieger zur Landung.

Sie waren ganz in Schwarz gekleidet und hatten die Gesichter schwarz bemalt, sodass sie vollkommen mit der Nacht verschmolzen. Dennoch war jede Jacke auf dem Rücken mit einer weißen stilisierten Figur verziert, Adler, Bär, Mücke oder andere. An den Totemdarstellungen orientierten sich die jeweils Nachfolgenden, so dass die Kolonne wie ein vielbeiniges, Tod bringendes Tier auf das schlafende Lager zuschlich.

Lorso ging halb gebeugt. Trotz seines Hinkens bewegte er sich flink. Plötzlich blieb er stehen und hob die Hand. Die Männer duckten sich, die eine Hälfte wandte sich nach links, die andere nach rechts.

Lorso prüfte die Witterung, die ihm aus dem Lager entgegenwehte, und drehte gleichzeitig den Kopf, um das Geräusch zu orten, welches ihn alarmiert hatte. Der Geruch verriet ihm allerhand; die Zedern- und Fichtenholzasche war noch warm. Im Lager hatte man Lachs gegessen. Und noch etwas. Seehunde vermutlich; es roch nach warmem Blut.

Das Geräusch wiederholte sich. Indem sich Lorso noch tiefer duckte, verbog er sich und konzentrierte sich auf die Augenwinkel, da er auf diese Weise mehr erkennen konnte. Er sog die Geheimnisse der Dunkelheit in sich auf wie eine Spinne, die die Welt aufgrund der Bewegungen ihres Netzes wahrnimmt.

Vor ihnen war jemand. Schnarchte. Also wich Lorso zum nächsten Skan zurück und zeigte auf den schemenhaften Haufen, die schlafende Wache.

Der betreffende Krieger stand kurz darauf über seinem Opfer.

Lorso und seine Banditen zogen weiter.

Als die Hütten nur mehr wenige Schritte entfernt waren, blieb er stehen. Er hielt sein Totem, den weißen Bär, vom Lager abgewandt und verteilte seine Männer auf die Flanken. Sie waren zwanzig, ihn selbst nicht mitgerechnet.

Jetzt erhob sich Lorso und richtete das Gesicht zum Himmel. Er schrie. Sein Brüllen gellte durch die Nacht. Noch ehe sein Signal verklungen war, hatten die schnellsten Skan bereits die Hütten erreicht.

Jeder Krieger trug Speer und Schwert. Den Speer bohrten sie durch die dünnen Hüttenwände. Floh jemand aus dem kleinen Eingang, erwartete ihn das Schwert. Einige schlauere Forkrieger hoben die gesamte Unterkunft an und wälzten sich darunter hervor. Verzweifelt kämpften sie. Hoffnungslos.

Angstschreie, Schmerzensschreie gellten durch die Dunkelheit und brachen ab, unerbittlich, endgültig. Hilflos heulten Kinder. Frauen bettelten um das Leben der Kleinen. Beiderlei Flehen ging in den heiseren, brutalen Schlachtrufen unter.

Rasch war es vorüber.

Geübt fesselten und knebelten die Skan alle Überlebenden. Bei den Gefallenen wurde überprüft, ob sie sich nur tot stellten und ob sich bei ihnen noch Waffen fanden. Die Lebenden, die zu schwer verletzt waren, um als Sklaven zu dienen, wurden getötet. Lorso betrachtete die entsetzten, zusammengedrängten Gefangenen. »Macht das Feuer an«, befahl er. Einige Männer gehorchten eilig.

Die meisten Skan durchwühlten inzwischen die verstreuten Habseligkeiten. Der Anführer packte einen besonders großen Kerl an der Schulter. »Nimm drei Männer. Hol sie her.«

Selbst unter der asymmetrischen Kriegsbemalung war zu bemerken, wie der Krieger die Miene verzog. »Warum ich, Lorso?«

Lorso lächelte, doch sein Gesicht drückte dabei keinesfalls Freundlichkeit aus. »Weil sie dich mag. Oder soll ich Jadetränen erzählen, du würdest sie nicht mögen?«

Der Krieger fuhr herum, zerrte drei andere Männer von der

Beutesuche fort und führte sie im Trab über den Strand zum Haiboot.

Lorso ließ mehr Holz aufs Feuer legen. Im helleren Licht stocherte er mit der Schwertspitze in den Überresten einer Hütte herum. Er klappte einen Korb auf und entdeckte einen wahren Schatz an geräucherten Austern. Mit gekreuzten Beinen ließ er sich inmitten der Verwüstung nieder und aß, als würde er an einer Festtafel sitzen. Gedankenverloren kaute er und achtete nicht auf das Jammern der Kinder, auf den Krach, den seine Männer machten, während sie Körbe, Säcke, Kleider demolierten – alles, was den Menschen im Lager gehört hatte.

Lorso wusste, sie hatten nichts von Wert besessen.

Außer – vielleicht – einer Sache. Er schauderte.

Sofort sah er sich um und forderte mit aggressivem Blick jeden heraus, der seine Gefühlsregung möglicherweise bemerkt hatte.

In der Dunkelheit bemerkte Lorso eine Bewegung. Mit dem Schwert stieß er den Austernkorb um. Er stand auf. »Sie kommt. Bringt die Gefangenen herüber ins Licht.« Kräftige Rudererhände rissen die Gefangenen auf die Beine. Die Skan stellten die For hastig in einer Reihe auf und nahmen dabei keine Rücksicht auf Verletzungen oder Schmerzen.

Als Lorso abermals hinüber zum Wasser blickte, konnte er im Feuerschein seine vier Männer erkennen, die auf den Schultern eine Plattform trugen. Darauf stand ein Stuhl, auf dem eine dunkle Gestalt saß. Die Krieger bewegten sich unter der Last sorgsam im Gleichschritt und stützten sich auf ihre Speere. Bei Lorso angekommen, stellten sie die Plattform mit beinahe komisch wirkender Grazie ab.

Jadetränens spitze Schuhe ragten unter dem wallenden Rock hervor wie die schweren Krallen eines Vogels, der auf einer Stange hockt. Ein flacher Hut mit Netz verhüllte ihr Gesicht. Die Hände blieben in den Ärmeln verborgen. Die Robe war dunkelgrün und wahllos mit reinweißen Punkten und Spiralen durchsetzt. Man mochte meinen, die Gestalt wäre in das Meer selbst gekleidet. Hinter dem verschleiernden Netz sagte sie: »Lorso. Bring sie näher. Ich muss sie deutlich sehen.« Trocken und leise wie Rauch trieb die Stimme dahin, dennoch schwang darin strenger Herrschaftsanspruch mit.

Lorsos Geste war überflüssig. Die Skankrieger gehorchten.

Jadetränen wandte sich mit einer langsamen, bedrohlichen Bewegung um und starrte Lorso an. »Warum bemühst du mich her? Habe ich dir nicht gesagt, was ich benötige?«

Lorso antwortete stammelnd: »Ja, heute Nachmittag ... Du hast Haussklaven verlangt. Ich dachte ...«

Die spröde Stimme unterbrach ihn. »Du hast recht verstanden. Entledige mich aller außer jener, die geeignet sind.«

Wieder gingen die Krieger ans Werk, ohne Lorsos Befehl abzuwarten.

Die winzige Gestalt sah schließlich zu den zwei im Schock erstarrten jungen Frauen vor sich hoch, die übrig geblieben waren. Beide hatten die helle Haut und das dunkle Haar, auf das die Forfrauen so stolz waren. Die zerzausten langen Strähnen zitterten in der Brise. Unter den knielangen traditionellen Kitteln zeichneten sich ihre kräftigen Körper ab. Die zwei waren auf dem Sprung von der Jugend zur vollen Weiblichkeit.

Eine Art wildes, ursprüngliches Knurren ging durch die versammelten Krieger.

Die jungen Frauen standen so dicht vor Jadetränen, dass sie die beiden beinahe berühren konnte. Trotzdem beugte sich die alte Frau vor. »Wisst ihr, wer ich bin?«

Da die zwei geknebelt waren, schüttelten sie lediglich verängstigt den Kopf.

»Jadetränen nennt man mich. Ist euch dieser Name ein Begriff?«

Voller Schrecken rissen die jungen Frauen die Augen weit auf.

Jadetränen weidete sich an ihrer Furcht. Sie schnurrte beinahe. »Die Geisterfrau der Skan. Die mit den Toten spricht, die Dienerin des Gottes, das Messer, welches den Vorhang vor der Zukunft durchschneidet.« Sie winkte mit dem Finger. »Bindet sie los. Nehmt ihnen den Knebel ab.«

Während zwei Krieger ihren Befehl befolgten, fuhr Jadetränen fort: »Jetzt könnt ihr fliehen. In die Hände dieser Männer. Ihr seid jung. Hübsch. Sie würden viel Freude an euch haben. Am Ende aber werden sie von euch gelangweilt sein. Dann werden sie sich auf ... rauhere Vergnügungen besinnen. Besser wäre es, ihr lauft nicht davon. Schenkt mir ein Lächeln.«

Die Mädchen starrten sie nur an und brachten kein Wort hervor.

»Lächelt.« Die kleinen Leiber krümmten sich. Ein Mädchen brach in Tränen aus. Das andere schnitt eine übertriebene Grimasse.

»Dreht euch um. Langsam.« Nachdem sie sich einmal im Kreis gedreht hatten, schob Jadetränen ihren knochigen Zeigefinger aus der Robe. Sie zeigte auf die kleinere der beiden. Lorso machte zwei große Schritte und stand vor ihr. Er packte das fließende schwarze Haar und bog den Kopf nach hinten. Ein Krieger trat hinzu und ergriff die Arme. Ehe das Mädchen schreien konnte, ließ Lorso sein Messer aufblitzen und legte es ihr an den Hals. Der hohe Kragen teilte sich. Ein zweiter Schnitt öffnete das Kleid von oben bis zum Saum. Der Krieger hinten riss es fort. Nackt und stumm vor Schreck starrte die Kleine an Lorso vorbei Jadetränen an.

Erneut und diesmal drängender ertönte das Knurren der Skan. Die andere Frau kämpfte auf dem Boden gegen ihre Fesseln an und brüllte unverständlich durch den Knebel. Ein Krieger trat nach ihr. Die erstickten Schreie verwandelten sich in Schluchzer.

Jadetränen sagte: »Lorso. Wir fahren heim. Hol ihr etwas zum Anziehen.« Langsam schwenkte der Blick der alten Frau von einem der stillen Krieger zum Nächsten und bohrte sich kurz in jedes einzelne der Gesichter. Die Männer rissen sich von dem Anblick des entblößten Mädchens los und sahen Jadetränen an. Schließlich schauten alle zu Boden. Lorso hätte sie am liebsten angebrüllt. Waren sie nicht Krieger der Skan? Stattdessen verfluchte er sich, da er es selbst nicht schaffte, dem Blick dieser schrecklichen alten Augen standzuhalten.

Endlich fügte Jadetränen hinzu: »Das Mädchen gehört mir. Ihr werdet nicht einmal daran denken, ihr etwas anzutun.« Sie richtete ihre Aufmerksamkeit wieder auf Lorso. »Wenn eine der Frauen dort hinten die Mutter der Kleinen ist, rette sie für mich. Für die anderen gilt, was ich zuvor gesagt habe. Keine Gefangenen. Die würden uns nur aufhalten. Keine Überlebenden. Sie würden Hilfe suchen und uns verfolgen. Wir stechen in See, sobald der Führerstern aufgegangen ist.«

Lorso erteilte Befehle. »Ihr vier tragt Jadetränen zum Haiboot. Ihr beiden zieht dem anderen Mädchen das Kleid aus und gebt es der neuen Sklavin von Jadetränen.«

Obwohl er sich zu der Alten vorbeugte, weil er vertraulich mit ihr sprechen wollte, musste er die Stimme heben, damit sie ihn über die Schreie des abgelehnten Mädchens hinweg verstehen konnte, welches nun ein Opfer der Krieger wurde. »Bist du sicher, dass du die Richtige gefunden hast? Und wieso?«

Das Lachen von Jadetränen klang wie ein leises Rascheln. »Ich weiß es eben. Deine Besorgnis trifft mich. Siehst du nicht? Sie ist unberührt und unverletzt. Sie wird meine Waffe sein, genau wie du. Inzwischen habe ich Namen: Gan Moondark, Rosenpriesterin Sylah. Gan wird ein Königreich beherrschen. Sylah wird diese rückgratlose Religion, die sich Kirche nennt, verändern. Beide muss ich zerstören, wenn Sosolassa und das Volk der Skan zur

Macht gelangen sollen. Dazu bleibt mir nur noch wenig Zeit, ein Jahr, höchstens zwei. Dann wird er, der in der Tiefen Stille wartet, seinen Festschmaus abhalten.«

»Sag mir, wie ich dir helfen kann. Ich möchte, dass du glücklich bist.«

Jadetränen winkte ihren Trägern zu, die daraufhin die Plattform anhoben. Von oben reckte sie Lorso die Hand entgegen. Kalte, trockene Finger strichen über seine Stirn und seine Lippen. »Armer Lorso. Du begreifst es wohl nie. Es geht nicht ums Vergnügen. Mein Ziel ist es, die Kinder der Prophezeiung zu vernichten, die Namen Gan und Sylah mit Schande zu überhäufen. Wenn ich mich mit einem Vergnügen befasse, dann um es in sein Gegenteil zu verkehren. Deshalb schätze ich dich so sehr.« Sie richtete sich auf. Auf ein Wort von ihr setzten sich die Träger in Bewegung.

Zwei

Gan Moondark richtete sich beim Anblick der hellen Banner seiner Wölfe auf. Er stand ein wenig vor den anderen Männern, die sich mit ihm versammelt hatten, und wusste nicht, ob er stolz auf die Leistung oder wegen der belastenden Bürde seiner Verantwortung niedergeschlagen sein sollte. Immerhin hatte er den ersten Sommer seiner Herrschaft über die drei Territorien hinter sich gebracht. Manchmal hatte er das Gefühl, es seien hundert gewesen.

Und möglicherweise war es der letzte.

Zuerst die Seuche und jetzt der Krieg. Die Rudel hatten arge Verluste hinnehmen müssen. Als er das Bündnis zwischen den

Königreichen Ola und Harbundai sowie seinen Hundemenschen geschmiedet hatte, erschienen Frieden und Wohlstand so gut wie sicher. Doch es hatte anders kommen sollen.

Ein neues, fremdes Volk breitete sich im Süden aus und ließ sein Königreich ausbluten.

Er musste den Feind aufhalten.

Zweifel setzten ihm zu wie nie zuvor. Er fragte sich, was sein Volk heute über ihn dachte.

In Gedanken betrachtete er sich selbst. Groß war er. Blond. Er bildete sich mehr auf sich ein, als ihm seiner Körperkraft wegen und auf Grund seines geschickten Umgangs mit Waffen zustand. Fast zwanghaft versuchte er, diesen Stolz zu verbergen. Seine Frau behauptete, er sehe gut aus. Er redete sich ein, Neela sei parteiisch, im Stillen hoffte er jedoch, sie habe Recht. Ihre unglaubliche Schönheit dagegen stand außer Frage. Das galt im Übrigen genauso für ihren gemeinsamen Sohn Coldar, der zwar noch nicht richtig gehen konnte, aber meinte, trotzdem überall herumsausen zu müssen.

Das war das Schönste am Leben. Eine Familie. Einfach und gut.

Doch daraus bestand das Leben eines Gan Moondark nicht.

Er regierte.

War er gut genug? Hatte er diese Herrschaft verdient, oder gehörte er zu jenen, die durch Glück aufsteigen, um bald wegen ihrer Unfähigkeit wieder zu stürzen?

Unmöglich. Seine Mutter hatte ihm prophezeit, dass er die Hundemenschen zu großem Ruhm führen würde. Außerdem hatte sie gesagt, in seinem Leben würde er stets zwischen zwei Pfaden wählen müssen. Heute war der Tag einer solchen Entscheidung.

Sein geöltes Kettenhemd glitzerte in der Morgensonne. Das Kupferheft des Schwertes – die Hundemenschen nannten die wie eine Speerspitze geformte Klinge Murdat – stellte einen Mörderwal dar. Der Knauf endete in der langen Schwanzflosse; die Klinge ragte aus einem Maul, dessen Zähne aus Elfenbein gestaltet waren. Neben Gan lag sein grau gestreifter Kriegshund Shara. Das riesige Tier war so schwer wie mancher Mensch. An diesem Morgen trug der Hund das breite stachelbesetzte Halsband des Krieges.

Die Jalailwölfe kamen als Erste durch Olas Sonnenaufgangstor. Sie marschierten in einer Viererkolonne und sangen. Ursprünglich waren es fünfhundert Mann gewesen, aber ihre Zahl hatte sich deutlich reduziert. Die gestreiften Schärpen waren im Schwarzweiß von Jalail gehalten, das hochfliegende Fähnchen hingegen führte Gan Moondarks Rot und Gelb, weil das Wolfsrudel als Erstes gegründet worden war. Nun kam die vorderste der riesigen, auf einem Karren transportierten Trommeln durch das messingbeschlagene Tor, und ihr Donner dröhnte über die Felder. Man hatte den Eindruck, die Luft würde auf magische Weise versteift und erschütterte jeden, den sie berührte, bis ins Innerste. Gan lächelte insgeheim und gab im Stillen zu, was er sonst wohl niemandem eingestanden hätte: dass diese Wucht ihn ebenfalls einschüchterte.

Noch immer betrachtete er sich als Krieger, als Nachtwache der Hundemenschen. Er fragte sich, ob irgendjemand den verängstigten, verunsicherten Mann in ihm sah, der von ganzem Herzen gern die Verantwortung seines Ranges abgegeben hätte.

Während sein Blick über die Kolonne schweifte, bemerkte er, wie viele seiner Krieger hinkten, wie viele unbeholfen die Arme hängen ließen. Seine Reiter saßen mit gebeugtem Rücken auf den Pferden.

Erst vor zwei Wochen hatten sich die meisten dieser Männer vom Krankenlager erhoben und waren gegen die erste Angriffswelle der Kwa und ihrer neuen Verbündeten, den Bergmenschen, ins Feld gezogen. Bei diesem ersten Vorstoß hatten Gans nördlichste Rudel bis in die Befestigungsanlagen von Ola zurückweichen müssen. Jetzt preschte, nur zwei Tagesmärsche weiter östlich, eine noch größere Armee der Kwa und Bergmenschen vor, um die Eroberung der jungen Drei Territorien abzuschließen.

Einige Schritte hinter Gan stand eine Gruppe Männer. Alle außer einem trugen am Oberkörper eine schwarze Rüstung aus Stahlstreben und individuell gestalteten Schildbuckeln. Der Panzer selbst bestand aus Büffel- oder Wildkuhleder. Dieses wurde in Öl gekocht, bis es geschmeidig war, und dann dem Besitzer angepasst. Dieser Harnisch hielt den meisten Schwerthieben und Pfeilen stand, es sei denn, letztere wurden aus kurzer Entfernung abgeschossen. Die phantasievoll gestalteten Stahlstreben erhöhten die Schutzwirkung. Die Beine wurden einerseits bis zu den Knien von hohen Stiefeln bedeckt, andererseits schützte eine Art Lederschürze Schenkel und Lenden.

Der einzigartig gekleidete Mann der Gruppe war der Faszinierendste, und er trat nun vor und stellte sich rechts neben Gan. Der riesige Hund an Gans Linker hörte kurz auf zu hecheln, drehte den Kopf und betrachtete den Neuankömmling, ehe er sich erneut den Soldaten zuwandte.

Der kleinere Mann trug ebenfalls ein Kettenhemd. Der eigentliche Unterschied in seiner Rüstung bestand in dem Schlitz an der rechten Seite. Dadurch hatte er ungehinderten Zugriff auf die Pistole, die im Hüftholster steckte. In den Augen dieser Kultur hing das Ansehen eines Mannes an der Pracht seiner sichtbaren Waffen wie Schwerter, Messer und Rüstung, und eine Feuerwaffe bildete dazu einen einzigartigen und beunruhigenden Gegensatz. Dennoch wurde der Mann von seinen Gefährten anerkannt.

Als Gan schließlich zu ihm sprach, hörte man aus seiner Stimme die Vertrautheit langer Freundschaft heraus. »Ja, Louis, jeder hat gegen diesen Zug etwas einzuwenden. Jetzt bist du an der Reihe.«

Auf dem Gesicht des kleineren Mannes zeichnete sich Verblüffung ab. Gan lachte kurz. Louis Leclerc richtete sich merklich auf. »Dann will ich deine Zeit nicht verschwenden. Verteidige einfach die Mauern der Stadt. Sollen die Kwa und die Bergkrieger zu uns kommen. Wir haben mein Schwarzpulver. Außerdem stehen dir Bernhardt, Anspach, Carter und schließlich meine Wenigkeit zur Verfügung. Auf diesen Mauern ist jede Blitzwaffe dreißig bis fünfzig Männer wert.« Leclerc schlug zur Bestätigung auf die Pistole.

Gan runzelte nur die Stirn. Leclerc verstand die unausgesprochene Frage und errötete. »Gut, vergiss Carter und Anspach. Sie sind gegen das Töten, weil sie es für falsch halten. Und Bernhardt ist eine Frau, zugegeben, aber sie würde an meiner Seite ihren Mann stehen. Wir können einen Angriff auf jede der Mauern abwehren. Jederzeit.«

Gan legte Leclerc den Arm um die Schulter und drängte den älteren Mann, ein paar Schritte mit ihm zu gehen. Leise wiederholte Gan Leclercs letztes Wort. »›... jederzeit.‹ Ich habe sehr wohl den Blick in Bernhardts Gesicht bemerkt, als ich sagte, meine beste Verteidigung sei der Angriff. Tja, wir tun alle stets, was wir für das Beste halten. Was mich auf die Verteidigung zurückbringt. Vergiss nicht, viele dieser Bergkrieger haben bereits an unserer letzten Schlacht teilgenommen. Sie waren immer bis aufs Blut mit meinen Hundemenschen verfeindet. Nicht umsonst nennen wir sie Teufel. Jetzt sind sie zusammen mit ihren Brüdern aus dem Norden wieder da. Die werden schon noch über dich herfallen, glaub mir. Der Kapitän des Schiffes aus Nion, das vor zehn Tagen hier angelegt hat, berichtete, er habe Skan in ihren Haibooten gesehen. Mehr als jemals zuvor. Wahrscheinlich werden sie zwei Tage nach dem Angriff der Kwa eintreffen. Welche Mauer willst du dann verteidigen?«

Stur erwiderte Leclerc: »Nur ein Grund mehr, hier zu bleiben.

Wenn sie zu uns kommen, können wir unsere Feuerkraft am vorteilhaftesten einsetzen.«

»Feuerkraft.« Gan brachte ein verkniffenes Lächeln zustande. »Du meinst die Blitzwaffen und das Schwarzpulver, das alles zerstört. Feuerkraft. Ja. Euer Dialekt hat einige sehr bildhafte Worte. Aber bedenke: Der Sommer geht seinem Ende entgegen. Wegen der Seuchen haben wir uns nicht ausreichend um die Felder und das Vieh kümmern können. Wenn ich mich diesen Eindringlingen nicht in den Weg stelle, verwüsten sie das ganze Land, metzeln mein Volk nieder und vernichten unsere karge Ernte. Im Winter würde das für unsere Überlebenden womöglich den Hungertod bedeuten. Was haben wir dann von den festen Mauern Olas?«

»Warum sitzen die Hundekrieger auf der Ostseite der Feindseligen Berge, während du hier im Westen gegen den gemeinsamen Feind antrittst?«

»Meinen Stamm hat die Seuche am schlimmsten getroffen. Außerdem wird er von den Büffelessern im Osten bedrängt. Die Nomaden des Mondtanzes ziehen nach Norden. Die Hunde können uns nicht helfen. Ich muss angreifen, Louis, bevor alle Gegner gleichzeitig über mich herfallen. Ich muss die Kwa und die Teufel vernichten, um mich gegen die Skan verteidigen zu können, wenn sie eintreffen.«

»Und falls du nun unterliegst?«

Gans Haltung wurde plötzlich bedrohlich. »Meine Verantwortung befiehlt mir den Sieg. Die andere Möglichkeit ist lediglich die Sklaverei. Darauf werde ich mich nie einlassen.« Er legte die Rechte auf das Heft seines Schwertes. Die blauen Augen leuchteten in seinem bleichen Gesicht. Leclerc erinnerte es an die eigentümliche Farbe des Gletschereises auf dem Schneevaterberg. Gan fuhr fort: »Einmal wurde mir meine Frau bereits gestohlen. Während sie unseren ungeborenen Sohn trug. Neela und ich, wir haben darüber gesprochen. Gemeinsam haben wir eine Entscheidung getroffen. Wir werden als Familie frei leben oder frei sterben.«

Einen Moment lang verschlug es Leclerc die Sprache. Das Atmen schmerzte. Schließlich: »Nun. Damit wäre es wohl beschlossene Sache.« Er wollte sich schon abwenden, da änderte er seine Meinung. »Was ist mit Conway und Tate? Wenn die Hundekrieger, die nach Süden zum Heim der Kirche geritten sind, sie gefunden haben, sind sie bestimmt bald wieder hier. Kannst du nicht noch eine Weile abwarten? Tate und Conway sind eine Armee für sich.«

Noch immer distanziert antwortete Gan: »Falls sie gefunden wurden und falls sie noch leben und rechtzeitig hier eintreffen, würde es wahrscheinlich einen Unterschied ausmachen. Aber ›falls‹ und ›wahrscheinlich‹ helfen mir nicht weiter. Ich kann mir weder Unentschlossenheit noch Verzögerung leisten, Louis.«

»Und auch keine menschlichen Gefühle«, murmelte Leclerc in sich hinein, indem er davonging. Sofort bereute er seine Worte. Er und mit ihm seine Freunde, die ihn durch diese wieder auferstehende Welt begleiteten, kannten Gans Menschlichkeit sehr gut.

Er gesellte sich wieder zu der wartenden Gruppe. Die gereizten Blicke der anderen Männer, die ungeduldig Gans Rede entgegensahen, beachtete er nicht. Seine Gedanken schweiften durch die Zeit zurück zu der Flucht aus der kryogenischen Kammer, die den Überlebenden seiner eigenen Welt ermöglicht hatte, diese hier zu entdecken.

Manchmal betrachtete er dieses Geschenk als den grausamsten Scherz in einer verrückten Komödie, in deren Verlauf alles, was er kannte, vernichtet worden war.

Die Welt, in die Louis Leclerc geboren wurde, hatte sich selbst zerstört. Die Natur hatte in ihrer unendlichen Geduld und Güte die meisten nuklearen Narben überdeckt, doch an einigen Stellen hatten die Menschen die Erde in Glas verwandelt. Der Glanz dieser Orte bedeutete Schande für jene, die die Wahrheit begriffen.

Und das waren nur die Überlebenden aus der Höhle. Sie kannten auch Nervengas und gentechnisch erzeugte Seuchen. Wer diesen Holocaust überlebt hatte, schärfte seinen Nachkommen ein, dass alle Hinterlassenschaften dieser Katastrophe Gefahren bargen. Das war die Wahrheit in den Legenden. In urbanen Regionen konzentrierten sich Seuchen, Strahlung, chemische Verschmutzung. Die ursprünglichen Sammelpunkte für die Flüchtlinge vor dem nuklearen Winter verwandelten sich in Todesfallen. Die Werke der Menschheit wurden gemieden. Wissen wurde beschuldigt, für die Überheblichkeit der Weltvernichter verantwortlich zu sein. Bildung wurde zum Fluch.

Leclerc und seine Freunde traten – bildlich gesprochen – aus dem Schluss-Stein der menschlichen Technologie hervor, aus einer kryogenischen Einrichtung, die sie länger als fünf Jahrhunderte am Leben gehalten hatte, und landeten in einer Welt, nach deren Auffassung Schreiben und Rechnen derart gefährlich waren, dass diese Fähigkeiten nur wenigen Privilegierten zugestanden wurden. Die Menschen in dieser Welt bauten Minen in den zerstörten Städten, wo sie Metall, Glas und Porzellan förderten. Papier oder alles andere mit lesbarer Schrift wurde unter Aufsicht der Kirche sofort zerstört. Ja, diese monotheistische Religion war Leclerc stets wie eine Mischung aus Christentum, Judentum und Medizin erschienen.

Er dachte an seine abwesenden Freunde. Donnacee Tate, die Soldatin. Und Matt Conway. Der Transportmanager hatte nur überlebt, um sich zu einem meisterhaften Krieger zu entwickeln. Mit diesen Fähigkeiten hatte er seine Freunde gerettet, als der bösartige Altanar sie gefangen genommen hatte. Doch sein zivilisierter, gebildeter Verstand hatte in Conway eine Flut von nahezu neurotischen Selbstzweifeln keimen lassen.

Nur jemand wie Gan Moondark ließ zwei solche Krieger davonziehen, um die Rosenpriesterin Sylah auf einer Suche nach dem, was die Kirche die Tür nannte, zu begleiten. Vor allem angesichts ihrer Waffen, die mit ihnen die Jahrhunderte in der Höhle überstanden hatten. Mächtige Infanteriegewehre mit zwei unterschiedlichen Läufen und kleine Handfeuerwaffen. Verstohlen berührte Leclerc die Pistole, und plötzlich wurde ihm bewusst, dass er sie seit Altanars Sturz nicht mehr benutzt hatte. Innerhalb der nächsten zwei Tage würde sich das jedoch ändern.

Leclerc seufzte. Er hatte gehofft, den Rest seiner Tage friedlich in Gans Drei Territorien zu verbringen. Dumme Träume. Der Frieden endete in dieser Welt mit der Geburt. Er kehrte nur mit dem Tod zurück.

Wenn das Gewehr, das man hier Blitzwaffe nannte, den Sturm, der gerade über diese Drei Territorien hereinbrach, nicht abwenden konnte, würde er schon allzu bald den ewigen Frieden kennen lernen.

Eine Vision, wie er als lebloser Haufen dalag, überkam ihn. Der gefiederte Schaft eines Pfeils ragte aus seiner Brust. Sein Bauch klaffte auf wie ein aufgerissener Mund. Er enthüllte ein feuchtes Gewühl. Unbewusst drehte Leclerc den Kopf. Mit einem Blinzeln befreite er sich von diesem Bild.

Geschockt verfolgte er die Furcht, die heimtückisch seine Nervenbahnen entlangkroch. Sie rauschte durch das Rückenmark. Er streckte die Hand aus. Sie zitterte nicht. Aber er wusste Bescheid. Die Angst hatte ihn einer Krankheit gleich befallen. Fast schluchzend redete er sich ein, er müsse sie verbergen, damit niemand davon erfuhr. Das stellte seine einzige Hoffnung dar. Feiglinge hatten in dieser Welt keinen Platz.

Endlich riss sich Leclerc von diesen Sorgen los und nahm die anderen Männer wieder wahr. »Der Murdat muss zuschlagen. Die Soldaten werden nicht zurückgerufen. Wir, die Barone und

Befehlshaber des Murdats müssen sicherstellen, dass jeder Schlag trifft und jeder Hieb tötet. Wir werden siegen. Gewiss.«

Ein Mann namens Emso, ein grauer alter Krieger voller Narben, hatte zu den Ersten gehört, die Gan die Treue schworen, als dieser noch ein umherstreifender Verbannter gewesen war. Jetzt zog er das Schwert. Auch er trug inzwischen einen Murdat, genau wie sein Anführer. Mit der Flachseite der Klinge schlug er auf den Schild. »Murdat!« schrie er. In seinem Ruf schwang wilde Freude mit. Er wiederholte ihn lauter. Die Barone fielen mit ein.

In der Ferne hörten die Wölfe den Schlachtgesang. Kurz darauf brüllten alle Gans Titel. Mitreißend wälzte sich der Ruf über die Felder und hallte in den Steinmauern der Stadt wider. »Mur-dat! Mur-dat!« Er setzte sich fort, während die anderen Regimenter mit ihren Trommeln zum Tor hinausmarschierten.

Gan lauschte seinen Männern und beobachtete den Strom, der sich über die gewundene Straße ergoss. Ein Kloß saß ihm im Hals, und er biss sich auf die Unterlippe. Er war nicht sicher, ob der feuchte Glanz seiner Augen vom Stolz auf seine Männer und seiner Liebe zu ihnen oder von der Furcht um sie herrührte. Er wünschte sich nur, die Zeit würde stehen bleiben und ihm diesen Moment für alle Ewigkeit bewahren.

Drei

Kate Bernhardt wartete am Sonnenaufgangstor auf Leclerc, der stirnrunzelnd heranritt. Inzwischen trug sie fast immer die bodenlange schwarze Robe der Kirche, genauso wie die beiden anderen Frauen, die den Kälteschlaf überlebt hatten und in Ola geblieben waren. Die Vierte, Donnacee Tate, war die Einzige, die noch Abenteuerlust verspürte.

Bernhardt widmete sich ganz den Priesterinnen der Kirche und ihren Bemühungen, den unzähligen Kulturen dieser Welt ein wenig Zivilisation nahe zu bringen. Leclerc bewunderte sie dafür. Aus demselben Grund hegte er auch großen Respekt für Sue Anspach und Janet Carter, obwohl diese vollkommen in der Kirche aufgegangen waren. Sie würden diesem Glauben bald orthodoxer anhängen als seine Anführerinnen.

Bernhardt winkte ihm über den ebenen Boden vor den Stadtmauern zu. Er winkte zurück, doch wegen seiner abrupten Bewegung scheute ein Packlama in der Karawane neben ihm. Er wollte sich eben bei dem Kaufmann für die Störung entschuldigen, als er an der schwarzweißen Schärpe merkte, dass es sich um einen Jalail handelte. Der Kaufmann lächelte breit. »Kein Problem, Louis Leclerc.« Auf Leclercs überraschte Miene hin lachte der Mann laut und deutete mit einer Geste auf seinen Arm. »Bei meiner ersten Rückkehr nach Ola. Vor vielleicht einem Jahr gehörte ich zu jenen, die über diese Felder preschten. Wir kämpften unter dem rotgelben Banner des Jalailrudels. Damit werde ich noch vor meinen Enkeln prahlen, bestimmt. Und denen werde ich auch von den Fremden erzählen, die uns halfen. Du hast uns diese Donnerpäckchen gegeben, mit denen wir Altanars Tore aufbrachen. Viele von uns leben heute nur noch deshalb.« Er zögerte, dann fuhr er mit hartnäckiger Freude fort: »Sobald ich diese Felle verkauft habe, melde ich mich freiwillig auf der Mauer. Für den Fall, dass die Kwa den Murdat in die Stadt zurückdrängen. Habe mir nie vorgestellt, dass ich eines Tages Altanars alte Steinkiste verteidigen würde.« Er grüßte auf Art der Wölfe und drückte die geballte Faust unterhalb des rechten Ohrs an die Wange.

Das Gerede des Mannes erinnerte Leclerc an seine Unterhaltung mit Gan. Die aus Stein und Ziegeln errichtete Stadt war im Prinzip hervorragend zu verteidigen. Die eigentliche Burg stand mit dem Rücken an einer Klippe, die steil zum Inneren Meer abfiel. Von der Landseite aus konnte man sich ihr lediglich über eine flache Wiese nähern, auf der man vor den Pfeilen der Verteidiger keine Deckung fand. Oder vor der Munition. Die Mauern der Stadt und der Burg waren hoch, stark und mit Zinnen versehen. Zudem hatten die Aufständischen gegen Altanar ein weit verzweigtes Tunnelsystem angelegt.

Am Tor richtete Leclerc seine Aufmerksamkeit wieder auf Bernhardt. Halbherzig hielt er nach Carter und Anspach Ausschau. Bernhardt begriff, was er tat, und ihre Miene wirkte entschuldigend. Mit einer Geste gab sie zu verstehen, dass ihre Freundinnen eigentlich an ihrer Seite sein sollten. »Tut mir Leid. Janet und Sue ... ihnen ist äußerst unbehaglich zu Mute, weil du mit Gan in den Krieg ziehst. Ihrer Meinung nach sollte man verhandeln und zu einer gütlichen Einigung gelangen.«

»Begreifen sie denn nicht? Dies ist ein Kampf auf Leben und Tod.«

Sie trat vor und ergriff die Zügel von Leclercs tänzelndem Pferd. »Beruhige dich, Louis. Du machst nur das arme Tier scheu, und dann wird es ein unbequemer Ritt.«

»Mit dem Pferd ist alles in Ordnung. Und ich ziehe keineswegs in den Krieg. Ich werde lediglich ein wenig Feuerschutz geben.«

»Wir. Wir werden Feuerschutz geben. Ich komme mit.«

Leclerc gab vor, er würde erschrocken zusammenzucken. »Hast du das Janet und Sue gebeichtet? Dazu gehört mehr Mut, als in den Krieg zu ziehen.«

Bernhardts Lachen passte zu ihrer äußeren Erscheinung und ihrer Art. Sie war eine üppige Frau; nicht groß, aber großzügig ausgestattet. Schönheit würde man ihr zwar nicht gerade nachsagen, aber in ihrer grundlegenden Weiblichkeit hatte sie etwas ausgesprochen Attraktives an sich, was ihr allerdings offensichtlich nicht bewusst war. Leclerc meinte immer, ihr ruhiges Gesicht strahle eine sanfte, verborgene Traurigkeit aus, als wollte sie ihm gern ein Geheimnis anvertrauen, wisse jedoch nicht, auf welche Weise.

»Ich schieße gut«, erwiderte sie. »Ich bin kräftig. Bis zu dem Ort, wo Gan auf die Kwa und ihre Verbündeten stoßen will, sind es nur zwei Tagesritte. Mit den Bergkriegern haben wir bereits Bekanntschaft gemacht, Louis. Ich weiß, was wir zu erwarten haben, sollten sie siegen. Es wird ein verzweifelter Kampf werden.«

»So schlimm ist es auch nicht.« Leclerc grinste nervös und blickte sich um. Die sinkende Moral der Truppe war bereits zum Problem geworden.

»Ich habe mit den Heilerinnen gearbeitet. Kranke, die noch von der Seuche geschwächt sind, und Verwundete schleppen sich aus dem Bett direkt zu ihren Einheiten. Die Heilerinnen können sich nicht erinnern, dass Männer, die sich gerade erholt haben, je so schnell wieder von den Gesunden begrüßt wurden. Du weißt, wie sehr sie normalerweise jeden meiden, der nur den Anschein hat, krank zu sein. So schlimm steht es.«

»Umso mehr Grund für dich, hier zu bleiben. Wir hätten einigen Wölfen den Umgang mit unseren Waffen beibringen sollen.«

Bernhardt presste die Lippen zusammen. »Wir haben eine Übereinkunft getroffen. Unser Wissen über Gewehre und Pistolen ist unsere beste Lebensversicherung in dieser Welt. Falls uns jemand tötet und die Waffen erbeutet, kann er sie wenigstens nicht gegen unsere Freunde einsetzen. Das muss eben sein.«

Leclerc lachte leise und stieg ab. Bernhardt begleitete ihn zu seinem Quartier. Er sagte: »Unser Leben ist die reinste Ironie, nicht wahr? Damals habe ich mich für den Kälteschlaf gemeldet, weil ich glaubte, die überlebende Welt wäre eine aufregende Herausforderung. Ich habe meine Welt verlassen, weil ich erwartete, nach dem Auftauen die gleiche Kultur neu aufzubauen.«

Sie betrachtete ihn aus den Augenwinkeln. »Ich hab's mir schon immer gedacht. Eigentlich warst du im Stillen glücklich, weil wir Jahrhunderte und nicht nur Jahrzehnte verschlafen haben.«

Die Angst von vorhin drängte sich wieder in den Vordergrund. Er vermied jeden Blick in Bernhardts Richtung. Sie könnte den Mann entdecken, der voller Todesfurcht steckte, den Mann, gegen den er ankämpfte. Ein wenig zu laut sagte er: »Ich schäme mich, es zuzugeben. Ja, mir gefällt es hier. Aber in erster Linie bin ich noch immer ein Techniker.« Sein Lachen klang selbst in seinen eigenen Ohren falsch. Mit einer wegwerfenden Geste fuhr er fort: »Ich könnte ein Krieger werden. Nicht so einer wie Tate und Conway. Eher ein Planer. Mein Leben lang habe ich davon geträumt, ein bisschen Aktion zu haben. Hier habe ich gelernt, dass meine Fähigkeiten zu wertvoll sind, um sie zu vergeuden. Das hört sich zwar arrogant an, ist aber einfach nur ehrlich. Am Besten sollte ich mich nur um die Entwicklung der hiesigen Technologien kümmern. Die Heldentaten kann ich den jungen Spunden überlassen.«

»Ach, lass sein. Du bist doch lediglich auf Komplimente aus. Viel älter als dreißig bist du bestimmt nicht; das war die Beschränkung für den Kälteschlaf. Du siehst gut aus, hast ein warmes Lächeln und ein gutes Herz. Zufällig denke ich, dass ein erstklassiger Techniker wichtiger ist als ein Kämpfer.«

Leclerc wehrte ihre Höflichkeit mit einer Handbewegung ab. »Überleg es dir genau, Kate. Die Technik hat die Umwelt verschmutzt, nicht geschützt. Terrorismus und der ständige Krieg waren Resultat einer unerträglichen Überbevölkerung. Wir müssen begreifen, was unsere Zeitgenossen ihren Kindern über Intellektuelle und Technologien beigebracht haben. Schau dir an, was geschehen ist: Ich habe das Schwarzpulver zum zweiten Mal erfunden. Hast du bemerkt, dass die Mütter ihre Kinder ins Haus holen, wenn ich vorbeigehe?«

Er hielt erschrocken inne, denn diese Erkenntnis traf ihn wie eine Gotteserscheinung. Mit gedämpfter Stimme sagte er ehrfürchtig: »Ich habe nie darüber nachgedacht. Schwarzpulver ist nicht bloß ein Mittel, mit dem man Mauern sprengen oder eine Rüstung durchdringen kann. Mit Schwarzpulver ist ein Mann in der Lage, mehr als einen Mann im gleichen Augenblick zu töten. Diese Menschen können es in Hülle und Fülle herstellen. Ich habe die Welt vom Einzelkampf zur Massenvernichtung geführt. Alle spüren, was für eine Art Mensch ich bin. Kein Wunder, dass sie mich fürchten.«

Bernhardt verschränkte die Arme vor der Brust, und ihre weißen Hände spähten aus den tiefen schwarzen Ärmeln hervor. »Du brauchst dich nicht schuldig zu fühlen. Gan fürchtet sich nicht vor dem Fortschritt. Er hat uns angewiesen, allen Auserwählten Lesen und Schreiben und Rechnen beizubringen, schon vergessen?«

Leclerc antwortete scharf: »Auserwählte. Die Kirche kauft die Kinder von Sklavenjägern, die sie andernfalls umbringen würden. So sieht die Welt aus, Kate – Sklaverei ist an der Tagesordnung. Außerdem unterrichtet ihr auch Gans Offiziere. Sie lernen Lesen und Schreiben, damit sie auf dem Schlachtfeld besser kommunizieren können.«

»Ich bin nicht glücklich darüber, dass Krieger zur Elite werden. Aber wenigstens kämpfen sie gegen diejenigen, die Sklaverei betreiben. Zum Beispiel gegen die Kwa und die Bergmenschen. Gegen die Skan. Unsere Auserwählten und die Krieger werden andere unterrichten. Vielleicht bauen wir damit eine Kultur der Gerechtigkeit für alle auf.«

Leclerc warf den Kopf in den Nacken und lachte schallend.

Erst als er bemerkte, wie sehr er Bernhardt damit verletzte, hielt er inne. Nun lächelte er fast liebevoll und sagte entschuldigend: »Du bist ein Schatz. Ich habe nicht über dich gelacht, wirklich. Ich habe über die Menschheit gelacht. Jede Kultur kämpft für die Gerechtigkeit. Bloß haben die bösen Dummköpfe dort draußen« – er umfasste die Welt mit einer weiten Geste – »noch nicht begriffen, dass nur wir die wahre Gerechtigkeit besitzen.«

Bernhardt war zwar ein wenig besänftigt, rümpfte jedoch nichtsdestotrotz die Nase. »Nein, ich habe Recht. Du ärgerst mich, weil du es selbst genau weißt.«

Leclerc hakte den Arm bei ihr ein. »Die gute alte Mutter Erde hat sich gerade von dem Unheil erholt, das wir ihr angetan haben, aber ich glaube, diesmal wird sie uns nicht so leicht von der Leine lassen. Die Ölvorkommen waren beinahe erschöpft, als der Zusammenbruch begann. Bauxit wurde knapp. Unsere Abhängigkeit von schlechtem Eisenerz und minderwertiger Kohle war Besorgnis erregend. Heute sind unsere Städte Rohstoffminen. Neue Technologien sind unvermeidlich. Wir müssen diese Menschen zu einer Kultur führen, die der Natur und anderen Kulturen gleichermaßen Raum lässt. Und vor allem der Freiheit. Ich glaube, Gan ist ein wichtiger Meilenstein auf diesem Weg. Er ist ein Tyrann, aber ein gutwilliger und fortschrittlicher. Falls sich hier ein demokratisches Gemeinwesen entwickelte, würde er uns beschützen.«

Bernhardt drückte seinen Arm an sich. Sie wandte sich ihm lächelnd zu. Ihre Köpfe waren fast auf gleicher Höhe. Leclerc war überrascht, wie viel ihm ihre Gegenwart, ihre Freundschaft bedeutete. Sie hatte etwas Tröstliches an sich. Gewiss, weil sie so verständnisvoll war. Eine sehr kluge Frau.

Sie überquerten die Wiese, die die eigentliche Stadt von der Burg trennte. Für diese Region, die Leclerc im Stillen noch immer den Pazifischen Nordwesten nannte, war der Sommer mild gewesen. Sein Verstand war nicht beruhigt von der Tatsache, dass dieses Land in so viele Kleinstaaten unterteilt war, die sich Königreich oder Stammesgebiete nannten. Er akzeptierte die Wirklichkeit: Teilung, Krieg führende Fragmente der Menschheit, die exotischen großen Religionen Kirche und Mondtanz.

Für ihn stellte das Land mehr dar als reine geographische Gegebenheiten. Manchmal sprach es zu ihm. Ein unvermittelter Anblick oder Geruch beschwor eine Nostalgie herauf, auf die er mit Zittern und Schwächeanfällen reagierte. Er erinnerte sich an einen Abend, an dem er über das schwarze Wasser des Inneren Meeres schaute. Die letzten Reste eines lodernden Sonnenuntergangs säumten das Walküstengebirge. Leclerc sah den Puget Sound. Die Olympic Mountains. Und Heimweh drohte ihn zu erdrücken.

Zu anderen Zeiten brütete er vor sich hin. Unter seinen Füßen lagen verseuchte, verstrahlte, verbrannte, vergaste Millionenstädte. Ihre Namen gingen ihm durch den Kopf. Seattle, Tacoma, Bellingham, Olympia. Der Gedanke, wie viele kleinere Orte er gar nicht mehr benennen konnte, erfüllte ihn mit Verlegenheit. Begraben unter dem Staub der Jahrhunderte. Manche waren von Vulkanasche oder von Flussläufen verdeckt worden, als der Schneevaterberg am Nordwesthang ausgebrochen war.

Und paradoxerweise liebte er diesen Ort wiederum manchmal von ganzem Herzen. Zurück in der Gegenwart ließ er den Blick westlich über die Burg hinweg zu der hohen Mauer des Walküstengebirges schweifen. Mein Land, dachte er, und die Worte bekamen einen fast feierlichen Beiklang. Mein Land – verwildert, versehrt, in die Knie gezwungen und bald nicht mehr wieder zu erkennen, aber immer noch mein Land. Keiner von uns kann jemals der sein, der er war, aber ich kann weiser werden. Ich kann dich besser behandeln, ja, sogar stärker lieben. »Du musst dich erheben.«

»Hast du etwas gesagt?« Bernhardt blieb verwirrt stehen.

Errötend stammelte Leclerc: »Nein. Habe nur laut gedacht, nehme ich an. Wir müssen uns beeilen. Ich muss die Ausrüstung auf Wagen verladen, die Pferde einspannen, meinen eigenen Kram durchgehen –«

»Ich habe selbst noch viel zu tun«, unterbrach ihn Bernhardt, und ihrem Blick war anzusehen, dass sie ihm weiteres unsinniges Geplapper ersparen wollte. Leclerc nickte zustimmend. Sie gingen weiter.

Bernhardt schluckte die Kränkung hinunter und fragte sich, aus welchem Grund er sich ihr nicht anvertrauen wollte. Er war ein guter Mann, und er wollte das Richtige tun. Warum fühlte sie ausgerechnet jetzt so, jetzt, wo er gefährdet war und jemanden brauchte, der Angst um ihn hatte? Warum war es so, dass stattdessen sie ein wenig Angst *vor* ihm bekam?

Und warum in aller Welt löste gerade das ihren Beschützerinstinkt aus?

Es war schon sehr verwirrend.

Vier

Trügerische Stille verhöhnte das weite Tal. Die Sonne schien auf die ausgedehnten Weiden, aber weder Kühe noch Pferde grasten auf den üppigen Wiesen. Die Obstbäume hingen voll reifer Früchte. Mais und Bohnen standen in langen Reihen. Kein Bauer prüfte die Ernte, keine Kinder verscheuchten die riesigen Gänse- und Taubenschwärme, die großen Schaden anrichteten.

Krähen schossen wie schwarze Pfeile über das wartende Grün hinweg und wirkten auf unheimliche Weise schuldbewusst.

Massive Berge, deren Grate mit Fichten bestanden waren, bedrängten das tiefer gelegene Land. Weiter oben erhoben sich in der Ferne die Feindseligen Berge.

Gan zeigte von dem kleinen Hügel in der Mitte des Tals hinüber zum nächsten Berghang. »Sie folgen dieser parallelen Kette«, sagte er, »und bleiben zwischen den Bäumen. Nachdem sie hinter unsere Verteidigungslinien gelangt sind, schneiden sie uns den Fluchtweg ab und zermalmen uns zwischen sich.«

Der grauhaarige Emso hörte schweigend zu. Dann antwortete er mit beißendem Sarkasmus: »Wenn dem so ist, kann ich den Männern die Erlaubnis erteilen, die gesamten Vorräte unter sich aufzuteilen? Und die Kundschafter zurückrufen? Wenn wir hier nur herumsitzen, bis wir sterben, können wir das auch mit vollem Bauch tun. *Murdat.*«

Obwohl Gan sich abwandte, um sein Lächeln zu verbergen, bewunderte er, wie viele unterschwellige Bedeutungen sein Gegenüber in dieses eine, letzte Wort gelegt hatte. Es klang wie ein Titel, eine Herausforderung und eine Beleidigung zugleich. Shara schob sich vor und spähte an seinem Herrchen vorbei. Gan legte dem Hund die Hand auf den Kopf. »Ruhig, Shara. Das ist doch nur Emso.«

Emso grunzte und warf dem Tier einen scharfen Blick zu. »Hund, hättest du bloß ein bisschen Verstand, würdest du ihn anknurren und nicht mich. Ich war es schließlich nicht, der unseren Tod vorausgesagt hat.«

»Das Sterben habe ich nicht erwähnt. Ich habe dir nur erklärt, welche Absichten der Anführer der Kwa hegt.«

»Aha. Demnach hast du einen Plan. Sollen wir ihn erraten? Und wer richtig rät, bekommt einen Preis?«

»Gereizter als sonst. Richtig wütend. Genau diesen Emso brauche ich.« Endlich blickte Gan den älteren Mann an. »Erinnerst du dich noch, wie wir mit Altanars Armee umgegangen sind, wie wir sie im Schutz der Dunkelheit umzingelten?«

»Natürlich. Aber die Kundschafter berichten, der Feind würde auf uns zumarschieren. Wir werden lange vor Einbruch der Dunkelheit angegriffen.«

»Wir greifen an.«

Blinzelnd starrte Emso in die Ferne. »Behandle mich nicht wie einen jungen Hitzkopf, Murdat. Wir wissen doch beide, unsere einzige Chance besteht darin, dass wir die Feinde auf Abstand halten, fliehen und sie danach erneut angreifen. Einen glorreichen Sieg werden wir hier nicht erringen.« Sein Gesicht rötete sich.

»Genau. Entweder brechen wir ihre Reihen auf, oder diese Streitmacht wird uns zermalmen. Sie sind uns wenigstens fünffach überlegen.«

»Und warum graben wir uns dann um diesen Hügel herum ein? Weshalb buddeln wir Fallen für Pferde und Männer, warum treiben wir die Männer bis zur Erschöpfung an, damit sie diesen Wall bauen?«

»Weil alle außer den Jalailwölfen diese Stellung halten werden«, erwiderte Gan. »Wir sind der Köder. Ihr seid die Todesfalle.«

Die Hitze wich wenigstens teilweise aus Emsos Miene. Gan rief: »Leclerc! Bernhardt! Kommt bitte zu mir.« Sie liefen herbei, ihre Gewehre rasselten gegen die Kettenhemden. Gan sagte: »Ihr begleitet Emso. Ein Stück hinter uns gibt es einen flachen Graben. Emso führt das Jalailrudel dort entlang in die südliche Bergkette hinauf. Von dort aus zieht ihr südlich, bis ihr auf die vorstoßenden Truppen der Kwa trefft.«

Mit dem Schwert skizzierte er ihre Position auf dem Boden und führte die Angriffe von den Flanken und die Hauptoffensive in der Mitte aus. Murmelnd fügte er weitere Markierungen hinzu. »Kundschafter und Flüchtlinge haben die große Streitmacht gesehen, die sich in diesem Tal versammelt hat. Auf den

Berghängen wurden Krieger der Kwa gesichtet. Unsere Kavallerie hält ihre Truppen im Norden auf. Emso, nachdem du ihren südlichen Vormarsch gestoppt hast, greifst du die Nachhut und die Flanken der Kwa an.«

Leclerc betrachtete die Zeichnung in der Erde nachdenklich. Er gab sich Mühe, eine leere Miene aufzusetzen, und blickte Emso an. »Nach dem, was die Kwa vorhaben, ist es ein guter Plan.«

Emso schnaubte. »Ein guter Plan wäre es, im Bett zu sterben. Will jemand auf diese Strategie wetten?«

Gan lachte vergnügt, und Bernhardt flüsterte Leclerc zu: »Wie kann er das tun? Ich weiß, er macht sich Sorgen um uns alle, aber er scheint sich über diese mörderische Narretei zu amüsieren. Das ergibt doch keinen Sinn.«

Inzwischen fuhr Gan fort: »Wenn mein Plan funktioniert, treffen wir die Kwa hart. Trotzdem könnten wir immer noch von ihnen überrannt werden. Treten wir ihnen jedoch Mann gegen Mann entgegen, ist uns die Niederlage sicher. Ich werde nur auf dich setzen, Emso; auf dich und unsere Wölfe.«

Emso grinste verschlagen. »Deine Zunge ist so schnell wie dein Murdat. Willst du zu den Wölfen sprechen? Die Zeit ist knapp.«

Leclerc und Bernhardt schlossen sich Gan und Emso an. Bernhardt sagte: »Ich kann mit diesen Männern nicht mithalten.«

»Sie werden das berücksichtigen.« Er klopfte auf den Kolben des Gewehrs. Bei diesem Geräusch drehte sich Emso um. Als hätte er ihr Gespräch mit angehört, sagte er: »Ihr werdet reiten, und zwar bei der Reserve. Zu Fuß sind wir zu schnell für euch. Ich überlasse euch einen Mann als Eskorte. Sobald wir auf die Kwa stoßen, werde ich euch benachrichtigen, wo ihr die Blitzwaffen einsetzen sollt. Falls ich euch nicht erreichen kann, muss die Eskorte entscheiden, wo ihr zuschlagt.«

Leclerc biss die Zähne zusammen und schluckte eine Erwiderung hinunter.

Emso entging Leclercs Gereiztheit, und er wandte sich wieder Gan zu. Bernhardt legte Leclerc die Hand auf den Arm. Er tat, als würde er sie nicht bemerken, dennoch sagte sie: »Das ist nicht persönlich gemeint, Louis. Emso reagiert auch nicht beleidigt, wenn du ihm erklärst, wie er das Schwarzpulver zu handhaben hat. Er respektiert dein Wissen und deine Fähigkeiten. Jetzt bittet er dich doch nur, seinem Mann den gleichen Respekt entgegenzubringen.«

»Er zählt mich nicht zu den Seinen, und für ihn ist nur meine Waffe wichtig. ›Krieger an die Front. Leclerc mit den Frauen und Kindern nach hinten.‹«

Die Kavallerie war bereits nach links aufgebrochen und suchte ständig Deckung. Ohne die berittenen Hundekrieger stand Gan nur die olanische Reiterei zur Verfügung, die auf schweren Ackergäulen saß. Gezwungenermaßen wurden sie damit gleichzeitig zu den Kundschaftern und der Vorhut. Die Bauern, Fischer und Baumfäller von der Westseite der Feindseligen Berge waren verbissene, harte Kämpfer. In ihren Wäldern waren rasche Kavalleriebewegungen unmöglich. Wenn sie daher ein Pferd bestiegen, dann nur, um jemanden niederzureiten.

Gans Verteidigung des Hügels war vor allem von der Ausbildung und den Fähigkeiten seiner Männer abhängig. Sie hatten tragbare Hindernisse aufgestellt, die das Vorrücken des Feindes erschwerten. Zudem waren sie mit besonderen Waffen ausgerüstet, sehr langen Speeren, mit denen sie hinter den Barrieren hervor nach den Angreifern stechen konnten. Flache Gräben umgaben den Hügel weiter oben. Die ausgehobene Erde wurde zu Bollwerken aufgehäuft. Dahinter konnten sich Bogenschützen bewegen und fanden Schutz vor den Pfeilen des Feindes.

Um die tragbaren Barrieren hatte sich Leclerc gekümmert. Sie waren einfach gebaut. Kurze Pfähle bildeten an beiden Enden jeweils ein Kreuz. Diese wurden mit Streben verstärkt. Die Mittelstangen wurden zusätzlich mit starken Leinen bespannt, die mit Metallhaken versehen waren. Niemand konnte kämpfen und gleichzeitig ein solches Hindernis aus dem Weg räumen. Trotzdem durfte man sie allenfalls als Ärgernis betrachten: klein, leicht und ziemlich schnell zerstört.

Leclerc machte tödliche Fallen aus ihnen. An jeder hatte er einen kleinen Ledersack mit Steinen, eine fest eingerollte Ladung Schwarzpulver und eine Zündschnur, die theoretisch eine Verzögerung von vier Sekunden schaffte, angebracht. Die Lunten hatten sich bei den Tests jedoch nicht als perfekt erwiesen. Manche brannten zu schnell ab. Zwar wurde niemand ernstlich verletzt, aber einige der Männer erfuhren, wie das Zischen von Steinen klingt, die mit großer Geschwindigkeit am Ohr vorbeisausen. Alle bewunderten die vorzügliche Beinarbeit, die bei diesen Versuchen zur Schau gestellt wurde. Makabre Soldatenwitze wurden gerissen.

Drüben auf der rechten Seite überprüfte das Galmontisrudel unter seinem blauen Banner die tragbaren Hindernisse ein letztes Mal. Links tat das Firrudel unter der schwarzgelb gestreiften Fahne das Gleiche. Elf West und Malten bemannten die vorgeschobenen Posten, wo sie den Vormarsch der Kwa verzögern und sich schließlich zum Hügel zurückziehen sollten. Weit hinten, außer Sichtweite in einem Obsthain, bildeten die Einheiten aus Ola die Reserve.

Aus den Augenwinkeln bemerkte Leclerc ein purpurfarbenes Aufblitzen. Die Veilchenäbtissin wirbelte in ihrer Robe herum. Im Kreise ihrer sechs Kriegsheilerinnen hob sich die helle, bestickte Robe der alten Frau deutlich vom nüchternen Schwarz der Priesterinnen ab. Leclerc runzelte die Stirn, als er sich daran erinnerte, dass die Äbtissin noch unlängst der Rosenpriesterin Sylah jegliche Schuld an der Spaltung der Kirche zugeschrieben hatte.

Jetzt war der falsche Zeitpunkt, um darüber nachzudenken. Bewusst riss sich Leclerc von ihrem Anblick los, nur um zwei Boten zu entdecken, die in der Ferne herumlungerten und leicht an ihrer Kleidung zu erkennen waren. Leclerc hatte für diese Boten wenig übrig, eine Eigenheit, die er mit Gan Moondark teilte. Gan bezeichnete sie als Truthahngeier, weil sie stets dort auftauchten, wo Ärger zu erwarten war. Die Boten zogen frei von Behinderungen durch alle Staatsgebiete. Wurde einer ihrer Gilde dabei gestört oder gar verletzt oder getötet, so versagten alle Boten dem Stamm oder dem Volk, auf dessen Territorium dies geschehen war, ihre Dienste, bis man sich über eine Abfindung einig geworden war und man die Verantwortlichen zur Rechenschaft gezogen hatte. In einer Welt, in der Seuchen so überraschend eintraten wie ein Frühlingsregen und in der benachbarte Stämme ihre Feindseligkeiten oft über Generationen austrugen, bedeutete der Ausfall der Kommunikation das Todesurteil. Alle hießen die Boten willkommen und versorgten sie mit Vorräten. Und niemand mochte sie.

Die Marschtrommel der Jalailwölfe dröhnte und rief zum Sammeln. Ein weiteres Signal gab es nicht. Die Kolonne trabte verstohlen wie eine Bruderschaft Diebe durch das Deckung gewährende Buschwerk des Bachbetts. Hell schäumte das Wasser auf.

Leclerc und Bernhardt eilten hinter ihnen her. Ein paar hundert Meter weiter flussaufwärts verkündete ihre Eskorte, sie könnten jetzt aufsteigen. Schnaufend und mit rotem Gesicht tat Leclerc dennoch so, als würde er die Vor- und Nachteile dieser Idee abwägen. Fast beleidigt nahm er zur Kenntnis, wie dankbar Bernhardt den Vorschlag akzeptierte. Daher schürzte er nur nachdenklich die Lippen und folgte zähneknirschend dem Befehl. Bald hatten sie die Wölfe eingeholt.

Kurz danach wurde Leclerc von einem Angstschrei aufgeschreckt. Der gellende Laut schien den düsteren Wald regelrecht zu erhellen. Sein Verstand warnte ihn, dass es sich dabei nur um eine psychologische Reaktion handle. Der irrationale Rest hörte nicht darauf.

Gebrüllte Befehle und die Rufe von kämpfenden Männern erreichten sie als Nächstes. Die Wölfe vor Leclerc und Bernhardt lösten die Kolonne auf und verteilten sich in kleine Gruppen. Die eine Hälfte schritt mit aufgelegten Pfeilen voran. Die andere hielt rechteckige Schilde am linken Arm und in der rechten Hand einen Murdat.

Inmitten der zwanzig Mann der Reserve warteten Leclerc und Bernhardt.

Die Wölfe wurden zurückgedrängt. Leclerc entging nicht, dass die meisten Soldaten der Reserve eher gequält wirkten denn besorgt. Das war nicht schwer zu verstehen: Sie hörten ihre Kameraden, die kämpften, doch durften sie nicht eingreifen, um zu helfen. Die Murdats in ihren Händen zuckten wie Katzenschwänze. Leclerc dagegen litt nicht unter solchen Wahnvorstellungen. Er wünschte schlicht und von ganzem Herzen, die Kwa würden kehrtmachen und fliehen.

Auf drei kurze und zwei lange Pfiffe hin preschte die Reserve vorwärts.

Leclerc wollte seinem Pferd ebenfalls die Sporen geben. Der Mann, der zu ihrer Eskorte abgestellt war, packte jedoch seine Zügel. »Noch nicht. Wir warten auf unser Zeichen.«

Wütend über die Zurückweisung und beschämt, weil ihn die Erleichterung überkam, riss Leclerc die Zügel los. Währenddessen taumelten die ersten Verwundeten auf sie zu. Angesichts eines jungen Mannes, der sich von Baum zu Baum schleppte, stockte Leclerc der Atem. Er hatte seinen Lederharnisch verloren. Blut spritzte aus seinem linken Bizeps.

Abschätzend betrachtete Leclerc die Wunde und schrieb den Arm ab. Seine Herzlosigkeit erschreckte ihn.

Ein zweiter Mann stützte seinen Freund an der linken Seite. Der abgebrochene Schaft eines Speers ragte aus seinem Brustkorb. Die beiden sahen kaum auf, während sie vorbeigingen. Der mit der Speerwunde murmelte lediglich vor sich in.

Abermals ertönte die Signalpfeife, zweimal kurz und wieder zweimal kurz.

»Jetzt!« Ihr Begleiter schlug den Pferden auf die Flanke, und die Tiere bäumten sich auf. Dann preschte er mit gezogenem Murdat voran in die Schlacht. Leclerc und Bernhardt galoppierten durch den dichten Wald.

Bernhardt stieß ungewollt einen Schrei aus, als sie die Männer sah, die sich effizient und emsig gegenseitig töteten. Die disziplinierten Wölfe gingen in kleinen Einheiten vor. Paarweise bewegten sie sich wie ein Mann, parierten Hiebe mit den Schilden und schlugen mit den Murdats zu, zogen die Murdats zurück und stießen mit den Schilden zu. Die wild bemalten Krieger der Kwa kämpften mit schweren zweihändigen Schwertern, die sie wie Äxte schwangen. Leclerc zuckte zusammen, als eine dieser Waffen das Schwert eines Wolfes zerschmetterte und den Mann zu Boden warf. Der Kwa holte zum tödlichen Hieb aus. Der Partner des gestürzten Wolfes schlug zuerst zu. Daraufhin fiel der Kwa, krümmte sich und schrie.

Leclerc schoss bereits, ehe er sich dessen gewahr wurde. In seinem Kopf liefen Bilder brutaler Gewalt ab. Mit jedem Schuss mähte er einen Mitmenschen um, und bei diesem Wissen hätte er sich am liebsten übergeben. Neben ihm kreischte Bernhardt, alle sollten aufhören. Tränen rannen über ihre Wangen und tropften jedes Mal vom Kinn, wenn sie den Abzug betätigte und der Kolben gegen ihre Schulter schlug. Leclerc hatte gehofft, das Krachen der Gewehrschüsse würde die Kwa zur Flucht bewegen.

Aber sie waren stur. Nur aufgrund ihrer hohen Verluste wurde ihr Vormarsch gestoppt. Endlich waren ihre Reihen aufgelöst, und sie zogen sich Hals über Kopf zurück.

Es war schwierig, dieses Ende des Gefechts zu akzeptieren. Die Kwa schleppten ihre Verletzten davon und flüchteten durch den Wald. Den zurückgebliebenen Verwundeten ging es so übel wie den verletzten Wölfen. Leclerc und Bernhardt saßen bedrückt im Sattel und beobachteten Emso, der überprüfte, welchem von den Verletzten noch geholfen werden konnte und wem nicht. Während die Hauptgruppe aufpasste, ob die Kwa zu einem Gegenangriff ausholten, trugen andere die Kameraden zum zentralen Versorgungsplatz.

Bernhardt und Leclerc organisierten die Erste Hilfe. Bald säuberte einer der Männer Wunden, während andere Kleidung zerrissen und Verbände daraus machten. Emso lächelte verbissen, doch zustimmend, und sagte: »Ich werde nach einer Kriegsheilerin schicken lassen. Ein Mann bleibt hier und kümmert sich um die Verwundeten. Wir müssen unseren Befehl bis zum Ende ausführen.«

Leclerc, der gerade einen Verband verknotete, deutete mit dem Kinn auf die Reste des Jalailrudels. »Du hast nicht einmal mehr genug Männer, um einen sicheren Rückzug zu bewerkstelligen. Wen willst du mit denen noch angreifen?«

Emso reagierte, als habe er in einer fremden Sprache geredet. Die grimmige Wildheit des Anführers erschreckte Leclerc. In seiner Miene lag ein unerträglicher Ernst, und Leclerc wandte den Blick ab, bevor Emso antwortete. »Wir marschieren auf mein Zeichen hin weiter.« Damit ging Emso davon.

Leclerc wollte widersprechen. Bernhardt zischte ihm etwas zu. Als er sich entrüstet zu ihr umdrehte, sagte sie: »Er hat keine andere Wahl.« Sie konzentrierte sich wieder auf ihre Arbeit.

Und Leclerc folgte ihrem Beispiel, wenngleich seine Bewegungen wie automatisch abliefen. In seinem Kopf tauchten die verschiedensten Bilder auf. Emsos kontrollierte Wildheit. Gans knappe Entscheidungen, die scherengleich alle Alternativen abschnitten und die Welt auf eine Reihe von Absolutheiten reduzierten. Er erinnerte sich an andere Gesichter, an Männer, deren Namen er nicht einmal kannte. Sie benahmen sich alle gleich, sahen alle gleich aus. Leclerc erstarrte: Woher wusste er, dass sie über diese Dinge anders dachten als er? Wie konnten sie nur?

Dann begriff er und fröstelte. Sie hatten eine Ebene des Engagements erreicht, die unter normalen Bedingungen undenkbar war. Und diese Ebene konnte kein Mann lange durchhalten und dabei normal bleiben.

Leclerc betrachtete sich selbst. Jagen, Campen, Fallschirmspringen, Surfen, Autorennen. Er genoss das Risiko. Die Herausforderung. Er nahm die Möglichkeit übelster Verletzungen in Kauf. Sogar die des Todes.

Diese Männer stürzten sich in eine Situation, in der jemand *sterben* musste.

Niemand riskierte das Leben gern, niemand forderte den Tod leichtfertig heraus. Trotzdem gingen sie dorthin, wo der Tod lauerte, und sie setzten ihr Leben aufs Spiel, weil sie auf ihre Überlebensfähigkeit hofften.

In diesem Augenblick erahnte er ihr wahres Wesen und spürte einen leisen Hauch ihres Blutrausches.

Er verabscheute dieses Gefühl.

Louis Leclerc würde niemals so werden. Was auch immer Männer wie Gan und Emso und Conway – ja, und Frauen wie Tate – dazu befähigte, ihr Leben mit einem Eifer zu riskieren, der Liebe vortäuschte, Louis Leclerc besaß diese Eigenschaft nicht.

Er sah auf und wischte sich den Schweiß von der Stirn. Bernhardt beobachtete ihn. »Versprich mir eins«, sagte sie, »wenn wir das hier hinter uns haben, entscheidest du dich dafür, was du tun und wer du sein willst, und du wirst dich an diese Entscheidung halten. Machst du das, Louis? Bitte.«

Einen Augenblick lang dachte er geschockt, sie hätte seine Gedanken gelesen. Demütig erwiderte er: »Ich verspreche es dir, Kate. Danke.«

Bernhardt errötete leicht und wandte sich wieder ihrem Patienten zu.

Eine Kriegsheilerin, die seitlings auf einem Esel ritt, näherte sich ihnen. Das Tier trabte zwischen den Gefallenen und den stöhnenden Verwundeten mit steifbeiniger Anmut hindurch. Das kleine graue Tier und seine Reiterin, deren Gesicht unter einer Kapuze verschwand, strahlten stoische Ruhe aus.

Leclerc trat zu Bernhardt. Er zeigte auf die Kriegsheilerin und kicherte. »Hast du gesehen, wie sie angeritten kommt? Wie aus dem Neuen Testament.«

Bernhardt erhob sich und wich rasch von dem Mann zurück, den sie gerade behandelt hatte. »Verlierst du jetzt völlig den Verstand? Weißt du, was diese Menschen mit uns anstellen würden, wenn sie begriffen, dass du von dem Einen, der einen Esel ritt, gesprochen hast? Für Frauen ist er tabu. Und noch etwas: vergiss dieses selbstmitleidige Gerede, von wegen mit den Frauen und Kindern reiten. Ach, was soll's; ich glaube, du bist nicht zäh genug, um bei uns in der dritten Klasse zu überleben.«

Sie stolzierte in Richtung der Kriegsheilerin davon und ließ ihn mit offenem Mund stehen. Als er sich wieder gefasst hatte, unterhielt sie sich bereits gedämpft mit der Priesterin. Leclerc schluckte seine Entrüstung herunter. Nichts lief so, wie er es sich vorgestellt hatte. Er ging auf sie zu und war entschlossen, sich anständig bei ihr zu entschuldigen.

Natürlich sah sie ihn kommen und begrüßte ihn mit einem zaghaften verzeihenden Lächeln.

Emsos heiserer Befehl, sich wieder als Kolonne zu formieren, verhinderte, dass Leclerc die Worte aussprach, die er sich so sorgsam zurechtgelegt hatte.

Fünf

Emsos Truppe war kaum im Wald verschwunden, da hielt die Hauptstreitmacht der Kwa bereits auf Gans Hügel zu. Sie hatte sich grob in vier Einheiten aufgeteilt, und die Krieger waren bunt in Felle und einfache Kleidung gehüllt. Wie die Wölfe schützten sich auch die Kwa mit Lederharnischen oder Kettenhemden. Helme bekam man in allen Varianten zu sehen, manche waren kunstvoll aus Messing und Kupfer gefertigt, andere bestanden aus Geweihen, die mit Leder am Kopf befestigt wurden. Die Schwertkämpfer trugen schmale Schilde, die an den Unterarm gebunden waren und von Augenhöhe fast bis zum Boden reichten. Beim Marschieren schlugen sie im Takt auf die Schilde. Dieser Lärm, zu dem sich die rasselnden Trommeln und die tiefen Messinghörner gesellten, erinnerte an einen Sturm. Unter den Füßen der Männer wurde die Ernte auf den Feldern zertrampelt. Obstbäume wurden niedergebrochen, und saftige Weiden verwandelten sich in staubige Erde.

Hinter den Kwa lauerten die Bergmenschen, um in jede Bresche vorzupreschen, die sich in der Front der Wölfe zeigte. Ihre Krieger zogen mit gemalten, Totenschädeln ähnelnden Kriegsmasken in die Schlacht – schwarze Augen, blutrote Münder, weiße Haut. Ihre Rüstung hieß Barmal und bestand aus einem Weidengeflecht, welches mit Wildkuhhaut überzogen wurde. Kämpften sie, wie heute, zu Fuß, so trugen sie als Waffe den Kurzen Ma.

Ein Schwarm Pfeile stieg mit nervösem, tödlichem Zischen von Gans vordersten Verteidigungspositionen in die Luft. Kwa rissen die Schilde fast wie ein Mann in die Höhe, denn als erfahrene Krieger verteidigten sie sich nahezu automatisch. Einzelne Schmerzensschreie wurden laut. Zwei Kriegsheilerinnen in schwarzer Robe schleppten drei, vier und dann einen fünften Mann nach hinten. Andere Verwundete halfen sich gegenseitig und zogen sich allein zurück. Eine kleinere Anzahl Männer blieb dort liegen, wo sie gefallen waren.

Die Horde schloss sich einem einzigen Organismus gleich wieder zusammen und ließ die Verletzten hinter sich.

Ein einzelner Mann lief verwegen vor. Er trug einen Helm mit riesigen Wildkuhhörnern. Stählerne Buckel glänzten auf seinem Schild, und wie bei allen anderen auch war sein Gesicht mit einer Dämonenfratze bemalt. Zermürbende Stille machte sich im Heer der Kwa breit, als der Mann die zweischneidige Axt hob. Er wandte sich den Verteidigern zu und schrie mit gellender Stimme: »Ihhhhr!« Der Ruf erzeugte ein waberndes, geisterhaftes Echo. Dann wiederholten alle Kwa den Laut.

Gan stellten sich die Nackenhaare auf. Um ihn herum erhoben sich seine Männer und packten ihre Waffen. Einer der Wölfe fluchte gedankenverloren vor sich hin.

Der einzelne Kwa zählte die Namen der Wolfsrudel einen nach dem anderen auf. Gans Name folgte zuletzt und wurde hervorgehoben, indem die Krieger nun wieder mit den Schwertern auf die Schilde schlugen.

Zwei Kwa eilten vor und stützten einen gefesselten und geknebelten Gefangenen, der sich heftig widersetzte. Eine bärtige Gestalt humpelte hinter ihm her. In seiner langen, erdbraunen Robe ähnelte der Mann äußerlich den schwarzgewandeten Frauen der Kirche. Sein Stab war einen Kopf höher als er selbst. An der Spitze war eine horizontale Scheibe angebracht. Von ihr baumelten durchsichtige Quarzkristalle herab. Obwohl die Wolken die Sonne beinahe vollständig verhüllten, funkelte das Schmuckwerk wild.

Gan beobachtete das Schauspiel misstrauisch. Der säuerliche Geruch der Anspannung vor der Schlacht hatte etwas von Verwesung an sich. Gan fiel auf, dass der fluchende Mann verstummt war.

Der Mann in der braunen Robe stellte sich vor den Anführer mit dem gehörnten Helm, der sich nun auf ein Knie niederließ. Die bärtige Gestalt gestikulierte, doch ihre Worte waren über die Entfernung nicht zu verstehen. Das gesamte Heer der Kwa kniete ebenfalls. Unter der Robe holte der alte Mann einen großen, weißen Gegenstand hervor. Er beugte sich zu dem Anführer vor, setzte ihm das Ding – eine Maske – auf und trat zurück. Die gegnerische Streitmacht erhob sich wieder; das Klappern und Rasseln von Waffen und Rüstungen hallte bedrohlich durch das Tal.

Der Anführer der Kwa nahm in seiner neuen Rolle Pose ein. Die Maske war beinahe eiförmig und wurde von oben nach unten schmaler. Sie war fast so breit wie die Schultern ihres Trägers und erstreckte sich vom Scheitel des Helms bis eine Handbreit unter das Kinn. An den Ohren zeigte sie eine leichte Einbuchtung, die eine verbesserte Sicht durch die Augenschlitze gewährte. Der Mund war oval geformt und reichte bis zum Kinn. Weitere Merkmale wies sie nicht auf. Das flache weiße Gesicht sprach von unermesslichen Qualen. Gan hatte das Gefühl, diese unmenschliche Fratze starre geradewegs in sein Innerstes.

Ein Geräusch veranlasste ihn, sich umzudrehen. Die Veilchenäbtissin sagte: »Der Nordwind«, und vollführte das Dreizeichen. Ihr Blick schweifte umher wie der eines nervösen Tieres, das nach einem Fluchtweg sucht. Sie fuhr fort: »Das ist ihr Gott des Krieges. Bei den Kwa heißt es, am Anfang sei es der Nordwind gewesen, der unendliche Kälte und ewigen Regen heranwehte, welche beide den Tod mit sich brachten. Der alte Mann ist ein Priester. Sieh dir das nur an.«

Gan wandte sich wieder nach vorn. Der Priester trat zurück und berührte den Gefesselten mit dem Stab. Er hielt die Scheibe vertikal und drehte sie. Die Kristalle kreisten glitzernd. Während sich die Gestalt in der Robe immer weiter zurückzog, hörte der helle Kreis nicht auf zu rotieren.

Die zwei Männer, die den Gefangenen gepackt hatten, traten zur Seite und ließen ihn los. Der Anführer hob die Axt und schlug zu. Ein zweites Mal. Und noch einmal.

Zitternd brach der Gefesselte zusammen.

Die Kwa brüllten.

Der Veilchenäbtissin stockte der Atem. »Du hast uns hierher geführt, Gan Moondark. Du und diese abtrünnige Sylah und ihre Komplizin Lanta. Du hast ihnen ihre törichte Suche gestattet, und ihre Blasphemie hat die Kirche geschwächt. Aufgrund deiner Sünde hat der Eine In Allem Sein Antlitz von dir abgewandt.«

Der Fluch kroch Gan wie eine kalte Hand den Rücken hinunter.

Die Kwa griffen an. Ihre Bogenschützen schickten einen Schwarm Pfeile über die Sturmtruppen hinweg auf Gans Männer. Gans Bogenschützen schossen zurück und suchten in den Gräben Deckung.

Schrille Schmerzensschreie gellten durch das Gebrüll und die Befehle.

Vom bewaldeten Nordhang preschte eine Kolonne Reiter herunter und strebte auf Gans Flanke zu. Gan gab das Zeichen. Ein Horn ertönte. An einem Mast wurde ein weißer Wimpel aufgezogen. Die schwere Kavallerie der Drei Territorien galoppierte aus ihrem Versteck im Bachbett hervor und näherte sich ihrem Gegner.

Die Kwa erreichten die tragbaren Barrieren. Grollend zollte ihnen Gan seine Bewunderung, als die vordersten Krieger sich einfach wie menschliche Stege für die folgenden Männer darüber warfen. Die Speerträger der Wölfe, welche die rasche Überwindung ihre Verteidigungsanlagen überraschte, wichen zurück, denn in dieser Situation waren ihre langen, umständlichen Waffen nicht mehr zu gebrauchen.

Gerade in dem Augenblick, da es schien, die Speerträger würden schlicht überrannt, explodierte der erste von Leclercs Schwarzpulversäcken. Die Kwa blieben stehen, als wären sie gegen eine Mauer gerannt. Weitere Säcke explodierten. Der Angriff kam zum Stillstand. Männer heulten vor Angst und Schmerz, während die umherfliegenden Steine Fleisch zerfetzten, Rüstungen zertrümmerten und Knochen zermalmten.

Gan gab erneut ein Zeichen. Auf der riesigen Trommel, die so lang wie ein Mann war und im Durchmesser immerhin noch die Hälfte maß, schlug das Trommlerpaar – an jedem Ende des Instruments einer – den Befehl zum Gegenangriff. Von ihrer geschützten Position im Obsthain antwortete die Truppe der Olaner. Signalwimpel koordinierten die Attacke um den Hügel herum. Das Heer der Kwa befand sich bereits auf dem Rückzug, als die Olaner ihnen in die Flanke fielen.

Die Überraschung war gelungen. Der Sieg war zum Greifen nahe.

Der Anführer der Kwa schickte den Hauptteil seiner Truppe zu den Olanern.

Das Krachen der Blitzwaffen verkündete die Ankunft von Leclerc und Bernhardt. Die Kugeln pfiffen durch die Luft und ließen die Krieger der Kwa tanzen wie Herbstlaub.

Das angreifende Heer erschauerte. Erneut wirkten sie auf Gan wie ein einziges Lebewesen. Es war verwundet und erschreckt, und dennoch rang es darum, sich selbst zu behaupten. Gans Blick suchte den Anführer der Kwa, denn er wusste, dieser Mann musste den Konflikt ebenfalls auf Messers Schneide stehen sehen.

Kriegshörner dröhnten zur Talsohle herab. Im Osten donnerte die Reserve der Kwakavallerie heran. Sie galoppierte zur Südseite der Senke, geradewegs auf die Blitzwaffen zu.

Der Anführer der Kwa saß jetzt im Sattel und preschte zu den Männern hinüber, die mit den Olanern fochten. Durch die bloße Überzahl wurden Gans Krieger zurückgedrängt.

Gan schaute nach rechts. Seine Kavallerie war erfolgreich und trieb die überlebenden Gegner in den Schutz des Waldes. Die Trommel rief die Reiter zusammen und versagte die Verfolgung der aufgeriebenen Reiterei des Feindes, denn die eigenen Verteidigungsanlagen wurden zu arg bedrängt.

Jetzt war der Moment gekommen, in dem die Ausbildung und die Verständigung innerhalb von Gans Truppe bis an die äußerste Grenze auf die Probe gestellt würden. Noch hatten sich die Soldaten der Drei Territorien niemals unter Druck zurückziehen müssen.

Er erinnerte sich an die Lektionen, die ihm sein Vater, der Kriegshäuptling, erteilt hatte. Traditionell kämpften die Hundemenschen mit blitzartigen Überfällen, Rückzug, erneutem Überfall. Eine gut ausgebildete Infanterie konnte das Gleiche leisten, wenn auch wesentlich langsamer.

Die Trommel dröhnte über das gesamte Schlachtfeld hinweg und übertönte die kleineren Trommeln der einzelnen Einheiten, die schrillen Pfeifen und das gewaltige menschliche Stimmengewirr. Rudel griffen gemeinsam an und nahmen die Kwa auf die Hörner. So rasch sie gekommen waren, machten sie kehrt und flohen. Die malträtierten Kwa jubelten und setzten ihnen nach, nur um einer anderen Seite aus dem nächsten Rudel zum Opfer zu fallen.

Dennoch drängten die Kwa vorwärts. Immer nur vorwärts.

Gan blickte nach Osten und Süden. Emso und seine Männer

hielten gemeinsam mit Leclerc und Bernhardt ihre Stellung. Was auch immer sie dort ausrichteten, sie konnten sich nicht freikämpfen und in die Hauptschlacht eingreifen.

Gan Moondark war geschlagen.

Dieser Erkenntnis konnte er sich nicht mehr verschließen, als seine Olaner von wütenden Kwa den Hügel hinaufgetrieben wurden. Sie schockierte ihn, als habe ihm jemand, den er verehrte, etwas Obszönes ins Ohr geflüstert. Unglauben machte sich in ihm breit.

Plötzlich taumelte er rückwärts, fuchtelte mit den Armen und starrte auf den zitternden, blutigen Pfeilschaft, der aus seinem Kettenhemd ragte. Die Glieder hatten verhindert, dass die Widerhaken in sein Fleisch eindrangen. Er riss den Pfeil heraus und schleuderte ihn leise knurrend fort.

Die Verwirrung hatte sich gelöst. An ihre Stelle trat Erlösung, der Wille, den Wahnsinn der Schlacht zu überleben. Er schwang sich auf sein Kriegspferd und rief den großen Hund, Shara. Mit dem Schwert in der Hand heulte Gan auf und ergab sich der Absolutheit des Kampfes um Leben und Tod. Die Verantwortung, die Truppe zu befehligen, war verschwunden, und ebenso die Trauer um die Gefallenen und Verstümmelten, die seinen Befehlen hatten gehorchen müssen. Verschwunden war auch der *Murdat.* Mann, Pferd und Hund flogen wie der dreifache Tod auf den Feind zu.

Die gemeinen Krieger auf beiden Seiten wichen vor diesem Mahlstrom der Zerstörung zurück. Einige Kwa, die über jeden Verstand hinaus mutig waren, traten dem Gespann in den Weg. Das Pferd keilte aus. Sharas Kiefer zermalmten Knochen. Gans Murdat zerteilte Fleisch.

Gan hielt nach dem Anführer der Kwa Ausschau. Selbst noch, als er den Druck der Kwa um ihn herum immer stärker spürte, trieb es ihn tiefer ins Getümmel hinein.

Fast schon hinter der Streitmacht angelangt, tötete die persönliche Leibwache des Anführers Gans Pferd. Von Pfeilen durchbohrt wieherte es trotzig und stürzte sich in die dichten Reihen. Es brach zusammen und trat und biss noch im Sterben nach den Soldaten. Gan sprang aus dem Sattel und landete auf den Füßen.

Wenige Schritte vor ihm stand sein maskierter Gegner. Einen Augenblick lang galten die beiden Menschenmassen, die einander bekämpften, nichts mehr. Nur der Wille der beiden Männer, die sich hier bekriegten, zählte noch.

Donnergrollen kündigte das Duell an. Der Anführer der Kwa ignorierte sowohl ihn als auch den einsetzenden Regen und wartete, als habe er dieses Ereignis vorhergesehen. Die Kwakrieger, die die Szene bemerkten, wichen ehrfürchtig zurück.

Der Regen ging in schweren Tropfen nieder, die rot über Gans Kettenhemd flossen und dünne Rinnsale auf der Schwertklinge bildeten.

Ein jüngerer Mann eilte dem Anführer zur Seite. Beide hatten die gleiche Größe und annähernd dasselbe Gewicht. Muskelbepackte Arme. Starke Männer. Ruhig, zuversichtlich. Der maskierte Anführer kreiste nach rechts, wobei seine Füße stets den Boden berührten. Der jüngere blieb stehen und duckte sich. Jeder hielt eine doppelschneidige Axt und einen langen, schmalen Schild.

Unter der trauernden Maske klang die Stimme des Älteren eigentümlich und fern. »Wir also, Gan Moondark. Ich bin Roter Himmel. Dies ist mein Sohn Zwei Fäuste. Ich und mein Sohn gegen dich und deinen Sohn. Du bist im Vorteil, denke ich; dein Kind ähnelt dir mehr als meines mir.«

Gan lächelte leichthin. »Der Hund hat seinen Vater kennen gelernt; dieser Junge muss sich fragen, ob er diese Ehre bereits hatte.«

Zwei Fäuste ließ sich von dieser Bemerkung ködern. Schreiend griff er an. Aus den Augenwinkeln bemerkte Gan Roter

Himmels Zucken und wusste, sein Gegner war bestürzt, unterließ jedoch jegliche Anstrengung, den übereilten Zug seines Sohnes zu verhindern. Dann setzte sich auch der ältere Mann in Bewegung. Gan trat nach hinten und gleichzeitig zur Seite, wodurch zwei Fäuste ihm folgen musste und Vater und Sohn wieder nebeneinander standen. Nun konnte Roter Himmel ihm nicht mehr in die Flanke fallen.

Shara stellte sich neben Gan auf die Hinterpfoten, riss die Schnauze weit auf und zwang Roter Himmel damit, eine bessere Verteidigungsposition zu suchen. Daraufhin duckte sich der Hund und sprang.

Roter Himmel war schnell. Seine Axt senkte sich mit unglaublicher Geschwindigkeit. Shara winselte, als die Axt über seine Rippen schnitt und das Fleisch aufriss. Nichtsdestotrotz verbiss sich der Hund in Roter Himmels Oberschenkel. Mit einer Drehung des Kopfes durchtrennte er mehrere Adern und zerrte das Fleisch von dem kräftigen, erschreckend weißen Knochen.

Roter Himmel taumelte und ging zu Boden.

Zwei Fäuste, der sich beim ersten Mal von Gan hatte täuschen lassen, wirbelte herum. Gan erwartete ihn bereits. Der Blick des Sohnes wandte sich den Anstrengungen des Vaters zu, dem Hund zu entkommen. Blut spritzte aus dem verstümmelten Oberschenkel. Zwei Fäuste verlor die Beherrschung.

Mitleid trübte Gans Konzentration und verging so rasch wie ein leises Flüstern. Er trat zurück und parierte den Axthieb von Zwei Fäuste. Dann trat er zur Seite und trieb dem jungen Mann den Murdat in die ungedeckten Nieren. Die Axt flog in die Menge der zuschauenden Krieger.

Zwei Fäuste ging auf die Knie und brach mit dem Gesicht nach unten zusammen.

Gan fuhr herum und duckte sich. Shara umkreiste Roter Himmel, der auf einem Knie hockte und sich abmühte, wieder auf die

Beine zu kommen. Die Maske war verrutscht. Der Mann täuschte vor, nach dem Hund zu schlagen, dann richtete er den Hieb auf Gans Beine.

Ein Reflex rettete Gan. Er sprang in die Höhe. Die funkelnde Klinge sauste unter seinen Füßen hindurch. Gan schlug auf seinen Gegner ein, nachdem er wieder gelandet war. Der Murdat durchtrennte das Rückgrat von Roter Himmel. Schnitt durch Fleisch und Muskeln des Halses. Traf krachend in die Rückseite der Maske. Enthauptet und zuckend fiel der Anführer der Kwa um. Zwei Schritte entfernt lag die von Blut und Schlamm befleckte weiße Maske, die noch immer das Gesicht von Roter Himmel bedeckte, und starrte mit leeren Augen und stillem Schmerz in den Regen.

Gan rief Shara und stürmte in die Lücke, die die davonfliegende Axt von Zwei Fäuste hervorgerufen hatte.

Der Priester stellte sich den beiden in den Weg. Unverständliche Laute und Speichel lösten sich aus dem bärtigen Mund. Der Mann hob drohend den verzierten Stab. Shara sprang an seinem Herrchen vorbei und packte den ganzen Kopf des Priesters mit der Schnauze. Ineinander verschlungen fielen beide zu Boden. Knurrend schüttelte Shara sein Opfer wie ein Terrier eine Ratte. Das Krachen der brechenden Knochen rief unter den Kwa laute Schreie hervor: unbändige Wut und ungläubiger Schock ergriffen sie.

Gan schlug nach jenen, die ihn aufhalten wollten, und warf sich auf eines der Pferde, die hinten angebunden waren. Während er sich flach auf den Hals des Tieres legte, befahl er Shara, die anderen Tiere anzugreifen.

Pfeile flogen an ihm vorbei und gruben sich ebenfalls um den bellenden Shara herum in die Erde. Ein Speer, der Gan fast so groß wie ein Baumstamm erschien, ging über seine Schulter hinweg und traf mit dem Schaft den Kopf des Pferdes.

Shara winselte. Mit einem Blick sah Gan, dass den Hund ein

Pfeil in die Seite getroffen hatte, ganz dicht bei der hässlichen Axtwunde. Der Schaft brach ab, und mit zwei Sätzen hatte Shara Gan eingeholt.

Gerade wollte er sich zur gelungenen Flucht beglückwünschen, da traf ihn der Pfeil. Dann hielt er die Zügel nur noch mit einer Hand und umklammerte mit der anderen das Ding, das aus seinem Hals ragte.

Er biss die Zähne zusammen und brach den Schaft ab.

Den Kopf zu drehen erzeugte Todespein. In der Ferne rief ein Signalwimpel die Wölfe zum geordneten Rückzug.

Die große Trommel dröhnte. Seine Trommel.

Donner erschütterte das Tal. Der Regen ging wie aus Kübeln nieder. Kleine Gruppen von Kriegern kämpften noch an den Stellungen der Wölfe, die meisten Kwa liefen allerdings bereits zu dem großen und weiter anwachsenden Kreis von Männern, welche mit stummem Unglauben die drei auf dem Boden liegenden Gestalten anstarrten.

Nein, nicht alle betrachteten die Toten. Zwanzig Mann oder mehr hetzten ihm hinterher. Sie schrien nach Rache. Das Wasser spritzte auf, während Gejagter und Jäger über das regennasse Bohnenfeld galoppierten.

Gan drückte die Hand auf die Wunde, um die Blutung zu stillen, doch spürte er, wie ihn die Kräfte verließen. Mit unerbittlichem Willen zwang er sich in die helfende Trance des Nara, des harten Kerns der Krieger aus Mut und Selbstbeherrschung.

Shara bemühte sich, Schritt zu halten und gleichzeitig die verletzte Flanke zu schonen. Gan drängte den Hund voran. Vor ihnen standen Bäume. Deckung.

Er trauerte um die verlorene Ehre, die er den Hundemenschen und den Drei Territorien hatten bringen wollen. Dann ging es hinein in die dichte, duftende Luft des Waldes. Den Berg hoch. Auf die Suche nach einem Ort für den letzten Kampf.

Nun würde er doch nicht in seiner geliebten Prärie sterben. Das war seit dem Tag, an dem er die Berge überquert hatte, seine größte Furcht gewesen.

Sechs

Sharas Atem klang wie eine verrostete Säge. Mit gesenktem Kopf starrte der Hund vor sich hin, während er sich schief vorwärtsbewegte, da seine verwundete Flanke steif wurde. Gan ging es ein wenig besser. Er lenkte das Pferd den steilen, rutschigen Hang hinauf, dessen tückischer Boden das Tier bis an seine Grenzen beanspruchte. Die Energiewoge, die Gan im Kampf durchflutet hatte, war schon lange abgeebbt. Er war durchnässt, erschöpft, und er fror. Die Pfeilspitze in seinem Hals schmerzte bei jedem Herzschlag, bei jeder Bewegung.

Gan dachte voller Hochachtung an seinen Freund und Lehrer Clas na Bale. Der konnte Schmerz fast vollständig aus seinem Bewusstsein ausblenden. Wunden stellten für Clas nur Unannehmlichkeiten dar, sah man einmal vom Blutverlust ab.

Er konzentrierte sich auf die nach innen gerichtete mentale Kraft des Nara, spürte den Schmerz auf und malte sich ein Bild von ihm. Dies nutzte er, um seine Sinne anzuregen.

Von weit unter sich hörte er die Stimmen seiner Verfolger und das Schnaufen ihrer Pferde. Er war von Gerüchen umgeben; feuchte Rinde, Tannennadeln, Erde. Der unverwechselbare Geruch eines nassen Hundes. Dabei konnte es sich nicht um Shara handeln, die Windrichtung war eine andere. Demnach musste es hier Wölfe geben. Dieser Gedanke gefiel ihm. Wölfen war er schon früher begegnet.

Regen. Entnervend kalt, fast blendend. Letzteres war ein Segen, entschied Gan. Wenn er nicht sehen konnte, fiel es seinen Feinden ebenso schwer. Er drehte sich um und schaute den Berg hinunter.

Die Pfeilspitze bemerkte die Bewegung und bestrafte ihn dafür, als wäre sie ein lebendiges Wesen. Der Schock durchfuhr seinen Körper und wollten seinen Willen brechen. Schwach hörte er Clas' Stimme: »Schmerz tötet. Lauf vor ihm weg, und er wird dich vernichten. Tritt ihm entgegen. Lass zu, was sein muss. Trenne die Verletzung von dir ab. Umgib sie mit einer Mauer, Gan.«

Das keuchende Pferd überwand den Grat und erreichte eine hoch gelegene Weide, die glücklicherweise nahezu eben war. Nach einigen weiteren Schritten blieb das Tier stehen, ließ den Kopf hängen, spreizte die Beine und konnte nicht mehr weiter.

Rasch stieg Gan ab. Der Grund fiel auf drei Seiten ab. Zu seiner Linken ragte der Berg in den verhüllenden Nebel hinauf. Ein umsichtiger Mann würde sich bergabwärts wenden und versuchen, seinen Verfolgern davonzulaufen. Schließlich waren ihre Pferde ebenfalls erschöpft.

Gan grinste Shara verkniffen an. »Selbst wenn ich entkommen könnte, du würdest es nicht mehr weit schaffen, nicht wahr?«

Der Hund lag im nassen Gras und wedelte nur mit dem Schwanz.

Dort, wo sich die Wiese und der Berg trafen, ragte eine Felswand wie eine vor Ewigkeiten erstarrte Welle auf. Der Berg war von etlichen Klüften durchfurcht.

Gan gab dem ausgelaugten Pferd einen Klaps auf den Rumpf, woraufhin es nur den Rücken durchdrückte und stöhnte. Als es sich umdrehte und Gan anblickte, rann ihm das Blut aus den Nüstern.

In der Ferne riefen Männer. Ein Pferd wieherte.

»Du musst sie in die Irre führen«, sagte Gan. »Wenn sie dich finden, wissen sie, dass ich in der Nähe bin.«

Das Tier schwang den Kopf wieder nach vorn, wo er beinahe bis zum Boden gesunken wäre. Es zitterte heftig und keuchte.

Der stumme, hilflose Blick in den Augen des erschöpften Tieres verwandelte sich in Gans Phantasie. Das Gesicht wurde menschlich, wurde zu vielen Gesichtern. Gan sah Männer unter seiner Waffe fallen, wesentlich deutlicher jetzt, da die Tat vollendet war.

Das war der Krieg. Das Leben. So war der Lauf der Dinge.

Die Verfolger kamen näher. Einzelne Stimmen waren bereits zu unterscheiden.

Gan schob den Murdat in die Scheide und lief los. Als er die Felsen erreichte, befanden sich die Kwa kurz vor der Kante, hinter der die Wiese begann. Um über die Felswand zu gelangen, musste er von einem der regennassen Brocken zum anderen springen. Bei jedem Aufsetzen drohten seine Knie nachzugeben. Shara knurrte und winselte abwechselnd wegen des Schmerzes.

Jemand verkündete lauthals die Entdeckung des zurückgelassenen Pferdes.

Es war unmöglich, über die Felsen weiterzukommen, ohne dabei gesehen zu werden. Gan legte sich auf den Bauch. Shara streckte sich neben ihm aus. Hinter ihnen suchten die Kwa nach Spuren.

Gan kroch zu einer der schmalen Spalten. Verführerisch enthüllte sich vor ihm ein von Steinen übersäter Pfad, der breiter als ein Mann war. Felsen jeder Größe bildeten eine verworrene Treppe, die oben am Berg in Regen und Dunst verschwand. Falls sie jedoch gerade außerhalb seiner Sichtweite endete, war es die schlimmste Falle, in die Gan geraten konnte. »Viel Auswahl bleibt uns nicht«, sagte Gan und kraulte Sharas Kopf. »Wir müssen dort hoch oder …«

Die braunen Augen sahen ihn vertrauensvoll an. Einen Moment lang fühlte sich Gan an das Pferd auf der Wiese erinnert.

Die Kwa durchforsteten das Steinlabyrinth bereits, noch ehe Gan und Shara zwanzig Schritte vorangekommen waren. Ein Felsblock, der aus der Nähe viel riesiger war, als es von unten den Anschein hatte, versperrte den Weg. Gan zog sich, von den aufgeregten Rufen der Verfolger getrieben, daran hoch. Shara stellte sich auf die Hinterpfoten, doch konnte er die Kante nicht erreichen. Das Tier sprang und versuchte, am nackten Stein hochzukrabbeln. Es winselte vor Schmerz und Enttäuschung und fiel immer wieder zurück. Gan redete beschwichtigend auf Shara ein, wie er es noch nie getan hatte.

Der Hund sammelte Kraft für eine Anstrengung, von der Gan wusste, dass es die letzte sein würde. Während er mit dem Gesicht nach unten über die Kante hing, drängte sich der Schmerz der Pfeilwunde in sein Bewusstsein. Das Bild des Hundes wankte, verschwand, kehrte zurück.

Shara sprang hoch. Gan packte zu. Seine Finger griffen unter das Halsband, welches der Hund in der Schlacht trug. Was immer auch geschieht, dachte Gan, wir sterben Seite an Seite. Wir haben einander zu viel gegeben, um uns nun zu trennen.

Er war froh, dass Neela niemals etwas von dieser unglaublich törichten Entscheidung erfahren würde.

Ein Stachel des Halsbandes bohrte sich in sein Handgelenk. Während der Hund sich abmühte, wurde der Dorn tiefer ins Fleisch gedrückt. Als er die Haut endlich durchdrang, stellte es eine Erleichterung von dem entsetzlichen Druck dar. Doch nur einen Augenblick lang. Dann glitt das Metall über den Knochen. Gan stöhnte durch die zusammengebissenen Zähne. Stück für Stück kam der Hund näher. Gan lobte ihn und verfluchte sein Gewicht. Schließlich setzte Shara die Hinterpfoten auf die Kante, und beide sanken zu einem schmutzigen, blutigen Haufen zusammen, zu entkräftet, um sich weiter zu bewegen. Erst als Shara den Kopf hob und den Stachel losriss, reagierte Gan. Es gelang ihm, einen Schrei zu unterdrücken. Doch er musste mehrmals tief Luft holen, bis er nicht mehr zitterte.

Geduckt kroch er zur Kante und spähte nach unten. Ein Krieger der Kwa kauerte am Anfang der Spalte und untersuchte die Felsen. Gerade noch rechtzeitig zog Gan den Kopf ein. Er und Shara taumelten weiter und hörten den Verfolger nach seinen Begleitern rufen.

Gan hätte das Loch beinahe übersehen. Auf Kniehöhe und kaum groß genug, um einen Mann durchzulassen. Mit den Füßen voran schob er sich hinein. Die Höhle war so niedrig, dass er nicht einmal knien konnte, doch würde er sich mit Shara darin verstecken können.

Er zog den Hund herein und hielt verzweifelt nach etwas Ausschau, mit dem er den Eingang verbergen konnte. Teilweise wurde sie vom unteren Teil einer herabgefallenen Steinscheibe verdeckt. Gan packte eine Zweite und wollte sie heranzerren. Im Besitz seiner vollen Kräfte wäre das eine schwierige Aufgabe gewesen. In seinem gegenwärtigen Zustand war sie eine sinnlose Qual.

Die schmale Spalte hallte von den Rufen der Kwa wider. Zum ersten Mal bemerkte Gan, dass der Regen aufgehört hatte. Die Blutspur würde leicht zu verfolgen sein.

In diesem Loch würde es enden.

Er kroch ein Stück heraus und verschmierte das Blut der Wunde am Handgelenk an den Wänden und auf dem Boden der Spalte. Danach zog er sich wieder in die Höhle zurück und zerrte mit aller Kraft an dem Stein, der den Eingang verdecken sollte, bis sich der Fels an Ort und Stelle befand. Er krabbelte tiefer hinein und trieb Shara voran.

Der Kwa blieb draußen stehen. Ein Mann berichtete aufgeregt von dem Blut. Ein Zweiter unterbrach ihn. »Das Blut ist nicht heruntergetropft. Es wurde verschmiert.«

»Er ist gefallen. Oder es stammt vom Hund. Komm, weiter.«

Das Geräusch einer Bewegung war zu hören. Dann die Beschwerde: »Worauf wartest du noch?«

»Hier stimmt etwas nicht«, erwiderte der bessere Fährtenleser. »Sieh hier: Kratzspuren. Er hat etwas verschoben.«

»Überall in dieser Spalte haben wir solche Kratzer gefunden. Wenn du müde bist und nicht mehr mithalten kannst, bleib hier sitzen und warte. Wir bringen ihn dir dann.«

Gan beachtete die Auseinandersetzung nicht. Die Scheibe vor dem Eingang hatte ein Loch von der Größe zweier Fäuste hinterlassen. Davor huschten Schatten hin und her. Ein Schwert wurde hereingestreckt und wieder herausgezogen.

Jemand lachte. »Glaubst du, er hat sich in ein Murmeltier verwandelt? Und was ist mit dem Hund? Ist er zur Maus geworden?«

Glänzend und forschend schob sich eine Speerspitze herein. Gan schob sie zur Seite. Sie drehte sich nach hierhin und dorthin. Immer wieder drückte Gan sich an die Wände. Der Speer wurde zurückgezogen. Der Fährtenleser blieb misstrauisch. »Diese Spalte führt nirgendwohin. Ich weiß nicht. Du – hilf mir mal bei diesen Steinen. Ich will sehen, was sich dahinter befindet.«

Gan streckte den Murdat vor sich aus.

Krachend erschütterte ein Blitz die Erde in der Umgebung. Gleichzeitig ertönte der Donner. Laute Schreie gellten durch das Grollen. Auf den Donner folgte sofort das Rauschen von Regen.

»Wunderbar!« Die Stimme war wütend sarkastisch. »Jetzt wird die Blutspur weggewaschen. Falls er entkommt, ist es deine Schuld.«

Stiefeltritte verschwanden in der Ferne.

Bald schon würden seine Verfolger bemerken, dass er sich nicht mehr vor ihnen befand. Ein wenig höher begann der Schnee. Sie würden keine Spuren finden, zurückkommen und den Fels vor dem Eingang wegschieben.

Hinauszukriechen war verführerisch. Aber Gan verwarf diese Idee. Bei den Pferden auf der Wiese gab es bestimmt eine Wache, falls er es überhaupt bis dorthin schaffte, ohne erwischt zu werden. Und hatten sie ihn einmal entdeckt, würden sie ihn auch überwältigen. Er konnte nur darauf hoffen, dass die Kwa entmutigt aufgaben.

Er erschauerte. In einem Loch getötet, aufgespießt wie ein Kaninchen. Was hatte der Kwa gesagt? Ein Murmeltier. Nicht gerade ein sehr ehrenhafter Tod.

Shara regte sich und drückte sich an ihn. Gereizt schob Gan ihn zurück. Der Hund ließ nicht nach. Gan versuchte, sich umzudrehen und ihn zu ermahnen.

Dann hörte er den Ruf. Leise, zitternd, unverkennbar. Wölfe. Geheul. Nicht nur einer. Viele. Rufe bei helllichtem Tag, mitten im Regen. Das war noch nie dagewesen.

Ein Horn wurde geblasen. Zweimal lang, dann mehrmals kurz. Man brauchte die Signale der Kwa nicht zu kennen, um die Dringlichkeit ihrer Nachrichten zu verstehen.

Jetzt, da er eine Chance zum Überleben sah, überwand Gan seine Schmerzen. Er kämpfte gegen die Lethargie an, die sich in seinem Körper breit machte und seine Kraft und seinen Willen aushöhlte. Der Schmerz, geduldig wie stets, fraß sich durch sein Nara. Sein Herzschlag wurde schwächer. Das Atmen war eine Last. Das Heft des Murdats glitt aus seinen tauben Fingern.

Draußen erhob sich Lärm.

Draußen. Was bedeutete »draußen«? Warum hörte er Stimmen? Wütende. »… habe dir doch gesagt, er ist kein gewöhnlicher Mann. Wölfe heulen nie so. Das ist Magie. Wenn sie unsere Pferde angegriffen haben …«

Wieder Stille. Frieden. Schlaf.

Der Traum näherte sich langsam wie dunkler Nebel. Unter dem dichten Dunst hob und senkte sich ein schwarzes Meer. Gan sah sich in einem kleinen Boot. Die Segel waren zerfetzt, der Rumpf leckte.

Jemand beobachtete ihn. Unter dem Wasserspiegel. Er spürte seine Gegenwart. Kalt, schleimig. Aber er konnte nichts erkennen.

»Es wartet auf dich, junger Gan. Auf dich, der du weniger wert bist als Dreck.« Die Stimme war von Hass durchsetzt. Sie klang schrill wie Fingernägel, die über Schiefer scharren. Gan bemühte sich aufzuwachen. Lachen. Schlimmer noch als die Worte. *»Ich werde dich erlösen, wenn ich fertig bin mit dir. Achte auf deine Träume. Verstehe.«*

Vor dem Boot türmte sich das Meer zu einem Berg auf. Anders konnte er es nicht beschreiben. Ein Auswuchs, der schwarzes Wasser mit sich zog. Blasen stiegen auf und wirbelten an den Rändern herum. Dieses Ding wurde immer größer.

Das kleine Boot wurde davon angesogen.

Gan zerrte an den Leinen und versuchte, das Segel zu hissen. Jedes Mal, wenn er zog, riss das Tau. Das schwarze Ding vor ihm ragte inzwischen wie ein Gebirge auf. Die Stimme ertönte abermals, jetzt aus diesem Ungetüm heraus. Befriedigt von ihrer erschreckenden Macht flüsterte sie: *»Du würdest das Meer auf die Probe stellen, nicht wahr? Fürchtest du dich nicht vor dieser Macht? Dann sieh, was dich erwartet!«*

Das unmögliche Ding kehrte sich um. Senkte sich. Gleichzeitig begann es sich zu drehen, zunächst kaum merklich. Dann schneller. Schneller. Nachdem es wieder mit der Meeresoberfläche auf eine Ebene gekommen war, wurde es zu einem dunklen Strudel.

Wo zuvor ein Berg gewesen war, bildete sich nun ein riesiges Loch.

Das kleine Boot war in dem Wirbel gefangen und schaukelte heftig. Gan packte den Mast mit einer Hand und die Reling mit der anderen. Weit unten, vom bewegten Wasser und schwachem

Licht verzerrt, sah Gan Dinge – undeutliche, kalte räuberische Dinge – die aus dem düsteren Mahlstrom sprangen. Und ihm dämmerte die entsetzliche Erkenntnis, dass sie auf ihn lauerten.

Die Reling des Bootes brach ab und verschwand im Strudel. Die Planken des Rumpfes lösten sich voneinander. Der Mast knickte um und fiel in die Tiefe. Gan klammerte sich an das schräge Deck.

Inmitten all dieses Schreckens wurde seine Hand plötzlich warm. Noch einmal hörte er die Stimme, lauter und eindringlicher mit jedem Wort. *»Das Meer wartet auf dich. Komm, Gan. Jetzt. Gan. Gan!«*

Eine andere Stimme widersprach. »Ich bin es, Gan. Sprich mit mir!«

Licht brannte in Gans Augen. Er sah Sharas Kopf, der auf seinem Bein lag. Er fragte sich, wie der Hund dort hingekommen war. Warum lagen sie?

Die Höhle. Die Kwa. Er griff nach seinem Murdat.

»Ich habe deine Waffe, Gan. Reich mir deine Hand.« Erkennen vertrieb die Verwirrung. Emso. Gan zog seine Hand unter Sharas Kopf hervor. Sie war feucht an der Stelle, wo der Hund sie abgeleckt hatte.

Die Erinnerungen verschwammen. Wasser. Kälte.

Emso hatte seine Hände gepackt und zog ihn aus der Höhle.

Gan spürte, wie er erneut bewusstlos wurde. Er schrie auf, aus Angst, dass etwas auf ihn lauerte, ihn schnappen wollte, solange er hilflos war.

»Ich habe dich. Ich bin hier. Du bist in Sicherheit«, sagte Emso.

Gan hörte das lauernde Ding lachen. Nass. Blubbernd.

Sieben

Sylah schwelgte im Anblick des Mutterflusses, der sich in unendlich vielen Grüntönen vom metallischen Wasser bis hin zu den wuchernden Pflanzen am Ufer präsentierte. Weiter oben, in einiger Entfernung von der Leben spendenden Feuchtigkeit, leuchteten die Berghänge in warmen Gold, Gelb- und Orangetönen. Sie zeigten, dass dieses Land, der Macht des Flusses zum Trotz, der Sonne gehörte.

Rittlings auf ihrem Pferd Kupfer wandte sich Sylah nach Norden. Der Boden war heiß und staubig. Das Tier wollte das Wasser unten so schnell wie möglich erreichen. Die Hufe klapperten über trockenen Fels.

Eine Böe trieb den kalten Atem des Flusses den Hang hinauf. Die Schlucht des Mutterflusses erzeugte ihr eigenes Klima. Der Wind vom Meer wehte durch das Tal bis tief ins Land hinein und milderte die bitterkalten Winter. Während der Sommerhitze brachte der gleiche Wind Kühlung. Selbst mitten in der heißen Jahreszeit musste man am Mutterfluss des Morgens noch eine Jacke überziehen; nachmittags dagegen konnte das Hemd nicht dünn genug sein.

Sylah drehte sich nach rechts und blickte in nordöstliche Richtung. Das Herz wurde ihr schwer. Noch drei Tagesritte – höchstens vier – und sie könnte in den Armen ihres Mannes liegen.

Sollte in seinen Armen liegen. Aber er hatte verlangt, dass sie sich fern hielte.

Kaum mehr erkennbar ritt in der Ferne der Bote, der ihr die Nachricht überbracht hatte. Mit ihm zogen die Hundekrieger davon, welche sie und ihre Freunde vor den Nomaden gerettet hatten. Während des langen und harten Ritts nach Norden vom Trockenen Land hier herauf waren sie ihre Gefährten gewesen.

Sie stellte sich in den Steigbügeln auf und sah an ihren Begleitern vorbei nach Süden. Auch ihre Freunde beobachteten ständig das Gebiet hinter sich. Wenn man von den Nomaden der Windbande verfolgt wurde, blickte man bei jeder Gelegenheit über die Schulter. Sylah vollführte das Dreizeichen und dankte im Stillen dem Einen In Allem, weil er ihnen die Flucht von der Tür ermöglicht hatte.

Und ihr dazu jenen Schatz in die Hand gegeben hatte, der die Erfüllung ihrer Suche darstellte. Das Geheimnis der Tür, das generationenlang verborgen geblieben war. Jetzt gehörte es Sylah. Bei diesem Gedanken jubelte sie innerlich. Sie war erzogen worden, die Blume und damit diejenige zu werden, die dieses Geheimnis für die Kirche rettete, und sie hatte es geschafft. Vor Verlegenheit wurden ihre Wangen heiß, während sie sich an die Versuchung erinnerte, das Geheimnis als ihren persönlichen Besitz zu betrachten. Der Rat ihrer Freunde hatte sie davor bewahrt. Und ihre Freunde hatten auch den Mondpriester daran gehindert, das Geheimnis zu stehlen. Unglücklicherweise hatte dieser böse Mensch irgendwie die Herrschaft über die von Seuchen geplagten Nomaden errungen.

Seuchen. Deshalb wollte Clas sie nicht bei sich haben. Denn das Risiko, dass die Krankheit auch sie in die Klauen bekam, war zu groß. Er würde alles tun, um sie davor zu schützen.

Für seine Sorge liebte sie ihn. Trotzdem, nach dieser langen und gefährlichen Suche machte sie es wütend, dass er glaubte, sie sei zu schwach, um sich den gleichen Fährnissen zu stellen wie er.

Es war schon Ironie des Schicksals, denn ausgerechnet Matt Conway, der am Erfolg ihrer Suche genauso viel Anteil hatte wie die anderen, hatte sich als Erster angesteckt. Zu Beginn der Reise war der Mann für sie ein Rätsel gewesen. Dann erweckte er den Eindruck, er befinde sich selbst auf einer Suche. Inzwischen war sie sich dessen sicher. Seltsam: Sie vertraute ihm rückhaltlos, obwohl sie wusste, dass er log, was seine Vergangenheit betraf. Wie auch seine schwarze Landsmännin Donnacee Tate. »Wir kommen aus einem fernen Land im Osten«, erzählten sie jedem.

Lügner. Alle miteinander. Sieben der ursprünglich acht Fremden lebten noch. Conway und Tate, die vier in Ola bei Gan Moondark – Leclerc und die drei Frauen Sue Anspach, Janet Carter und Kate Bernhardt. Und der letzte, der sich Jones nannte. Nun war er der Mondpriester, der Anführer der Windbande und der Hohepriester des Mondtanzes.

Ihren Behauptungen zufolge war ihre Heimat weit entfernt, und nicht einmal die Missionarinnen der Kirche kannte man dort. Aber weshalb wussten sie dann über die grundlegenden Vorstellungen der Kirche so gut Bescheid?

Erst während Sylahs Suche hatten Tate und Conway wichtige Fähigkeiten eines Kriegers erlernt, wie man sich unentdeckt bewegte oder Fährten las. Und solche Leute sollten unbemerkt geblieben sein, bis sie in die Feindseligen Berge gelangten? Nie und nimmer.

Doch als wäre das noch nicht genug, um Misstrauen zu erregen, behandelten die Männer die Frauen wie ihresgleichen.

Sylahs Gedanken schweiften ab.

Clas.

Er hatte begriffen, dass die Suche nach der Tür ihr Leben war. Nur ihr eigener Mann hatte einer Frau genügend vertraut – und sie so sehr geliebt –, um ihr diese Freiheit zu gewähren, und er bewunderte sie sogar noch dafür. Aber was würde er sagen, wenn er erfuhr, dass es sich bei dem uralten Geheimnis der Tür um etwas handelte, das man Bücher nannte? Und dass Conway und Tate sie lesen konnten?

Was Tate und Conway taten und worauf sie bestanden, was Sylah am Ende tun sollte, war Blasphemie. Beide sprachen das verbotene Wort aus und bestanden darauf, sie und andere zu *lehren,* wie man die Bücher benutzte. Dabei wusste doch jeder, alle Wörter auf Papier, die man in Gottestoden fand, mussten der Kirche übergeben werden, damit sie in der Zeremonie der Rückgabe rituell verbrannt wurden. In alten Zeiten hatten die Riesen die Welt beherrscht und die Menschen versklavt. Die Sklaven hatten zu viel gelernt, waren übermütig und rebellisch geworden. Die Riesen hatten sie deshalb vernichtet und ihre riesigen Siedlungen zu Gottestoden und Nukzonen gemacht, wo entsetzliche Krankheiten auf den Unbedarften lauerten.

Männer, die man Sias nannte, gründeten Stämme, wo immer der Eine In Allem Menschen das Überleben gestattete.

Lesen, Schreiben und Rechnen wurde das Privileg der höchsten Ränge, der meist gefürchteten und meist beobachteten Personen jeder Kultur. Sylah hasste solche Gesetze. Dennoch begriff sie deren Notwendigkeit. Wie sonst sollte die Kirche sicherstellen, dass niemand die Ordnung der Dinge veränderte.

Die Fremden gingen leichtfertig mit Büchern um. Sylah musste noch immer schlucken, wann immer sie eines in die Hand nahm. So viele Wörter.

Trotzdem nahm sie ihre Verantwortung als Blume auf sich. Ihr Leben bestand aus der Suche nach Macht. Nicht für sich selbst, sondern für alle Frauen. Der Hass, genährt durch ihr Leid, trieb sie an, doch ihre Ziele orientierten sich niemals an ihr selbst.

Außer einem: *Ich will niemandes Besitz sein.*

Die Waise, welche die Kirche vor der Sklaverei gerettet hatte, war als Auserwählte, als Kind der Kirche herangewachsen. Das Leben bestand aus Reglementierungen und dem Privileg, anderen stets zu dienen. Wenigstens bedrohte niemand die Frauen der Kirche. Fügte jemand einer Schaden zu, wurde der gesamte Stamm ausgestoßen. Keine Heilerin oder Kriegsheilerin würde sich je wieder um sie kümmern. Dennoch waren Priesterinnen Frauen. Und sogar die Frauen der Kirche, die im Vergleich mit ihren Geschlechtsgenossinnen über eine unvorstellbare Freiheit verfügten, wurden von einer Welt aufgerieben, die weibliche Wesen als Dienerinnen und Gebärmaschinen betrachtete. Wenn Sylah über ihr Leben nachdachte, drängte sich ein Wort in den Vordergrund: Groll. *Ich will niemandes Besitz sein.*

Jetzt gehörte die Macht, nach der sie gesucht hatte, ihr. Falls sie sie für sich behalten konnte. Falls sie die Macht kontrollieren konnte.

Falls sie ihr standhalten konnte.

Weit, weit in der Ferne sah sie am Horizont ein letztes Mal die Bewegungen des Boten und der Hundekrieger, die sie gerettet hatten. Dann war es, als hätte es sie nie gegeben.

Hinter ihr sagte Nalatan, der Kriegermönch, den sie Donnacee Tate angetraut hatte: »Wir sollten weiterziehen. Die Windbande ist irgendwo hinter uns.«

Sie winkte, um ihm anzudeuten, dass sie ihn verstanden hatte, murmelte jedoch missbilligend vor sich hin: »Erschaffen wir die neue Welt morgen, Priesterin. Für heute müssen wir die Flucht fortsetzen.«

Daraufhin drehte sie sich aufrecht und zuversichtlich um: »Hast du schon ein Zeichen von ihnen entdeckt, Nalatan?«

Er trieb sein Pferd voran, bis er neben Tate war. Weder ihm noch der schwarzen Frau war offen anzumerken, dass sie die Gegenwart des anderen wahrnahmen, doch selbst einem Stein wäre die Zuneigung zwischen den beiden aufgefallen. Nalatan antwortete: »Nicht, seit wir ihren Hinterhalt vor vier Tagen haben auffliegen lassen.«

»So übel haben wir ihnen nun auch wieder nicht mitgespielt. Es sieht ihnen gar nicht ähnlich, uns einfach ohne einen letzten Überfall ziehen zu lassen.«

Lanta, die zweite Priesterin in schwarzer Robe, warf ein: »Nachdem wir den Fluss überquert haben, werden sie eine weitere Verfolgung nicht wagen. Sie fürchten die Patrouillen aus den Drei Territorien.«

»Ich glaube, Lanta hat Recht«, stimmte Conway zu.

Sylah nickte. Conway stimmte Lanta stets zu. Und wenn nicht, so sagte er nichts. Dennoch war jeder gewiss, dass er noch etwas hinzufügen würde.

Und Conway sagte: »Wenn sie uns beobachten, haben sie dem Haupttross vielleicht mitgeteilt, dass die Hundeeskorte uns verlassen hat und wir allein sind.«

Tate runzelte die Stirn. »Es ist helllichter Tag. Sie könnten Spiegel benutzt haben ...« Abrupt hielt sie inne, fuhr herum und blickte Conway entschuldigend an.

Er lächelte schwach. »Ja. Spiegel. Ich habe der Windbande beigebracht, sie zu benutzen. Einer meiner kleineren Fehler, trotzdem schlimm genug.«

»Tut mir leid.« Tate führte ihr Pferd an Conways Seite. »Ich vergesse ständig, dass du beim Mondpriester im Lager der Nomaden warst. Euch beide kann ich mir gar nicht zusammen vorstellen. So, wie der Kerl sich verändert hat.«

»Ich wünschte, ich könnte die Erinnerung daran verdrängen. Seltsam; am liebsten betrachte ich ihn immer noch als Jones. Den Gedanken, ein Freund von mir könnte zum Mondpriester geworden sein, kann ich nicht ertragen.«

Tate beugte sich aggressiv vor. »Jones ist tot, Matt. Tot. An seiner Stelle lebt jetzt der Mondpriester.«

Nalatan sagte: »Wir werden bald alle ziemlich tot sein, wenn wir den Fluss nicht überqueren.«

Schelmisch wandte sich Tate zu ihm. »Was denn, so reizbar heute? Haben sie dir in deiner Bruderschaft nicht beigebracht, andere Leute aussprechen zu lassen?«

»Sie haben uns beigebracht, wie man überlebt.« Nalatan reagierte seelenruhig, denn er war Tates Sticheleien gewöhnt. Unter seiner einstudierten Beherrschung leuchteten seine Liebe und Bewunderung jedoch wie Glut.

»Conway«, sagte Sylah, »reite bitte vor; vergewissere dich, ob es an der Landungsstelle der Fähre sicher ist.«

Conway pfiff. Augenblicklich rannten zwei Hunde auf ihn zu, die offenbar den Raum hinter der Gruppe beobachtet hatten. Niemand außer Tate zollte ihnen viel Aufmerksamkeit. Ihr lebhaftes Gesicht mit den hohen Wangenknochen bekam einen sanften, verletzten Ausdruck, der das freundliche Lächeln überdeckte. Über bloße Sorge und Trauer hinaus verriet er einen unaussprechlichen Verlust. Selbst als Nalatan ihre Hände ergriff, blieb ihr Blick auf den Hunden haften.

Conway beugte sich herab und kraulte den Tieren den Kopf. »Mikka hat dich geschlagen, Karda. Wirst du langsam alt?« Das Männchen wedelte mit dem Schwanz, als würde es sich über den Scherz freuen.

Dann galoppierte Conway den Hügel hinunter. Karda lief voran, während Mikka, das hellere Weibchen, dem Pferd folgte.

Die zurückgebliebenen Vier nahmen ihre gewohnte Marschordnung ein. Sylah und Lanta ritten mit den Packpferden. Tate und Nalatan bildeten die Nachhut. Nalatan ergriff die Gelegenheit und sprach Tate sein Mitgefühl aus. »Du solltest den Verlust deiner Hunde nicht so schwer nehmen. Sie haben das Leben geführt, für das sie geboren wurden. Gewiss darfst du ein wenig um sie trauern, weil sie dich liebten, aber du musst aufpassen, dass ihr Tod dir nicht zu sehr zusetzt.«

Sie fuhr herum und starrte ihn finster an. Nalatan fügte hinzu: »Du warst Sonne und Mond für sie, Donnacee. Das bist du auch für mich. Sie sind gestorben, während sie dich beschützten. Natürlich wollten sie den Tod nicht. Keiner gibt das Leben freiwillig auf. Aber ein derartiges glückliches Opfer ist mächtig. Es verleiht allem mehr Gewicht, das vorher geschehen ist. Bitte, begreif das.«

»Willst du mir damit erklären, was ich zu fühlen habe, falls du umkommst? Meinst du das mit diesem Unfug? Ich werde niemals mit dem Tod prahlen. Nicht so, wie du mit deinen dummen Narben prahlst oder damit, wie deine Freunde im Kampf für die Kirche den Tod fanden. Niemals.«

»Prahlen ist ein hartes Wort. Trotzdem sind die Geschichten über den Überlebenskampf der einzige Sieg des Kriegers über den Tod, kannst du das nicht einsehen? Wir, die wir leben, erinnern uns. Das Beste von uns – der wahre Zweck, die Ehre – dauert an.«

Tate schüttelte wild den Kopf.

Nalatan antwortete auf ihre Vehemenz mit seiner sanften Sturheit. »Tanno und Oshu sind für dich gefallen. Ich werde sie immer und ewig preisen. Ich habe sie geliebt. Und ich liebe sie noch immer.«

»Ich auch!«, schrie sie verletzt. Tränen stiegen Tate in die dunklen, aufgerissenen Augen. »Das weißt du ganz genau.«

»Dann denke auch voller Liebe an sie. Voller Freude. Denn das ist es, was sie dir schenken würden, wenn sie nur könnten.«

Nachdenklich betrachtete Tate Nalatan. Eine Weile lang hielt er ihrem Blick stand. Schließlich ertrug er die beharrliche Musterung nicht mehr und fand einen Fleck auf seinen Zügeln, der seine Aufmerksamkeit verlangte. Nach einer Weile sagte sie: »Ich liebe dich wirklich, Nalatan.« Er errötete, sah jedoch weiter nach unten. Sie fuhr fort: »Ich war mir nicht sicher, ob ich das in meinem Leben noch einmal zu jemandem sagen würde. Ich wusste, ein weißer Mann käme dafür schon gar nicht in Betracht. Trotzdem ist es passiert, und zwar deshalb, weil du mir geholfen hast, so viele Dinge zu verstehen. Am meisten mich selbst. Aber ich werde dich niemals richtig kennen lernen, nicht wahr? Also, ich habe dich im Kampf gesehen und auch an deiner Seite gefochten. Dann redest du über meine Hunde und über Krieger und übers

Sterben, und in deinen Worten schwingen eine Traurigkeit und ein Glück und ein Geheimnis und ein Verständnis mit, die mir die Tränen in die Augen treiben. Du stellst mich vor ein Rätsel.«

Nalatan blickte endlich auf. »Glaubst du, dich könnte man so einfach verstehen? Für den Rest meines Lebens werde ich nie wirklich wissen, was ich von dir zu erwarten habe.«

Ihre normale, spitzbübische Miene kehrte zurück. Sie beugte sich zu ihm hinüber und küsste ihn auf die Wange. »Was für ein Leben werden wir zusammen führen, Liebster. Bestimmt ein besseres, als mit deinen Mönchsbrüdern im Trockenen Land zu hausen, nicht?« Ihr Grinsen grenzte an Lüsternheit.

Nalatan stammelte etwas wie, er müsse nach hinten Ausschau halten. Abrupt riss er sein Pferd herum, erschreckte es dabei und trabte den Berg hinauf.

Tate schlug die Hand vor den Mund und erstickte ihre kichernde Freude darüber, wie rot sein Nacken leuchtete. Nach und nach verschwand das Lachen, und über ihr Gesicht huschte eine ganze Palette von Gefühlen, die so wenig vorauszusagen waren wie das Schillern von Öl auf Wasser. »Ja, was für ein Leben«, flüsterte sie. »Wer kann sich einen Menschen vorstellen, der eine ganze Welt verliert und in einer anderen wieder glücklich wird?«

Acht

Conway wartete im kühlen Schatten eines Erlenwäldchens. Bei der Ankunft der Gruppe deutete er verärgert mit dem Daumen auf das nahe gelegene Dorf am Fluss. »Die Reiter der Windbande waren bereits da. Sie haben den Fährmann gewarnt, sich von uns fern zu halten. Er sagt, er würde uns übersetzen, doch müssen wir uns das Boot mit ein paar Kaufleuten vom Fluss teilen. Die Windbande hat die Menschen eingeschüchtert. Der Fährmann fürchtet, die anderen könnten erfahren, dass die Nomaden hinter uns her sind. Dann würde es Schwierigkeiten geben.«

»Und weshalb wird der Fährmann uns helfen?«

Conway lächelte schief und schüttelte einen Lederbeutel. Es klingelte hübsch darin. »Münzen aus Kos. Das wäre die nächste Neuigkeit. Einheiten der Kosier überfallen die Dörfer am Fluss. So weit nach Norden hat es sie noch nie getrieben.«

»Die Sklavenrevolte hat Kos arg zugesetzt«, sagte Tate, »und die Windbande hat die kosische Armee besiegt. Aber weshalb diese plötzliche Aggressivität?«

»Sie brauchen neue Sklaven.« Conway spuckte das Wort förmlich aus. »Meiner Vermutung nach hat Kos die Revolte am Ende niedergeschlagen. Jetzt braucht man Ersatz für die verlorenen ›Arbeiter‹.«

Sylah verzog das Gesicht. »Meine Erfahrungen in Kos werde ich nie verwinden. Nie. Zu gern hätte ich an den Herrscher dort geglaubt. Doch im Herzen wusste ich, der Vorsitz belog mich über die Befreiung der Sklaven. Ich war töricht. Beinahe hätte ich uns dadurch alle umgebracht. Ich hoffe, ihr werdet mir eines Tages dafür vergeben.«

Als sie das Wort Vergebung erwähnte, blitzte in Conways Augen Misstrauen auf. »Manche von uns machen sich Sorgen, wir würden dir unsere Bürden noch zusätzlich auferlegen. Was erklärt, warum wir so oft über ›Vergebung‹ sprechen.«

Sylah wandte sich ihm zu und wollte etwas erwidern, doch Conway ließ es nicht zu. »Später, Sylah. Bitte. Die Kaufleute sind gleich dort drüben.« Er deutete mit dem Kopf auf die Versammlung. Vierzehn erwachsene Männer zählte Sylah; keine Frauen, keine Kinder, keine Alten.

Ihre Nackenhaare richteten sich auf.

Obwohl sie außer ihren Messern keine weiteren Waffen trugen.

Der Fährmann trottete auf sie zu, wobei sich sein rockähnliches Gewand im Wind aufblähte. Er trug eine enge Weste und, anders als die Kaufleute, ein Schwert in perlenverzierter Scheide an der linken Seite. Was jedoch Sylahs Aufmerksamkeit erregte, war das Band seines Schlapphutes mit breiter Krempe: es war eine Klapperschlangenhaut mit Kopf. Das getrocknete Tier hatte im Tod das Maul aufgerissen und entblößte die geschwungenen Fangzähne wie zum Biss. Die Rasseln am Schwanz klapperten bei jeder Bewegung.

Der Mann setzte ein nervöses Grinsen auf. »Ich erkenne dich, Rosenpriesterin Sylah. Alle Flussmenschen kennen Sylah und ihren Mann Clas na Bale. Ich bin Saris.«

Saris benutzte die Begrüßungsformel der Hundemenschen aus Höflichkeit. Nichtsdestotrotz hielt er zu gewollt Augenkontakt mit ihr. Sein Gehabe wirkte zu selbstsicher. Sylah beobachtete ihn und seine Gruppe, während sie ihre Freunde vorstellte. Die Männer hinter Saris benahmen sich kühl, aber nicht feindselig. Als die Reihe an Tate kam, konnte sich Saris kaum mehr beherrschen. »Über den Schwarzen Blitz habe ich schon vieles gehört. Ich muss gestehen, das meiste erschien mir gelogen. Aber du bist wirklich schwarz. Ich habe noch nie –«

Tate schnitt ihm sanft das Wort ab. »Ich erkenne dich, Saris. Welche Neuigkeiten kannst du uns berichten?«

Als er antwortete, wirkte Saris weiterhin nervös, hatte sich jedoch gut im Griff. »Dieser Matt Conway hat euch gesagt, dass ich euch nicht helfen soll?«

»Ja«, erwiderte Sylah. »Wir sind dir für deinen Mut dankbar.«

Saris blickte sich verstohlen um. »Sie hassen euch sehr. Angeblich sollst du eine Ausgestoßene sein – und die kleine Veilchenpriesterin Lanta ebenso. Doch das macht mir nichts aus. Alle wissen, den Frauen der Kirche darf man kein Leid zufügen, und Saris würde niemals ein heiliges Gesetz brechen.« Die freundlichen Augen nahmen plötzlich einen heimtückischen Ausdruck an, wobei dieser Wechsel so rasch vonstatten ging, dass man ihn kaum bemerkte. »Die Windbande behauptet, ihr habt das Geheimnis der Tür gestohlen.«

Tate sagte: »Sehen wir aus wie jemand, der einen Schatz bei sich trägt? Die Windbande wollte uns gefangen nehmen. Wir haben sie vertrieben.«

Nalatan drängte sein Pferd vor. »Viele von ihnen haben wir getötet. Sie sind die Feinde der Kirche.«

Saris nickte höflich. Er schob sich näher an Sylah heran, wodurch er sich gleichzeitig von Nalatan entfernte. »Wir müssen uns beeilen. Kommt.«

Lanta beugte sich zu Conway vor und runzelte die Stirn. »Behalt Mikka und Karda dicht bei dir.«

Sofort war Conway alarmiert. »Was hast du gesehen?«

»Verrat. Saris lügt. Die anderen Flussmenschen sind zu unbesorgt.«

Ohne eine weitere Bemerkung drängte Conway sein Pferd voran und rief die Hunde zu sich. Er wollte keinen Streit mit Lanta, das hatte er sich geschworen, und deshalb sagte er nichts weiter zu ihr. Ihre Auseinandersetzung schwelte langsam vor sich hin, trotz seiner ständigen Zurückhaltung. Wie lange musste er noch Buße tun? Und wie lange konnte er noch Reue empfinden?

Lanta sagte, sie könnte vergeben, aber niemals vergessen.

Seine Miene verdüsterte sich. Was hieß das? Nach und nach ließ die Wut nach. Er fragte sich, ob jemals eine Zeit kommen würde, in der sie ihn ansah und nicht mehr an diesen einen entsetzlichen und beschämenden Augenblick dachte.

Er liebte sie. Sie liebte ihn. Warum genügte das nicht?

Die Sättel und das Gepäck wurden abgeladen und die Pferde

auf die Fähre geführt. Daraufhin mussten die Tiere über eine steilere Rampe in den Frachtraum des Bootes gebracht werden, was ihnen nicht behagte. Mit steifen Beinen staksten sie vorwärts. Die Hunde folgten Conway mit entschlossener Miene.

Nachdem Conway und Nalatan die Pferde verstaut hatten, gesellten sie sich zu den Frauen auf dem vorderen Deck, von wo aus man die Tiere gut im Auge behalten konnte.

Saris legte ab. Das schmutzige Segel blähte sich im Wind. Der Mast, der fest mit dem Kiel verbunden war, ragte zwischen den Pferden im Rumpf auf. Der Baum befand sich auf einer Höhe mit dem erhöhten Deck. Wenn er über die Pferde hinwegschwang, schnaubten die verängstigten Tiere und zerrten an den Stricken, mit denen sie festgebunden waren.

Auf der Landseite wurde der steinige Grund dunkler, das Wasser tiefer. Die Strömung war kräftig und weitaus schneller, als man es bei einem so riesigen Gewässer erwartete. Wer dieser Naturgewalt so nahe kam, dem gebot sie Ehrfurcht.

Tate stellte sich dicht neben Conway. »Hast du den Lachs dort drüben springen sehen? Dreißig Pfund, möchte ich wetten. Mindestens.«

»Ich habe einen Kerl gekannt, der hier mal geangelt hat.«

»In Columbia? Allen Ernstes?«

»Hat in der Genehmigungsvergabelotterie mitgespielt. Weißt du noch, wie teuer es war, daran teilzunehmen? Wir haben ihn für verrückt erklärt. Dann hat er nicht nur gewonnen, sondern die Genehmigung für sich selbst benutzt.«

Tate war beeindruckt. »Wow. Diese Genehmigungen waren ein Vermögen wert, Mann.«

Conway fuhr fort. »Mit ihm zusammen haben mehr Ausländer als Amerikaner geangelt. Die konnten es sich leisten, den Gewinnern die Genehmigungen abzukaufen. Aber wirklich teuer waren die Bodyguards. Das Ganze konnte eine recht heikle Angelegenheit werden; viele Menschen hassten das, wozu Freizeitgestaltung in der Natur verkommen war.«

Sie schwiegen einen Moment lang und hingen ihren Erinnerungen nach. Schließlich setzte Tate ein entschlossenes Grinsen auf. »Und dein Freund, hat er etwas gefangen?«

»Das Limit an dem Tag war fünf. Er hat drei gefangen. Es war noch nicht mal Mittag, als sie den Fluss geschlossen haben. Echtes Glück, nicht?«

»Junge.« Tate schüttelte den Kopf. »Ich habe nicht einmal jemanden gekannt, der jemanden kannte, der nach Lachs geangelt, geschweige denn etwas gefangen hat. Damals.« Sie starrte auf das Wasser und trat schließlich zu Nalatan hinüber.

Saris führte sein Boot mit geübter Hand und einem Minimum an Kraftaufwand. Nachdem er es einmal auf Kurs gebracht hatte, hielt eine ausgeklügelte Vorrichtung das Ruder an Ort und Stelle, so dass er die Hände frei hatte, um die aus geflochtenen Lederschnüren bestehende Takelage zu handhaben.

Die Kaufleute lungerten am Heck herum. Einige beobachteten die kleine Gruppe am Bug unverwandt. Conway und Nalatan wechselten einen aufmerksamen Blick, als mehrere der Flussmenschen zu den Pferden hinunterstiegen. In aller Ruhe inspizierten die Kaufleute die Tiere und begriffen rasch, dass sie zu den Kriegspferden von den Hundemenschen, die Conway und Tate gehörten, besser Abstand wahrten. Die beiden duldeten keine Fremden in ihrer Nähe. Ein Flussmann berührte die Flanke von Conways Sturmläufer. Sofort trat das Tier mit dem Huf zu. Der Mann sprang dummerweise auch noch in Richtung des Kopfes davon. Nachdem es Sturmläufer schon nicht gelungen war, den Kerl mit dem Huf zu verletzen, versuchte er es erneut mit den Zähnen.

Der Flussmann fluchte und wich zurück. Einige seiner Freunde sprangen hinunter und tasteten ihn nach Verwundungen ab, wobei sie Pferd und Eigner böse Blicke zuwarfen.

Der Mann, der beinahe verletzt worden war, murmelte etwas vor sich hin.

Auf beiden Seiten der Fähre konnte man über kleine Laufstege vom Heck zum Bug gelangen. Die Flussmenschen setzten sich nun darauf, einige ließen die Füße über die Kante baumeln, wo die Gischt auf ihre staubigen Stiefel spritzte.

Sylah zeigte zum Ufer. »Seht mal – ein niedergebranntes Dorf.«

Einer der Männer auf dem Steg folgte ihrem Finger mit dem Blick. »Kosier«, erklärte er. »Sklavenjäger. So weit flussaufwärts hat man sie noch nie gesehen. Sie sind nachts gekommen.«

Die Stimme fuhr fort. Sylah hörte sie nicht mehr. Ihr Kopf füllte sich mit vorüberziehenden Bildern. Flammen. Ihr Vater, der im Licht der brennenden Nachbarhäuser steht. Der die Axt schwingt. Die einzige Waffe, die er zur Verfügung hatte, als er aus dem Schlaf gerissen wurde und der Schrecken über ihn hereinbrach. Damit hatte er sich und seine Familie nicht retten können.

Schreie. Feuer. Ein Kind, das vor lauter Schreck nicht sprechen kann, das in einem Korb mit anderen Kleinen verschleppt wird.

Das Kind besaß einen Namen, wie seine ermordeten Brüder und Schwestern. Dieser Name blieb in der Hütte zurück.

Sylah. Eine Auserwählte der Kirche, der es kraft der Gesetze der Kirche verboten war, irgendwelche Erinnerungen an ihre Kindheit zu hegen. Sylah. So klug. Klug genug, um zu begreifen, dass sie, auch nachdem ihre Stimme zurückkehrte, niemals die Erinnerung an ihre Mutter und ihren Vater preisgeben dürfte.

»Sylah?« Nalatans Stimme riss sie aus ihrem Tagtraum. Sie sah ihn mit leerer Miene an. Er wirkte besorgt. »Sie haben mit dir gesprochen.« Er deutete auf sechs Flussmenschen, die sich auf dem Laufsteg und im Frachtraum drängten. Sylah starrte sie verdutzt an. In ihrem Kopf kreisten noch immer die Erinnerungen. Sie schwankte. Lantas ruhige Hand half ihr; sie zeigte auf denjenigen, der gesprochen hatte. Der Mann wiederholte: »Als Freundin von Gan Moondark kannst du uns vielleicht verraten, aus welchem Grund er sich geweigert hat, den Flussmenschen zu helfen? Die Kosier vernichten uns. Wir haben die mächtigen Drei Territorien um Hilfe gebeten, aber Gan Moondark gewährt sie uns nicht. Warum?«

In seiner Frage schwang mehr als Verletztheit und Neugier mit. Die Worte drückten noch etwas anderes aus. Das Vergnügen, sie zu verspotten.

Sylah drehte sich zu Lanta um. Mit ihrem besten gekünstelten Lächeln sagte sie: »Es ist so traurig, wenn sich jemand über üble Dinge freuen kann. Erinnerst du dich noch an unsere nächtliche Bootsfahrt in Kos? Als es dort brannte? Damals ist das Gleiche passiert.«

Sie wartete die Antwort ihrer Freundin nicht ab, sondern wandte sich sofort wieder an den Mann. Sie gebärdete sich weiterhin oberflächlich. »Gan Moondark ist einer meiner engsten Freunde. Seine Mutter gehörte zum Volk der Flussmenschen, wusstest du das?«

»Sie wurde geraubt.« Dieser kühle Vorwurf stammte von Saris. Ein Zittern schien die Flussmänner zu durchlaufen. Sylah spürte, dass sie die Geschichte von Gans Mutter bereits kannten.

Rasch erwiderte sie: »Nein, sie war ein Geschenk. Und sie wurde stets von Gans Vater geliebt. Er hat sich nie eine andere Frau genommen.«

Saris lachte unangenehm. »Er hatte keine Gelegenheit dazu. Sie war eine Hexe, das weiß doch jeder. Er glaubte, einen guten Handel zu machen, doch wir sind nicht umsonst Kaufleute. Eine Hexe. Flussmenschen erkennen eine Hexe, wenn sie eine vor sich haben.« Saris nickte, als wolle er damit diese Fähigkeit bestätigen. Der Schlangenkopf des Hutbandes fuhr bedrohlich auf und ab.

»Gan hätte uns helfen sollen.« Jetzt sprach der erste Flussmensch wieder, der inzwischen näher gekommen war und auf dem Vorderdeck stand. Sylah spürte hinter sich die Bewegung ihrer Freunde. Erneut wandte sie sich an den ersten Flussmenschen und setzte ein süßes, nichtssagendes Lächeln auf. »Warum streiten wir? Genau auf diese Weise ging es auch bei der anderen Bootsfahrt los. Alle waren glücklich, bis zu diesem Streit. Sogar der kleine Jessak.«

»Jessak? Hast du Jessak gesagt?« Das war Saris. Seine Stimme klang schrill. Der Mann vor Sylah wich zurück und drängte die anderen nach hinten. »Du warst in einem Boot mit Jessak?«

Unschuldig antwortete Sylah: »Hat der Name für euch eine bestimmte Bedeutung?«

Angst huschte über Saris' Miene. »Alle, die ihr Leben dem Wasser anvertrauen, kennen Jessak. Er ist eine Legende. Er hält unser Leben in seinen Händen. Ein Gott.« Saris blickte sich furchtsam um. »Die Kirche verbietet Götter außer dem Einen In Allem. Nur eine Hexe würde behaupten, Jessak zu kennen.«

Sylah lachte leichthin und machte eine wegwerfende Geste. Sie gab sich jegliche Mühe, dumm zu wirken. »Der Jessak, den ich meine, war ein Säugling. Wir haben ihn aus Kos gerettet, als die Sklavenrevolte ausbrach ...«

»Es heißt, ihr habt den Sohn des Vorsitzes geraubt. Jessak? So hieß er?« Saris' Zuversicht kehrte zurück. Die restlichen Männer betrachteten seine wiedergefundene Beherrschung als Signal. Sie sahen Sylah und die Gruppe am Bug an.

Hinter ihr sagte Conway: »Wir fahren schon eine Weile lang flussaufwärts, Saris. Wann wenden wir?«

»Bald.« Bei seinem Tonfall stellten sich Sylahs Nackenhaare auf.

Nalatan sagte verwirrt: »Irgendetwas ist eigentümlich ... Nur durch die eine Baumgruppe dort drüben weht der Wind. Da, vor uns.«

Sylah brauchte sich das nicht anzuschauen. Sie richtete ihre Aufmerksamkeit auf Saris. Der blickte flussaufwärts an ihr vorbei, packte sich an die Brust und rief: *»Jetzt!«*

Der Flussmensch, der am nächsten bei Sylah stand, zog ein verstecktes Schwert und sprang auf sie zu.

Conway schrie den Hunden einen Befehl zu. Karda fiel den Mann an, der Sylah angriff. Mit seinen mächtigen Kiefern packte er den linken Arm des Kerls und zerrte daran. Kreischend ging der Mann über Bord. Das Wasser um ihn herum färbte sich rot. Ein Zweiter attackierte, doch Karda war längst wieder bereit; beide endeten im Frachtraum. Ein dritter Flussmensch eilte seinem schreienden Stammesgenossen mit erhobenem Schwert zu Hilfe.

Sylah wandte sich ab, denn sie wollte dem Hund nicht beim Sterben zuschauen. Das Krachen des Gewehres erschütterte sie. Ihre Ohren klingelten. Nachdem sie wieder klar sehen konnte, beobachtete sie, wie Kardas zweites Opfer gerade sein Leben aushauchte, da Karda ihm die Kehle zerfetzt hatte. Der Schwertträger lag auf dem Bauch unter den wild trampelnden hysterischen Pferden.

Conway drängte sich zwischen den aufbäumenden Pferden zum Heck durch. Beide Hunde folgten ihm. Sylah drehte sich um. Tate drang vor. Ehe sie etwas sagen konnte, packte Nalatan sie an den Schultern und stieß sie regelrecht auf das Deck nieder. Lanta fing sie auf.

Erneut schaute Sylah zum Heck, wo Conway neben Saris stand. Die Hunde wüteten unter drei weiteren Männern, die versucht hatten, sich ihrem Herrchen zu nähern. Conway feuerte mit der Präzision eines Zimmermannes, der Nägel einschlägt.

Die überlebenden Gegner flüchteten sich in den Fluss. Conway, dessen Gesicht von der Leidenschaft des Kampfes verzerrt war, richtete die Mündung auf Saris' Kopf.

Sylahs Aufmerksamkeit wurde wieder zum Bug gelenkt, wo

Tate mit dem großen Lauf ihres Gewehrs einen Schuss abgegeben hatte, wie man aus dem dumpferen Knall erschließen konnte.

Sie hatte auf ein Haiboot gezielt. So weit flussaufwärts Skan? Sylah blieb der Mund offen stehen. Darüber hinaus fielen von dem Boot Zweige und ganze Büsche und junge Bäume ab. Nalatan erklärte ihr: »Die Größeren haben sie sich an die Ruder gebunden. Ich habe die Ersten fallen sehen, als sie vom Ufer ablegten. Sie haben auf uns gewartet.«

Sylah nickte stumm.

Die Fähre krängte gefährlich und brachte die Passagiere zum Schwanken. Sylah, die sich an Lanta drängte, hörte Conway rufen: »Haltet euch fest. Wir wenden und fahren flussabwärts. Tate, komm zum Heck.«

Die Frauen ließen einander nicht los, bis das gewagte Wendemanöver beendet war. Tate umklammerte die Reling und zog sich zum Heck. Während Sylah die Freundin beobachtete, bemerkte sie, wie die aufrecht stehenden Ruder des Haibootes sich senkten. Die Tarnung war jetzt perfekt entfernt worden, und das Schiff enthüllte sich in seiner ganzen Bedrohlichkeit. Beim ersten Ruderschlag machte es einen deutlich wahrnehmbaren Satz nach vorn.

Der Rest der Gruppe eilte Tate hinterher. Conway saß noch immer neben Saris, der Lauf seines Gewehrs ruhte auf dessen zitternder Schulter, die Mündung war auf das Ohr gerichtet. Der Hut mit seinem einschüchternden Band lag auf Deck. Der Schlangenkopf war unter Conways Stiefel geraten.

»Nalatan«, sagte Conway, »hol ein Stück Ledertau. Fessle dieses Schwein mit dem Hals an die Reling, nur für den Fall, dass er uns verlassen will.«

Saris flehte: »Wir können einem Haiboot nicht entkommen. Lasst mich die Fähre anhalten. Ich spreche mit ihnen. Sie kennen mich.«

Sylah übertönte Conways spöttisches Gelächter. »Bring uns

ans Ufer, Saris. Wenn uns die Flucht gelingt, bist du frei. Darauf hast du mein Wort.«

»Sie holen auf«, warnte Nalatan. »Selbst ein Pferd ist nicht so schnell.«

»Ich werde sie ein wenig verlangsamen«, meinte Tate. Der große Lauf ihres Gewehrs ertönte dumpf. Einen Moment später, als das Explosivgeschoss im Fluss detonierte, fügte sie murmelnd hinzu: »Wenn ich sie treffe.« Sie feuerte erneut. Nalatan jubelte aufmunternd, da sie das Ziel nicht mehr so weit verfehlt hatte.

Conway übergab Saris an Nalatan und begann ebenfalls zu schießen. Ein Geschoss traf den Rumpf. Ein Zweites landete auf Deck. Die Skan machten ihrem Ruf rückhaltloser Grimmigkeit alle Ehre, ließen sich von der Strafmaßnahme nicht beeindrucken und jagten weiter auf die Fähre zu. Einige Ruder hingen schlaff herunter und wurden schließlich über die Seite gestoßen. Conway und Tate wählten Munition mit weißem Phosphor, als die Entfernung sich unerbittlich verringerte. Bald wallte Rauch hinter dem Dollbord auf, welches die Ruderer schützte. Flammen züngelten empor. Die Schreie der Verwundeten vermengten sich mit dem schrillen Quietschen der Fährentakelage.

Ohne den Blick von dem heranrauschenden Haiboot abzuwenden, rief Tate Nalatan zu, er solle den Kurs ändern. »Sie haben ihr Steuer verloren. Sollen sie ruhig ganz dicht vorbeifahren; dann reißen wir ihnen den Rumpf auf.«

Nalatans Messer inspirierte Saris, und so brachte er das Manöver zu Stande. Im letztmöglichen Augenblick steuerte er die Fähre auf Manneslänge Abstand zum angeschlagenen Haiboot. Das Schiff der Skan fuhr vorbei. Rauch stieg vom Deck und aus der zusammengefallenen Takelage auf. Die Mannschaft tauchte kurz aus dem wirbelnden Dunst auf und verschwand wieder, während sie eimerweise Wasser auf die Flammen goss. Um das Haiboot steuerbar zu halten, waren viele Ruderer an ihren Posten geblieben. Vom Rauch geblendet und von keinem Ausguck gewarnt, waren sie auf den Angriff nicht vorbereitet. Die langen Ruder blieben an der Fähre hängen und wurden den Männern unweigerlich aus den Händen gerissen. Die Enden wurden durch die Bewegung nach vorn geschoben und erschienen den Vordermännern auf den Bänken plötzlich wie riesige Keulen. Wie zerdrücktes Obst kippten die Getroffenen um.

Conway und Tate beobachteten das Gemetzel. Sie senkten die Waffen, noch ehe das Haiboot passiert hatte.

Der Fluss nahm es in seine Gewalt. Drehend und schwankend wurde es flussabwärts getrieben.

Bald danach schob sich die Fähre knirschend auf das Ufer. Sylah und Lanta fragten Saris aus, während die anderen die Pferde an Land führten. Zuerst erklärte Sylah Lanta: »Er hat sich an die Brust gegriffen, als er das Signal zum Angriff gab. Ich will wissen, wieso.« Dann entdeckte sie die dünne Kette um seinen Hals und zog eine flache, silberglänzende Mondscheibe hervor.

»Mondtanz.« Beide Frauen flüsterten das Wort wie einen Fluch.

Mit entblößten Zähnen drückte sich Saris rücklings gegen den Rumpf. »Der Mondtanz wird euch alle zermalmen, die Kirche genauso wie die Hexen.«

»Wer nennt mich eine Hexe?« fragte Sylah.

»Du reist in Begleitung jener, die mit dem Blitz zerstören. Und ist diese Lanta nicht eine Seherin? Die sind alle Hexen, ob die Kirche sie nun so nennt oder nicht. Jeder weiß, dass die schwarze Frau den Mönch Nalatan verhext hat. Sie hat ihn dazu gebracht, der Kirche zu entsagen.«

»Jeder weiß das also, ja?« Im Gegensatz zu Lanta, die vor Wut zitterte, wirkte Sylah eher selbstversunken.

Nachdem sich Saris nun offenbart hatte, wurde er missionarisch. »Wir Flussmenschen und die Windbande haben uns mit den Skan verbündet. Auch mit Kos werden wir Frieden schließen. Gan Moondark werden wir aus allen vier heiligen Himmelsrichtungen überfallen. Wasser und Berge werden sich gegen ihn erheben und gegen alle, die sich uns in den Weg stellen. Die Drei Territorien und die falsche Kirche werden uns eine reiche Ausbeute an Sklaven liefern.«

Saris bemerkte nicht, dass Nalatan sich näherte. Der Mönch ließ sich nicht dazu herab, den Flussmann anzuschauen, und sagte: »Die Pferde sind an Land. Wenn ihr zu den anderen geht, werde ich mich um ihn kümmern. Ich habe seine verfluchte Scheibe gesehen.« Er hob das Schwert.

Saris kreischte trotzig: »Ich sterbe, um ewig im Mond zu leben. Man wird mich rächen! Mondtanz! Mondtanz!«

»Binde ihn los!« Sylah trat zurück.

Nalatans Gesicht war von Verachtung entstellt, während er die Lederbänder durchtrennte.

Saris griff an seinen Knöchel, zog ein Messer aus dem Stiefel und sprang auf. Er grinste im Zustand religiöser Verzückung. Dann stach er auf Sylah ein. Sie sah den Angriff wie im Traum kommen, sah ihre Hände, die sich langsam – zu langsam – hoben, um Saris abzuwehren.

Das Messer füllte ihr gesamtes Gesichtsfeld aus.

Ein verschwommenes Etwas zischte vor ihr entlang. Saris' Jacke bewegte sich. Im Stoff entstand ein Schlitz. Das Messer flog wirbelnd davon. Schock trat an Stelle seiner Raserei. Der Fährmann hielt inne und starrte fassungslos auf den roten Fleck, der sich auf Brust und Unterarm ausbreitete.

Nalatan holte zum tödlichen Hieb aus.

Sylah packte den Arm ihres Freundes, bis dieser sich beruhigt hatte. Dann beugte sie sich vor und kümmerte sich um Saris.

Der Flussmann presste den linken Arm vor die Brust und drückte mit der Hand die Wunde am rechten Bizeps zu. Seine vorherige Leidenschaft glühte wieder auf. »Du wirst schon sehen, Hexe; du wirst schon sehen. Den Tag, an dem du mich verschont hast, wirst du noch verfluchen. Und ich verfluche dich.«

Nalatan sagte zu Sylah: »Du gewährst Gnade, wo sie weder willkommen noch weise ist.«

In aller Ruhe wies Sylah Nalatans wütenden Vorwurf zurück. »Dann ist sie am Notwendigsten.«

Neun

Rauch trieb über die Palisaden aus Stein und Holz hinweg, welche die Festung der Skan umgaben. Das wallende Blaugrau imitierte die Wellen der dunkelgrünen See, die nur einen Pfeilschuss entfernt war. Frühnebel vermischte sich mit dem Rauch und verlieh der Mauer einen brütenden und lauernden Anstrich.

Lorso humpelte über den Wehrgang auf der Innenseite der vertikalen Palisade aus Baumstämmen. Alle paar Schritte kam er an einer Schießscharte vorbei, schmalen Schlitzen an den Stellen, wo zwei Stämme aneinander stießen. In der südwestlichen Ecke des viereckigen Forts wandte sich Lorso nach links. Die Morgensonne, die gerade über den Horizont stieg, wärmte sein Gesicht. Vor ihm lagen Haiboote auf der glatten Oberfläche des natürlichen Hafens östlich des Forts. Der helle Glanz der Dämmerung auf dem Wasser erinnerte Lorso an ein Rasiermesser, er vermeinte geradezu das erotische Flüstern zu hören, mit dem der gewetzte Stahl über Leder strich.

Dies war sein liebstes Geräusch. Seit seiner Kindheit hatte es ihn immer wieder getröstet. Doch noch nie hatte er darin ein sexuelles Stimulans gesehen.

Jaleeta.

Wenn ein Geräusch Verlangen anfachen konnte, dann war Jaleeta die einzige Frau, die es zu entflammen vermochte. Und es ersticken. So widersprüchlich. Wie das Schärfen. Tröstend. Aufregend. Wieso nur?

Jaleeta. Er blieb stehen und stützte sich mit der Hand an der Mauer ab. Jenseits des Hafens verschwammen die Blockhütten der Siedlung vor seinen Augen. Sehnsucht saugte ihm die Kraft aus den Knien. Er blickte nach Süden. Dort erhob sich der abgerundete, gespaltene Gipfel, der das Maul von Sosolassa, dem Krakengott der Skan, repräsentierte, Sosolassa, der alles hörte, alles sah und durch seine ausgewählte Geisterfrau, Jadetränen, sprach.

Die wiederum Jaleeta besaß. Jaleeta, die Waffe, welche Jadetränen finden sollte. So hatte es Sosolassa befohlen.

Lorso konnte Jaleeta nicht anschauen, ohne sich an die nackte Gestalt im Feuerschein zu erinnern, die er geraubt hatte. Schutzlos. Zitternd. Dem Recht des Stärkeren nach die Seine.

Lorso drehte sich schmerzhaft der Magen um. Jaleeta war eine Verbotene, die ein Gott für sich beanspruchte.

Aber Lorso wusste, Jaleeta wollte keinen Gott. Jaleeta wollte Lorso. Heute Nacht.

Jadetränen, die sich weigerte, innerhalb der Mauern zu wohnen, sagte: »Sosolassa hat uns, jenen, die den Mut hatten, den ersten Sias mit seinen verweichlichten Ansichten zu vertreiben, unser Meer und unser Land gegeben. Die Mauern der Skan beleidigen Sosolassa. Skan machen Fremde ausfindig und vernichten sie, sie jagen alle, die keine Skan sind.«

Lorso erhob sich von dem Bett in seiner winzigen Hütte, lächelte und dachte daran, wie die Alte stets die Krieger beschämte, die sich auf den Schutz der Mauern verließen; den Häuptling, der verwegen wie eine Maus war, und die Navigatoren, die alt und schwach waren. Sie krochen zu ihr in ihre Hütte, baten um ihren unfehlbaren Rat und versuchten zu entkommen, ehe sie ihnen das Fleisch von den Knochen zog.

Lorso band sich den Schwertgurt um und wurde ernst. Außer ihrer Verachtung für die Anführer der Skan gab es an Jadetränen nichts Lustiges.

Es gehörte sich nicht für einen Mann, die Mutter zu fürchten, auch nicht, wenn sie ihn adoptiert hatte.

Schweiß befeuchtete Lorsos Handflächen. Er wischte ihn in die Hose aus rauem leinenähnlichem Stoff.

Durch das einzige Fenster drang das Licht der Mondsichel. Vorbeihuschende Wolken verdeckten abwechselnd sein Antlitz und gaben es wieder frei. Im Raum gab es einen Tisch, zwei Stühle und an einer Wand eine große Truhe für Kleidung und Decken. Gegenüber der Tür stand eine kleinere Truhe neben der dunklen Feuerstelle. Lorsos Regencape aus Seehundfell und sein kegelförmiger Hut aus verwobener Zedernrinde hingen an einem Nagel an der Tür.

Geräuschlos schloss er Letztere, als er nach draußen trat.

Durch die unruhigen Schatten der Wolken vor dem Mond schlich er von Hütte zu Hütte. Eine Wache war nicht aufgestellt. Dennoch hatte die Nacht überall Augen. Nicht jeder schlief.

Die Hunde streiften in Gruppen herum. Im Grunde verwildert, lebten sie im Wald und waren nur gelegentlich zutraulich genug, um sich in eine Scheune oder unter eine Hütte zu verkriechen. Für gewöhnlich, weil sie dort ihren Nachwuchs zur Welt brachten. Nachts stahlen sie sich zwischen die Gebäude. Wölfe verfolgten sie nicht bis in die bewohnten Bereiche, und so konnten die Hunde hier ungestört herumstöbern. Dabei wurden sie manchmal sehr gefährlich. Mindestens einmal im Jahr erlitt jemand eine ernsthafte Bisswunde. Seltener tötete eine Gruppe einen Menschen. Geschah dies, wurden sie gejagt. Eine Weile lang sah man dann weniger Hunde. Bald war alles wieder so wie ehedem.

Lorso dachte oft, dass er ihnen beunruhigend ähnlich war. Sie gehörten niemandem, fanden jedoch trotzdem Schutz, weil sie nützlich waren. Unter den Skan besaß Lorso ein hohes Ansehen, wenngleich er stets einsam war. Seine ganze Familie hatte sich Sosolassa geholt. Aus diesem Grunde hatte Jadetränen ihn zu sich genommen.

Er erinnerte sich daran, dass er geliebt wurde. Zwar war er adoptiert, aber er wurde geliebt. Gewiss.

Einen Augenblick lang war Lorso nicht sicher, ob er sich bei dem Gedanken an die Hunde ihre Gegenwart einbildete, oder ob sie ihm tatsächlich folgten. Mit gezogenem Schwert drehte er sich um.

Der Anführer des Rudels duckte sich kaum eine Körperlänge von ihm entfernt auf den Boden. Jetzt, wo er entdeckt war, schob er sich rückwärts. Ein warnendes Knurren erschütterte die Dunkelheit. Die Haare auf Lorsos Armen und Nacken stellten sich auf.

Langsam zog sich Lorso mit ausgestreckter Waffe zurück. Die Angst vor Entdeckung machte das ratsam. Wütend wie er war, hätte er am liebsten zugeschlagen. Der Hund war sehr groß, und die Gruppe folgte ihm diszipliniert. Außer dem Tapsen ihrer Pfoten und dem Hecheln waren sie vollkommen still.

Lorso beugte sich vor und hob die Schwertspitze. Wie eine Rauchwolke wallte die Gruppe zurück und verzog sich.

Am Rande der Siedlung standen die Gebäude weiter voneinander entfernt. Büsche und Bäume boten bessere Deckung als Ecken und Türnischen. Lorsos Anspannung ließ ein wenig nach.

Durch einen Spalt in der Tür von Jadetränen drang Licht nach draußen.

Die alte Frau war wach.

Furcht packte Lorso eiskalt in den Eingeweiden.

Die Geisterfrau wusste Bescheid.

Panik rauschte in seinen Ohren. Er packte das Schwert mit beiden Händen. Würde er entdeckt, so hatte er beschlossen, wollte er lieber kämpfen als für eine heulende Menge zum Gegenstand eines unterhaltsamen Schauspiels zu werden.

Dann hörte er die leise Musik aus der Kabine daneben. Der dunklen Kabine. Jaleetas.

Süß und verschlungen glich die Melodie dem Duft von Blumen in der Nachtluft. Ein Tarn, das Saiteninstrument der Skan, sang heitere Akkorde und begleitete eine weiche, sehnsuchtsvolle Stimme.

Lorso kroch über das offene Gelände. Er vermied die Blumenbeete und hockte sich vor Jaleetas Tür hin. Leise klopfte er.

Ohne auch nur einen Schlag auszusetzen oder die Melodie zu verändern, sang Jaleeta: »Komm herein, mein Liebster. Mach keinen Laut. Komm herein. Sei leise und warte auf meine Berührung.«

Lorso schlüpfte durch die Tür. Noch immer hielt er das Schwert in der Hand und drückte sich an die Wand, um zu warten, wie man ihn gebeten hatte. Sein Herz drohte, ihm die Rippen zu brechen. Der Atem stockte ihm angesichts ihrer Gegenwart. Der Duft einer Frau und gewaschener Haut, gebürsteten Haars und süßen Zedernöls. Schweiß trat auf seine Oberlippe und juckte an den Schläfen.

Als das Lied endete, sagte sie: »Wir müssen gut aufpassen.« Die Stimme war reines Feuer; das seufzende Rascheln einer Bewegung im Dunkeln steigerte die Hitze ins Unerträgliche.

Dann herrschte Stille. Lastende, undurchdringliche Stille. Das überwältigende Gefühl, jemand – oder *etwas* – befinde sich in seiner Nähe, drohte ihn zu ersticken.

Das verhutzelte, verkniffene Gesicht von Jadetränen erschien vor seinem inneren Auge. Das Gesicht hasste ihn.

Als er eine Berührung an seiner Wange spürte, zuckte er zusammen. Ein Finger legte sich auf seine Lippen. »Ich bin hier, Liebster. Bei dir. Ich bin dein. Denn diese Nacht ist unser.« Ihre Linke packte die Hand, mit der er das Schwert hielt. Jaleeta lachte leise. »Das wirst du nicht brauchen. Heute Nacht musst du mit einer anderen Waffe auf Eroberung ausziehen.« Dann lag die Hand an seiner Kehle, bewegte sich nach unten zu seinem Hemd und löste den ersten Knebelknopf aus der Schlaufe. Sanfte Finger strichen unter den Stoff und erkundeten die Brust.

Er schob sich vor und wollte sie umarmen. Doch bekam er ihren Leib nicht zu fassen, nur neckisches Lachen ertönte. Sie sprach von der anderen Seite des Raums. »Hier bin ich, Lorso. Nackt. Wie du mich schon einmal gesehen hast. Damals habe ich dich gehasst, jetzt will ich dich. Komm zu mir.«

Lorso ließ das Schwert auf den Boden fallen. Aufgeregt fummelte er an den Knöpfen und Schlaufen und am Gürtel herum. Achtlos landete alles neben dem Schwert.

Er ging zu ihr hinüber, streckte die Hand aus und ertastete Fleisch, so zart, so fest, so wunderbar einladend, dass er vor Verwunderung innehielt. Jaleeta fasste seine Handgelenke und versagte ihm weitere Berührungen. Aufgeregt drängte er voran. Sie drehte sich zur Seite und entzog sich seinem Griff. Mit plötzlich veränderter, schneidend scharfer Stimme verlangte sie: »Noch nicht. Der Bund. Danach …« Das letzte Wort war eine Verheißung.

Nun ließ sie ihn los. Einen Augenblick später, der Lorso wie eine Ewigkeit erschien, wurde ihm Metall in die Hand gedrückt. Er erkannte ein Messer. Mit dem Daumen fuhr er über die Klinge, die er Jaleeta gab, als sie ihm diese Nacht versprochen hatte. Rasch zog er sie über beide Unterarme, knapp unter dem Ellbogen. Jaleeta strich über seine Muskeln und ließ die Finger auf der Feuchtigkeit verweilen. »Jetzt ich«, sagte sie. »Schnell, Lorso, schnell.« Zweimaliges kurzes Stöhnen begleitete die entsprechenden Schnitte auf ihren Armen. Dann presste sie sich warm und unterwürfig an ihn. Er hob die Arme über den Kopf und zog ihre mit sich. Die dünnen Wunden legten sich übereinander, das Blut vermischte sich.

»Da.« Das Wort klebte an seiner Zunge, als hätte es Krallen. »Blut des einen, Blut von beiden. Ich schwöre bei meinem Leben, dein zu sein. Sosolassa ist mein Zeuge.«

Jaleeta wiederholte die Formel des Bundes, beugte sich vor und flüsterte sie ihm ins Ohr. Die Verschlusslaute waren feuchte Liebkosungen, die Zischlaute lang gezogen und schmeichelnd. Zwischen den Worten spielte ihre Zunge über sein Fleisch. Ihr Leib drängte sich an seinen.

Mit einem kehligen unverständlichen Knurren packte Lorso sie und trug sie zum fellbedeckten Bett.

Jadetränen hinkte in Jaleetas Zimmer, wobei sie sich auf den Arm einer zweiten Frau stützte. In der freien Hand hielt sie ihren verzierten Gehstock. Damit piekte sie die zusammengerollt schlafende Jaleeta. »Steh auf.« Die alte, trockene Stimme klang überraschend hell. Heimliches Vergnügen schwang darin mit.

Jaleeta rollte sich augenblicklich in eine sitzende Position und stellte die Füße auf den Holzfußboden. Dann zog sie sich ein Bärenfell um den Leib.

Jadetränen lächelte inmitten ihrer Myriaden von Falten. Ihre Zähne waren blendend weiß und leuchteten genauso hell wie ihre Augen, die Jaleeta forschend anblickten. »Du scheinst den Sturm gemeistert zu haben. Mein lieblicher kleiner Seevogel hat den ersten Fisch gefangen. Flügge geworden bist du, und jetzt kannst du fliegen, mein Schatz.« Sofort war sie wieder ernst und beugte sich vor. Die schweigende Frau neben ihr stützte sie. »Ist alles gut gegangen?«

Einen Moment lang war Jaleetas Gesicht ausdruckslos. Aus verschlafenen Augen starrte sie vor sich hin. Die vollen Lippen hingen schlaff hinunter. Sie strich sich mit einer Hand die wirren Haare zurecht. Dann grinste sie und verwandelte sich vom müden, gerade erwachten Kind zur lüsternen befriedigten Frau. »Gut? Wundervoll wäre eine bessere Beschreibung. Falls man es überhaupt beschreiben kann.« Sie zog einen Schmollmund. »Ich wünschte, er hätte nicht fortgehen müssen.«

»Du freches Ding.« Schockiert und kichernd zugleich löste sich Jadetränen von der anderen Frau und trat zu einem Stuhl am Fenster, durch welches das erste Tageslicht hereinfiel und den Gegenständen im Raum einen Hauch von Farbe verlieh. Mit dem Gehstock deutete sie auf die Ecke, in der sich die andere niederlassen sollte. Daraufhin wandte sich die Geisterfrau wieder an Jaleeta: »Deine brünstigen Beschreibungen interessieren mich nicht. Zeig mir deine Arme. Hat er den Schwur geleistet?«

Jaleeta hielt ihr die dünnen Wunden hin.

Jadetränen nickte zufrieden. »Wir machen Fortschritte.«

»Fortschritte in welche Richtung?« Erneut schmollte Jaleeta, diesmal jedoch im Ernst.

»Das brauchst du nicht zu wissen. Zerbrich dir nicht den Kopf darüber. Habe ich dir nicht ein gutes Leben beschert? Habe ich nicht alle meine Versprechen erfüllt?«

»Du behandelst mich wie deine eigene Tochter.«

»Besser. Glaub mir. Viel besser. Weil du diejenige bist, die den Skan den Ruhm bringen wird, den wir verdienen. Mit meiner Hilfe wirst du einen so hohen Rang erwerben, wie ihn noch keine Frau der Skan – oder überhaupt in der Welt – je erreicht hat. Du wirst *herrschen*. Ich erschaffe mich in dir neu, Jaleeta. Dein Verstand ist so scharf wie meiner, dein junger Körper wird Dinge tun, zu denen diese alte Hülle niemals wieder in der Lage ist. Du wirst an meiner Stelle leben.«

Jaleeta nickte.

Jadetränen fuhr fort. »Der Mann, den wir brauchen, ist uns ins Netz gegangen. Jetzt bin ich an der Reihe. Er wird morgen mit zwei weiteren Haibooten zu den Drei Territorien aufbrechen. Soll sein Verlangen ruhig eine Weile reifen.«

Die Frau in der Ecke brach ihr Schweigen. »Werden sie Gan Moondarks Hauptstadt angreifen?«

Gesenkten Blicks schüttelte die Alte den Kopf, ihre grauen Locken tanzten. »Die Kwa sind nicht die Verbündeten, die es braucht, um Gan Moondark zu vernichten. Falls sie ihn bei diesem Angriff besiegen, umso besser. Am Ende werden sie alle für mich arbeiten.« Sie wandte sich an Jaleeta. »Für uns. Wir nutzen ihre Stärke, ihre Träume, ihren Verstand aus. Männer sind wie das Meer, donnernd, unwiderstehlich und fürchterlich. Wir sitzen neben Sosolassa, verborgen in der dunkelsten, tiefsten Stille. Wir beobachten. Warten. Geheimnisse und Irreführungen lenken von sinnloser Gier und brutaler Kraft ab. Dem Monde gleich, der ewigen Schwester der Frauen, ist unser Licht die Täuschung, und unsere Dunkelheit blendet und lockt in die Falle.«

Mit den faltigen Händen zog sie sich unter Schmerzen an ihrem Stock hoch. Als sich die Frau in der Ecke rasch erhob, um ihr zu helfen, ließ ein kurzer Blick von Jadetränen sie zurücksinken. Die Alte schlurfte zur Tür und sagte: »Bleib bei deiner Tochter, Mena. Ich werde dich rufen, wenn ich dich brauche.«

Noch lange, nachdem die Alte gegangen war, rührte sich keine der beiden Frauen in der Hütte. Schließlich trat Mena ans Fenster. Ehe sie sprach, drehte sie sich wieder zur Raummitte um. »Sie ist weg. Ist alles in Ordnung mit dir?«

Jaleeta warf die Bärenhaut ab und rekelte sich ausgiebig und katzengleich, dazu lächelte sie glücklich. Dann sah sie ihre Mutter an, und die Selbstzufriedenheit fiel in sich zusammen. Sie zog das Fell wieder um sich und errötete. Mit gesenktem Blick nickte sie: »Ja. Es war nicht … schwierig.«

Mena rümpfte die Nase und eilte zu der hohen Zedernholztruhe, deren Äußeres mit geschnitzten Darstellungen von Sosolassa bedeckt war. Sie zog eine Tür auf, langte hinein und brachte eine Salbe hervor. »Glücklicherweise weiß dein Lorso, wie man ein Messer handhabt. Die Schnitte sind sehr dünn. Sie werden schnell verheilen. Jadetränen sagt, du musst sie verbergen, aber du darfst keinen Verband tragen.« Ihre Stimme versagte, und als sie sich zu ihrer Tochter umdrehte, hingen Tränen in ihren Augen. »Ich hätte mich vor langer Zeit selbst töten sollen. Dann wäre das alles nicht passiert. Mein armes Kind.«

Jaleeta streckte die Arme aus, so dass Mena sie behandeln konnte, und sagte erschöpft: »Wie oft haben wir uns schon darüber unterhalten? Unser Leben ist nicht schlecht. Jadetränen war nur so lange grausam, bis wir gelernt hatten, sie als Freundin zu betrachten. Du hast mich oft geprügelt, als wir noch For waren. ›Damit du begreifst‹, hast du mir immer erklärt. Jadetränen hat nur härter zugeschlagen.«

Mena schnaubte und drückte den verletzten Arm heftiger als notwendig. Jaleeta zuckte kaum merklich zusammen und lächelte. »Siehst du? Schmerz. Genau den fügt mir auch Jadetränen zu.«

»Ich begreife dich nicht. Ich habe solche Hoffnungen gehegt.« Ihre Mutter setzte eine elende Miene auf. »Ich habe dich bestraft, weil du die falschen Dinge getan hast, weil ich dich vor Schaden behüten wollte. Sie hat dich gefoltert. Kein Schlaf. Gerade genug Essen und Wasser, damit du nicht verreckst. Du durftest mit niemandem sprechen. Ich habe darum gebetet, dass du stirbst, weil ich dachte, sie würde deinen Willen nicht brechen können. Jetzt benimmst du dich, als wäre sie …« Mena verschluckte die letzten Worte.

»Meine Mutter?« Jaleeta strich über Menas feuchte Wangen. Plötzlich war die jüngere Frau die erfahrene Trösterin und Willensstärkere. »Ich war darauf vorbereitet, verrückt zu werden. Oder zu sterben. Jadetränen hat das eingesehen. Es gefiel ihr. Nur indem sie dir Leid zufügte, konnte sie mich auf ihre Seite ziehen. Aber sie hatte Recht damit. Ich verstehe es. Hast du sie gehört? Ich werde herrschen. Was hatte ich, ein Mädchen der For, schon groß zu erwarten? Mehr Fisch? Ein besseres Kanu? Von meinem ganzen bisherigen Leben halte ich nur die Erinnerung an dich in Ehren. Der Rest bedeutet mir nichts. Du bist die einzige Mutter, die ich habe, die ich jemals haben werde. Aber jetzt möchte ich gern eine Zeit lang allein sein. Bitte.«

Schmerzerfüllt ergriff Mena die Hand, die noch immer auf ihrem Gesicht lag. »Habe ich dich verletzt?«

Jaleeta stand auf, hüllte sich in das Bärenfell und wandte sich ab, um ein verstohlenes Lächeln zu verbergen. »Ich bin nicht verletzt. Ich möchte nur nachdenken.«

Murmelnd und keineswegs zufrieden mit der Antwort verließ Mena ohne weiteren Widerspruch die Hütte.

Nachdem sie gegangen war, betrachtete Jaleeta ihre Arme, als könnte sie aus den Schnitten etwas herauslesen. »Deine Pläne sind unter den Schwertern der Skan gestorben, Mutter. Jadetränen hält ihre Pläne geheim. Und niemand hat auch nur die geringste Ahnung, was Jaleeta vorhat. ›Du wirst *herrschen.*‹« Das letzte Wort sagte sie im Tonfall von Jadetränen, in der trockenen, raspelnden Stimme, die sie übertrieben bis zum Komischen nachahmte. Selbst die Erscheinung der Alten parodierte sie präzise; plötzlich beugte sich Jaleeta, zitterte, schüttelte den Kopf. Sie richtete sich auf. Rekelte sich verträumt. Ihr leises Lachen klang wie eine Warnung aus der finstersten Ecke eines unbekannten Zimmers.

Zehn

Ein hölzerner Laden verschloss die schmale Schießscharte in der Steinmauer der Burg. Vom Wind gerüttelt, grollte das hell bemalte Brett vor sich hin. Stilisierte Wölfe, wie man sie vor langer Zeit in Ola gestaltet hatte, tanzten bei jeder Bewegung. Unter der Wucht der heftigeren Böen schwoll das Murmeln zu einem verärgerten Klagen an.

Die Hälfte des Raumes nahm ein Tisch quer vor dem Kamin ein, der zweimal die Größe eines Mannes durchmaß; seine Beine stellten springende Lachse dar und waren aus Holzstücken geschnitzt, die dicker als ein Oberschenkel waren. Gan schlief; sein Kopf lag auf der polierten Oberfläche. Ein dicker weißer Verband prangte in seinem Nacken. Die Arme hatte er ausgestreckt, die Hände zu Fäusten geballt. Seine Linke war rot und angeschwollen; die Haut sah aus wie eine überreife Frucht. Die zugeknöpfte Manschette des Ärmels konnte den zweiten Verband am Handgelenk nicht verbergen.

Gelegentlich öffneten sich die Fäuste. Jedes Mal, wenn das geschah, rührte sich die andere Gestalt in dem Zimmer. Selbst im Dunkel der steinernen Burg leuchteten die langen blonden Haare der Frau. In den wunderschönen Gesichtszügen stand jedoch die Sorge geschrieben. Gan schloss die Fäuste. Sein Körper bewegte sich in abgehackten Zuckungen. Die Frau legte die Hand an die Brust und murmelte gequält etwas, während sie mitleidend die Zähne zusammenbiss.

Dieser leise Laut genügte. Gan stand auf, nachdem er erwacht war, und zog gleichzeitig den Murdat aus der Scheide. Das Bewusstsein kam einen Augenblick später. Verlegenheit und Erkennen jagten über das verschlafene Gesicht.

»Neela.« Der Name kam ihm krächzend über die Lippen.

Sie lachte leichthin, obgleich voller Erleichterung. »Wen hast du erwartet? Ich hätte dich geweckt, damit du ins Bett kommst, aber ich wusste, wie sinnlos das wäre.«

Gan lächelte schief. Er legte das Schwert auf den Tisch, ging zu ihr und nahm sie in die Arme. »Tut mir Leid.« Er senkte den Kopf und vergrub sein Gesicht in ihrem Haar. »Ich weiß, du machst dir Sorgen.«

»Wenn ich dir nur helfen könnte.«

»Das wünschte ich mir auch.« Er trat abrupt zurück. »Nein. Das stimmt nicht. Ich würde niemandem wünschen, auch nur eine Bürde dieses Lebens tragen zu müssen. Die Kwa marschieren wieder vor. Die Schiffe der Skan sind nur mehr wenige Tage entfernt.«

»Du wirst sie besiegen.« Neela nahm sein Gesicht in beide Hände. Ihr Blick suchte seine Augen voller Glut. »Männer, die das Schicksal auserwählt hat, müssen ihre Aufgabe erfüllen, und sich nicht fragen, warum ausgerechnet sie auserwählt wurden. Aber ich werde dich nicht zum Gefangenen der Prophezeiung deiner Mutter werden lassen. Wenn du unserem Volk Ehre und Ruhm bringen sollst, dann tu es als Gan, nicht als ihr Werkzeug.«

Er strich seiner Frau über das Haar und betrachtete es wie ein neues Wunder. »Emso lässt bei den Kwa Gerüchte verbreiten, denen zufolge wir noch schwächer sind als in Wirklichkeit und dass die Skan sie um ihren rechtmäßigen Anteil betrügen wollten. Falls ich die Kwa dazu anstacheln kann, ohne die Skan anzugreifen, haben wir eine Chance. Falls nicht …« Er wandte sich ab, spielte an seinem Murdat herum und schob ihn zurück in die Scheide. »Selbst wenn wir die Kwa besiegen, muss ich ihnen nachsetzen. Die Wolfsrudel sind erschöpft, aber sollte ich die Kwa nicht vertreiben, brennen sie alles nieder, was ihnen in die Quere kommt. Damit wir im Winter verhungern.«

Ein lautes Pochen an der Tür unterbrach ihn. Gan rief: »Herein«, und die Tür öffnete sich.

Ein schmutziger Krieger mit geröteten Augen stand in der Türöffnung. Er trug eine Lederrüstung und einen Helm unter dem Arm. Letzterer bestand aus Stahl, dem man eine geschnitzte Holzmaske angefügt hatte. Schwarz und gelb mit Wachs auf Hochglanz poliert – ein Wespenkopf. Fühler aus Draht schwangen daran. Eingelegte Obsidianstücke bildeten die zusammengesetzten Augen. »Unsere Außenposten kommen herein, Murdat. Emso hat mich geschickt, um Bericht zu erstatten; die Trommeln der Kwa sprechen bereits.«

»Wart ihr heute Nacht auf Patrouille?«

»Drei von uns aus dem Firrudel. Die erste Patrouille nach Einbruch der Nacht. Zwei Kwa werden uns nicht mehr belästigen.«

»Ihr habt nicht geschlafen.«

»Einige, Murdat. Ola hat viele Mauern, die bewacht werden müssen. Nach den Kämpfen gibt es genug Zeit zum Schlafen.«

Gan nickte. »Sag Emso, ich sei unterwegs. Dann schlaf dich aus. Das ist ein Befehl. Meine Männer dürfen nicht zu müde zum Kämpfen sein.«

Der Mann ging hinaus und schloss die Tür hinter sich. Gan wandte sich an Neela. »Ich werde dich nicht mehr sehen, bis das alles vorbei ist. Selbst wenn wir die Stadtmauer verlieren und zur letzten Verteidigung zurück in die Burg kommen, werde ich zu viel zu tun haben.«

»Ich habe schon eigene Pläne geschmiedet.« Gan riss verwundert die Augen auf. Nicht nur, dass es Neela gar nicht ähnelte, einen solchen Schritt zu tun, ohne ihn mit ihrem Mann zu besprechen, nein, auch ihr Ton war ungewohnt. Das Wort *letzte* ging ihm durch den Sinn. Sie fuhr fort: »Coldar wird bei Janet Carter, Susan Anspach und den Auserwählten in der Abtei bleiben. Ich begleite dich auf die Mauer.«

»Neela, sei vernünftig. Der Lärm, der Tumult … Coldar braucht dich. Wir waren einig darüber, uns niemals lebendig gefangen nehmen zu lassen, aber davon, dass du kämpfen sollst, war nicht die Rede.«

»Ich bin eine Hundefrau, kein Burgfräulein, das nur Kinder gebären muss. Den Bogen kann ich so gut handhaben wie die meisten Männer. Als wir aus der Heimat geflohen sind, habe ich an deiner Seite gegen Bergkrieger gekämpft. Mein Kind ist hier. Mein Mann. Keiner in dieser Stadt hätte mehr Grund zum Kämpfen. Oder zum Siegen.«

Einige Herzschläge lang hielten sie sich schweigend in den Armen. Er küsste sie auf die Lippen, sanft und liebevoll, ein Versprechen. »Du hast Recht; wir haben auch früher schon Seite an Seite gefochten. Wir werden es wieder tun. Und wieder siegen.« Er wandte sich von ihr ab und drehte sich nicht mehr um.

Draußen begrüßten ihn Shara und Cho freudig. Das Zusammenzucken des Rüden wegen der Brustwunde strafte sein zuversichtliches und sorgenfreies Gebaren Lügen. Wie das Herrchen hatte sich auch Shara noch lange nicht von den Verletzungen erholt. Cho humpelte auf dem Bein, wegen dessen Verwundung sie an der letzten Schlacht gegen die Kwa nicht hatte teilnehmen können. Als Gan die mit Stacheln besetzten Kriegshalsbänder von der Wand nahm, winselten sie und hüpften voller Vorfreude herum. Er musste sie schelten, bevor sie stillhielten. Dann ritt er in Richtung der Ostmauer davon, und Shara übernahm unter Mühen die Führung. Cho folgte.

Ola war zu bevölkert, um im Galopp voranzukommen. Primitive Hütten drängten sich von den Hauswänden fast bis in die Mitte der Straßen. Im Dunkeln schrien Kinder, und aus den kleinen Gassen hörte man keuchendes Husten. Die Vorbeigehenden wandten Gan die finsteren Mienen zu, in denen sich die Verzweiflung Vertriebener spiegelte. Der entsetzliche Gestank der überlasteten Abwasserkanäle verpestete die Luft.

Schlimmer noch war der vage Geruch von Furcht. Den säuerlichen Gestank, den Männer vor der Schlacht absondern, kannte Gan nur zu gut. Dieser war anders. Das Gewicht von Tod und Versklavung lastete auf den Kindern, ihren Müttern und auf den Alten und erschuf eine Aura, der Gan nie zuvor begegnet war.

Er schwitzte, als er die Straße erreichte, die parallel zur Mauer um die Stadt führte. Er schwang sich aus dem Sattel, und sofort wurde ihm übel. Daher lehnte er sich an sein Pferd. Wenn er jetzt stürzte, würden seine Männer es beobachten und es mit der Angst zu tun bekommen. Er schob einen Arm durch den Steigbügel.

Die Mauer schwankte. Er schloss die Augen. Dann sah er erneut hin und schrie laut auf, da die Steine zerflossen und schmolzen. Die Gesichter aus dem Alptraum, den er in der Höhle gehabt hatte, waren dort und trieben auf dem bösartigen Berg im Meer. Sie riefen um Hilfe.

»Komm hoch, Gan. Wir sind hier.« Emso. Gan atmete tief ein. Die leeren Lungen brannten. Seine Kräfte kehrten zurück. Er lief die Stufen zum Wehrgang hinauf. Shara und Cho setzten ihm nach. Männer richteten sich auf. Köcher mit Pfeilen wurden zurechtgerückt, Schwerter in den Scheiden gelockert.

Im Osten zeichneten sich die Bergspitzen schwach gegen den Himmel ab.

Die Streitmacht der Kwa hatte bereits Stellung bezogen. Der Dunst der niedergebrannten Feuer hüllte sie geisterhaft ein. Emso hatte das graubärtige Gesicht zu einer finsteren Miene verzogen. »Obwohl wir letzte Woche so viele von ihnen getötet haben, scheint es, als hätten wir kaum Schaden angerichtet.«

»Dann werden wir jetzt richtig unter ihnen wüten.«

»Du klingst verärgert, Murdat. Das sieht dir gar nicht ähnlich«, sagte Emso offen und mit unverhohlener Sorge. Wie gewöhnlich war er ehrlich. »Im Heilungshaus liegen Männer, die machen einen gesünderen Eindruck als du. Du hast Fieber. Und du bist ganz blass.«

Das schien das Stichwort für die Kriegstrommeln der Kwa zu sein, die laut zu dröhnen begannen. Ein Soldat aus dem Jalailrudel rief den Gegnern über die Mauer eine höhnische Bemerkung zu. Ein zweiter heulte. Einen Atemzug später heulten alle Rudel. Wild und disharmonisch übertönten sie die Trommeln des Feindes.

Emso wartete ab, bis sich der Lärm ein wenig gelegt hatte. »Deshalb werden wir nicht untergehen. Die Rudel wissen, dass du unter einem besonderen Schutz stehst, Murdat. Ohne deine Wolfsbrüder, die die Pferde der Kwa in die wilde Flucht geschlagen haben, hätten wir dich niemals gefunden. Wäre es mit rechten Dingen zugegangen, müsstest du tot in dieser Höhle liegen, zusammen mit Shara. Und hätte der Hund diesen Priester der Kwa nicht getötet, hätten sie die Kämpfe nicht für die Bestattungszeremonie unterbrochen. Dann wäre uns keine Zeit geblieben, uns neu zu formieren. Das sind Zeichen, Murdat. Omen. Die Männer wissen das. Und das solltest du auch endlich begreifen. Das Wichtigste, was du uns gibst, ist Glauben.«

In Gans Kopf wirbelten wirre Bilder umher. Der Traum in der Höhle. Die Gesichter auf der schmelzenden Steinmauer. Diese unerträgliche Stimme. Er hörte sich sagen: »Da war ein Pferd. Hast du es gesehen?«

»Pferd? Da waren zwanzig oder mehr. Überall verteilt.«

»Haben die Wölfe welche gerissen?«

»Das habe ich dir schon erzählt. Du warst anscheinend sehr krank. Wir haben keine Anzeichen dafür gefunden, dass die Wölfe die Pferde angegriffen haben. Die Tiere rannten einfach davon und haben uns die Kwa überlassen.« Er spuckte über die Mauer. »Welchen Unterschied bedeutet das auch? Du bist hier. Wir stehen kurz vor der Schlacht.«

»Keinen Unterschied. Du hast Recht.« Offenbar hatte das kleine geschundene Pferd entkommen können, und dieser Gedanke gefiel Gan außerordentlich.

Er riss sich zusammen und schritt den Wehrgang entlang. Neben einem dunkelhäutigen jungen Krieger, dessen Barmal auf der Rückseite im Grün und Weiß von Elf Wests Rudel bemalt war, blieb er stehen. Der junge Mann grüßte Gan und wandte seine Aufmerksamkeit wieder den Kwa zu.

»Wo ist Baron Elf West?«, fragte Gan.

»Dort, wo die Mauern aufeinander treffen. Er sagt, das sei eine Schwachstelle und dahin gehöre er.«

»Stimmst du ihm darin nicht zu?«

Der Mann errötete und hielt den Blick stur nach vorn gerichtet. »Ich weiß nicht genug, um dem zu widersprechen. Aber ich sollte dort sein. Wo die schwersten Kämpfe stattfinden.« Damit drehte er Gan streitlustig das Gesicht zu.

»Hier gibt es genug gefährliche Stellen für alle. Ich glaube, du wirst nicht gegen die Bergmenschen fechten müssen, die sich den Kwa angeschlossen haben. Vielleicht sind es nur sehr entfernte Vettern von euch, aber dennoch ist es euer Blut. Wenn sie an dieser Mauer zuschlagen, werde ich die Männer von Elf West verlegen, falls es mir möglich ist.«

»Tu das nicht«, protestierte der junge Krieger und zeigte auf die Mauer, die südlich von ihm lag. »Die Kwa und unsere ›Vettern‹ sind durch Elf Wests Baronie gezogen. Meine Mutter ist tot. Mein Bruder und meine Schwester wurden versklavt. Mein kleiner Bruder, noch ein Kind, ist hier in Ola. Diesen ›Vettern‹ sind wir etwas schuldig.«

Gan sah zur Seite und legte die Hand auf den Schwertknauf. »Sobald dies vorbei ist, werde ich über einen Gefangenenaustausch verhandeln. Hoffentlich kann ich deine Schwester zurückholen.«

»Und meine Mutter?« Der Mann zog das Schwert. Hass verzerrte sein jugendliches Gesicht und ließ ihn alt und hässlich erscheinen.

»Beherrschung, Krieger, Beherrschung. Dein Feind ist so menschlich wie du. Verwechsle die Aufregung des Kampfes nicht mit willfährigem Töten. Das ist ein Fluch.«

Nachdenklich, langsam nickte der jüngere Mann. Gan zog weiter. Die schrillen Pfeifen der Kwa ertönten, und Gan gab das Zeichen, die Trommeln der Drei Territorien sollten antworten. Alle Wölfe fielen lautstark mit ein.

Die Kwa nahmen ihre Angriffsstellungen ein. Wie bei der Schlacht im Tal trat ein Anführer vor, der einen Helm mit Stierhörnern trug. Er nahm ihn ab, zog die Ummantelung ab und enthüllte poliertes Messing, das golden in der Sonne glänzte. Diesmal waren die Wölfe darauf gefasst und jubelten und spotteten über die zeremoniellen Vorbereitungen.

Als das rituelle Opfer nach vorn geschleppt wurde, verwandelte sich der Hohn in hilflosen Zorn. Bei dem Betreffenden handelte es sich um einen Verwundeten aus dem Galmontisrudel, der noch sein rotes Armband trug. Der Gefangene hing an einem Holzrahmen, der seine Arme ausgebreitet und den Rücken gerade hielt.

Ein Priester in brauner Robe enthauptete ihn von hinten mit einem Hieb.

Baron Elf West war der Erste, der das lastende Schweigen brach, welches die Wolfsregimenter einhüllte. »Bis zum Tod, Murdat. Kein Mann aus Elf West wird heute Gefangene nehmen. Und auch selbst keiner werden.«

Gan packte den Baron am Arm. »Ich werde am Nordende der Mauer bei Baron Galmontis sein. Setzt Trommeln und Kriegshörner als Signale ein; vielleicht werden wir keine Flaggen sehen können.«

Elf West salutierte und vollzog das Dreizeichen. »Möge der Eine In Allem uns beistehen, Murdat.«

Gan und Emso nahmen ihre Posten ein, als die ersten Pfeile der

Kwa über die Mauer flogen. Ausgewählte Bogenschützen der Wölfe schickten eine Salve zurück.

Männer mit Schleudern stellten sich neben den Bogenschützen der Verteidiger auf und schleppten Ledersäcke mit faustgroßen Steinen die Treppen hinauf. Kurz darauf gesellte sich das Sausen ihrer armlangen Lederschlingen und das wespenartige Summen der Geschosse zum melodischen Sirren der Bogensehnen und Pfeile. Den Klang eines einschlagenden Steines konnte man nicht verwechseln. Nichts auf dem Schlachtfeld hörte sich so verheerend an.

Leclerc und Bernhardt, die jeder zwei Gewehre trugen, stiegen herauf und traten zu Gan und Emso. »Wo willst du uns haben?« fragte Leclerc.

»Hier, bei mir. Hast du die … wie nennst du sie … vorbereitet?«

»Granaten. Sie sind fertig. Ich habe das gesamte Schwarzpulver verwendet.« Der letzte Satz war entschuldigend gemeint.

»Du hast hart gearbeitet, mein Freund. Nachdem wir gesiegt haben, wird jeder das Lied des Kriegers singen, der den Blitz mit bloßen Händen warf.«

»Sie werden auch singen, dass er dies nur zum Ruhm des Murdat tat.« Bernhardts leiser Vorwurf war nicht zu überhören. Ein Pfeil zischte über sie hinweg und unterstrich ihre Worte. Sie blinzelte, wandte den Blick jedoch nicht von Gan ab.

Genauso leise antwortete er: »Wir sind uns nicht immer einig. Daher bin ich umso glücklicher, dass du auf meiner Seite kämpfst. Zumindest hältst du mich wohl für weniger bösartig als sie.«

Bernhardt schüttelte den Kopf. »Dazu fällt mir nur das Wort ›bedauerlich‹ ein. Nicht du missfällst mir, sondern das, was du tun musst.«

Gan merkte, wie sein Gesicht heiß wurde. »Ich habe mich bisher zu wenig mit dir über deine Erkenntnisse unterhalten, Kate

Bernhardt. Das war ein Versäumnis. Wenn wir diese unerfreulichen Dinge hinter uns haben, werde ich das nachholen.«

Sie lächelte überraschend innig und zudem herausfordernd. »Das hoffe ich. Und aus gutem Grund.«

Nun lachten alle. Bernhardt wirkte auf scheue Weise mit sich zufrieden. Noch immer lächelnd drehte sie sich um und ging los, um ihren Posten einzunehmen. Dann warf sie einen Blick auf die unruhige Masse der Kwa und ihrer Verbündeten und erbleichte.

»Wird schon gut werden mit ihr«, sagte Leclerc.

»Ich weiß. Trotzdem sind eure Frauen eigenartig.«

Auf ein tiefes Rumpeln an der Front hin traten sie zur Mauer. Die Bogenschützen der Kwa zogen sich zurück, jene ausgenommen, die sich nie wieder regen würden.

Der Anführer mit dem Messinghelm senkte das Schwert und stürmte voran, und die Wucht des Geschreis, welches seine Männer daraufhin von sich gaben, ließ die Wölfe sichtlich erzittern.

Ohne eine Anweisung abzuwarten, zielte Leclerc und feuerte. Mit dem großen Lauf riss er Löcher in die erste Angriffswelle. Die Kwa drängten weiter. Männer taumelten, fielen, wurden zur Seite gestoßen und von den folgenden niedergetrampelt.

Trommeln dröhnten. Kriegshörner brüllten. Schrille, nervenzerreißende Pfeifen erteilten kreischend Befehle. Und über diese Kakophonie hinweg, die Ordnung ins Chaos bringen sollte, gellten die gequälten Schreie der Verwundeten.

Zu Leclercs Rechter schoss Bernhardt wie in der vorherigen Schlacht, und währenddessen rannen ihr ungehindert die Tränen über das Gesicht. Mit Verwunderung entdeckte Leclerc Neela, die mit wehendem Haar und Pfeil und Bogen auf den Wehrgang lief. Sie verschwand zwischen den Soldaten auf der Mauer.

Er blickte an Bernhardt vorbei und sah das grün-weiße Banner von Elf West, welches gerade nach innen von der Mauer fiel. Der sterbende Träger hielt die Stange mit letzter Kraft, bis er nicht mehr konnte. Leclerc beugte sich vor und schoss parallel zur Mauer in die Richtung. Sein Geschoss zerschmetterte die Holme einer Leiter, und ein Gewirr von Männern und Holz landete auf dem Boden.

Eine zweite Leiter, die an derselben Stelle aufgerichtet worden war, schwankte kurz. Ein Kwakrieger, der regelrecht Schaum vor dem Mund hatte, kletterte die Sprossen hinauf, bis die Leiter Übergewicht bekam und sich gegen die Mauer senkte. Dann sah Leclerc nur noch, wie der Mann sich auf den Wehrgang schwang.

Das grüne und blaue Banner der Olaner erschien an der Stelle, wo die Fahne von Elf West gefallen war. Links von sich, so beobachtete Leclerc, drängten die Kwa das Galmontisrudel von einer Stelle auf dem Wehrgang immer weiter zurück. Mit heulenden Schlachtrufen verkündeten die Angreifer ihren nahenden Sieg. Die Reserve der Kwa nahm den Ruf auf.

Ein Pfeil zerrte in Höhe seines linken Bizeps an seinem Ärmel und zerbrach an der Mauer in Splitter. Leclerc vermeinte, ein enttäuschtes Funkeln zu sehen, als die Pfeilspitze zu Boden fiel.

Er verschoss noch einige Kugeln. Sein Arm juckte.

Dann griff er an den aufgeschlitzten Stoff und wollte seinen Augen nicht trauen. Die Sauberkeit des Schnitts faszinierte ihn; er entdeckte weder ausgefranste Fäden noch raue Kanten. Ähnlich war das Fleisch abzogen. Er bestaunte das erschreckende Weiß seines eigenen Fetts. Der bloßgelegte Muskel zuckte, derweil das Blut zäh und in gleichmäßigem Strom am unteren Rand der Wunde hervortrat. Von seinem Ärmel tropfte es auf den Wehrgang.

Bernhardt schrie auf. Er drehte sich zu ihr um. Sie sank zusammen und fasste sich an die große Wunde über ihrem Auge. Sie blutete zwar, doch klaffte das Fleisch nicht auf. Die Verletzung musste von einem geschleuderten Stein stammen. Erneut weigerte sich sein Verstand, die gesamte Szene wahrzunehmen, sondern beschränkte sich auf winzige Details. Bernhardts Hand war so weiß, so zart. Schlanke, grazile Finger, sanft geschwungen. Plötzlich zitterten sie. Leclerc verfluchte den unregelmäßigen Tremor, der diese Schönheit entstellte.

Zu seiner nächsten Bewegung musste er sich zwingen. Die bleischweren Beine knickten unter seinem Gewicht ein. Ehe er drei Schritte getan hatte, packte Gan die verwundete Schulter so fest, dass ihm der Atem stockte. Er blickte ihm ins Gesicht, und sah nur mehr das verzerrte Abbild des Mannes, den er kannte. Blutverschmiert. Große Augen, in denen unmenschliche Gefühle loderten. Entblößte Zähne. Das Bild eines Schlächters, eines Wesens, das sich allein dem Morden widmet. Die Lippen waren dünn wie Messerklingen. Die Stimme klang schrill. »Wir werden überrannt. Die Granaten. Kämpfe. Mehr kannst du nicht für sie tun.«

Elf

Riesige Fichten säumten den schmalen Pfad, der in Richtung Norden nach Ola führte. Aufgebrochene Rinde und dichte Nadeln absorbierten Licht und Geräusche und hüllten Sylahs Gruppe in trübe Stille. Die schlimmste Gefahr an einem solchen Ort war seine trügerische Offenheit. Man konnte überraschend weit sehen. Im ersten Moment dachte man an einen Park. In Wirklichkeit stellten die riesigen Stämme und das Licht im Schatten jedoch eine tückische Kombination dar. Jeder von ihnen hatte schon einmal beobachtet, wie einhundert Mann eines Wolfsrudels in einen ähnlichen Wald marschierten und kurz darauf wie vom Erdboden verschluckt waren.

Plötzlich erschien vor Conway, der vorneweg ritt, Mikka aus dem Wald. Sie blickte ihr Herrchen an, dann schaute sie mit gesträubtem Fell wieder nach vorn. Conway winkte Tate und Nalatan zu sich. Das Trio verließ den Pfad. Auch Sylah und Lanta ritten zur Seite, hielten jedoch größeren Abstand zu ihren bewaffneten Gefährten ein.

Neben Mikka zügelte Conway das Pferd und spähte nach vorn. Tate flüsterte: »Ich rieche Rauch.«

Nalatan nickte zustimmend, seine Nasenflügel blähten sich. »Da brennt nicht nur Holz, sondern auch Leder und Fleisch.«

Sie entfernten sich voneinander und folgten der aufmerksamen Hündin. Diese brachte sie zu Karda, der flach am Ufer eines ziemlich breiten Baches lag.

Dann hörten sie das Schreien. Ein Heulen wie von einem Tier.

»Ich nehme die Hunde und schlage rechts herum einen Bogen«, sagte Conway. »Ihr zwei geht entlang des Wegs geradeaus weiter.«

Er erreichte die brennende Hütte zuerst. Das Feuer war auf das Innere beschränkt. Vor der Hintertür lag eine Frau. Der Rauch, der aus dem einzigen von hier sichtbaren Fenster wallte, wehte an ihr vorbei. An der hinteren Ecke des Gebäudes stritten zwei berittene Männer lachend über einem Stück hellen Stoffs, an dem sie beide zerrten. Der eine rief etwas, das Conway nicht verstehen konnte. Weitere Männer antworteten von der Vorderseite.

Erneut ertönte das Geschrei.

Conway schoss zweimal. Die Pferde bäumten sich auf, die getroffenen Reiter fielen aus den Sätteln.

Er rief die Hunde, griff an und rannte um die Hütte. Auf der anderen Seite traf er auf eine Gruppe verwirrter Krieger. Sie starrten den davongaloppierenden Pferden hinterher.

Zwei weitere Schüsse brachten den nächsten Mann zur Strecke. Inmitten der Männer lag etwas Weiß-Rotes auf der Erde. Conway vermied jeden Blick darauf. Ihm gelang noch ein Schuss. Die lederne Oberkörperrüstung der Gestalt zersprang, während der Kerl stürzte. Beim Austreten kreischte das nun verformte Hochgeschwindigkeitsgeschoss wie wahnsinnig.

Der aggressivste der überraschten Krieger fuhr zu Conway herum und wollte mit einem langen blutverschmierten Schwert auf ihn einschlagen. Ohne zu zögern, sprang ihm Karda an die Kehle. Die Drehbewegung und Kardas Würgegriff warfen beide, Mensch und Tier, zu Boden. Sofort war der Hund wieder auf den Beinen und sprang zu seinem Herrchen.

Tate und Nalatan stürmten herbei. Tate schoss bereits aus vollem Lauf. Nalatan brüllte seinen Schlachtruf. Den Parierstab, diese eigentümliche Eisenstange mit dem nach außen gewölbten Schild in der Mitte und den schweren Kugeln an jedem Ende, hielt er in der Linken. Mit der Rechten schwang er das Schwert so schnell, dass die Klinge sang. Wie ein Wirbelwind toste er heran und ritt zwei Männer der Gruppe nieder, die gerade auf seinen Angriff reagieren wollten, während er mit dem Schwert einen Dritten erschlug.

Tate tötete zwei weitere.

Beide wendeten, um erneut anzugreifen, doch der letzte Mann, der noch stand, ließ die Waffe fallen und rannte in den Wald. Nalatan jagte ihm hinterher. Man hörte einen Schrei, der schockierend abrupt endete. Bei seiner Rückkehr ließ sich Nalatan aus dem Sattel nach unten hängen und zog den Parierstab durch das Laub auf dem Waldboden, um ihn zu säubern.

Conway vermochte kaum zu glauben, dass der Zwischenfall bereits vorüber war. So brutal schnell. Sein Hals war vor Nervosität steif geworden. Nalatan ritt zu Conway. Tate beugte sich über die kleine nackte Gestalt vor dem Haus, die von den Leichen ihrer Folterer umgeben war.

Einer der gestürzten Krieger regte sich. Ein Zweiter stöhnte und bewegte die Hand. Conway schickte die Hunde zu ihnen, um sie zu bewachen.

Tate richtete sich auf. Zur Antwort auf Nalatans Blick schüttelte sie den Kopf. »Zu spät. Er war noch ein kleiner Junge.«

Sylah und Lanta galoppierten heran. Sie beachteten die gefallenen Krieger kaum, sondern eilten gleich zum Haus. Das Feuer breitete sich aus; die Flammen schossen aus dem linken Fenster, die Tür war allerdings unversehrt. Conway blickte hinein. Inmitten von Qualm und Feuer entdeckte er zwei weitere Leichen. Einen Mann, der im Tode noch eine Schaufel hielt. Einen zweiten Jungen. Neben ihm lag ein armseliges Messer. Conway ging mit Nalatan zur vierten Seite der Hütte. Dort fanden sie eine junge Frau. Nackt. Conway erinnerte sich an die zwei Krieger, die mit dem hellen Stoff gespielt hatten.

Die Priesterinnen wandten sich an die beiden überlebenden Männer. Conway sagte: »Seht ihr nicht, was sie angerichtet haben?«

Lanta antwortete: »Sylah ist eine Kriegsheilerin. Ich bin Heilerin. Ihr habt eure Pflicht erledigt. Jetzt tun wir die unsere.« Damit kehrte ihm die kleine Frau den Rücken zu.

Der Krieger, um den sich Lanta kümmerte, war einem der Hunde zum Opfer gefallen. Sein rechter Arm war vom Ellbogen bis zum Handgelenk zerfleischt. »Zu welchem Volk gehört ihr?« fragte Conway.

Stöhnend sagte der Mann: »Zu den Kwa.« Er sackte zusammen und schrie vor Schmerz.

Sylah reagierte erschrocken. »Kwa? So weit im Süden ...?«

Conways Magen zog sich zusammen. »Greift ihr Ola an? Seid ihr durch Harbundai gekommen?«

Ein Anflug von Triumph huschte über die Miene des Kwa. »Wir haben uns mit den nördlichen Bergmenschen verbündet.

Wegen der Seuchen bleiben die Hundemenschen in ihren Lagern, daher können sie nicht helfen. Heute nehmen wir Ola ein.«

»Wie viele Kwa? Was geht in Ola vor sich?«

Der Mann schluckte. Sein Schweigen verriet den anderen, dass es schlecht um Ola stand. Nalatan beugte sich über ihn, bis seine Nase fast die des Kwa berührte. »Plünderer. Feiglinge. Ihr seid zurückgeblieben, um so arme Leute wie diese auszurauben.«

Der Kwa schrie und wich zurück.

Sylah schob Nalatan sanft, aber entschlossen zur Seite. Sie sagte zu Lanta: »Verbinde ihn, so gut du kannst. Ich kümmere mich um das Bein des anderen.« Dem Krieger teilte sie mit: »Wir lassen euch Vorräte und Wasser da.«

Alarmiert richtete sich Lantas Patient unter Mühen auf. »Scharfer Fels kann keine Waffe halten. Und ich kann nicht allein gehen. Unsere Pferde sind weggelaufen. Man wird uns finden.« Er verdrehte die Augen und versuchte, zur brennenden Hütte zu schauen, ohne den Kopf zu bewegen.

»In diesem Gebiet leben nur wenige Menschen«, sagte Conway. »Wahrscheinlich erwischt euch eher ein Tiger oder ein Wolf. Die werden euch gnädiger behandeln als ihr diese Familie.« Er half Lanta auf und lächelte den Krieger säuerlich an.

Sylah und Lanta bestanden darauf, auch die Toten auf anständige Weise zu bestatten. Nalatan half Conway, Feuerholz aufzustapeln. Der Mönch sah seinen Freund forschend an. »Anscheinend hast du es eilig. Machst du dir Sorgen wegen dieser Kwa?«

»Große. Wenn sie in Ola sind, befindet sich Gan in Schwierigkeiten. Und unsere Freunde auch.«

»Brauchen sie uns?«

Conway lächelte, weil Nalatan sich wie selbstverständlich mit einschloss. »Ich fürchte. Wir müssen uns sputen.«

Das Feuer loderte, und schwarzer Qualm stieg auf, als sie endlich aufbrachen. In der Hitze schwankten die herabhängenden

Zweige der umstehenden Fichten auf und ab. Conway erinnerten sie an die hilflosen Gesten von Trauernden an einem Grab. Die zwei Kwa kauerten sich vor dem brennenden Hintergrund hin.

Wieder auf dem Weg, ritt Lanta an Sylah vorbei zu Conway. Er wollte sie schelten, weil sie sich zu ihm an die Spitze gesellte, aber sie brachte ihn mit einer knappen Geste zum Schweigen. »Ich möchte dir helfen.«

»Warum?«

»Wegen des Schmerzes. Ich kann ihn sehen.«

Conway lächelte schief und suchte weiterhin den Wald vor und neben ihnen ab. »Solange du nur mit den Augen schaust und nicht deine Fähigkeit einsetzt, um meine Zukunft oder meine Vergangenheit zu sehen, kann ich mich kaum beschweren, nicht wahr? Doch du brauchst dir keine Sorgen zu machen; mir geht es gut.«

Sie schüttelte den Kopf, ihr Gesicht verhärtete sich. »Du bist ein guter Mann, Matt Conway. Ich fürchte trotzdem um dich. Diese Plünderer hast du sehr persönlich genommen. Gegen diese Leute vorzugehen war richtig und gut, aber du darfst nicht so hassen. Der Hass wird dich zerstören.«

»Wäre es besser, wenn ich sie einfach wie lästige Fliegen erschlagen hätte?«

»Vielleicht würde ich das vorziehen. Was mich beängstigt, ist die Schuld, die du dir selbst gibst. Du warst zu spät, um diese Männer an ihrer Tat zu hindern. Im Herzen bist du wütend auf dich. Aber solche Männer sind überall und zu jeder Zeit. Du kannst sie nicht alle aufhalten. Und deshalb darfst du dir keine Schuld auferlegen.«

»Andere beschuldigen mich bereits Verbrechen, die ich gar nicht begangen habe. Warum soll ich also nicht noch ein bisschen mehr Schuld auf mich laden?«

Lanta erbleichte. Conway wandte den Blick ab. Hatte er es zu weit getrieben?

Sanft und vertrauensvoll legte Lanta ihre Hand auf seine. »Unsere Leben, deins und meins, sind miteinander verflochten. Wir müssen die Knoten zwischen uns lösen und ein ehrliches nahtloses Gewebe herstellen. Ich glaube, ich kann dir helfen. Und ich weiß, dass ich dein geduldiges Verständnis brauche. Bitte – komm zu mir.«

Conway schluckte heftig, dann antwortete er: »Ich wüsste nicht, wo ich lieber wäre.«

Sie erreichten einen Bergrücken. Zwischen ihnen und den umkämpften Mauern von Ola, die fern in der Vormittagssonne leuchteten, erhoben sich noch mehrere Hügelketten. Flammen leckten wie Zungen aus den gedrängten Gebäuden in die Höhe. Rauch wurde vom Meerwind verweht und legte sich einem Sargtuch gleich über der Stadt. Der Klang von Hörnern und Trommeln wurde über die Distanz herangetragen.

Nalatan beobachtete die Szene mit seinen Falkenaugen: »Es herrscht Waffenpause. An der Mauer lehnen keine Leitern.«

»Rot und gelb«, unterbrach ihn Sylah aufgeregt und umklammerte den Rücken seines Hemds. Ihre Fingernägel hinterließen im Leder Eindrücke. »Gans Farben sind rot und gelb.«

Nalatan beugte sich vor, als würde diese minimale Verringerung des Abstands einen Unterschied ausmachen, und konzentrierte sich. Lächelnd richtete er sich plötzlich wieder auf. »In der Mitte, bei dem schimmernden Tor.«

»Dann kommen wir ja noch rechtzeitig.« Tate schob das Gewehr, das über ihre Schulter hing, zurecht. »Durchladen, Soldaten. Semper Fi.«

Der Kriegermönch blickte verwirrt drein. »Das hast du schon mal gesagt: Sem-per Fi. Immer, wenn du Ärger erwartest. Ist das ein Gebet?«

»Huu!« Tate klatschte in die Hände und lachte laut. Woher sollte Nalatan das Motto des U. S. Marine Corps kennen? Semper Fi. Immer treu. »Nein, kein Gebet, Süßer, ganz gewiss nicht. Aber so etwas Ähnliches.« Sie lachte erneut. Nalatan wandte sich an Conway, doch der zuckte nur hilflos mit den Schultern.

Stattdessen sagte der andere Mann: »Unsere Waffen und der Überraschungsmoment sind unser Vorteil. Wir können uns von hinten anschleichen und sie auseinander nehmen, ehe sie noch bemerkt haben, dass wir da sind. Was hältst du davon, Donnacee?«

»Je schneller, desto besser. Wir müssen nur bei den Hügeln aufpassen. Wenn wir darüberreiten, zeichnet sich unsere Silhouette gegen den Himmel ab.«

Nalatan zeigte auf zwei Stellen. »Dort und dort. Bäume und Gebüsch. Da müssen wir lang. Dadurch erreichen wir einen Punkt seitlich von ihnen. Denn genau hinter ihnen sollten wir uns nicht aufhalten. Falls sie sich zurückziehen, wollen wir uns doch nicht von ihnen überrennen lassen.«

Conway schickte die Hunde vor. Sie streiften über die Felder und verschwanden im ersten Wäldchen. Einen Augenblick später kehrte Mikka zurück.

Als Nalatan und Conway demonstrativ zusammen vorritten, folgte Tate ihnen kommentarlos. Sorgsam unterdrückte sie ein selbstgefälliges Lächeln. Sie wusste, von den dreien war sie am besten ausgebildet und ausgerüstet, um die vor ihnen liegende Situation zu meistern. Die beiden Männer waren zwar kräftiger als sie, was im Nahkampf von Vorteil war. Conway besaß zudem auch einiges an taktischer Erfahrung, die er während seines Aufenthaltes bei der Windbande gesammelt hatte. Nichtsdestotrotz fehlten ihnen ihre Kenntnisse über Feuerkraft und ihre Anwendung. Grinsend ließ sie die zwei vorneweg reiten.

Ohne Zwischenfall erreichten sie den letzten Hügel vor der Stadt. Genau dahinter schlugen Krieger auf ihre Schilde und heulten, um sich für die Schlacht in Rage zu bringen.

Nalatan duckte sich. Diese einfache Vorsichtsmaßnahme veränderte plötzlich alles für Tate. Vor ihnen befand sich der Feind. Er wollte Nalatan verletzen. Ihn töten.

Scharf spürte sie die Bisse der Furcht, die an ihrer Entschlossenheit nagten.

Sie liebte ihn. Ihm durfte kein Leid geschehen.

Er würde kämpfen. Die Schlacht war der Mittelpunkt seines Lebens. Und er war der Mittelpunkt des ihren.

Eine leise Stimme protestierte, dass das Leben vergänglich und der Tod stets präsent sei. Tate verdrängte den Gedanken. Sie und ihr Mann waren Krieger. Sie waren füreinander geboren worden, für diesen Augenblick.

Niemand würde Nalatan verletzen. Das würde sie schon zu verhindern wissen.

Die rhythmischen Rufe der Kwa endeten in einem Crescendo heiserer Stimmen. Disharmonisch plärrten Hörner.

Tate sog das Chaos vor ihr in sich auf. Schweiß lief ihr über das Gesicht. Sie hielt das hässliche schwarze Gewehr mit festem Griff, bei dem ihre Knöchel knackten. Mit nervösen Fingern band sie die Zügel des Pferdes an einen Baum.

Die Wache der Kwa an der Flanke bestand lediglich aus drei Mann. Sorglos hatten sie ihren Posten am Südhang des Hügels aufgegeben. Fasziniert beobachteten sie das Spektakel, in dem die Masse der Krieger nur einen Steinwurf entfernt vorbeiströmte. Nalatan und Conway fielen mit gezogenen Schwertern über sie her.

Tates Stimme hatte einen metallischen Klang. »Nalatan. Hier gibt es Deckung für dich. Sie werden uns angreifen. Du hältst sie uns vom Leib. Conway, wir konzentrieren uns auf die Haupttruppe. Dein Sektor liegt nördlich von diesem Kriegshorn; setz den großen Lauf ein. Ich übernehme den Süden. Wenn sie auf uns losstürmen, decke ich den Rückzug; mein Pferd ist das schnellste.«

Conway nickte und grinste dabei. »Was die letzte Anweisung angeht: nein, Süße.« Er lag bereits auf dem Boden und stützte sich in Schussposition auf die Ellbogen. »Du nimmst Nalatan und verschwindest zuerst. Ohne dich würde er diesen Hügel niemals verlassen, das weißt du ganz genau.« Mit einer wegwerfenden Handbewegung tat er ihren zu erwartenden Einwand ab. »Ruhe jetzt und Feuer frei. Sie haben die Mauer erreicht.«

Das Krachen des Schnellfeuerlaufs von der Stadt her übertönte den Schlachtlärm, bevor Tate und Conway das Feuer eröffneten. Kwakrieger drehten sich um die eigene Achse und fielen.

Tate sah etwas Goldenes aufblitzen. Einen Helm. Der Besitzer fuchtelte mit dem Schwert. Tates Schuss riss knapp vor ihrem Ziel ein Loch in die Menge. Die Lücke schloss sich sofort wieder. Bei Conways nächstem Schuss packte der Behelmte einen Mann neben sich und zeigte auf den Hügel. Der Kurier rannte nach Süden los und wich immer wieder Kriegern aus, die auf die Mauer zustürmten.

Erneut schoss Tate auf den Helm. Beim Nachladen sah sie Conway, der seine Explosivgeschosse in hohem Bogen abgab, um maximale Reichweite zu erlangen. Er hatte bereits massiven Schaden angerichtet. Die Nordflanke der Kwa war schon sichtlich ins Stocken geraten und kam nur noch langsam voran. Kleine Gruppen duckten sich unter Schilden und wichen zurück.

Eine versteckte Kavalleriereserve tauchte im Osten auf. Einige der Reiter überquerten den Hügel und schnitten ihnen den Rückzug ab. Gleichzeitig lösten sich unberittene Krieger von der äußersten Südseite der Front und hielten auf die neue Bedrohung zu.

Nalatan forderte mit Pfeilen fast unbeachtet seinen Blutzoll ein. Die rennenden Krieger stürmten voran, heulten, drohten und suchten immer wieder Deckung. Tate rief: »Matt! Auf die Infanterie.« Sie gesellte sich zu Nalatan, um gegen die Kavallerie vorzugehen, die den Hügel hinaufsprengte.

Plötzlich traf eine Lanze Nalatan. Seinen Schmerz, seinen Schock spürte sie, als wäre sie selbst getroffen. Sie fühlte die lange, dreieckige Spitze, die sich in seine Seite bohrte, fühlte seinen Unglauben und den organischen Geschmack des Todes.

Sie rannte zu ihm.

Für sie kehrte auf dem Schlachtfeld Stille ein. Pfeile flogen vorüber, langsame, banale Dinge. Nalatan zerrte das Wurfgeschoss aus seiner Rüstung und ließ es zu Boden fallen. Schweiß bedeckte sein Gesicht. Er wappnete sich, um sich erneut dem Reiter zu stellen, der die Lanze geworfen hatte. Ein Bergkrieger mit Totenmaske holte mit dem langen Schwert, dem Sodal, aus und zielte auf ihn.

Tate konnte nicht schießen. Nalatan versperrte ihr den Weg. Sie schrie. Die Spitze des Sodals näherte sich. Im letzten Augenblick machte Nalatan einen Satz auf die vom Schwert abgewandte Seite des Pferdes. Wenn der Bergkrieger nun versuchte, die Waffe trotzdem noch wie eine Lanze einzusetzen, würde er ihm mit seinem Schwert die Kehle aufschlitzen.

Der Mann war ein guter Kämpfer. Er zog das Schwert herum und schlug nach unten. Nalatan empfing den Hieb mit dem Parierstab. Der Bergkrieger galoppierte vorbei. In aller Ruhe ließ Nalatan den Parierstab fallen und griff zu Pfeil und Bogen. Als der Angreifer sein Tier gewendet hatte und seinen Angriff fortsetzen wollte, war der Pfeil bereits unterwegs. Er schlug knapp über dem Mund ein. Der Krieger fiel rücklings aus dem Sattel.

Dann hatte sie der Rest der Kavallerie erreicht. Tate stach mit dem Bajonett zu und verschoss ihre Kugeln. Sie stand neben Nalatan mit dem Rücken zu einem Baum. Die aufgebrachten Kwa verzichteten auf Pfeil und Bogen und griffen nur noch mit den Schwertern an.

Aus den Augenwinkeln bekam Tate mit, dass Conway zurückgedrängt wurde. Die Hunde griffen an und fielen zurück und wüteten unter den Feinden. Ein unglaublich riesiger Krieger erschien plötzlich und stürmte auf Conway zu. Er trug einen Bronzehelm, der wie ein Bärenkopf gestaltet war. Conway hob das Gewehr.

Beim Knall explodierte der Helm auf dem Kopf und flog in die Luft. Langsam drehte er sich, wie ein Kinderspielzeug. Der Krieger landete auf dem Rücken. Sein Schwert, dessen Spitze sich in den Boden gerammt hatte, schwankte hin und her wie Schilf im Wind.

Dann war es vorbei. Ein paar fliehende Krieger schossen noch Pfeile ab. Die Kavallerie jagte davon. Zweifel verwandelte sich in Ekel angesichts des Gemetzels. Tate hatte Mühe, sich zu beruhigen. Ehe sie sich umdrehen konnte, kniete Sylah neben Nalatan und kümmerte sich um seine Wunden. Er lächelte beide Frauen an. Die unglaubliche Helligkeit seiner aufgerissenen Augen verriet, welche Anstrengung ihn seine Selbstbeherrschung kostete.

Lanta lief zu Conway. »Bist du verletzt? Haben sie dich verletzt?«

Wie aus weiter Ferne und noch immer am Rande des Wahnsinns antwortete Conway: »Keinen Kratzer haben sie mir zugefügt. Glück gehabt. Die Hunde haben nur ein paar kleine Schnitte. Sieh sie dir an, da liegen sie. Die Aufgabe ist wieder einmal erledigt. Das ist alles.«

»Wirklich erledigt.« Sie zeigte in Richtung Ola. »Schau nur. Die Kwa sind geschlagen.«

Gan konnte man an dem kantigen, schmutzigen und blutbespritzten Gesicht ablesen, dass er in wenigen Stunden Jahre verlebt hatte. Er sagte zu Emso: »Kavallerie. Durch das Sonnenaufgangstor. Gönn ihnen keine Ruhe, Emso, keine Gelegenheit, sich neu zu formieren. Töte jeden, der geplündert hat. Ohne Gnade. Andere, die sich ergeben, behandle gut. Die Kriegsheilerinnen sollen sich ihrer annehmen. Erbarmen für alle, die es verdient haben. Die übrigen werden getötet.«

Emso legte die Faust zum Wolfsgruß ans Ohr, drehte sich um und eilte davon.

Ein paar Meter entfernt stand Leclerc an Bernhardt gelehnt und beobachtete die Szene. Sein Kehlkopf zuckte. »Hast du das gehört? ›Die übrigen werden getötet.‹ Wie wollen wir nur mit dieser Welt umgehen, Kate? Ich habe geglaubt, ich würde mir Action und Aufregung wünschen. Dieses ... dieses unaufhörliche Gemetzel hatte ich nicht erwartet. Ich weiß nicht ...«

Bernhardt legte zum Trost den Arm um ihn. Er sank gegen sie. Die eine Hälfte ihres Gesichts war stark angeschwollen, das rechte Auge nur noch ein schmaler Schlitz. Beim Sprechen klangen ihre sanften Worte wegen der verspannten Muskeln lallend. »Du hast alles gegeben, Louis. Keiner war tapferer als du. Aber deine eigentlichen Fähigkeiten sind für unser aller Zukunft wichtig. Du bist unser Schlüssel.«

Leclerc wusste, das stimmte. Er fühlte sich viel besser. Persönliche Risiken machten den Krieg nicht aus. Gan – Männer wie Gan – würden das nie begreifen. Intellekt. Der wahre Befehlshaber brauchte wahren Intellekt.

Das Wiedersehen verdrängte alle Gedanken an Wunden und Erschöpfung. Die Wölfe auf den Mauern mischten sich unter die Bewohner und die Flüchtlinge, und mit diesem Fest feierte man den Sieg, hieß die Heimkehrer willkommen und dankte für ihr fast wundersames Eingreifen. Gan wandte sich zuerst seinen Freunden zu. »Du hast dir den richtigen Augenblick ausgesucht, Sylah. Woher wusstest du von der Belagerung?«

Sylah legte Tate den Arm auf die Schulter und zeigte mit der anderen Hand auf Conway und Nalatan. »Die drei haben bei einem Bauernhaus Plünderer der Kwa entdeckt, und die Überlebenden haben uns von dem Angriff berichtet. Eigentlich waren sie der Grund, weshalb wir rechtzeitig in Ola eintrafen. Lanta und ich waren einfach nur dabei.«

»Wären die Plünderer nicht gewesen«, fügte Lanta hinzu, »hätten wir niemals von dem Angriff erfahren und uns nicht beeilt. Man sollte stets beherzigen, dass das Gute auch aus dem Bösen erwachsen kann.«

Gan fand es eigentümlich, wie sie dabei Conway ansah, und noch befremdlicher, wie Conway darauf reagierte, als höre er eine höchst willkommene Neuigkeit. Zwischen den beiden spielt sich etwas ab, sagte sich Gan, und er fragte sich, warum er darüber nichts erfahren hatte. Seltsamerweise gingen ihm nun Emsos Bemerkungen über Zeichen und Omen durch den Sinn.

Neela wechselte das Thema. »Die Tür, Sylah. Erzähl uns davon. War deine Suche erfolgreich?« Neelas Gesicht glänzte vom Schweiß der Anstrengungen auf der Mauer, und doch drückte es die Gewissheit aus, dass ihre Freunde den Sieg davongetragen hatten.

Sylah schob das Kinn vor und legte unbewusst einen Stolz an den Tag, der sie beschämt hätte, wäre sie sich dessen gewahr geworden. »Wir haben das Geheimnis der Tür entdeckt. Jetzt hat es seine neue Heimat in den Drei Territorien gefunden.«

Überall um sie herum brandete Jubel auf, und Neela musste sich dicht ans Ohr ihrer Freundin beugen, damit diese sie verstehen konnte: »Hast du es bei dir? Dürfen wir es sehen?«

»Es besteht aus mehr, als das Auge auf den ersten Blick sehen kann. Wir müssen uns darüber unterhalten. Nicht nur ich und meine Freundin, Gan. Auch zwischen dem Murdat und der Blume muss Einverständnis herrschen.«

»Dann warten wir lieber ein wenig ab, bis wir diesen Schatz begutachten.« Aus den Augenwinkeln bemerkte Gan Neelas schlecht verhohlene Ungeduld. Er legte mehr Autorität in seine

Stimme. »Die Wölfe und ich dürfen uns nur einige Stunden Schlaf gönnen, ehe wir nach Norden marschieren. Die Skan stehen vor der Tür. Jetzt können sie ihren Angriff jedoch nicht mehr mit dem der Kwa verbinden. Ich muss sie überzeugen, dass wir weiterhin stark genug sind, um sie zu besiegen.«

Tate wandte sich an Nalatan. »Lass deine Wunde versorgen. Sylah ...«

Nalatan hob abwehrend die Hand. Gan beobachtete offenen Mundes, wie Tate mitten im Satz innehielt und wartete. Von allem, was er an diesem Tag mit angesehen hatte, gefiel ihm die Art, mit der Tate auf ›ihren‹ Mann reagierte, am besten. Nalatan sagte: »Bis die Blume und das Geheimnis der Tür nicht vollkommen in Sicherheit sind, ist mein Eid nicht erfüllt. Die Wunde ist kein Hinderungsgrund. Ich werde mit ihm reiten.« Er deutete mit dem Kopf in Gans Richtung.

Gan grinste über Tates Miene, in der sich Stolz, Liebe und Sorge offenbarte. Er sagte zu Sylah: »Worin dein Schatz auch bestehen mag, ich würde mich wesentlich besser fühlen, wenn du ihn hier in der Burg aufbewahrtest, bis wir die Angelegenheit mit den Skan geklärt haben.«

Sylah zögerte. Sie und ihre Freunde standen sich so nahe und hatten so vieles gemeinsam durchgemacht. Aber Gan hatte Recht. Sie nickte. Seine zufriedene Reaktion schmeckte nach männlicher Überlegenheit, was ihr einen Stich versetzte.

Sie haben sich in ihrer Verantwortung verfangen. Das alte Spiel war zu Ende, und das neue hatte gerade begonnen.

Ich will niemandes Besitz sein. Die Worte verhöhnten sie.

Zwölf

Gan fragte sich, ob er genauso entkräftet aussah wie seine Begleiter. Tate schlief im Sattel und war in sich zusammengesunken, als wären ihre Knochen geschmolzen. Neben ihr hielt der stille, große Kriegermönch namens Nalatan aufmerksam Ausschau. Die hässliche Lanzenwunde hatte er wie einen Kratzer weggesteckt. Gan bewunderte Tates Wahl.

Im Stillen hatte sich Gan stets gefragt, ob ein Mann, der Tates Zuneigung erlangte, mit ihrem erstaunlichen Unabhängigkeitsdrang fertig werden würde. Nalatan schien dazu in der Lage zu sein. Gan hoffte, er würde den Mönch bald besser kennen lernen.

Leclerc und Bernhardt schliefen auf einem Karren und hatten sich wie Welpen zusammengerollt. Trotz ihrer Verletzungen und der Ankunft der anderen Blitzwaffen hatten sie darauf bestanden mitzumarschieren. Im Gegensatz zu ihnen war der junge Mann auf dem Kutschbock viel zu aufgeregt, um Müdigkeit zu zeigen.

Conway hatte sich sofort nach hinten zurückgezogen. Aufs Neue bewunderte Gan die Veränderung, die in dem fremden Krieger vor sich gegangen war. Seine neue verschlossene Haltung ließ sich kaum beschreiben. Ohne sagen zu können, weshalb, spürte Gan seine Niedergeschlagenheit.

Alle diese Gedanken verflüchtigten sich bei Anbruch der Dämmerung. Blinzelnd reckte und streckte sich Gan und lächelte vor sich hin. Nach einem Tag der Schlacht und diesem nächtlichen Marsch sah jeder aus wie ein Flüchtling und nicht wie ein Sieger. Die Sorgen über diese persönlichen Belange mussten warten.

Die Küstenstraße lag friedlich da, anders als kurz nach der Dämmerung, denn da war die Kolonne auf eine marodierende

Bande Kwa gestoßen. Unbewusst schnitt Gan eine Grimasse. Mit Hinrichtungen erreichte man nur schwerlich Ziele. Trotzdem kannte er keine Gnade für Männer, die Unschuldige wegen ihrer armseligen Habseligkeiten ermordeten. Oder gar zum Vergnügen. Einer der Plünderer war noch ein Junge gewesen, kaum alt genug, um ein Schwert zu halten. Wenigstens war er im Kampf gefallen, während die Überlebenden sich ergaben und um ihr Leben gebettelt hatten. Jetzt durften sie sich vor dem Einen In Allem rechtfertigen. Die Leichen waren dem Anstand entsprechend verbrannt worden.

Gan war überrascht, dass Conway vor den Gefallenen salutierte. Das Mitgefühl für die toten Feinde musste einer geheimen Schuld entspringen. Dieses Verhalten beunruhigte Gan.

Leclerc reagierte irgendwie hochnäsig auf die Hinrichtungen. Er betrachtete sie offenbar als bloße Rache. Gan wünschte nur, Leclerc würde die Last auf seinen Schultern spüren, die ihm die Bedürfnisse der Menschen in den Drei Territorien auferlegten.

Daraufhin sah Gan Leclerc ein wenig aus anderen Augen. Der Mann war gewiss kein Anführer, doch war er ausgesprochen klug. Es gab bessere Möglichkeiten für ihn, seine Fähigkeiten einzusetzen. Und dann, so dachte Gan, bliebe anderen diese neue, unangemessene Arroganz erspart.

Die Kundschafter berichteten von zwanzig Haibooten, die an der Mündung des Süßweideflusses lagen. Südlich des sumpfigen Deltas gab es einen Strand, der sich für die Landung anbot. Gan hatte bisher noch keinen Kampf von diesem Ausmaß gegen die Skan ausgetragen, aber er kannte sie von ihren Piratenzügen her. Sie waren Furcht erregende, gnadenlose Männer, die in der Schlacht den Namen ihres dunklen Krakengottes anriefen. Als Beute bevorzugten sie Sklaven. Schauderhafte Gerüchte erzählten von Menschenopfern und entsetzlichen Ritualen.

Zwanzig Haiboote konnten bis zu achthundert Mann tragen.

Niemand hatte je zuvor eine so große Streitmacht der Skan gesehen.

Gan richtete sich abrupt auf. Er hatte das Kundschafterboot vergessen. Während er durch die Bäume spähte, entspannte er sich beim Anblick des einsamen Haibootes, das parallel zum Ufer fuhr. Es kam bei Sonnenaufgang von Norden her und suchte offensichtlich nach einer Kolonne, die nach Norden marschierte. Sie konnten sich nicht vor den Spähern verstecken, daher zollte Gan dem Boot einfach keinerlei Aufmerksamkeit. Er wusste, jeder seiner Männer hatte die Anwesenheit der Kundschafter bemerkt. Wie ein Rabe zog das Boot durch sein Element, anmutig, fast schön. Es verkündete Tod.

Nun drehte sich Gan im Sattel um und betrachtete seine Kolonne. Die Karren und Wagen quietschten, ächzten und kreischten. Den Lärm bemerkten die erschöpften Krieger, die in den Gefährten lagen, kaum. Die meisten wurden nicht einmal vom Holpern der Wagen geweckt. Die heftigeren Stöße rissen jedoch manche aus dem Schlummer. Sie fluchten kurz und dösten daraufhin weiter.

Männer, die bereits geschlafen hatten, und jene, die noch warteten, bis sie damit an der Reihe waren, trotteten neben den Wagen her. Sie hatten den sorgsamen, unbeirrbaren Gang jener, die sich über ihr Ziel keine Gedanken mehr machen. Die Schritte waren kurz, die Füße weit gespreizt, die Arme und Oberkörper vorgebeugt. Sich aufrecht zu halten, war das Wichtigste; sie fürchteten nur, ihre Kräfte könnten versagen und sie würden möglicherweise nicht mehr genug Energie haben, wieder aufzustehen, wenn sie einmal gestürzt waren.

Als Gan sich nach vorn wandte, marschierten sie gerade aus dem Wald heraus und betraten eine Lichtung, die erst vor kurzem abgebrannt war. Geschwärzte Baumstümpfe ragten gen Himmel. Gan dachte an vermodernde Finger, die auf die Quelle des Blitzes zeigten, der sie zerstört hatte. Dichtes Buschwerk eroberte den abgeflammten Boden zurück und leuchtete voller Lebenskraft, die von den in der Erde angesammelten Mineralstoffen rührte.

Er begrüßte die offene Fläche, denn sie gestattete ihm einen Blick auf das Innere Meer. Verführerisch blau und unschuldig, schien es die ferne Küste und die Walberge wie ein Geschenk in die Höhe zu halten. Heimtückisch verbarg es jedoch die Flotte der Skan, die sich, wie Gan wusste, hinter der vor ihm liegenden Halbinsel versteckte.

Ein Reiter tauchte auf der anderen Seite der Lichtung auf. Gan gab den Befehl zur Rast. Die Ausrüstung klirrte und klapperte, als sich die Männer nun verteilten und niederließen. Pferde wieherten und freuten sich auf Wasser und Getreide. Seine Krieger witzelten wenig, aber stöhnten auch nicht. Gan runzelte die Stirn; dieses Verhalten drückte die Erschöpfung der Truppe mehr aus als alles andere.

Das Pferd des Kundschafters überwand die Entfernung in halbherzigem Trab. Dunstartig stob eine Staubwolke hinter ihm auf. Gan stieg ab und streichelte Shara und Cho abwesend, während er wartete.

Er blickte hinaus aufs Meer zu dem geisterhaften Haiboot und spuckte aus.

Der Kundschafter hielt vor ihm und salutierte mit der Faust am rechten Ohr. »Keine Skan auf dem Strand, Murdat. Ihre Boote liegen da, als würden sie auf etwas warten.«

Gan gelang es, sein Zusammenzucken zu verbergen. Der Mann wählte seine Worte mit beinahe schmerzhafter Genauigkeit. Sobald seine Krieger sich zur Schlacht aufstellten, konnten die Skan schlicht den Anker lichten und nach Süden eilen. Dort gab es Strände, auf denen sie anlegen konnten. Gan wäre von Ola abgeschnitten, und die Mauern würden nur von einem zusammengewürfelten Haufen Junger, Alter und Verwundeter verteidigt. Also musste Gan die Skan von seinem Volk und den Feldern fern halten.

Die Eindringlinge besaßen eine Beweglichkeit, die ihm fehlte. Die Hundemenschen wurden wegen ihrer Pferde und ihrer wilden Kampftechnik gefürchtet und respektiert. Jetzt saß Gan Moondark wie angewurzelt fest, derweil sein Gegner jederzeit in alle Richtungen verschwinden konnte. Gan vermochte ihnen nur langsam zu folgen.

Er hatte alles darauf gesetzt, die Skan an Land vorzufinden.

Und hatte verloren.

Nun blieb ihm eine letzte Chance.

Er ließ die Anführer der Einheiten holen und verkündete ihnen: »Ich werde mit den Skan verhandeln, wenn das möglich ist. Falls nicht, müssen wir sie hier an Land locken. Sollte beides nicht gelingen, kehren alle Einheiten aus dem Olarudel und dem ursprünglichen Jalailrudel in ihre Länder zurück und verteidigen sie.«

Der hagere, verschlagen wirkende Baron Fir schüttelte den Kopf. »Die Skan werden niemals an Land kommen, um zu verhandeln. Und wenn du zu ihnen gehst, bringen sie dich um.«

»Wir haben keine Zeit, darüber zu streiten. Alle Einheiten bleiben auf dieser Lichtung. Macht Feuer an, und zwar mehr, als ihr braucht. Viel Rauch. Lasst die Trommeln und die Kriegshörner ertönen. Sie sollen Lärm und Hektik bemerken, aber unsere Männer nicht sehen. Ich werde versuchen, sie davon zu überzeugen, dass sie nicht siegen können.«

Der bärtige Baron Galmontis verzog das vernarbte Gesicht zu einem verkniffenen Lächeln. »Ich würde lieber mit einem gebratenen Lamm einem hungrigen Tiger zuwinken«, sagte er, und die anderen lachten grimmig.

Gan lächelte ebenfalls. »Ich gehe hinunter zum Fischerdorf. Außerdem brauche ich einen Mann, der ein Boot rudern kann.«

Fir nickte. »Ich habe einen Fischer bei mir.« Er drehte sich um und rief einen Namen. Ein junger Krieger mühte sich auf die Beine und trat heran.

Galmontis sagte: »Die Sache gefällt mir nicht. Wir könnten uns zurückziehen, warten, bis sie an Land kommen, und dann zuschlagen.«

Einer der Barone aus Ola sträubte sich. »Sie lauern nicht vor deinem Territorium, um zu plündern und zu töten. Wir kämpfen hier gegen sie, bis wir sie erledigt oder davon überzeugt haben, sich zu verziehen. Eine andere Wahl bleibt uns nicht.«

Galmontis mit seinen dichten Augenbrauen wirkte bärenhafter als je zuvor. »Und wenn wir den Murdat verlieren?«

Conway erwiderte: »Ihr verliert ihn nicht. Ich werde ihn begleiten und dafür Sorge tragen.«

Gan errötete. Ehe er etwas antworten konnte, wandte sich Conway an ihn. »Ich bleibe im Boot. Wir halten uns außerhalb der Reichweite von Pfeilen. Sie sollen ruhig wissen, dass ich die Blitzwaffen habe. Sag ihnen, ich wäre derjenige, der das Haiboot auf dem Mutterfluss versenkt hat. Und ich könne ganz leicht weitere zerstören.«

»Nimm ihn mit«, rief Fir.

Brummend stimmte Gan zu.

Als sie das niedrigere Gelände erreichten, wo sie das Meer nicht mehr sehen konnten, brachte Tate ihr Pferd neben Gans. »Wasch dich und rasier dich, ehe du hinüberfährst. Die Truppe braucht Zeit, um ihre Stellung einzunehmen, und du kannst dich nicht so schäbig blicken lassen. Wir wechseln auch deinen Verband.«

Gan öffnete den Mund und wollte protestieren. Tate gebot ihm zu schweigen. »Keine Widerrede. Gib mir den Murdat und dein Kettenhemd. Ich lasse sie von jemandem polieren. Ich selbst werde dein Banner säubern. Conway wird es tragen.«

Hilflos blickte Gan Nalatan an, schüttelte den Kopf, stieg ab und zog das schwere Kettenhemd aus. Conway folgte seinem Beispiel und grinste Tate an. Er sagte: »Erstaunlich. Seit du dich für Nalatan entschieden hast, bist du richtig häuslich geworden.«

»Häuslich? Was?« Tate riss die Augen auf. Ihre Nasenflügel bebten. Sie hielt Gans rot-gelbes Banner in der Hand. Nun beugte sie sich aus dem Sattel herab und schüttelte die Fahne vor Conways Gesicht. »Ich gebe dir gleich ein ›häuslich‹. Wie würde es dir gefallen, wenn ich dir mit diesem Lappen die Nase mal anständig putze?«

»Nee, nee, nee.« Conway hob warnend den Zeigefinger. »Für nettes Geplauder haben wir keine Zeit, meine kleine Silberzunge.« Er drehte sich halb um und zwinkerte Nalatan zu. »Sie hat mich schon immer gemocht.«

Er konnte gerade noch Tates Tritt ausweichen. Gemeinsam mit Gan ging er lachend zum Fluss, um sich zu waschen.

Leise sagte Nalatan: »Du musst etwas mehr Respekt an den Tag legen, Donnacee. Die anderen Männer verstehen das Ganze vielleicht falsch.«

»Puh.« Der Einwurf beeindruckte Tate nicht. Sie rief einem Mann zu, er möge ihr Öl und einen Wetzstein geben, dann machte sie sich zu einer anderen Stelle am Fluss auf. Indem sie ihr Gespräch wieder aufgriff, sagte sie: »Natürlich verstehen sie nicht. Sie kennen die Zusammenhänge schließlich nicht. Aber sie sehen den Murdat lachen und scherzen. Dadurch fühlen sie sich besser.«

Nalatan kicherte. »Du hältst eine Überraschung nach der anderen bereit. Und wie fühlst du dich?«

Nachdem sie dem jungen Wolf gedankt hatte, der ihr Öl und Wetzstein gebracht hatte, begann Tate, die Rüstung zu säubern. »Das ist doch gleichgültig. Bleib einfach nur immer dicht bei mir, verstanden? Bitte!«

Anstelle einer Antwort legte er ihr die Hand auf die Schulter und drückte kräftig zu. Daraufhin hockte er sich neben sie und schärfte Gans Schwert.

Kurze Zeit später standen sie am Inneren Meer. Gan hielt eine weiße Flagge in die Höhe. Auf einem Haiboot wurde ebenfalls eine aufgezogen. Ruder schoben sich wie Spinnenbeine aus dem Rumpf. Rasch näherte sich das Boot bis auf Schussdistanz dem Strand. Es drehte sich breitseits. An Bug und Heck wurde jeweils ein Anker herabgelassen. Die Schilde an den Seiten, die mit wilden Mustern bemalt waren, leuchteten in hellen Farben. Sanft schaukelten Mast und Ruder auf und ab, als würde das Boot bebend den Kampf erwarten.

Mit leiser Stimme, in der seine Bewunderung mitschwang, sagte Gan: »Schau es dir an. Es lebt. Genauso wie ein Hund oder eines unserer Hundepferde.«

Conway stimmte zu – allerdings nur, weil er verstand, was Gan meinte, nicht, weil er der gleichen Meinung war. Und dennoch, während er den geschnitzten weißen Bären betrachtete, der am Bug nickte und zuversichtlich in die Welt schaute, fühlte er die Lebendigkeit des Wasserfahrzeugs ebenso. Es erinnerte ihn an Sturmläufer und an die Art, wie das Pferd glaubte, keine Armee könne ihm standhalten.

Gan und Conway befahlen ihren Hunden Platz. Nalatan und Tate stellten sich zu ihnen. Tate legte Conway die Hand auf den Unterarm. »Falls die Operation den Bach runtergeht, konzentrierst du dich auf den weißen Bären. Ich nehme Leclerc und Bernhardt mit dort hinauf, und wir werden dir Deckung geben. Sobald wir zu schießen beginnen, zieht ihr euch schnellstens ans Ufer zurück, okay?«

»Wenn ich kann. Ich werde ihn nicht im Stich lassen.«

Er weigerte sich, sie anzusehen, und musste lange auf ihre Antwort warten. »Das habe ich schon befürchtet.« Sie seufzte. »Dann mal los, Scheißer. Und halt den Arsch unten.«

Conway blickte weiter stur nach vorn; auf diese Weise konnte er sein Grinsen am besten verstecken. Tate sprach mit ihm wie mit einem anderen Marine.

Auf dieses Privileg konnte er gut und gerne verzichten.

Im Boot setzte er sich ans Heck und hielt Gans Bannerwimpel. Gan stand vorn, hinter dem Mast. Vier Wölfe brachten sie mit ihrer Muskelkraft in tieferes Wasser.

Der junge Wolf am Steuer war totenbleich und hatte die Augen weit aufgerissen. Er bewegte sich mechanisch, seine Aufmerksamkeit galt allein der gespenstischen Reihe von Schiffen. Conway begriff, was in ihm vorging. Nachdem die Felsen des Grundes nicht mehr über ihren Rumpf kratzten, staunte er selbst darüber, wie riesig die Haiboote plötzlich wirkten.

Augenblicke später entdeckte er die Bogenschützen zwischen den Schilden, die mit aufgelegten Pfeilen dastanden.

Hinter ihm brüllten die Kriegstrommeln der Wölfe. Conway hoffte nur, dass die Skan Trotz aus ihrem Klang heraushörten, und nicht Verzweiflung. So wie er.

Dreizehn

In der Mitte des Haibootes entfernte ein Skankrieger einen Schild, der mit einer stilisierten Bärenpfote bemalt war. Gan wandte sich an den jungen Fischer aus Fir: »Weißt du Bescheid, an welcher Stelle du anlegen sollst?« Der junge Kerl nickte und schluckte heftig.

»Lass dich nicht überreden, dich von der Reling zu entfernen, hörst du? Ich will dich die ganze Zeit über sehen können«, warnte Conway.

Gan nickte abwesend. Er blickte zum Land, wo sich die Banner der Wölfe hell vor dem Wald abhoben. Jenseits der Bäume ragten in der Ferne die Feindseligen Berge auf, deren Gipfel von Schnee bedeckt waren. Er schaute an ihnen vorbei und ließ seine Gedanken schweifen.

Die Zeit für das Nara war gekommen.

Ruhe. Er lauschte auf sein Herz, atmete langsam, schloss die Augen.

Conway beobachtete seinen Freund fasziniert. Gans Gesichtsfarbe veränderte sich, die bleiche Anspannung verschwand hinter rosaroter Ruhe. Die nervösen Finger erschlafften. Der Kopf schwankte und überwand so die Steifheit des Halses. Die Muskeln um Gans Augen lockerten sich und gaben seiner Miene einen freien Ausdruck.

Als sie den Rumpf des Haibootes fast erreicht hatten, sagte Conway: »Gan? Wir sind da.« Und wie immer beeindruckte ihn Gans sofortige Wachheit.

Ein Mann beugte sich über die Reling und streckte eine Hand aus. Geometrische Tätowierungen in roter und schwarzer Farbe bedeckten seinen Arm wie ein Ärmel. Gan nahm die Hilfe an, stieg rasch hinauf und sprang aufs Deck. Er hörte das Segel knattern und das Ruder platschen, während sich seine Gefährten entfernten. Eine salzige Trockenheit machte sich in seinem Mund breit. Er verdrängte sie.

Der Mann, der humpelnd vor ihn trat, war von der Hüfte an aufwärts nackt. Seine lockere Hose reichte bis zur Wade. Die weichen Lederstiefel schlossen daran an. An jedem Stiefel saß in einer Scheide ein Messer. Zusätzlich trug er ein kurzes Schwert am Gürtel. Das dunkle Haar war zu Zöpfen geflochten. Gan zählte sie nicht, war aber sicher, dass es acht sein mussten. Das würde der Zahl der Tentakel des Kraken entsprechen, der dem Mann auf den Oberkörper tätowiert war.

»Ich heiße Lorso«, sagte sein Gegenüber. Seine Stimme war tief, und seine Befehle würden auch Sturm oder Schlachttumult übertönen. Das offene junge Gesicht war von einer Patina bedeckt, wie sie nur unter dem jahrelangen Einfluss von Wind und Sonne entstehen kann. Die hellblauen, fast grauen Augen luden zu einem Duell der Blicke ein. Er fuhr fort: »Ich weiß, du hast die Kwa besiegt. Sie sind Narren. Wenn sie nur auf uns gewartet hätten. Trotzdem haben sie dich geschwächt, sonst wärst du nicht gekommen, um zu verhandeln.«

»Die Kwa waren Narren, weil sie uns überhaupt angegriffen haben. Die wenigsten werden ihre Heimat wieder sehen.«

Lorso lächelte. Kurz zeigte sich der Ausdruck des grausamen Räubers in seinem Gesicht. »Du hast ihnen Emso und den größten Teil deiner Kavallerie hinterher geschickt. Ich habe fast achthundert Mann auf meinen Booten. Wir können überall landen. Du hast dich selbst geblendet. Deine Hand ist so gut wie nutzlos. Dein Kopf sitzt voller Unbehagen auf deinem Hals.«

»Voller Unbehagen, aber fest. Du hast gedacht, du könntest mich von Olas Mauern fortlocken. Ich habe dich hier festgesetzt, während meine Hundekrieger auf dem Marsch sind.« Gan bemerkte das Lidzucken bei seinem Gegenüber. Er spürte eine Blöße. In der Schlacht wirkte nichts so verheerend wie die Überraschung. Er baute diesen Vorteil aus. »Die Seuche ist gebannt. Du hast uns von einem Haiboot die Küste hinauf verfolgen lassen. Daher weißt du, dass ich überall Männer zurückgelassen habe. Zwar können sie deine Landung nicht verhindern, doch gleichgültig, wo du anlegst, wird man dich angreifen. In den Wäldern außerhalb Olas halte ich meine Reserve verborgen. Ich selbst stehe nördlich von dir. Sobald du dich an Land wagst, hast du die Wölfe am Hals.«

Gan ließ Lorso Zeit, diese Neuigkeit zu verdauen, dann fuhr er fort: »Mit den Blitzwaffen meiner Freunde hast du persönlich noch keine Bekanntschaft gemacht. Zwei von ihnen waren auf der Fähre am Mutterfluss. Dein Haiboot hat sie angegriffen. Die Blitzwaffen zerstörten es. Viele Skan werden ihr Land nicht wieder sehen. Wie viele werden von hier niemals zurückkehren?«

Lorso war vor Anspannung fast steif.

Aus den Augenwinkeln beobachtete Gan die Mannschaft. Zwar wirkten sie äußerst feindselig, dennoch schien keiner zum Angriff entschlossen. Sie warteten offensichtlich auf ein geheimes Zeichen.

Und Lorso war entschlossen, es zu geben.

Gan drehte sich um und wandte ihm den Rücken zu, wobei er seine aufgestellten Nackenhaare ignorierte. Er winkte Conway heran. Dann wandte er sich erneut Lorso zu. »Es gibt nur eine Sache, über die wir verhandeln können, Lorso: Das Leben deiner Männer. Mein Volk hat sich ins Landesinnere verkrochen. Du wirst weder Sklaven noch Beute finden. Meine Wölfe erwarten dich. Die Blitzwaffen sind bereit.«

Das Segelboot stieß pochend an das Haiboot. Gan sprang an Bord.

Lorso hob langsam die rechte Hand. Jetzt kam Bewegung in die Mannschaft, es war das Signal, auf das sie gewartet hatten. Gan schnippte mit den Fingern und wurde durch ein metallisches Klicken belohnt. Er kannte das Geräusch, wenn sich die Blitzwaffen zum Sprechen bereit machten. Ein Schauer der Erwartung rann seinen Rücken hinunter.

Der Wolf am Steuer wendete das Boot so heftig, dass der wacklige Mast ächzte. Das grobe Segeltuch knatterte und drohte zu zerreißen.

Hinter dem sich aufbäumenden kleinen Wasserfahrzeug schaukelte das schlanke Haiboot sorglos und träge. Gan erinnerte sich an eine Katze, die eine Maus beobachtet.

Nichts geschah.

Das Haiboot, welches der Wolfskolonne gefolgt war, gesellte sich zur Flotte zurück. Ein Signalwimpel wurde an Lorsos Mast gehisst, und der Neuankömmling ruderte heran.

Gan sah dem Manöver vom Strand her zu. Er wandte sich an seine Freunde, die sich hinter ihm versammelt hatten. »Ich habe Lorso zwei Lügen erzählt. Erstens, die Hundekrieger seien unterwegs nach Ola, und zweitens, wir hätten überall entlang der Küste Einheiten zurückgelassen. Ich denke, er hat mir geglaubt. Jedenfalls sitzt der Kapitän des Kundschafterboots in der Zwickmühle. Falls er Lorso erklärt, er habe keine Verringerung unserer Zahl bemerkt – was der Wahrheit entspricht –, wird er sich fragen, ob er versagt hat, weil die Flotte der Skan möglicherweise in einen Hinterhalt hätte geraten können. Lorso muss davon ausgehen, dass er für wenig Gewinn mit einem harten Kampf bezahlen muss. Hoffentlich zieht er ab. Nichtsdestotrotz sollen an diesem Strand Kundschafter in Zwei-Mann-Gruppen die ganze Nacht Wache schieben. Falls die Skan an Land gehen, sollen sie sich zurückziehen und uns warnen. Wir werden aus der Deckung auf dem höheren Gelände kämpfen, nicht hier, wo es flach ist. Die Trommeln sollen verstummen, bis die Haupttrommel ertönt. Zwei Mann von zehn sollen stets wach bleiben. Bei Sonnenuntergang werden die Tiere gefüttert, und die Männer bekommen Essen. Kaltes Essen. Keine Feuer, kein Licht. Ich schlafe beim Jalailrudel in der Mitte.« Er wandte sich zum Meer um und achtete nicht auf die Bewegung, die hinter ihm entstand.

Später saßen Tate, Bernhardt, Leclerc und Conway zusammen und beobachteten die schwarzen Silhouetten der Haiboote. Die sinkende Sonne ließ die runden Kumuluswolken aufflammen. Die Gipfel der fernen Walküste ragten wie gebrochene Zähne in ihr ersterbendes Feuer.

Bernhardt brach das Schweigen. »Glaubt ihr, sie werden in der Dunkelheit angreifen?«

»Nein.« Conway hoffte, er würde möglichst zuversichtlich klingen. »Diese Skan sind auf Beute aus, und Gan hat den richtigen Ton getroffen, als er ihnen erzählte, hier gäbe es nichts für sie zu holen. Keine Beute, keine Meute. Sie werden abziehen.«

»Wann?« Leclerc ließ seine Zweifel deutlich durchschimmern.

»Jetzt!« Tate sprang auf und wäre vor Aufregung beinahe gestolpert. »Seht nur. Sie setzen die Segel. Auf allen Booten.«

Von den Schiffen hallten Rufe herüber. Signale aus Hörnern folgten. Eine Trommel gab den Rudertakt vor. Weitere Hornstöße erschütterten die Stille und erweckten nun einen gespenstischen Eindruck, weil die Schiffe inzwischen fast unsichtbar waren. Hecklampen leuchteten in der schwarzen Finsternis golden auf. Die schaukelnden Lichter bildeten ein Muster: Vier Reihen zu fünfen. Geordnet zogen sie in Richtung der verloschenen Sonne. Dann waren sie verschwunden.

»Oh, oh.« Sofort war Tate besorgt. »Das gefällt mir gar nicht. Wir wissen nicht, wohin sie fahren.«

Leclerc zeigte hinter sich in die Nacht. »Könnten Sie Ola als Ziel haben? Und uns in den Rücken fallen? Was ist mit Carter und Anspach?«

»Lanta.« Schuldbewusst fügte Conway hinzu: »Und Sylah.«

Tate legte ihm die Hand auf die Schulter. »Sie wollen uns nur noch einen letzten Stich versetzen. Zum Abschied sozusagen.«

Alle versuchten, einander gegenseitig zu beruhigen. Leclerc entschied, sich schlafen zu legen. Bernhardt schloss sich ihm an. Nalatan, Tate und Conway blieben sitzen. Sie hockten so eng zusammen, dass die Schultern der beiden Männer die der Frau berührten. Abermals machte sich langes Schweigen breit. Diesmal war es jedoch anders. Es spiegelte die unausgesprochenen Fragen, die zwischen den dreien in der Luft hingen. Das verwirrende Bedürfnis, überhaupt irgendetwas zu sagen, war beinahe greifbar.

Conway war es schließlich, der ging. Nalatan fragte: »Donnacee, was stimmt denn nicht mit ihm? Hat er nicht begriffen, dass Lanta ihn liebt?«

»Natürlich hat er.«

»Warum dann diese Distanz? Weshalb sind sie immer so traurig?«

Sie zuckte mit den Schultern. Er legte den Arm um sie. Tate starrte weiter der verschwundenen Flotte hinterher. »Ich weiß es leider nicht, Liebster. Kannst du dich nicht erinnern, wie lange ich brauchte, bis ich mir darüber klar wurde, dass ich in dich verliebt bin? Das ist nicht immer so leicht.«

»Ich mache mir Sorgen um ihn. Ein guter Mann, sehr allein. Manchmal glaubte ich, er würde alles tun, damit sie ihn nur akzeptiert.«

Tate drehte sich um und sah Nalatan an. Im Dunkeln konnte sie seine Miene nicht erkennen und fand daher keine Möglichkeit, seine Worte richtig zu deuten. Sie erwiderte: »Das klang aber misstrauisch, als könnte Conway möglicherweise etwas Treuloses tun. Ich hoffe, ich habe dich falsch verstanden.«

Nalatan gab sich keine Mühe, seine Meinung abzuschwächen. »Wenn ein Mann vor Durst stirbt, wird er nicht fragen, wie viel das Wasser kostet. Conway würde niemals einem Freund Leid zufügen. Jedenfalls nicht mit Absicht.«

Tate wollte wütend antworten, doch sie verspürte einen säuerlichen Beigeschmack. Sie schluckte die Worte hinunter. Dieser Mann, den sie liebte, hatte seine Eide, sein ganzes Leben für sie aufgegeben. Falls jemand den Preis der Liebe kannte, dann er. Sie küsste ihn und redete sich ein, es würde schon alles gut werden. War es bei ihr doch auch. Nalatan schloss sie in die Arme. Sie vergaß Conway und Lanta.

Vierzehn

Sanft glühte das Zwielicht über dem Inneren Meer. Unter dem vorstehenden Balkon der Burg trug Wasser, das wie polierte Jade aussah, kleine Gleichgewichtsbalkenboote. Segel trödelten in der leichten Brise, welche die Boote doch rasch genug vorantrieb, sodass sie silbernes Kielwasser hinter sich zurückließen.

Neela brach das lange Schweigen der Gruppe, die um den kleinen Tisch herum stand. »Ich schaue so gern zu, wie sich das Wasser vor einem Boot teilt. Es erinnert mich an ein silbernes Band, das aus dem Nichts auftaucht, glitzert und wieder verschwindet.«

»Sie haben einen ganz schönen Affenzahn drauf«, sagte Tate, und ihr Blick schweifte in die Ferne. Zweimal fragte Neela: »Was meinst du?«, ehe Tate klar wurde, worauf sie hinauswollte. Tate stotterte wegen ihres Fehlers und starrte Conway an. Sein zuversichtliches Lächeln versicherte ihr, dass sie das Geheimnis ihrer Vergangenheit nicht verraten hatte. Die anderen Fremden in dieser Welt – Janet Carter, Susan Anspach, Kate Bernhardt und Louis Leclerc – zeigten sich gleichermaßen ungerührt. »Das ist eine alte Redewendung«, erklärte Tate. »Wir sagen, etwas Schnelles hat einen schönen Affenzahn drauf.«

Neela lachte. »Eine eigentümliche Ausdrucksweise. Es klingt so aggressiv.«

Gan merkte trocken an: »Die Boote können einen schon sehr ablenken. Aber wir sind hier, um darüber zu sprechen, was wir *damit* machen, nicht, um die Aussicht zu genießen.« Er zeigte auf den Tisch.

Neben seiner Frau und den Fremden waren außerdem Sylah, Lanta, Nalatan und Emso anwesend, wobei Letzterer erst heute Nachmittag von der Verfolgung der Kwa zurückgekehrt war. Alle starrten das enthüllte Geheimnis der Tür an.

Bücher.

Gan wandte sich Sylah zu und fuhr fort: »Seit dem Anfang verlangte die Kirche, alle Schriften aus den Zeiten der Riesen müssten ihr übergeben und in der Zeremonie der Rückgabe verbrannt werden. Sylah, obwohl du von der neuen und falschen Schwester Mutter verbannt wurdest, weiß jeder, der dich kennt, dass du noch immer zur Kirche gehörst. Du bist die Blume, der vorbestimmt war, das Geheimnis der Tür zu finden. Aber bei diesem Geheimnis handelt es sich um etwas Verbotenes. Bücher bedeuten Wissen. Weil sie zu viel Wissen besaßen, haben die Menschen die Riesen herausgefordert und wurden vernichtet. Wissen ist böse.«

Carter, die so dünn und stark war wie ein Messer, erwiderte: »Wissen ist nicht böse. Es ist auch nicht gut. Es ist einfach da. Gut und böse wird es erst durch die Art und Weise, in der wir es benutzen.«

»Das Testament der Apokalypse erklärt uns: ›Die übelsten Taten werden unter dem Vorwand der Gerechtigkeit begangen. Die Wahrheit aus unehrlichem Munde ist des Lügners Gift.‹«

Zaghaft wie stets formulierte Anspach ihre Meinung. »Lesen bedeutet Wissen, Gan. Du hast uns gesagt, wie sehr es dir dabei helfen wird, die Drei Territorien zu verwalten, wenn wir mehr Menschen in Lesen und Schreiben unterrichtet haben. Was in diesen Büchern steht, wird das Leben deines Volkes wesentlich verbessern.«

Anstatt Anspach oder Carter zu antworten, starrte Gan erst Conway und dann Tate an. »Ich frage dich nun nach der Wahrheit, Donnacee Tate. Du hast mit Clas na Bale Blutsbrüderschaft geschlossen. Du würdest ihn niemals entehren, indem du mich belügst. Von allen Angehörigen deines Stammes hier haben bisher nur Conway und du diese Bücher gesehen. Stimmt das?«

Tate nickte misstrauisch.

»Woher wollen die anderen also wissen, was in ihnen ist? Wie können sie behaupten, die Bücher würden mir helfen? Handelt es sich um Hexenwerk, Donnacee?«

Tates Verstand arbeitete wie verrückt. Suchte sie mit einem Blick bei Conway Bestätigung, würde Gan denken, zwischen ihnen gäbe es eine Abmachung. Versuchte sie ihm die untergegangene Welt zu erklären und die Höhle, durch die sie in diese Zeit geraten waren, würde Gan sie für wahnsinnig halten. Oder, was wahrscheinlicher war, sie alle als Hexen betrachten.

Clas na Bale sollte sich niemals Donnacee Tates schämen müssen. Daher musste sie die Wahrheit sagen.

»Wir alle wissen, was in den Büchern steht.« Sie zögerte und hörte, wie ihren Freunden der Atem stockte. Sie sah auch, dass Gan und Emso die Hände näher an ihre Waffen brachten. Emso hatte Angst und war wütend, eine gefährliche Kombination. Gan war erstarrt. Nalatan wirkte, als wäre ihm übel. Hinter Gan spürten Shara und Cho die plötzliche Spannung in der Luft und erhoben sich auf die Füße. Tate fuhr fort: »Wir wissen natürlich nicht alles genau, was in ihnen steht, aber wir kennen einiges davon. In unserem Stamm wird jeder mit Büchern vertraut gemacht. Zwar weiß niemand alles. Manche wissen mehr als andere. Zum Beispiel kennt sich von uns Leclerc am besten damit aus, wie man bestimmte Gegenstände herstellt.«

Gan unterbrach sie. »Er hilft uns beim Aufbauen. Und gleichermaßen beim Zerstören. Das Schwarzpulver ist ein Segen. Es hat die Leben vieler meiner Männer gerettet. Aber es ist keine ehrenhafte Art des Kampfes.« Er warf Sylah einen schuldbewussten Blick zu. »Die Veilchenäbtissin hat mir einmal aus dem Alten Buch der Ersten Kirche vorgelesen. Sie sagte, im Alten Buch heiße es, die Riesen hätten mit ›donnerndem Feuer zugeschlagen, das hohe Gebäude zerstörte und mit Rauch, der tötete, ohne gesehen zu werden.‹ Daran erinnert mich Leclercs Schwarzpulver.«

Tate stützte sich auf diese Bemerkung. »Du solltest dich auch daran erinnern. Den Preis des Krieges darfst du niemals vergessen. Deine Mutter prophezeite dir ein Schicksal, das den Hundemenschen Ruhm und Ehre bringe. Dieses Ziel hast du bereits erreicht. Doch dein Leben ist noch lange nicht zu Ende. Es gibt weitere Völker, die sich mit deinem vereinen würden. Sie brauchen deine Kraft, jenen zu widerstehen, welche die Drei Territorien zerstören und die Kirche entwürdigen wollen. Und dich.«

»Ich will kein Königreich. Ich habe gegen Altanar und die Barone von Harbundai gekämpft, weil sie mir keine andere Wahl ließen. Ich –«

Tate überging seinen Protest. »Ob du willst oder nicht, du bist der Murdat. Wahl? Werden sich die Skan fern halten? Den Skan hast du nichts getan. Trotzdem kommen sie zum Morden und Plündern. Im Süden hofft Kos, euch alle zu versklaven. Im Osten lauert die Windbande wie wilde Hunde. Welche Wahl lassen sie den Drei Territorien?«

»Wir werden uns gegen sie wehren, wenn es notwendig ist.« Gan klang verdrießlich. Das allein bewies bereits, wie genau er die Bedrohung verstand.

Tate nutzte ihren Vorteil und wagte sich weiter vor. »Du weißt, dass es notwendig ist. Wir werden dir zum Sieg verhelfen. Mit dem Wissen in diesen Büchern. Du selbst brauchst sie nicht anzufassen. Auf diese Weise kann dir niemand vorwerfen, du hättest etwas mit – verzeih mir, Murdat, aber ich muss das verbotene Wort benutzen – mit Lehren zu tun.«

Gan zuckte zusammen. Emso legte die Hand auf den Griff seines Murdats.

Nalatan trat zögernd einen halben Schritt auf Tate zu, dann blieb er stehen und vollführte das Dreizeichen. »Der Gedanke allein ist schon verboten, Donnacee. Und ebenso, das Wort auszusprechen oder es gar in die Tat umzusetzen …«

Erregt ignorierte Leclerc Nalatans Einwand. »Was gibt dir das Recht, Gan zu sagen, ich sei derjenige, der die Bücher benutzen solle? Wir haben allein schon deswegen Schwierigkeiten, weil ihr sie hergeschafft habt. Jetzt soll ich mich an die vorderste Front stellen? Wenn ihr Wissenschaft und Technik in dieser Welt einführen wollt, macht es doch selbst.«

Überrascht über Leclercs Reaktion und von den fremden, ihm unbekannten Wörtern verwirrt, versuchte Gan sofort, den Frieden wiederherzustellen. »Ich habe Tate zugehört, Louis. Ich habe Respekt bei ihr gespürt. Niemand hat Schwierigkeiten. Ich fühle große Möglichkeiten.« Er lächelte unerwartet. Aus einem der pyramidenförmigen Regale im Raum holte er eine Kerze. In eine viereckige Keramikschale mit glühenden Kohlen legte er etwas Werg und blies darauf, bis eine Flamme entstand. Daran entzündete er die Kerze. Während er nun umherging und die anderen Kerzen ansteckte, setzte er seine Ausführungen fort: »Jede Möglichkeit birgt Gefahren. Denkt nur an die Macht dieser kleinen, unbeweglichen, stummen Bücher. Die Kirche ist gespalten. Die dunkle Religion, der Mondtanz, will aus dieser Verwirrung Vorteil schlagen. Sylah und Lanta wurden verbannt. Jeder von euch, der Sylah auf ihrer Suche begleitete, musste Verluste hinnehmen, wurde bis an die Grenzen seiner Leidensfähigkeit geprüft. Und so erging es auch ganzen Völkern. Das mächtige Kos liegt am Boden. Die Eroberungszüge der Nomaden wurden zum ersten Mal gestoppt. Damit wir uns dieses Geheimnis anschauen können, wurde ein hoher Preis bezahlt. Welche Lawine treten wir los, wenn wir sie jetzt auch noch benutzen?«

»Rückgabe.« Emsos Stimme knirschte wie Kies. »Der Eine In Allem wird uns bestrafen, wie damals am Anfang. Gebt die Bücher zurück.«

Sylah schlich zum Tisch, ihr Gesicht war verkniffen, ihre Robe raschelte ärgerlich. »Die Bücher sind das Geheimnis der Tür, welches der Kirche seit Generationen versprochen wurde. Ich habe sie gefunden. Ich werde sie behalten.«

»*Du* behältst sie?« Emsos offenes, faltiges Gesicht rötete sich. »Vielleicht bist du die Blume, Priesterin, aber die Kirche selbst bist du nicht. Welche Macht in diesen Gegenständen auch liegen mag, sie gehört der Kirche, nicht einem Einzelnen. Der Murdat muss an deiner Stelle entscheiden. Ohne ihn und die Wolfsrudel der Drei Territorien hättest du keinen Ort, an dem du sie verstecken könntest.«

Sylah starrte Emso herrisch an. Gan hätte beinahe aufgeschrien. Sie hatte sich wieder in die Frau verwandelt, die er kennen gelernt hatte, als sie sich zum ersten Mal begegnet waren. Ihre himmelblauen Augen glühten. Das dichte schwarze Haar tanzte wie der Schwanz einer wütenden Katze. Er hatte ganz vergessen, wie gebieterisch – und wie wunderschön – sie sein konnte. »Ich kenne meine Pflichten. Ich kenne meine Feinde. Ich werde der Kirche zu jener Stellung verhelfen, die ihr rechtmäßig zusteht.«

»Und zwar nicht allein, Sylah«, sagte Conway.

Ihr entging der leicht scheltende Unterton der Treueerklärung nicht. Ihr Hochmut ebbte ab. Sie warf Conway einen dankbaren Blick zu und wandte sich wieder an Emso. »Vergib mir. Ich bin zu weit gegangen, weil ich über die Grenzen der Drei Territorien hinaussehe. Ich sehe die Kirche, wie sie einst war, die Kirche, die stets um Ausbreitung bemüht war, damit sie mehr Menschen ein besseres Leben bringen kann. Ein derartiges Ziel verlangt einen Anführer, Emso, und ich bin die Blume. Ich wollte die Tür finden, doch nie wollte ich mehr sein als ich selbst. Jetzt habe ich die Pflicht, die Macht der Lehre in der Welt zu verbreiten.«

Emsos Zorn verrauchte, dennoch blieb seine Miene ablehnend. Er blickte Gan gereizt an, ehe er Sylah antwortete: »Jeder hier unter uns will Gutes tun. Ich sage, wir sollten die Bücher zurückgeben, denn falls wir es nicht tun, wird jeder Narr, der eine Bande Diebe zusammenstellen kann, versuchen diesen ›Schatz‹ zu stehlen. Andere Narren werden die Gegenkirche vernichten wollen, in deren Besitz sich dieser ›Schatz‹ befindet. Damit sind alle Narren außer uns. Und wir sind zu wenige, um über alle anderen zu herrschen. Solange jedenfalls deine Bücher nicht Armeen aufhalten können. Wenn mir schon jemand sein Schwert in den Bauch sticht, dann wenigstens wegen unseres Landes, nicht wegen dieser Dummheiten.« Er streckte die Hand aus, zeigte auf die Bücher und vollführte sofort darauf ein Dreizeichen, als könnte die unbeabsichtigte Nähe ihn vergiften. Mit trotzig erhobenem Kinn endete er: »Ich kann nicht einmal lesen, Sylah. Und ich bin stolz darauf. So ist es Brauch.«

Leise sagte Gan: »Ich habe befohlen, dass alle meine Anführer lesen lernen. Wir werden später über deinen Stolz sprechen.« Emso machte sehr deutlich, wo der Grund für sein Dilemma lag, indem er finster auf den Tisch starrte.

Gan setzte sich auf einen großen Holzstuhl an der Wand, der weit von den Kerzen entfernt war. Im schwachen Lichtschein wirkten seine Augen dunkel und eingesunken. Die Fäuste, auf die er seine Wangen stützte, verzogen den Mund zu einem unwillentlichen Fauchen. Über ihm zeigte der obere Teil der Rückenlehne eine Szene, in der ein Puma seine Beute gegen ein Rudel Kojoten verteidigte.

Tate dachte über die Sinnbildlichkeit dieser Darstellung nach. Jemand berührte sie an der Schulter. Sie drehte sich um, und Sylah, die hinter ihr stand, bedeutete ihr mit einem Wink, dass sie sich draußen auf dem Balkon unterhalten wollte. Tate folgte ihr und wartete geduldig, während sich ihre Freundin die Worte zurechtlegte.

Sylah sagte: »Ich weiß, du hättest ihm noch mehr erzählen können. Sogar ich hege einen seltsamen Verdacht gegen euch

Menschen aus einem fernen Land. Das Gefühl ist eher stärker geworden, seit wir die Tür geöffnet haben. Vielleicht wirst du eines Tages meine Neugier befriedigen.« Sie lachte, doch die Fröhlichkeit verging rasch und endete in Melancholie.

Als sie fortfuhr, mied sie Tates Blick und schaute hinaus in die sternenklare Nacht. »Ich spreche von Verdacht, weil du wissen sollst, dass ich mich nicht davor fürchte. Ein Verdacht bedeutet nicht gleich Misstrauen. Du bist meine Freundin. Ich bin deine. Unsere Ziele waren nicht immer die gleichen. Und sie werden auch zukünftig voneinander abweichen. Aber ich liebe dich wie meine Schwester, und ich wende mich in meiner Not an dich.« Sie zögerte und sammelte Kraft. »Alles, was über die Gefahren der Bücher und des Wissens gesagt wurde, stimmt. Leclercs Wissen half Gan, viele Menschen zu töten. Welche neuen Vernichtungsmöglichkeiten habe ich Leclerc in die Hände gelegt? Oder anderen, die ein weniger gutes Herz besitzen?«

»Wissen und Weisheit wachsen nicht immer am selben Baum. Die Menschen nutzen alles aus, um ihre Ziele zu erreichen. Wären wir weise, würden wir uns das wechselseitige Gute herbeisehnen.«

»Das Ziel der Kirche. Das wechselseitige Gute.«

»Jetzt nicht mehr.« Tate drehte sich um, lehnte sich mit den Ellbogen auf das Balkongeländer und wandte sich so Sylah und dem Zimmer zu. Vor dem Hintergrund des warmen Kerzenscheins und der gemischten Gruppe hob sich die Silhouette der Freundin dunkel, rätselhaft und geheimnisvoll ab. Ihr Gesicht war unter der Kapuze verborgen, ihre Hände zupften an den Ärmeln. Tate setzte hinzu: »Solange die Erntemeisterin die neue Schwester Mutter ist, wird die Kirche nur ein Stein in einem unendlichen Spiel der Macht sein. Falls die Kirche eine Kraft sein soll, die sich für das universelle Gute einsetzt, fängt sie hier an, Sylah. Mit dir.«

»Das kann ich nicht. Dazu bin ich zu schwach. Ich wollte nur frei sein, Donnacee. Das weißt du.« Sylah trat vor. In ihrer bodenlangen Robe schien sie über den Balkon zu schweben. Sie legte die helle Hand im Dunkeln auf Tates Arm. »Ich möchte vor Befehlen und Gehorsam sicher sein. Die Tür sollte mich befreien, sollte mir die Macht geben, die Einschränkungen aufzuheben, welche Männer mir auferlegten, welche die Kirche mir als Auserwählte auferlegte. Doch meine Gefangenschaft ist nur noch bedrängender geworden. Meine Äbtissin, die mich auserwählte und mir half, machte mich zur Blume. Warum hat sie mir das alles nicht gleich erzählt? Sie konnte nicht wissen, was es heißt. Sonst hätte sie mir das schließlich nicht angetan, oder? Wenn sie mich wirklich liebte. Und sie hat mich geliebt, Donnacee. Ich weiß es ganz sicher. Warum hat sie nicht begriffen, was geschehen würde? Ich möchte zu meinem Mann. Ich will ich selbst sein, nicht die Blume. Warum bleibt mir dieses bisschen Frieden verwehrt?«

Tate nahm die weiße, aufgeregte Hand in ihre dunkle und sprach tröstend, wenngleich in ernstem Ton. »Sieh dich um. Nehmen wir Gan, dessen Leben von einer Prophezeiung bestimmt wird. Glaubst du nicht, er würde am liebsten alles hinter sich lassen und in Ruhe eine Schar kleiner Gans und Neelas aufziehen? Leclerc? Der arme Kerl wollte ein Abenteuer, und jetzt hat es ihn so fest an der Kehle gepackt, dass ihm die Spucke im Hals stecken bleibt. Carter, Anspach, Bernhardt? Die ersten neuen Lehrer. Freudig und aufgeregt. Und trotzdem steif, weil sie die Gefahr ihrer Aufgabe kennen, die außer ihnen niemand erledigen kann. Wir treten alle um uns wie Katzen im Sack. Zumindest du und Gan habt eine Mission zu erfüllen. Ihr werdet keine Freiheit erlangen, bevor ihr nicht anderen den Weg bereitet habt. Ach, natürlich könntet ihr frei sein, ganz leicht sogar. Ihr braucht nur abzuhauen. Geh zu Clas. Aber in dir würdest du niemals Freiheit finden. Nicht, bis du getan hast, was du tun musst.«

Sylah weinte. Dabei schluchzte und schniefte sie nicht. Gespenstisch rann lediglich ein Strom von Tränen über ihr unerträglich trauriges Gesicht.

Mit einem Kloß im Hals umarmte Tate sie. So standen sie da, bis Sylah sich zurückzog. Sie wischte sich die Augen mit einem Taschentuch, brachte ein schwaches Lächeln zu Stande und sagte mit scheltendem Unterton: »Mein Verstand und mein Gewissen sagen mir, du hast Recht. Mein Herz wünscht bloß, du würdest dich in Staub verwandeln und vom Winde verweht werden.«

Tate lachte vertrauensvoll und verbindlich. »So leicht wirst du mich nicht los. Ich klebe fest an dir.«

»Meine Schwester.«

Bevor Tate antworten konnte, hörten sie Gan rufen. Er stand jetzt neben dem Stuhl und hatte den Arm auf die geschnitzte Lehne gelegt. Seine Worte richtete er an Sylah. »Erneut müssen wir unseren Weg gemeinsam gehen, Sylah. Etwas aus diesen Büchern ruft mich. Es ängstigt mich. Es setzt Aufregung frei. Wir werden eine neue Welt erschaffen oder mit wehenden Fahnen untergehen, wie es noch niemand gesehen hat. Wer ist dabei?«

Zustimmende Rufe hallten von den Steinen und Balken des Zimmers zurück. Sie alle lachten und unterhielten sich aufgeregt, während sie hinüber zum Speisezimmer gingen.

Sylah sprach mit dem einen und dem anderen, wobei sie sich nach und nach zurückfallen ließ, bis sie ganz hinten war.

Die Ausbildung der Kirche, die Reaktionen der Menschen deuten zu können, enthüllte ihr vieles.

Sie bemerkte die verärgerte Unsicherheit, die hinter Emsos aufgesetztem Lächeln lauerte. Sie sah in Leclercs übermäßig begeisterter Zustimmung, wie sich der Mann im Stillen selbst beglückwünschte. Und ihr entging die Bewunderung für Leclerc und der verdeckte Eifer in den Gesichtern der drei stilleren Frauen seines Stammes nicht.

Was ihr jedoch zusetzte, war der verstohlene Blickwechsel zwischen Tate und Conway. Darin würde eine Lüge geboren, ein Bastard, der ihnen Schande bereiten würde. Jede Kriegsheilerin kannte das Mittel gegen eine faulige Wunde: Reinheit. Und man musste sie der Sonne, dem Licht, aussetzen, welches der Eine, Der Zwei Ist, schuf.

Falschheit war eine heimtückische Krankheit, die Freundschaft vergiftete. Tödlich. Sie musste entlarvt werden.

Fünfzehn

Die Klapperschlange rasselte leise und bedrohlich.

Der keilförmige Kopf zielte wie ein Pfeil und beobachtete den herannahenden Mann.

Der muskulöse, lange Körper der Schlange drängte sich im Schatten eines Felsüberhangs zusammen. Die gewundene S-Kurve des vorderen Drittels erhob sich eine Handspanne über den staubigen, sandigen Boden. Fünfzehn Rasseln vibrierten wild und waren in der flimmernden Hitze kaum klar zu erkennen.

Die Fangzähne der Schlange waren so lang wie der kleine Finger eines Jungen. Dahinter am Gaumen lagen die beiden Giftdrüsen. Beim Zuschnappen würden die Kiefer weit aufklaffen. Der Biss drückte auf die Drüsen, und die hohlen Fangzähne würden zu Kanülen für das Gift.

Die Toxinspeicher waren zum Bersten gefüllt. Seit einiger Zeit hatte das Tier bei der Jagd kein Glück mehr gehabt. Es war ausgehungert. Ihm war heiß. Es war ausgesprochen reizbar.

Der Mann hockte sich knapp außer Reichweite hin.

Weit hinter ihm warteten weitere Männer. Die Schlange ignorierte sie.

Weiße Kleidung reflektierte das Sonnenlicht und schmerzte dem Tier in den Augen. Es verließ sich jedoch sowieso mehr auf die wärmeempfindlichen Organe an seinem Kopf als auf gewöhnliches Sehen, allerdings brachte die schwere, wallende Robe auch diese Funktion durcheinander. Hitzebilder und visuelle Wahrnehmungen waren gleichermaßen verschwommen und unklar.

Die rasch vor- und zurückschnellende, geruchsempfindliche Zunge erkannte den Aggressor als Mensch. Seltsamerweise haftete ihm ebenfalls der Duft von Schlangen an. Die Zunge arbeitete noch angestrengter, filterte Geruchsstoffe aus der Luft und versuchte, sein Gegenüber zu definieren.

Das Lästigste war jedoch, dass sich die weiße Gestalt weigerte, jenes winzige Stück näher zu kommen, welches die Unentschiedenheit beendet hätte, da dann ein effektiver Biss garantiert gewesen wäre.

Die Schlange spürte Vibrationen an den Bauchschuppen. Das Schlangen-Mensch-Ding machte Lärm. In der Welt der Schlange bedeutete Lärm für gewöhnlich Beute oder Flucht. In der gegenwärtigen Lage war Rückzug unmöglich.

Sie bewegte die Schuppen vorsichtig und schob sich Sandkorn um Sandkorn vor. Da Flucht ausgeschlossen war, musste sie angreifen.

Den Kopf des Mannes bedeckte ein weißer Turban. Auf seiner Brust baumelte eine große polierte Silberscheibe an einer Kette. Die Augen des Menschen glitzerten so intensiv wie die kalten Pupillen der Schlange. Dennoch lächelte der Mann. Er redete wie zu einem Säugling.

»Du hast Angst, mein dicker alter Bruder. Du erkennst mich nicht. Ich bin der Mondpriester. Meine Mutter, die Mondgöttin, hat mir die Herrschaft über jene geschenkt, welche die Haut verlieren, jene, die gleich mir wieder geboren werden. Alle Menschen müssen mich anerkennen, und du ebenfalls.« Er richtete die Scheibe so aus, dass das Sonnenlicht direkt in die Augen der Schlange fiel. Das Tier zuckte. Die Rasseln klapperten heftig.

Das Reptil drückte sich an den Boden und schob sich erneut ein winziges Stückchen vor.

Der Mondpriester lockte: »Ich muss diesen Wilden meine Macht beweisen. Zwar möchte ich dir keinen Schmerz zufügen, aber sie sollen sehen, dass du dich mir beugst. Sieh nur, ich habe auch Brüder von dir bei mir.« Der Mondpriester griff in seine Robe. Als er die Hand zurückzog, hielt er darin zwei Klapperschlangen. Sie waren beinahe so groß wie die alte im Schatten. Beide rasselten und rollten sich augenblicklich zusammen. Rasch stopfte der Mondpriester sie zurück in den Ledersack vor seiner Brust.

»Auch sie hassen die Mittagssonne, mein Bruder.« Langsam spreizte der Mondpriester die Knie, so weit er konnte. Mit beiden Händen packte er den Stoff der Robe an den Knien und zog ihn straff. Ungeschickt wankend rückte er vor. In der Gruppe hinter ihm machte sich aufgeregtes Murmeln breit. Ein höhnisches Grinsen huschte über die Miene des Mondpriesters und verschwand sofort wieder hinter angespannter Konzentration. Schweiß rann durch den Staub auf Stirn und Wangen.

Die Schlange stieß zu. Zu schnell fast, um es sehen zu können, täuschte ihre Geschwindigkeit das Auge.

Die Fangzähne durchbohrten die straffe Robe zwischen den Knien des Mondpriesters mit hörbarem Schnappen. Gegen seinen Willen zuckte der Mondpriester zusammen. Hinter ihm gellte ein lauter Schrei, in dem sich Schrecken und Belustigung mischten, durch den grellen, heißen Tag.

Im Stoff gefangen, zerrte die Schlange heftig daran. Der Mondpriester packte sie hinter dem Kopf und hob sie in die Höhe. Der Schwanz hing bis zu seinen Waden herab. Er musste seine ganze

Kraft aufwenden, um das Tier zu bändigen. Der Turban verrutschte. Ehe der Mondpriester sich der Menge zuwandte, schob er ihn zurecht. Mindestens hundert Flusskrieger und fünf Nomaden der Windbande hatten sich versammelt. Frauen und Kinder verrenkten sich, um an den Männern vorbeizuschauen.

Stille senkte sich über die Gruppe, als der Mondpriester näher trat und das sich wütend schlängelnde Reptil vor sich hielt. Gifttropfen hingen an den nadelspitzen Zähnen, leuchteten golden in der Sonne und verliehen dem Leben spendenden Licht einen bösartigen Schimmer.

Eine ähnliche Farbe zeigte sich an den beiden Löchern in der Robe des Mondpriesters.

Ungefähr drei Körperlängen vor den Leuten blieb der Mondpriester stehen und hielt sich den Kopf mit dem aufgesperrten Maul vor das Gesicht. Selig lächelnd beugte er sich zu dem Tier vor und küsste den rauhen, schuppigen Kopf.

Ungläubiges und verängstigtes Stöhnen wurde laut. Darin geübt, vor Publikum zu sprechen, sagte der Mondpriester mit sicherer Stimme: »Geh, mein Bruder. Sag all unseren Geschwistern, dass dein Herrscher, der Mondpriester, der Sohn des Mondes, hier ist. Er wird allen Flussmenschen, die sich ihm anschließen, das ewige Leben bringen.« Vorsichtig setzte er die Schlange ab. Er richtete ihren Kopf auf ein schattiges Gebüsch und ließ sie los.

Die Schlange zögerte. Das alles gehörte nicht zu ihrem Erfahrungsschatz und ihr fehlte das instinktive Bezugssystem. Daher flüchtete sie. Still und geschmeidig kroch sie davon, wobei sich die schwarzen Rauten gegen das Braun der übrigen Schuppen und des Bodens verschoben.

Die Flussmenschen stürmten jubelnd vor und umringten den Mondpriester von drei Seiten. Den Bereich, wo die Schlange verschwunden war, mieden sie sorgsam.

»Bringt mir jetzt Saris«, verlangte der Mondpriester. Das Stimmengewirr verstummte. Die Menge ließ zwei Krieger durch. Sie trugen an den vier Ecken eine Decke wie eine Bahre. Darin lag Saris. Seine Haut war blass. Einzelne schwarze Haare hoben sich scharf davon ab. Die Krieger setzten ihn zu Füßen des Mondpriesters ab.

»Hier bin ich, mein Sohn.« Der Mondpriester kniete und legte Saris die Hand auf die Stirn. »Du warst mein treuester Helfer unter den Flussmenschen. Ich bin gekommen, weil du und dein Volk mich brauchen. Falls meine Mutter will, werde ich dich gesund machen.«

Saris versuchte zu sprechen. Der Mondpriester drückte ihm die Hand auf die blutlosen Lippen. Man konnte nicht wissen, was der Narr ausplaudern würde. Die Menge war nun vollständig unter Kontrolle, und das sollte auch so bleiben.

Saris' Verwundung war schlimmer, als er erwartet hatte. Die Klinge hatte die Brust aufgeschlitzt und den rechten Bizeps durchtrennt. Glücklicherweise waren die wichtigsten Blutgefäße nicht verletzt worden. Das Problem war die Infektion. Der Gestank war längst nicht so gut zu ertragen wie der Anblick. Der Mondpriester würgte laut.

Saris riss alarmiert die heißen, hellen Augen auf.

Sofort täuschte der Mondpriester vor, er würde sich Tränen vom Gesicht wischen. »Wie es mich schmerzt, dich verwundet zu sehen«, sagte er und erstickte weiterhin Saris' Gemurmel. Einen kurzen Moment lang hätte er ihm am liebsten die Nase zugedrückt. Er stellte sich die rollenden Augen vor, die luftleere Lunge, die sich aufbäumte. Es wäre dem unfähigen Dummkopf nur recht geschehen. Niemand hatte Saris die Erlaubnis erteilt, mit den wilden Skan eigene Abmachungen zu treffen. Faule Wilde.

Dieser Narr. Und doch so nützlich. Der Mondpriester seufzte. Er würde versuchen, den Mann zu retten. Inzwischen musste er sich eine Möglichkeit ausdenken, wie er auch Gewinn daraus schlug, wenn die verräterische Laus starb.

Der Mondpriester neigte den Kopf.

Ein Raunen ging durch die Menge der Flussmenschen, weil sich der religiöse Führer so sehr für einen der ihren einsetzte.

Nachdem der Mondpriester sich wieder aufgerichtet hatte, untersuchte er die Wunde abermals. Daraufhin sagte er laut: »Meine Mutter meint, es sei eine große Sünde, dass du dich ohne meine Erlaubnis mit den Skan abgegeben hast. Sie kann dir jedoch ins Herz schauen. Daher teilt sie mir mit, du würdest gesunden, falls du angemessen bereust.«

Saris' Augen wurden noch heller. Er drückte schwach gegen die Hand des Mondpriesters.

Es blieb keine andere Wahl, als den Mann sprechen zu lassen. Der Mondpriester blickte finster drein, während die Flusskrieger näher drängten, um ihn verstehen zu können. Er erstickte fast daran. Wie hatte er nur ihren Geruch nicht bemerken können? Fisch und Schweiß und Schlamm. Der Mondpriester fuchtelte mit den Armen. Die Flussmänner wichen zurück.

»Ich will nicht sterben«, sagte Saris.

Der Mondpriester unterdrückte einen erleichterten Seufzer. Wenn es dem Mann nur um so banale Dinge ging, brauchte man sich keine Sorgen zu machen.

Unter Mühen kämpfte Saris mit den Worten, die er atemlos hervorstieß: »Mondpriester … wahrer neuer Sias … sprich mit dem Mond. Rette mich.«

Jetzt erhob sich der Mondpriester und ignorierte dabei das entrüstete Knacken seines Knies. Den Kriegern, die Saris gebracht hatten, befahl er: »Tragt meinen Sohn in mein Lager. Ich werde für ihn beten.«

Die Männer hoben die Decke an. Saris stöhnte. In der vordersten Reihe runzelte ein grauhaariger Krieger, dessen Körper mit Narben übersät war, die Stirn. »Der Oberste Häuptling der Flussmenschen kannte Saris' Plan. Er stimmte zu. Auch er hat sich vor zwei Tagen Saris' Wunden angesehen. Er sagte, Saris werde sterben. Und das sage ich ebenso.«

Saris' Stöhnen wurde schrill, zum wortlosen Flehen. Der Mondpriester bedeutete den Trägern, den Verwundeten fortzubringen. Dem ergrauten Krieger sagte er: »Hüte dich, mein Sohn; du stellst die Macht einer Göttin in Frage. Sie allein entscheidet über Saris' Schicksal.«

Der Krieger spuckte vor dem Mondpriester aus. »Die Unsichtbaren in Saris' Wunden werden ihn töten, nicht der Mond. Und nenn mich nicht deinen Sohn. Ich bin Vessah, ein Flusskrieger, und glaube an die Kirche, nicht an deine falsche Religion.«

Wut verzerrte das Gesicht des Mondpriesters. »Du forderst meine Mutter heraus? Errege ihren Zorn, und sie verschwindet und nimmt ihre Macht mit sich.« Plötzlich setzte er ein böses, anzügliches Grinsen auf. »Du und Saris, ihr seid keine Freunde, nicht? Du würdest gern seinen Tod sehen.«

Vessahs grimmige Selbstsicherheit geriet ins Wanken. Dennoch wandte er den Blick nicht ab. Die anderen Männer des Stammes drängten nach hinten. Vessahs Antwort, die eigentlich trotzig sein sollte, klang eher unangemessen waghalsig. »Ich werde mit allen streiten, die über ein Bündnis mit den Skan sprechen oder einem falschen Sias folgen. Saris selbst hat unsere einzige Kriegsheilerin fortgeschickt. Der Eine In Allem stellt ihn auf die Probe. Ich behaupte, dass du und der Mond nichts für ihn tun könnt. Hexenwerk mit einer Schlange rettet nicht das Leben eines Menschen. Nachdem Saris gestorben ist, werden wir wissen, was für einer du bist.«

»Er wird nicht sterben!«, schrie der Mondpriester. »Ich habe die Macht. Ich rette ihn.« Plötzlich wurde er sich seiner Worte bewusst und hielt abrupt inne. Mit ängstlichen Augen suchte er die Menge ab. Die Veränderung in ihrer Haltung war greifbar, ein psychischer Wirbel, der dem Mondpriester wie eine kalte Hand über den Rücken strich. Sie waren verzaubert. Das Kind einer Göttin hatte ihnen versprochen, einen der ihren zu retten.

Vessah wartete, bis der Mondpriester ihm wieder den Blick zuwandte. Der Mondpriester lächelte und legte sich die Worte zurecht. Hatte er nicht gesagt, Saris müsse angemessen bereuen? Nur seine Mutter konnte diese Reue beurteilen.

Aber Vessah schmetterte dieses Argument nieder. »Du behauptest, dass du die Macht besitzt. Saris lebt oder stirbt von deiner Hand.«

Später saß der Mondpriester allein auf einem Steilhang und starrte auf den Fluss hinab. Vorsichtig spähte er umher; ja, er war tatsächlich allein. Erleichtert sah er, wie seine Eskorte der Windbande das Abendessen zubereitete und sich ihren sonstigen Arbeiten widmete. Zuneigung für sie erfüllte ihn.

Traurig war nur, dass solche Zuneigung – *Verehrung* war wohl der bessere Ausdruck dafür – von solch niederen Wesen stammte. Der Mondpriester richtete den Blick wieder auf den Fluss. Am Ende war er doch stets allein.

Conway hatte das begriffen. Dieser verräterische, hinterhältige Conway. Allein beim Gedanken an diesen Namen flammte Wut in ihm auf. Die ganze Zeit über hatte Conway mit der Windbande zusammengearbeitet und vorgegeben, wirklich helfen zu wollen, während er tatsächlich plante, mit einigen verlogenen, seelenlosen *Sklaven* den Gott zu vernichten. Es war widerlich. Ekel erregend. Der erbärmliche Conway, der den Virus weiterreichte. Die Krankheit und die Blitzwaffen, die die Windbande um den Schatz der Tür gebracht hatten.

Zornig schlug sich der Mondpriester mit der Faust auf den Schenkel. Unabsichtlich fiel der Schlag zu hart aus und schmerzte, lenkte seine Gedanken jedoch auf die gegenwärtigen Probleme zurück.

Dieser andere Krieger, der alte Hässliche – Vessah –, der hatte es auf ihn abgesehen. Hexenwerk, hatte er gesagt.

Saris musste überleben. Aber wie sollte er das zu Stande bringen?

Gegen Abend wurde Saris schwächer. Er bettelte um Wasser. Einer der Nomaden ritt hinaus in das trockene Buschland. Bestimmt desertierte er. Der Mondpriester hatte ihm nie richtig über den Weg getraut. Am linken Mundwinkel trug der Mann eine Narbe, die seiner Miene ständig etwas Herabsetzendes verlieh. Das war ja schon verdächtig gewesen. Der Mondpriester hätte ihn schon vor langem einer Prüfung unterziehen sollen. Jetzt war es zu spät.

Die Dämmerung berührte die unter Hitze leidende Landschaft zart, als der vernarbte Nomade zurückkehrte. Er reichte dem Mondpriester eine Hand voll Blätter. Dessen andauerndes Misstrauen zeigte sich in seinem abrupten: »Was ist das?«

»Meine Mutter nannte es Schmerzkraut. Immer, wenn wir verwundet waren oder nicht schlafen konnten, machte sie uns einen Tee daraus.«

Der Mondpriester nahm das Bündel wortlos entgegen. Während der Nomade seinem undankbaren Anführer beim Fortgehen zusah, zuckte sein Gesicht vor Ärger, dann riss er sein Pferd herum und brachte es zurück zu den anderen Tieren.

Die Medizin stellte den Mondpriester vor ein weiteres Dilemma. Gewiss handelte es sich um ein Heilmittel, aber wie musste man es richtig dosieren? Das Zeug könnte Saris töten. Zufällig? Absichtlich?

Überall lauerte Verrat. Falschheit.

Der Mondpriester zündete sich ein eigenes Feuer an und kochte sein eigenes Essen. Die Windbande-Eskorte beobachtete ihn nervös. Er hörte ihr Geflüster. Über ihn. Ein Gott weiß stets Bescheid. Ihre plumpe Gleichgültigkeit hallte in seinen Ohren wie ein geschriene Lüge wieder.

Er würde nicht allein darunter leiden, wenn Saris starb. Im besten Fall würden sie nach Art der Flussmenschen hingerichtet: gefesselt in den Fluss geworfen. Unglücklicherweise hatte der Stamm etwas für schmerzhafte, wenn auch einfache Foltermethoden übrig.

Der Mondpriester würde wie eine Hexe sterben. Er hatte keine Ahnung, was das bedeutete, doch bestimmt war es schrecklich. Die Religion des Mondtanzes beruhte ebenfalls auf der Erkenntnis, dass Angst die Nahrung für das spirituelle Leben war, und eine Hexe oder ein Hexenmeister wurde über alles gefürchtet.

Gierig trank Saris den Tee, so wie er auch schon den ganzen Abend Wasser geschluckt hatte. Der Mondpriester betrachtete ihn aufmerksam. Erst nachdem es vollkommen dunkel geworden war, bemerkte er die Veränderung. Trotz der kühlen Nacht schwitzte Saris stark. Sein Atem wurde flach, ging jedoch regelmäßig. Er wirkte entspannt. Zu entspannt? Es war lediglich ein zaghafter Puls zu erfühlen.

Unten am Ufer, wo die Flussmenschen lagerten, ertönte eine Trommel. Erschreckte sie zuerst, so verfiel sie rasch in einen ruhigen Takt, der im Gleichklang mit Saris' Puls schlug.

Der Mondpriester setzte sich. Er beugte sich vornüber, stemmte die Hand unter das Kinn und fixierte die Stelle, an der der Mond aufgehen musste. Die unscheinbaren Flecken der ersten Sterne verwandelten sich in grelle Lichter, während er sich konzentrierte. Der Mond hatte ihn schon einmal gerettet, die Mondgöttin hatte ihn zu ihrem Sohn gemacht. Der Mondtanz muss erobern, und aus diesem Grund musste der Sohn der Mondgöttin überleben. Zufrieden mit seiner Einschätzung nickte der Mondpriester in der Dunkelheit vor sich hin.

Trotzdem hatte die Mutter ihnen erlaubt, ihn zu foltern. Sie hatte ihn sterben lassen. Und ihn wieder geboren, damit er seine Wahrheit und seinen Wert verbreiten konnte.

Er dachte an die Qualen. Die ausgesuchte Todesfurcht. Tag und Nacht.

Verzweifelt um Ablenkung bemüht, überließ er sich der Trommel und ihrem tröstlichen, unveränderten Rhythmus.

Hypnotisch.

Ein Wort aus einer anderen Zeit, von einem anderen Ort.

Trübe, beängstigende Erinnerungen stiegen in ihm auf. Einst hatte es einen Ort der Logik gegeben. Diese Welt hatte die Kräfte des Verstandes für ihre Streitereien missbraucht, Gedanken mit Gefühlen vermischt. Konfrontation. Diskriminierung. Terrorismus. Mord.

Unerträglich heftige Schauder erschütterten den Körper des Mondpriesters. Er fiel in einen tranceartigen Schlaf. Ein Eckchen des Neumondes durchbrach den Horizont.

Sechzehn

Nachdem sich die Krieger der Windbande vorsichtig dem Schlafplatz des Mondpriesters genähert hatten, blieben sie entsetzt stehen. Der Mann lag still neben dem reglosen Saris. Einer der Nomaden stöhnte.

Der Anführer der Gruppe stieß ihm warnend den Ellbogen in den Bauch. Aufgrund seiner Angst fiel der Stoß zu heftig aus; der, der geächzt hatte, taumelte rückwärts.

Ein anderer Nomade sagte: »Der Mondpriester lebt. Das Gras vor seinem Mund bewegt sich durch den Atem.«

Wie ein Fötus hatte sich der Mondpriester eingerollt. Sein Kinn drückte auf die Fäuste. Abgesehen von den leichenblassen Händen wirkte seine Hautfarbe normal. Bedächtig scharrte der Anführer mit dem Stiefel auf dem sandigen Boden. Das Geräusch zeigte keinerlei Auswirkungen auf den Mondpriester. Auch Hüsteln half nicht. Ebenso das Rufen, das lauter und lauter wurde und schließlich in Schreien endete. Verzweifelt wagte der Mann sich vor und rüttelte den Mondpriester an der Schulter.

Und sprang zurück, als habe er sich verbrannt.

Die Augen des Mondpriesters öffneten sich, und sein Blick fixierte den Anführer. Der Mondpriester blinzelte eulenhaft und murmelte vor sich hin. Als er sich in eine sitzende Haltung wälzte, knackten seine Gelenke. Heiser krächzte er: »Sie ist zu mir gekommen. Meine Mutter. Hat zu mir gesprochen.«

Entmutigt stammelte der Nomade eine Entschuldigung. Seine Gefährten wichen von ihm zurück. Alle umklammerten sie ihre Mondscheiben.

Der Mondpriester sah Männer, die sich hinter ihren Mondtanzsymbolen versteckten.

Auch früher hatten sie schon gezweifelt. Er hatte es bemerkt. Beinahe wäre er deswegen traurig geworden. Wie konnten sie die Ehre begreifen, zu hoffen, als einziges Kind der Mondgöttin wieder geboren zu werden? Sie verstanden gar nichts. Wussten nichts zu schätzen. War es nicht der Mondpriester gewesen, der für die Opfer der Seuche gebetet und ihnen so das Leben gerettet hatte? Diese Männer hatten doch mit angesehen, wie andere Zweifler vom Blitz der Göttin getötet worden waren. Sie hatten bezeugt, wie die unbestechlichen Schlangen Verräter bestraft hatten. Trotz der Seuchen und der Niederlage in der Schlacht konnte die Kirche die wahre Religion nicht unterdrücken; noch kontrollierten Mondtanz und Mondpriester die Windbande. Und diese lächerlichen gewöhnlichen Menschen glaubten, sie dürften den Sohn der Mondgöttin anzweifeln und sich dann hinter einem elenden Stück Silber verschanzen?

Der Mondpriester riss die Augen auf, zischte und erzeugte ein Rasseln, indem er mit der Zunge gegen die Zähne schlug. Blitzschnell streckte er die schlängelnden Finger aus und zeigte auf etwas.

Die Krieger zuckten zusammen. Das Lachen des Mondpriesters hallte durch den neuen Tag und scheuchte einen kleinen Vogel zwitschernd in die Flucht. Ernüchtert sagte der Mann: »Alles wird gut. Gewöhnliche Menschen zweifeln. Götter vergeben. Wenn es ihnen gefällt.«

Der Ausdruck *gewöhnliche Menschen* ging ihm nicht aus dem Sinn. Er wandte sich von der Eskorte ab und dachte darüber nach. Bislang hatte er andere noch nie auf diese Weise beschrieben, heute Morgen jedoch bereits zweimal, nachdem er aus der Traumzeit bei seiner Mutter aufgewacht war.

Wie wundervoll von ihr. Ihm den richtigen Ausdruck zu schenken, die genaue Art, wie er jene, die zu führen er wieder geboren worden war, betrachten sollte.

Einer der Nomaden beendete den erhabenen Augenblick. »Lebt Saris?«

»Sicherlich.« Der Mondpriester drehte sich um und untersuchte den verwundeten Flussmenschen, wobei er ein Grunzen wegen seiner steifen Glieder unterdrückte. Saris' Atem ging nicht besser als vorher. Die eklige Entzündung roch immer noch schlimm, vielleicht sogar schlimmer.

Er wappnete sich innerlich auf ihren Anblick und zog die Decke fort. Würgte, schluckte.

Und plötzlich wurde ihm bewusst, dass er keine Ahnung hatte, welche Instruktionen ihm seine Mutter im Traum erteilt hatte.

Panik traf ihn wie Eisregen, der aus heiterem, wolkenlosem Himmel fällt. Unfähig zu sprechen, gab er nur unartikulierte

Laute von sich und flatterte mit den Händen in sinnlosen Kreisen. Die Nomadenkrieger zogen sich zurück.

Er sprang auf, taumelte davon, fort von Saris, fort vom Lager. Er heulte in seinem Elend, zerrte an seiner Robe, brach durchs Gebüsch und achtete nicht darauf, ob er sich Kratzer zuzog oder sein Gewand zerriss. Erst als die Äste drohten, seinen Turban vom Kopf zu schnappen, nahm er von ihnen Notiz. Er packte die Kopfbedeckung und hielt sie fest. Sogar in dieser Situation weigerte er sich noch, die nackte, rosafarbene Stelle zu enthüllen, an der Sylah ihn operiert hatte.

Schließlich konnte er wieder einigermaßen zusammenhängend denken und verfluchte die Mondgöttin. Diese Folter war schlimmer als jeder körperliche Schmerz. Frauen. Alle gleich. Voller Enttäuschungen. Er hatte ihr vertraut. Und nun dies.

Er schlug mit den Fäusten nach einem Busch, trat um sich und jammerte.

Seine Eskorte folgte ihm, schlich dabei von Deckung zu Deckung wie ein Kojote und unterhielt sich flüsternd über die Wunder des göttlichen Wahnsinns. Die Morgenluft war kühl, dennoch glänzte Schweiß auf ihrer Haut.

Der Mondpriester stolperte über einen Ziegenkadaver und landete auf allen vieren. Der Turban rutschte ihm über die Augen, und blind kroch er herum, bis er ihn wieder hoch geschoben hatte. Der erste Anblick, der sich ihm nun bot, war ein wimmelnder Haufen Maden.

Würgend warf er sich zur Seite und erhob sich taumelnd. Er trat von der widerwärtigen Masse zurück und schlug mit den Händen nutzlos in die Luft. Was er sich in Saris' Nähe nicht hatte erlauben dürfen, konnte er jetzt nicht mehr unterdrücken. Er fiel auf die Knie, kroch wie ein Tier weiter und übergab sich, bis ihm die Tränen über die Wangen liefen.

Der Anführer der Eskorte rannte zu ihm und bot ihm Wasser

aus einer hell bemalten Kürbisflasche an. Der Stöpsel stellte einen grinsenden Schädel dar. Der Mondpriester beachtete das Motiv nicht weiter, bis er begriff, dass das Stück aus Knochen geschnitzt war. Das erinnerte ihn an den Tod. Die Ziege. Das widerwärtige, wimmelnde Leben unter seiner Nase. Sein Magen brannte.

Der Nomade bemerkte mit einem Blick die Veränderung in der Miene des Mondpriesters und floh.

Der Mondpriester trank gierig, spuckte aus und trank erneut. Nach und nach fühlte er die Kontrolle über seinen Körper zurückkehren. Dreck, dachte er; warum bin ich von Dreck umgeben? Weiß war seine Farbe. Reinheit. Das Weiß des Mondes, des Silbers.

Die Maden waren weiß.

Er schauderte, schlug die Arme um sich und schaukelte hin und her.

Irgendetwas kreiste in seinen Gedanken. Etwas Schreckliches. Es wollte sich nicht enthüllen.

Niedergeschlagen knirschte er mit den Zähnen. *Dreck.*

Weitere Worte drängten sich undeutlich an die Oberfläche. Dann hörte er sie plötzlich mit einer Klarheit, die ihn vor Freude aufschreien ließ. *»Aus dem Faulen wird das Stärkste erwachsen. Die höchste Reinheit entspringt der gemeinsten Schändung. So wird auch der Feind ein wunderbares Werkzeug in den Händen des Geschickten.«*

Die Worte seiner Mutter. Er erinnerte sich. Da war noch etwas.

»Verlange den Exzess. Nur aus einem Exzess, der bis zur katastrophalen Zerstörung geht, kann die wahre Schöpfung entstehen. Führe sie. Dränge sie. Zur Erlösung. Zu mir.«

Er verstand. Die Liebe für sie erfüllte ihn mit Demut. Er fiel auf die Knie und dankte ihr mit einem kurzen Gebet. Daraufhin eilte er zurück ins Lager. Während er an seiner verwirrten Eskorte vorbeirannte, überschüttete er sie mit Befehlen und Flüchen.

Nach einem raschen Bad im Fluss zog der Mondpriester eine frische Robe an und ging zu Saris. Der Flussmensch war inzwischen wieder bei Bewusstsein. Einer der Nomaden löffelte ungeschickt Brei in seinen Mund, und der Mondpriester erklärte Saris, was zu tun war. »Das schlechte Fleisch muss entfernt werden, Saris. Es steckt voll des Bösen. Falls dieses Böse deinen Körper besetzt, verliere ich die Kontrolle über deine Seele. Von allen Kriegern, die für mich kämpfen und sterben und im Mond zu mir stoßen, um wieder geboren zu werden, wird nur jenen, die an böser Magie sterben, ihr rechtmäßiger Platz versagt. Du musst mir erlauben, dich zu reinigen.«

Saris' Augen leuchteten auf und verscheuchten das tödliche Graublau in seiner Iris. Nur mühsam brachte er die Worte über die Lippen. »Und wenn du versagst? Wenn ich sterbe, während du mich rettest?«

»Dann gehörst du mir. So lange du mir vertraust, rette ich deine Seele, selbst wenn ich deinen Körper verliere. Aber ich weiß, ich kann auch ihn retten.«

»Hilf mir.« Saris packte ihn mit festem Griff.

Der Mondpriester holte tief Luft und nahm Saris' Hände in die seinen. »Die Sonne ist oft der ärgste Feind meiner Mutter, aber wir müssen sie ausnutzen. Wir brauchen Sonnenlicht auf der Wunde. Auf der gereinigten Wunde.«

»Gereinigt? Jeden Tag beanspruchen die Unsichtbaren mehr Fleisch für sich, Mondpriester. Ein Mann, der so verrottet wie ich, überlebt nicht.« Kristallfarbene Tränen rannen über seine Wangen.

Der Mondpriester verstärkte seinen Griff um Saris' Hände. Der Mann war bis zur Hilflosigkeit geschwächt, trotzdem ergab es keinen Sinn, allzu sorglos vorzugehen. »Ich muss die Dinge, die vom Bösen leben, dazu bringen, das Böse zu fressen.«

Einen Herzschlag lang verstand Saris nicht und schwieg. Dann wurde er erregt. Er bäumte sich wild auf, bis seine armseligen Kräfte schwanden. Als er um Hilfe schreien wollte, brachte er nur ein heiseres Keuchen hervor. Schließlich sagte er geschlagen: »Du meinst Maden.«

»Vielleicht würde es dir besser gefallen, wenn die bösen Unsichtbaren deine Seele fangen. Doch dann bekämen sie auch dein Leben.«

Saris befreite seine Hände und schlug mit den Fäusten auf den Boden, doch gelang es ihm in seiner Schwäche nicht einmal, Staub aufzuwirbeln. Am Ende wandte er sich trotzig vom Mondpriester ab und verzog angeekelt das Gesicht. »Rette mich«, flüsterte er, und Hass schwang in seiner Stimme mit. »Rette mein Leben.«

»Du wirst zu meiner Rechten stehen, wenn ich zu meiner Mutter gerufen werde.« Der Mondpriester befeuchtete Saris' Stirn mit kühlem Wasser, erhob sich und trat zu der einige Meter entfernt wartenden Eskorte. Einen nach dem anderen fixierte er die Männer mit steinhartem Blick. »Tut, was ich euch sage, und wir alle werden diese Sache überleben. Lasst mich im Stich, und eure Kinder werden bis in die siebte Generation verflucht sein. Kein Flussmensch darf sich Saris auf Sichtweite nähern. Du da hinten: Geh zur toten Ziege. Hol mir zwei Hand voll Maden in einem Korb. Du, der mit dem Schmerzkraut; ich brauche noch mehr davon. Jeden Tag.«

Der Anführer sagte: »Kannst du ihn gesund machen, Mondpriester?«

»Das habe ich gesagt, nicht wahr? Führt eure Befehle aus.«

Die Eskorte stob auseinander.

Während der nächsten Woche schlief der Mondpriester neben Saris. Tagsüber saß er bei ihm, überwachte seine Mahlzeiten und sorgte dafür, dass seine Wunden immer der Sonne ausgesetzt waren. Mehrmals täglich wusch er die unversehrte Haut um die Verletzungen herum. Zu Tausenden landeten Fliegen auf seinen Händen, seinem Gesicht, auf Saris' entblößtem Fleisch, und wollten die Zahl der Maden noch vermehren. Verzweifelt verscheuchte der Mondpriester sie. Manche entwischten ihm jedoch und legten ihre durchscheinenden Eier in die Wunde.

Von Anfang an zwang sich der Mondpriester, die schleimigen kleinen Kreaturen bei ihrer abscheulichen Arbeit zu beobachten. Allein mit dem Überleben beschäftigt, gab sich die wimmelnde Masse ihrer Aufgabe mit gefräßigem Fleiß hin.

Der Mondpriester war über die rasche Verbesserung in den Wunden erschrocken und erfreut. Wo es zuvor nur verfaultes Fleisch gegeben hatte, erschien sauberes Gewebe. Die Maden ignorierten es. Der Mondpriester tränkte die guten Stellen wieder und wieder mit einem Sud aus den Blättern, die ihm der kräuterkundige Krieger brachte. Bald waren einige Bereiche groß genug, um sie mit Verbänden abzudecken. Mit zusammengebissenen Zähnen massierte er regelmäßig die Verwundungen. Saris beschwerte sich über den Schmerz. Der Mondpriester ignorierte ihn; die Blutzirkulation war für den Heilungsprozess zu wichtig.

Einige Male am Tag untersuchte er seine kleinen Helfer auf Anzeichen von Verpuppung. Mit einem Zweig beförderte er die nicht mehr produktiven Exemplare ohne weitere Feierlichkeiten ins Gebüsch. Nachts stritten sich die Mäuse um die unerwartete Gabe.

Die Eskorte musste Fallen für die Mäuse aufstellen. Die Klapperschlangen verschlangen die kleinen Nager. Fett und zufrieden, waren sie noch sanfter als gewöhnlich. Als der Mondpriester wieder einmal gezwungen war, sich abermals mit einer der Delegationen der Flussmenschen am Rand des Lagers zu treffen, trug er die Reptilien verschlungen um den ausgestreckten Arm. Die züngelnden Köpfe ruhten auf seinen Handrücken, ihre schwarz-goldenen Augen funkelten all jene, die zu ihm sprachen, mit boshafter Zufriedenheit an.

Eine Sache führte zur anderen.

In den langen Nächten hatte der Mondpriester viel Zeit, über diese Theorie nachzudenken. Was immer man dazulernte, bereitete einen darauf vor, noch mehr zu lernen. Alles führte zu allem.

Und Sylah mit ihren giftigen Gefährten war aus einer Bibliothek geflohen. Die Kirche schwafelte seit Generationen über »den Schatz der Tür«, und am Ende hatte es sich hauptsächlich um Videodisks gehandelt.

Der Mondpriester wünschte, es wären nur Videodisks gewesen. Was konnte nutzloser sein als ein Video hier an diesem Ort, wo eine Steckdose in einer begrabenen, lange vergessenen Stadt lediglich ein Stück wieder verwendbares Kupfer darstellte? In den letzten fünfhundert Jahren hatte niemand das Wort TV gehört.

Die Tür verbarg mehr als nur Videodisks. Bücher. Sylah hatte Bücher. Zudem hatte sie sechs Leute aus der Kälteschlafkammer, die des Lesens mächtig waren.

Saris würde aufgrund von Wissen überleben. Göttlichem Wissen, in diesem Falle, dachte der Mondpriester, obwohl er das säkulare Wissen des jungen Kräutersammlers durchaus begrüßte.

Als der Mondpriester befohlen hatte, die Bibliothek hinter der Tür anzuzünden, hatten ihn zwei Gründe dazu veranlasst. Zum Ersten wollte er Sylah und ihre Gefährten töten. Zum Zweiten wollte er jegliche Bildungsmöglichkeit zerstören, die er nicht kontrollierte.

Der Zwischenfall mit Saris bewies die Stichhaltigkeit des zweiten Grundes. Der Mond hatte ihm das Wissen geschenkt, dass die Maden den Wundbrand tilgen würden, der Saris tötete. Der Nomade hatte ihm die Kräuter gezeigt, die das unversehrte Fleisch vor Infektion schützten.

Die vollgefressenen Maden hatten den Mäusen als Nahrung gedient, mit denen er wiederum die Schlangen gefüttert hatte.

Alles führte zu allem. Um dem Mondpriester zu dienen.

Indem seine Mutter ihm gezeigt hatte, wie er einen unbedeutenden Idioten heilen konnte, hatte sie ihm die letzte Lektion erteilt.

Diese neue, sündige Welt mit ihrer unaufhörlichen Gewalt und ihren nie enden wollenden Schrecken war für unkontrolliertes Wissen noch nicht bereit. Es war falsch, dass Sylah, der Sprössling der scheinheiligen Kirche, Zugang zu solcher Bildung haben sollte, geschweige denn sie kontrollieren konnte. Die Herrschaft über das Wissen war ein göttliches Recht.

Der Mondpriester musste es ausüben.

Um das Wissen zu kontrollieren, musste er es besitzen. Um es ganz zu besitzen, durfte es niemanden geben, der ihm das Wasser reichen konnte.

Er kratzte Namen in den Staub neben seinen Füßen.

Sylah. Conway. Tate. Leclerc. Bernhardt. Carter. Anspach.

In einem bizarren, arhythmischen Tanz hüpfte er umher und löschte die Namen aus. Er lachte leise und glücklich. Es war, als hätte es sie niemals gegeben. So wie ihre Welt und ihre Arroganz vernichtet worden war, musste es auch mit den Gottlosen geschehen.

Auslöschen. Alle.

Siebzehn

Lorso stemmte die Fäuste in die Hüften, legte den Kopf in den Nacken und betrachtete die im Halbkreis sitzenden Männer im Ratsraum. Dessen richtiger Name war das *Alles.* Außerhalb dieser Mauern wurde er niemals ausgesprochen.

Das ovale Gebäude war aus gewaltigen Zedernbalken errichtet worden, die man in tiefen, mit Kies aufgefüllten Gräben versenkt hatte. Hinter Lorso waren in die Innenseiten von zehn Balken Gesichter geschnitzt. Halb so groß wie ein Mann, war jedes so gestaltet, dass es auf den zerklüfteten Quader aus schwarzem Obsidian zu starren schien. Der Block war kniehoch und doppelt so lang und lag auf einem geschwungenen Bett aus reinem weißem Sand, das sich von den Wänden bis zu ersten Reihe der Bänke erstreckte. Bei dem Stein handelte es sich offensichtlich um das Rednerpodest.

Lorso stand mit bloßen Füßen auf dem Obsidian und wurde vom Publikum und von den geschnitzten Gesichtern und deren Molluskenschalenaugen mit finsteren Blicken bedacht. In den eisernen Kohlenpfannen vor jeder der hölzernen Gestalten brannte Feuer. Die tanzenden Flammen ließen die Weichtierpanzer regenbogenfarben schillern. Die Augen, die nicht blinzelten, erwachten zum Leben. Urteilten.

Doch Lorso beachtete das Schnitzwerk, die falschen Augen und die Hitze der Kohlenbecken nicht. Die Vorfahren hinter ihm waren lange tot, waren in die Tiefe Stille eingegangen. Ein Opfer auf dem Altar würde sie besänftigen. Alle vierzig Navigatoren hatten sich versammelt. Lebendig und verärgert. Wenn sie entschieden, dass ein Opfer vonnöten sei, wäre das eine ganz andere Sache.

»Den Skankriegern genügt es nicht, tapfer zu sterben«, schrie Lorso laut genug, damit das Gemurmel der Navigatoren verstummte. Er bedachte seine Zuhörer mit einem streitlustigen Blick. »Skan kämpfen immer tapfer und sterben tapfer. Haben die Navigatoren mich Sklavenfänger genannt, damit ich die Skan in den Tod schicke und ihren Mut beweise? Welcher Mann hier will den Mut der Skan in Frage stellen? Oder meinen?« Er starrte seine Zuhörer an.

Ein älterer Mann mit geschorenem Schädel in der ersten Reihe erhob sich mit einstudierter Bedächtigkeit. Lorso protestierte vergebens. »Bitte, Domel; es ist nicht notwendig, aufzustehen. Die Förmlichkeiten …«

Ein einziger würdevoller Blick brachte Lorso zum Verstummen. Domel sagte: »Tradition ist stets wichtig. Was ich zu erläutern beabsichtige.« Langsam näherte sich Domel. Seine ausdruckslose Miene deutete auf eine innere Härte hin, die es mit dem Obsidianpodest aufnehmen konnte. Um Knie und Knöchel trug er über der Wollhose eng anliegende Bänder aus Klaffmuscheln. Sie waren in Regenbogenfarben mit den geometrischen Mustern der Skan bemalt. Lorso trat hinunter und zog seine Sandalen an. Domel zog seine Schuhe aus und stieg auf den Block. Seine Stimme klang rau und machtvoll.

»Lorso spricht von Gründen für die Schlacht. Das sollte er auch. Die Skan haben achthundert Mann losgeschickt, um die Drei Territorien zu vernichten. Sie waren den armseligen Resten der Wolfsrudel überlegen, mit denen Gan Moondark die Mauern seiner Festung bemannt hatte. Die Drei Territorien sind schwer verwundet und haben im Kampf mit den Kwa arg geblutet. Dennoch hörte der Sklavenfänger auf die Prahlereien von Gan Moondark und blies den Angriff ab. Die größte Streitmacht der Skan, die je in den Krieg gesandt wurde, hat ihren Auftrag nicht erfüllt.«

Domel legte eine Pause ein und deutete auf die geschnitzten Gesichter hinter sich. Dann zeigte er auf Lorso, sah den Mann jedoch nicht an. »Was würden unsere Ahnen dazu sagen?«

Eine Welle der Empörung ging durch die Versammlung. Im rötlichen Schein erinnerte die hell bestickte und perlenbesetzte Kleidung der Anwesenden an ein Flammenmeer. Jemand rief leise: »Schuldig!« Ein anderer wiederholte das Wort lauter. Ein Dritter erhob einen Einwand und wurde niedergebrüllt.

Nun hob Domel die Hand und gebot der wachsenden Feindseligkeit Einhalt. Er lächelte. Seine kräftigen weißen Zähne bildeten einen scharfen Gegensatz zu seinen gefurchten Gesichtszügen. Zufriedenheit schwang in seiner Stimme mit. »Was für Kinder ihr doch seid. Die Skan kämpfen, um Beute zu machen. In der Schlacht beweisen wir unseren Mut und unser Geschick. Welcher Narr hat den Gedanken gehabt, wir sollten für die Ehre sterben? Wenn ein Mann sich dafür entscheidet, um der Wahrheit oder des Ruhmes willen gegen einen anderen zu kämpfen, so mag er dies tun; wir wissen jedoch, dass es töricht ist. Ein Stamm dagegen kämpft ums Überleben und darum, seine Feinde zu vernichten. Und um seines Wohlstandes willen. Denn unser erster Urahn lehrte uns: ›Was wir besitzen, verteidigen wir; was wir wollen, nehmen wir uns.‹ Handel ist gut, Beute ist besser. Trotzdem bedenken die Skan die Kosten. Stets. Lorso hat das verstanden.«

Während Domel nun Luft holte, ging ein dumpfes Murmeln durch die Versammlung. Er fuhr fort: »Die Skan überfallen Unterlegene, wie es uns der erste Urahn zeigte. Und jetzt hört euch Lorso an.«

Nachdem Domel sich wieder gesetzt hatte, zog Lorso erneut seine Sandalen aus und nahm den Platz auf dem Block ein. Erheblich versöhnlicher sagte er: »Es gab in Küstennähe weder Sklaven noch Beute. Nur Wölfe. Die Kwa haben uns verraten und zu früh angegriffen. Sie wurden zermalmt. Zwar haben sie die Drei Territorien hart getroffen, doch nicht hart genug. Jetzt werden wir uns mit den Flussmenschen und der Windbande verbünden, die verlässlicher sind. Im Frühjahr werden uns Windbande und Flussmenschen helfen, Gan Moondark zu vernichten. Wir werden sein Volk zu Sklaven machen und uns ihren Besitz von nördlich des Zerstörerberges bis hinunter zum Mutterfluss aneignen.«

Ein Mann, der noch älter als Domel war, erhob sich. Sein graues Haar war zu den traditionellen acht Zöpfen des Sosolassa geflochten. »Die Skan haben nie ihre Beute geteilt. Skan nehmen. Skan behalten.« Er setzte sich wieder.

Nüchtern nickte Lorso zustimmend. »Die Skan benutzen auch kleine Fische als Köder für große. Nachdem wir die Drei Territorien besiegt haben, brauchen wir die Flussmenschen und die Windbande nicht mehr. Wer hat etwas dagegen gesagt, sie dann anzugreifen?«

Jubel trat anstelle der früheren Ablehnung.

An der Tür hängte Lorso seine Sandalen an den dafür vorgesehenen Nagel und zog seine Stiefel an. Domel gesellte sich zu ihm. »Die Überlebenden des Haibootes, das von den Blitzwaffen zerstört wurde, meinten, du hättest recht daran getan, die Landung auf der Süßweide zu unterlassen. Noch nie habe ich Skan gesehen, die dermaßen erschüttert waren.«

»Der Mann, der Gan Moondark zu meinem Haiboot begleitete, trug ebenfalls eine Blitzwaffe. Ich habe sie anhand der Beschreibungen erkannt. Sonst hätte ich diesen so genannten Murdat gefangen genommen. Haben dir die Überlebenden vom Mutterfluss berichtet, dass auch dieser Mondpriester den Blitz beherrscht? Die Skan müssen diese Kraft in die Hände bekommen.«

»Solch eine Sache wird niemals verschenkt, oder? Wie stehlen wir sie?«

Lorso lächelte verkniffen. »Es heißt, du seist der größte Sklavenfänger gewesen, den die Skan jemals hatten. Das glaube ich. Du wirst der nächste Urahn.«

Domel verzog das Gesicht. »Damit habe ich es nicht eilig. Aber zurück zu der Frage: Wie willst du uns die Kraft des Blitzes verschaffen?«

»Wir schicken ein Haiboot los, um die Flussmenschen und die Windbande zusammenzubringen. Sie werden die Waffe des

Mondpriesters kennen lernen und erfahren, wie er sie benutzt. Sobald die Drei Territorien geschlagen sind, werden sie die Blitze stehlen.«

Mit gesenktem Kopf ging Domel nachdenklich weiter. Inzwischen verließen sie die Festung bereits durch das Tor. Wie immer bewunderte Lorso dieses Bauwerk. Die horizontalen Balken waren quadratisch geschnitten und so dick wie die Elle eines Mannes. Die vertikalen Bohlen waren nur ein Drittel so tief, aber genauso breit. Eisennägel von der Stärke eines Handgelenks verbanden sie miteinander. Das Tor selbst gewährte einem Reiter Durchlass, und darüber blieb sogar noch reichlich Platz. Über dem Tor erhob sich ein gedrungener, sechseckiger Turm, dessen hölzerne Wände mit Kupferummantelung vor Feuer geschützt waren.

Der Turm und bestimmte andere Punkte der Mauer waren ständig bemannt. Der Überraschungsangriff war die bevorzugte Taktik der Skan. Um keinen Preis wollten sie selbst zu Opfern werden.

Lorsos Blick schweifte zu Jaleetas Haus. Er starrte das Fenster an. Die durchscheinende Schafshaut verspottete ihn wie ein blindes, weißes Auge, welches keines der Geheimnisse, die dahinter verborgen sind, enthüllt.

Sie näherten sich dem Markt. Der Wind trug den Duft von Zederntruhen, Wolle, Kräutern, geöltem Leder und Fellen heran. In Lorsos Kopf vermischte sich alles, und er konnte nur noch an die Wonnen denken, die Jaleeta ihm bereitet hatte. Der Geruch von Zedern und Wolle erinnerte ihn an den Duft der Decke, die sie aus der Truhe am Fenster gezogen hatte. Unter den Kräutern roch er jene heraus, mit denen sie ihren Körper eingerieben hatte. Er stellte sich ihre undeutliche weiße Gestalt vor, ihre geisterhafte Erscheinung, die sich verführerisch auf dem dunklen Fell rekelte, die Lederbespannung ihres Bettes, die leise seufzte, als sich Jaleeta ihm zuwandte …

»Was hast du denn?«

Mit einem Zucken kehrte Lorso so abrupt in die Gegenwart zurück, dass sein Hals buchstäblich knackte. Domel blickte ihn beunruhigt an. »Hast du eigentlich irgendetwas von dem mitbekommen, was ich dir gerade erzählt habe?« Misstrauen huschte über seine Miene. Er trat zurück. »Bist du krank?«

Lorso rieb sich den Nacken. »Ich habe nur gerade über die Vorräte für die Fahrt zum Mutterfluss nachgedacht.«

»Was?« Domel schäumte vor Wut. »Frag einfach den Mann, der sich letztes Mal darum gekümmert hat. Ist mit dir auch bestimmt alles in Ordnung? Deine Gedanken schweifen nicht zum ersten Mal in ferne Gewässer ab.«

Zur Erwiderung gab sich Lorso entrüstet und verscheuchte die Erinnerung an Jaleeta. »Ich muss über vieles nachdenken.«

»Denk lieber daran, dass ich mit dir spreche. Ich habe gesagt, Gan Moondark hat sechs Freunde mit Blitzwaffen. Wir könnten einen Spion zu ihnen schicken. Vielleicht kann er Zwist säen. Und eine Waffe stehlen.«

»Selbst wenn wir an diese Leute herankämen, was sehr unwahrscheinlich ist, sollten wir uns lieber dem Mondpriester widmen. Falls er den Blitz genauso wie Gans Freunde beherrscht, warum haben die Sechs dann keine eigene Religion? Folglich muss der Mondpriester mächtiger sein. Niemand betet Gan oder seine Freunde an. Stattdessen heißt es, die Flussmenschen würden der Kirche zugunsten des Mondtanzes den Rücken zukehren. Der Mondpriester regiert bereits die Windbande. Alle fürchten ihn.«

»Du auch?«

Einige Schritte weit tat Domel so, als habe er nicht bemerkt, dass Lorso nicht mehr an seiner Seite ging. Dann drehte er sich um. Lorso wartete mit bleichem, aber gefasstem Gesicht. Einige Umstehende warfen einen Blick auf die beiden Männer und suchten eilig das Weite. Ein Gemüseverkäufer versteckte sich hinter seinem Stand. Lorso knurrte: »Sag nur den Namen, Domel. Wer behauptet, ich würde jemanden fürchten? Ich bringe dir seinen Kopf.«

Domel verzog die Mundwinkel zu einem schwachen Lächeln. »Komm weiter. Wirst du eine Mannschaft zusammenstellen können, die genauso mutig ist wie du? Wie viele – selbst Skan – können bei jemandem leben, der den Blitz beherrscht, und sich trotzdem nicht fürchten?«

»Sie dürfen sich ruhig fürchten. Aber sie müssen geduldig und wagemutig sein. Das sind alle Skan.«

Domel gab sich milde und rücksichtsvoll. »Bestimmt finden wir die Männer, die wir brauchen. Aber weißt du, dass die For Haiboote bauen? Diese seefahrende Landratte Wal hat bereits mehrere. Und zudem gute Mannschaften, habe ich gehört.«

»Wenn sie sich mit uns anlegen wollen, fegen wir sie vom Meer. Wir haben die besten Männer, und vor allem sind wir zahlenmäßig überlegen.«

»Das wirst du wohl schaffen.« Domel grinste breit.

Ungezwungen unterhielten sie sich noch eine Weile lang. Lorso glaubte, er spüre wachsende Ungeduld bei Domel. Er hätte fast gelächelt, denn wenn jemand ungeduldig war, dann er selbst. Die Sonne stand bereits weit im Westen. Bald würde Jaleeta wieder in seinen Armen liegen.

Domel machte einen Scherz. Lorso lachte höflich. Dabei reckte er sich ausgiebig und genoss das geschmeidige Ziehen seiner bereiten Muskeln.

Jadetränen lehnte auf ihrem Gehstock und öffnete die Tür ihrer Hütte. Das Licht der Kerze, die an der Feuerstelle brannte, fiel hinaus in die lauernde Dunkelheit. Ihre Worte trieften von einem gespielten Mitgefühl, das an Sarkasmus grenzte: »Ist es zu spät für dich, Domel? Finden wir im Dunkeln den Weg nicht?«

»Halt deine Zunge im Zaum.« Leise schob sich Domel heran und war plötzlich erschreckend nah. Jadetränen wich eilig zurück und verlor dabei fast das Gleichgewicht. Domel lächelte und trat durch die Tür. »Läuft es gut? Sind sie zusammen?«

Jadetränen räusperte sich. »Das Mädchen genießt ihre Aufgabe entschieden zu sehr.«

Domel kicherte. »Wenn du dich nur an deine eigene Jugend erinnern könntest, wärest du neidisch, nicht besorgt. Wir haben die Mutter, und die Tochter wird tun, was immer sie muss.«

»Jaleeta ist ein seltsames Kind. Manchmal frage ich mich, ob ich wirklich weiß, was sie denkt.«

»Zweifel? Die Harpune ist geworfen, der Wal getroffen. Für Fragen ist es zu spät. Was hegst du für Zweifel?«

»Rede nicht so laut.« Jadetränen war ruhig, beinahe abweisend. »Der Plan wird funktionieren.«

»Die Zukunft der Skan hängt davon ab.« Domel beugte das Gesicht vor, bis seine Nase praktisch die von Jadetränen berührte. »Falls er erfährt, was wir ihm angetan haben, wird er dabei zusehen, wie die Möwen uns das Fleisch von den Knochen reißen.«

»Von deinen. Nicht von meinen. Ich bin seine Mutter.«

»Du bist nicht seine Mutter. Du hast ihn lediglich für dich beansprucht, als deine Schwester starb. Er ist deine Hand, dein Willen, dein Muskel.«

»Und Jaleeta ist ebenso mein Willen.«

»Aber du zweifelst.«

»Nicht darüber, was sie tun wird. Nur darüber, was sie denkt, wenn sie nicht gerade meine Befehle ausführt. Sie macht alles fast zu gut.«

Domel entspannte sich sichtlich. »Du bist nervös. Hätte ich nie gedacht. Gut.« Er setzte sich auf einen der Stühle in der Hütte. Hinter ihm an der Wand hing eine gelbe Maske mit langen schwarzen Fangzähnen und schwarzem Haar. Leere, rot geränderte Augen suchten in der Ferne. Domel ignorierte das Stück. »Die Zeit des Sturms kommt. Wenn ich die Navigatoren davon überzeugen will, dass Lorso die Unterhändler anführen soll, die zur Windbande und zu den Flussmenschen fahren, muss ich bald beginnen.«

»Hat Lorso gesagt, ob er ein Haiboot zum Mutterfluss schicken will?« Jadetränen ließ sich auf dem Stuhl neben Domel nieder.

»Heute.«

Jadetränen rieb sich das Kinn. Domel betrachtete den gekrümmten, knochigen Finger, den krallenartigen Nagel. Er wandte seine Aufmerksamkeit der Kerze zu. Die Frau sagte: »Er wird tun, was die Navigatoren verlangen. Was ist mit dem Nion? Vertraust du ihm?«

»Natürlich nicht. Aber ich glaube, ich kenne seinen Preis. Er lässt seinen Sohn als Geisel zurück. Das erscheint mir sicher.«

»Hast du diesem Nion erzählt, was seinem Sohn passiert, sollte er uns verraten?«

Domel erhob sich und lächelte. »Ich habe ihm gesagt, dann würde ich dir seinen Sohn überlassen.«

Jadetränen nickte rhyhthmisch und hustete dabei eigenartig. Domel riss die Augen auf, fand aber sofort die Selbstbeherrschung wieder. Er hatte vergessen, wie das Lachen von Jadetränen klang. Mit Bedacht setzte er ein verschwörerisches Grinsen auf. Jadetränen schickte ihn mit einem Wink hinaus. Die Freudenlaute der alten Frau folgten Domel in die Finsternis hinaus und ließen Schauer über seinen Rücken rinnen.

Achtzehn

Lorso erbleichte. »Das Kommando des Haibootes übernehmen? Von hier fortgehen?« Seine Sätze waren eher ein Flehen denn Fragen.

Sorgsam achtete Domel darauf, dass sein Gesicht eine mitfühlende, wenngleich entschlossene Miene zeigte. »Die Landratten in den Drei Territorien passen immer noch genau auf, wer sich ihrer Küste nähert.«

»Ich kann nicht zum Mutterfluss fahren. Jetzt nicht, während ...«

»Jetzt nicht? Was bedeutet schon der Zeitpunkt?«

Beinahe hätte er sein Geheimnis verraten. Jaleetas Name wäre ihm fast entschlüpft. »Die Zeit des Sturms kommt.«

»Du bist der Sklavenfänger. Du musst tun, was immer die Navigatoren entscheiden. Widerspruch steht dir nicht zu.«

»Sklavenfänger. Ja. Und das Kind von Jadetränen. Wir werden sehen, was meine Mutter von deinem Plan hält.« Lorso senkte den Kopf, zog das Kinn ein und starrte sein Gegenüber unter den Brauen hervor an.

Domel bemerkte, dass die hässlichen roten Flecken auf Lorsos Wangen verschwunden waren. Darüber hinaus wirkte er nicht mehr verletzt, sondern blinzelte berechnend. In diesem Ausdruck spiegelte sich der Tod. Domel spürte sein eigenes Alter, das schwer auf ihm lastete. Seine Lenden verspannten sich. »Mein Plan ist es nicht. Er wurde von allen Navigatoren beschlossen. Wir haben ihn eingehend besprochen.«

»Aber ohne mich. Der Sklavenfänger wohnt allen Versammlungen des Rates bei.«

»Es war keine Ratsversammlung. Wir haben uns in verschiedenen Gesprächen darauf geeinigt.«

Lorso richtete sich auf. Er blickte Domel forschend an. »Mir diese beiden Aufgaben aufzuerlegen, hat sich doch jemand ausgedacht. Ich werde sofort herausfinden, wer. Zunächst sprechen wir aber mit meiner Mutter.«

Unterwegs versuchte Domel, ein Gespräch zu führen. Doch Lorso schwieg.

Bei der Hütte von Jadetränen angelangt, stieß Lorso die Tür auf und trat ein. Die Fenster waren mit Bärenfellen verhängt, die das Licht des sonnigen Tages aussperrten. Die alte Frau saß vor einem Kohlenbecken, dessen vier eiserne Füße kleinen Drachen ähnelten. In den Mäulern hielten sie die Pfanne mit der Glut. An einem schwenkbaren Arm hing ein kleiner Topf darüber. Dichter Rauch brodelte daraus nach oben und sammelte sich in Schwaden. Wie Tentakel streckte er seine Finger zur Decke aus.

Jadetränen blickte von der blutroten Glut nicht auf, als sie sagte: »Schließt die Tür. Rasch, bevor ihr alles ruiniert habt. Setzt euch aufs Bett.« Sie griff in einen Beutel zu ihren Füßen, der aus getrocknetem Gras geflochten war und nun umkippte. Ein hässliches Wirrwarr ergoss sich daraus. Jadetränen stocherte mit krummem Finger darin herum und suchte nach Zutaten für den kleinen Topf. Jetzt, nachdem die Tür geschlossen war, versuchte der Rauch durch das Fenster hinter Domel und Lorso zu entkommen.

Kaum hörbar sprach Jadetränen mit sich selbst. »Sosolassa, hilf deiner Sklavin. Hilf mir die Dinge zu verstehen, die du mir, meiner Mutter und meiner Großmutter enthüllt hast. Ich bete zu dir, Vater der Stürme, Jäger in der Tiefen Stille.«

In der Dunkelheit der Hütte leuchteten sanft die polierten Masken. Ausgestopfte Tiere, von denen manche in ihren natürlichen Positionen hockten, beobachteten die Vorgänge mit glänzenden Achataugen, die im Schein der Glut rubinfarben schimmerten.

Lorso biss sich auf die Wange. Dies war die Domäne des Gottes, und aus Erfahrung wusste er, dass Jadetränen darauf nur wenig Einfluss hatte. Eigentümliche Tränke und Pülverchen entstammten ihren Absprachen mit Sosolassa. Niemals wurde ein Wort darüber gesagt, wie man diese Dinge anwandte. Und trotzdem, während Lorso aufgewachsen war, hatte er beobachten können, wie die Feinde von Jadetränen zu ihren Verbündeten wurden. Außer jenen, die verbraucht waren und starben.

Doch im Rauch war etwas Böses. Lorso spürte es und kämpfte dagegen an.

Neben ihm begann Domel zu wanken. »Der Geruch«, sagte er lallend. »Er gefällt mir nicht. Er steigt mir zu Kopf. Nicht unangenehm. Aber er macht mir Angst. Dennoch fühle ich mich gut. Wohl. Verstehst du? Ich möchte mit dir reden, Jadetränen. Du bist ein guter Mensch. Viel netter, als alle sagen. Ich mag dich. Als ich mich mit deinem Sohn unterhalten habe –«

Jadetränen streckte die Hand aus und schlug ihm mit dem Stock auf das Schienbein. Domel heulte auf und sagte dann: »Das hast du getan, weil du mich ebenfalls magst, nicht wahr?« Er wandte sich an Lorso. »Ist es nicht schön, wie wir uns alle mögen –«

»Halt den Mund.« Jadetränen schlug erneut zu, diesmal härter. Zu Lorso sagte sie: »Bring den Topf nach draußen. Schnell. Atme den Rauch nicht ein.«

Als Lorso zurückkehrte, nahm Domel gerade zitternd die Bärenfelle von den Fenstern. Das Sonnenlicht, welches durch die durchscheinenden Häute hereinfiel, bildete im verbliebenen Dunst eine rechteckige Säule. Lorso beobachtete, wie der Rauch waberte, auf und ab stieg und sich auf faszinierende Weise ständig veränderte. Er hielt die Hand ins Licht, rührte den Qualm um und lachte glücklich.

Etwas Ärgerliches fiel ihm ein. Wütend. Er war sehr wütend.

Nein, war er nicht. Alles war in bester Ordnung.

Wie unterhaltsam der Rauch war! Sanft wedelte er durch das treibende Nichts. Seine Hand war ein Fisch. Ihr wuchs ein Maul.

Der Gehstock knallte wie eine Peitsche auf seine Stirn. Draußen vor der Tür setzte er sich hart auf den Boden und versuchte mit beiden Händen, den wachsenden Knoten an seinem Haaransatz zurückzuhalten. Jadetränen stand über ihm und hatte Domel wie ein freches Kind am Ohr gepackt. In der anderen Hand hielt sie eine Schale. Darin schwelten zerkrümelte Blätter. Sie ließ Domel los, der sich daraufhin dümmlich grinsend ins Gras legte, sog den neuen Rauch tief in die Lunge und hielt die Schale dann vor Lorso. »Atme. Tief. Schnell.«

Lorso gehorchte. Es kribbelte und schmeckte bitter. Er dachte an das wertvolle Pulver, welches manchmal von Kos her hier herauf gelangte, das Zeug, das man getrocknete Orangenschale nannte. Nun inhalierte Domel den Rauch. Einen Augenblick lang wollte Lorso über den älteren Mann lachen; sein geschorener Kopf wankte wie ein Kürbis an einer Ranke.

Dann flutete die Wut zurück in Lorso. Jaleeta tauchte in seiner Vorstellung auf, ihr Gesicht trieb ihn mit ihrem spöttischen, herausforderndem Lächeln zum Wahnsinn. Schließlich löste sie sich wieder auf.

Jadetränen drückte Lorso die Schüssel nun in die Hand und gab ihm mit einem Wink zu verstehen, er solle sie zurückbringen. Er machte sich zur Hütte auf, überlegte es sich jedoch anders und stellte sie auf die Bank neben der Tür. Als er sich umdrehte und aufrichtete, wartete Jadetränen. Ihre Hand packte den Knoten an seinem Kopf mit geübtem, sanftem Griff. »Schmerz schärft den Verstand. Nichts darf dir Leid zu fügen. Nichts, mein Sohn.«

Er blickte in das verwitterte, runzlige Gesicht. In den alten, erschöpften Zügen sah er, was nie zuvor jemand gesehen hatte. Liebe. Für ihn.

Die Bosheit, die Feindseligkeit, die Gier nach Macht, die dort wohnten, kannte er. Alle Skan kannten dieses Gesicht so gut wie den Geschmack von Meerwasser. Nur Lorso wusste um ihre Liebe.

Für gewöhnlich verscheuchte diese liebende Miene jede Furcht, linderte seine Niedergeschlagenheit. Darin fühlte sich Lorso umschlossen und beschützt.

Diesmal nicht. Schweiß rann ihm über die Stirn. »Etwas Schreckliches ist geschehen.« Die Worte kamen langsam. Er wollte am liebsten die Hand seiner Mutter ergreifen und sie an die Wange drücken.

Sie sagte: »Erzähl mir, was los ist. Wir haben stets deine Probleme gelöst. Erlaube mir, dir wieder einmal zu helfen, mein Sohn.«

Lorso starrte Domel an. Es war leichter, Haltung zu bewahren, wenn er einen anderen Mann zum Ziel seiner Gefühle machte. »Die Navigatoren haben eine geheime Versammlung abgehalten und mich nicht hinzugezogen.« Er fasste ihre Entscheidung zusammen und endete mit: »Überlass die Verhandlungen jemandem, der besser dafür geeignet ist. Bitte, Mutter, ich möchte hier bleiben.«

Ausdruckslos richtete Domel seine Aufmerksamkeit auf Jadetränen. Sie sprach zu ihm. »Warum durfte mein Sohn nicht teilnehmen?«

»Es war keine Versammlung. Die Männer haben sich einfach getroffen und über die Angelegenheit geredet. Alle stimmten überein. Daraufhin kamen sie zu mir und baten mich, es Lorso mitzuteilen. Das war keine Verschwörung. Was sie taten, geschah lediglich aus Respekt. Man wollte sich des Ruhms und Fortbestands der Skan versichern.«

Lange Zeit schwieg Jadetränen. Lorso wurde mit jedem Herzschlag besorgter. Endlich sagte die alte Frau: »Die Entscheidung der Navigatoren drückt den Willen der Skan aus. So hat es der erste Urahn festgelegt. Mein Sohn, Sklavenfänger, so ist es.«

Lorso schien zu schrumpfen. Jadetränen fuhr fort: »Dem Sklavenfänger wird befohlen. Der Sklavenfänger darf zurücktreten. Dafür gibt es Beispiele, und man braucht sich deswegen nicht zu schämen.«

»Dann trete ich zurück. Die Navigatoren haben mich hintergangen. Der Sklavenfänger kämpft. Andere reden. Danke, Mutter. Du hast mir den Weg gezeigt. Danke.« Lorsos Stimme klang belegt.

Jadetränen sagte: »Triff keine übereilten Entscheidungen.« Sie fasste ihn am Arm und lenkte seine Aufmerksamkeit auf den Hafen, wo die Haiboote anmutig im Hafen schaukelten wie Raubvögel. »Fahr mit einem kleinen Boot hinaus an die Stelle, wohin sich die Skan zum Nachdenken zurückziehen. Lausche dem Meer und dem Himmel. Faste. Zwei Tage lang. Dann reden wir erneut, und danach wirst du dich entscheiden.«

Lorso öffnete den Mund und wollte etwas erwidern. Der Blick von Jadetränen schnitt ihm das Wort ab. Sie stieß ihn in Richtung Hafen. Mit gesenktem Kopf trottete er davon.

Domel wartete, bis Lorso deutlich aus Hörweite war. »Das ist sehr riskant. Wir werden noch einen Wal mit einem Forellenköder fangen. Ich weiß, der Rauch benebelt den Verstand, so dass wir deine Gedanken wie die unseren betrachten, aber trotzdem mache ich mir ständig Sorgen, es könnte einmal nicht mehr funktionieren.«

Jadetränen leerte vorsichtig den Topf auf den Boden. Sie zertrat die Reste mit ihrem winzigen Fuß. »Du solltest dir lieber Sorgen darüber machen, was geschieht, falls jemand von unserer Zusammenarbeit erfährt. Der Stamm wäre sehr ärgerlich darüber, wie wir ihn beeinflussen. Was den Plan betrifft, so ist er gut. Gewiss birgt er Risiken. Für den Ruhm der Skan ist jedoch kein Risiko zu groß. Lorso wird genau das tun, was ich wünsche.«

»Du kontrollierst uns alle, nicht wahr, alte Frau? Hast du jemals etwas über den Bärenkult der nördlichen Kwa gehört? Sie reihen an den Wänden ihres Zeremonienhauses Bärenschädel auf. Manche Männer halten sich sogar Bären als spirituelle Führer. Wie Haustiere leben sie in der Hütte des Mannes. Die großen Silberbären. Ich kannte einen solchen Mann. Sein Bär wich ihm niemals von der Seite und tat alles, was der Mann ihm befahl. Eines Tages tötete der Bär den Mann. Fraß den Kopf des Mannes. Verschwand. Die Kwa holen sich Bärenköpfe, und der Bär nahm sich einen Kwakopf. Daraufhin bekamen die Kwa so große Angst, dass sie das Lager verlegten. Wir haben sie erwischt, bevor sie ihre Verteidigungsanlagen neu aufgebaut hatten. Vierzig Sklaven war der Überfall wert. Als wir aufbrachen, ließen wir niemanden lebend zurück.«

Jadetränen schnaubte gelangweilt.

Lorso hatte den Hafen der Skan bereits verlassen, während Domel noch auf dem Rückweg zur Festung war. Er steuerte das Boot am Ufer entlang, beobachtete den alten Mann und lächelte, obwohl er dieses hartnäckige Schwindelgefühl nicht loswurde. Bestimmt hatte es etwas mit dem Rauch zu tun. Jadetränen hatte ihn eingesetzt, um seinen Zorn zu besänftigen. Sie war sehr weise.

Sowohl Domel als auch Jadetränen hielten sich für sehr weise und, was Verschwörungen betraf, für sehr geschickt. Doch die Macht der Liebe hatten sie vergessen. Lorso lachte schallend, der Laut verfing sich im Segel und ritt mit dem Wind davon. Zwei Tage, hatte Jadetränen gesagt. Das bedeutete drei Nächte.

Die Sonne erwärmte das Holzboot, und Lorso war von tiefer Sorglosigkeit erfüllt wie seit seiner Kindheit nicht mehr, als er in diesen Gewässern geangelt hatte. Summend setzte er Kurs auf seine Lieblingsstelle, eine steile Klippe, die ins Meer gebrochen war. Dort, wo die alte verkümmerte Fichte aus dem Steinhang wuchs, band er seine Bugleine fest.

Er kramte in seiner Ausrüstung und nahm sich Leine und einen garnumwickelten Haken. Blinkend versank er in der blaugrünen Tiefe. Ein kleiner Fisch schoss aus einer Spalte hervor und biss an. Die Metallkugel taumelte zur Seite. Der Fisch floh zurück in sein Versteck, um dort über die hinterhältigen Täuschungen des Lebens zu sinnieren. Nachdem die Leine schlaff geworden war, zog Lorso sie ein, bis sein Köder knapp über dem Grund hing. Er riss daran und wusste, dort unten würde der Haken auf- und abhüpfen wie ein verkrüppelter junger Fisch, der auf dem Weg in seichteres Wasser ist.

Etwas zog hart an der Leine. Lorso gab eine Weile lang nach und begann dann, die Leine Hand um Hand einzuziehen. Bald hatte er einen wildschlagenden Karpfen an Bord gebracht, dessen gesprenkelte schwarzen und braunen Schuppen an eine feine Bronze- und Eisenarbeit erinnerten.

Ein schöner Strand in der Nähe lud zum Anlegen ein. Dort vertrieb Lorso sich den Nachmittag. Es war bereits dunkel, als er mit dem Essen fertig war. Er säuberte seine Zähne mit einer Gräte und entschied, es sei an der Zeit, zurückzufahren.

Mit der Sicherheit, die ihm eine von Generationen vererbte Erfahrung verlieh, segelte er durch die Finsternis. Jede Welle verriet ihm die jeweilige Formation der Küste. Gierte das kleine Boot, wusste er genau, welche Unterwasserströmung oder welcher Strudel die Bewegung auslöste, wie tief das Wasser war und wie lange er brauchte, bis er diese Anomalie hinter sich gebracht und die nächste erreicht hätte. Zusätzlich orientierte er sich an den Sternen und am unverwechselbaren Profil der Berge.

Dabei vermied er jeden Blick auf den Berg, der den Namen ›Sosolassas Schnabel‹ trug. Er redete sich ein, er verstoße dabei nur gegen die Befehle von Jadetränen, was nichts mit den Wünschen des Gottes zu tun hatte, und fuhr weiter. Das Grollen der fernen Brandung verwandelte sich in verärgertes Gemurmel, und er betete um Rat.

Für einen Mann vor Lorsos Art war es nicht schwieriger als

ein Spaziergang unter dem Sternenhimmel, mit dem Boot anzulanden und unentdeckt zu Jaleetas Hütte zu kriechen.

Sie wartete auf ihn, verlockend weiß vor der dunklen Nacht. Als er über die Schwelle trat, wurde er von dem perfekten Spiegelbild ihrer Liebe begrüßt: schattenhafte, heimliche Gestalten, die sich vor aller Augen verbargen und selbst für ihre eigenen kaum sichtbar waren. Ihnen gehörte eine Romanze der Dunkelheit, eine Leidenschaft, die keine Flammen erlaubte und doch alles schmelzen ließ. Ihre Zeit bemaß sich nach den Bahnen der Sterne, ihre Gespräche waren vom Drängen der Lust begrenzt.

Heute Nacht jedoch streckte Jaleeta die Hände aus und drückte ihn von sich fort. Sie seufzte. Lorso trat so rasch zurück, dass er ungeschickt über sein kürzeres Bein stolperte. Dann eilte er zum Bett, auf dessen Kante sie saß. Er umklammerte ihre Knie, und erneut schob sie ihn von sich. »Wie konntest du das tun? Ich dachte, du liebst mich. Du hast gesagt, du liebst mich. Du hast gelogen!«

»Gelogen? Ich? Worüber? Wann? Aber natürlich liebe ich dich.«

»Das sagst du jetzt. Um zu bekommen, was du willst. Heute bei Jadetränen hast du das Gleiche getan, nicht wahr? Du denkst nur an dich selbst.«

Verwirrt hockte sich Lorso auf die Hacken. »Was hat sie gesagt?«

»Dass du nicht mehr Sklavenfänger sein willst.«

»Dadurch können wir zusammen sein, Jaleeta. Dann muss ich nicht zum Mutterfluss und kann während der Zeit des Sturms bei dir bleiben.«

»Und was wird aus mir? Wenn du Jadetränen um meine Hand bittest, werden die Navigatoren mich zu einem gewöhnlichen Krieger gehen lassen? Oder einem Kapitän? Jadetränen behauptet, die Entscheidung, wer sich zu einer Sklavin ins Bett gesellen darf, liegt bei den Navigatoren, bis der Mann den Sklavenpreis bezahlt hat. Um mich auszulösen besitzt ein Kapitän nicht genug Felle, Jade und Gold. Der Sklavenfänger könnte mich umsonst bekommen, denn er wohnt den Versammlungen der Navigatoren bei. Aber du willst mich nicht.«

»Doch, ich will dich. Ganz bestimmt, und du weißt es.« Er drängte zu ihr vor. Sie widersetzte sich ihm, stieß einen leisen Schrei aus und wälzte sich auf der anderen Seite vom Bett. »Du willst mich. Der Sklavenfänger nicht. Ich liebe nur den Sklavenfänger.«

Wut, Kraft und Stolz brodelten in Lorso auf und brandeten wie eine vom Nordwind getriebene Welle gegen sein Selbstbild. Er erhob sich, wollte brüllen. Doch unterdrückte er den Laut und legte sein Verlangen in ein eindringliches Flüstern, das ihm im Hals kratzte. »Was immer du möchtest, was immer du brauchst, ich bin der richtige Mann dafür. Wer das Gegenteil behauptet, wer sagt, er wolle dich anrühren, muss sterben. Wenn du nur Sklavenfänger liebst, so komm zu mir.«

Ihre verschwommene weiße Gestalt rührte sich. Die Lederbespannung des Bettes seufzte. Und so auch Jaleeta, die Lorso in die Arme schloss.

Neunzehn

Der Kapitän aus Nion stieg aus dem Ruderboot an Land wie ein wachsamer, vorsichtiger Hirsch, der sich dem Wasser nähert. Dieses Benehmen war durchaus angemessen. Denn hinter jeder Ecke verbargen sich Raubtiere, unter anderem die Schwimmer der Skan, die dem Ruderboot still den Fluchtweg abschnitten.

Jadetränen und Domel warteten an einem kleinen Feuer. Domel hockte auf einem Baumstamm nahe an den Flammen und umklammerte mit den Händen die krummen Knie. Jadetränen saß ein Stück entfernt auf einem richtigen Stuhl. Sie trug ein schwarzes Kleid aus glänzendem Stoff, das im Feuerschein glitzerte. Ihr Hut mit breiter Krempe und Schleier verhüllte ihr Gesicht, während sie die Hände in den Falten ihrer Ärmel versteckte.

Der Nion trug Kampfkleidung. Die äußere Schicht bestand aus gesiedetem Leder, das mit glänzenden Verzierungen überzogen war. Auf die Brust war ein grimmiger Dämon gemalt, dessen eine Kralle einen schreienden Krieger hielt, während die andere sich einen weiteren Mann in das von riesigen Zähnen starrende Maul stopfte. Unter dem Leder verbarg sich ein Geflecht aus Bambusstängeln. Die dritte und letzte Schicht bildeten dünne Stahlplättchen. Die Rüstung bot guten Schutz, doch war sie schwer und machte die Bewegungen des Trägers langsam. Zwei Schwerter, ein langes und ein kurzes, hingen in geschmückten Scheiden an der linken Hüfte. Der Helm bestand aus vergoldetem Stahl, der kunstvoll in Form eines krähenden Hahns gestaltet war. Die ausgebreiteten Flügel waren aus richtigen Federn. Der Schwanz aus Stahl, der wie Federn gestaltet war, hing an Ringen herab und schützte den Nacken des Kapitäns.

Der Nion war kaum größer als Jadetränen, doch wesentlich breiter gebaut. Durch die Knieschützer wirkten seine Beine extrem stämmig. Die bloßen Arme waren mit festen Muskeln bepackt. Die dunkle Haut schimmerte im Licht der Flammen rötlich golden, und ständig schaute er sich mit den eigentümlich geformten dunklen Augen um. In der rechten Hand hielt er den Knauf seines langen Schwertes.

Hinter dem Schleier hervor verspottete Jadetränen den Nion: »So nervös, Hada? Wegen einer alten Geisterfrau und eines Greises, dem man schon beim Zuschnüren der Stiefel helfen muss?« In der stillen Dunkelheit hatte ihre rasselnde, eindringliche Stimme einen erdigen Beiklang, als käme sie geradewegs aus dem Wald.

Hada lächelte freundlich. Die Hand blieb auf dem Schwertknauf liegen. »Möglicherweise lauern im Wald Dinge, von denen selbst eine Geisterfrau nichts weiß. Lieber ein wenig zu vorsichtig, als hinterher das Nachsehen haben.«

»So ist es am Klügsten.« Domel nickte weise. »Gefällt dir der Plan?«

Hada machte mit der freien Hand eine wegwerfende Geste. »Was wäre leichter? Ich behaupte, ich hätte das Mädchen auf der Flucht gestellt und bringe es nach Ola. Sie gibt mir das Zeichen dafür, dass ich sie sicher übergeben habe, ich kehre damit hierher zurück, und ihr gebt mir die Jade, auf die wir uns geeinigt haben.«

»Und du bekommst den Sohn zurück, den du uns als Zeichen deines Vertrauens hier lässt.« Jadetränen imitierte Hadas Geste, wobei die klauenartige Hand langsam und fast höhnisch auftauchte und sofort wieder verschwand.

Zum ersten Mal hörte man deutlich Hadas Akzent. Hart erwiderte er: »Mein Sohn wartet im Boot. Habt ihr das Mädchen?«

Domel pfiff. Hinter Jadetränen raschelte es im Gebüsch. Hada erstarrte. Jaleeta und ihre Mutter kamen hervor. Die ältere Frau war in eine enge Lederhose gekleidet, über der sie einen Rock und eine Bluse trug. Jaleeta trug eine Robe, die der von Jadetränen ähnelte. Statt eines Hutes verhüllte eine Kapuze ihr Gesicht. Hada beruhigte sich und lächelte. »Es ist nicht notwendig, sie so vollständig zu verstecken. Meine Männer sind Gehorsam gewöhnt. Ihr droht keine Gefahr.«

Jadetränen beugte sich vor und hob warnend den Finger. Das lodernde Feuer sackte plötzlich zu flackernden Flämmchen zusammen. Die Glut zischte wütend. Alle außer Jadetränen fuhren zurück.

Langsam und mühselig richtete sich die alte Frau auf. Domel, der wieder Haltung gewonnen hatte, bot ihr seine Hand an. Gereizt schob sie diese zur Seite. Als sie sich erhob, gewann auch das Feuer erneut an Kraft. Die winzige Gestalt schien die Flammen mit hochzuziehen und mit ihnen zu verschmelzen. Während sie nun den Schleier zur Seite nahm und Hada anstarrte, war das Feuer wieder wie zuvor. »Die Nion ehren unseren Gott nicht, aber ich warne dich: Füge ihr ein Leid zu, so ist es, als würdest du Sosolassa ein Leid zufügen. Er ist die Macht des Meeres. Er hat das Feuer niedergedrückt, damit du seine Gegenwart begreifst.« Sie zögerte kurz und fuhr dann fort: »Der Austausch, Hada. Ich möchte den Jungen sehen.«

Hada blickte Domel an. Der Skan sagte: »Wir verschwenden Zeit. Du musst die Flut nutzen, damit du bis zur Dämmerung verschwunden sein kannst. Ehe wir die Sonnenuntergangsseite unseres Landes erreicht haben, müssen wir noch einen weiten Weg zurücklegen.«

Während Hada zum Boot unterwegs war, flüsterte Jadetränen Domel etwas zu, wobei ihr Blick starr geradeaus gerichtet blieb und sich ihre Lippen kaum bewegten. »Meine Befehle brauchen nicht von irgendwem bestätigt zu werden, Domel, und auch vor solchem Abschaum wie Hada nicht begründet zu werden. Vergiss nicht, wer ich bin.«

Domel antwortete leichthin: »Das vergisst niemand. Doch bedenke, Hada ist kein Skan. Er weiß deine ... guten Seiten nicht zu schätzen.« In seinem verstecken Lächeln drückte sich leiser Hohn aus.

Hada kehrte mit einem jungen Nion im Alter von vielleicht vierzehn Jahren zurück, dessen Haar auf Höhe der Ohren rundgeschnitten war. Sein Gesicht ähnelte stark dem seines Vaters.

Der Junge war ein bisschen größer als der Erwachsene und trug einen einfachen Pullover und eine Hose aus rauem Zwillich. Seine Stiefel waren aus hübschem, glänzendem Leder gefertigt; oben wurden sie von schweren Ledergamaschen bedeckt. Die Scheide des Schwertes, das an seiner Seite hing, war einfach. Mit aller Macht zwang er sich, vor Jadetränen keine Furcht zu zeigen. Doch als Jadetränen durch das Feuer auf ihn zutrat, sank sein Mut. Hätte er die Geistesgegenwart besessen, den anderen Männern einen Blick zu widmen, wäre ihm aufgefallen, dass ihnen vor Schreck ebenfalls der Mund offen stand. Jaleeta und ihre Mutter drängten sich aneinander.

Rauch stieg aus der Halsöffnung der Robe von Jadetränen auf. Auch unter ihrem bodenlangen Rock quoll er hervor. Sie umkreiste die beiden Nions. Der Junge zitterte heftig. Aus den Tiefen von Hadas Brust löste sich ein warnendes Knurren.

Jadetränen ging durch das Feuer zurück und vermied dabei sorgsam, auf den Farnwedel vor ihrem Stuhl zu treten. Er markierte die Seehundblase, die unter einer Schicht weicher Erde verborgen lag. Angesichts von Domels verängstigter Miene musste sie sich das Lachen verkneifen. Es war stets aufs Neue erstaunlich, welche Wirkung ein so einfacher Trick haben konnte. Eine Blase voller Wasser, von der ein Stück Seehunddarm mitten ins Feuer führte. Trat sie auf den Behälter, floss das Wasser in die Flammen und löschte sie teilweise. Und nasse Unterwäsche zu tragen, war zwar unbequem, aber kaum als Wunder zu bezeichnen.

Solch einfache Dinge. Und erwachsene Männer zuckten zusammen und glaubten plötzlich tief und fest an die Götter und ihre Rache. Sogar der arme Domel, der sicher war, dass es sich bei den meisten Taten von Jadetränen um simple Tricks handelte, wagte es nicht, Unglauben zu zeigen.

Sie blickte aus den Augenwinkeln zum heiligen Gipfel. Die Ideen für die Magie waren Sosolassas Gabe, wurden ihr zum

Ruhme seiner Göttlichkeit geschenkt. Humor für Sosolassa. Sie lachte mit dem Gott. Nicht allein. Niemals.

Jadetränen blickte Hada an. »Ein stattlicher junger Mann. Macht seinem Vater alle Ehre. Und seiner Mutter.« Auf die letzte Bemerkung hin wechselte die Miene kurz auf Hadas Gesicht. Die gefurchten Züge der Alten schienen zu zittern, als lache sie über einen Scherz, den nur sie selbst verstand. Sie fuhr fort: »Wie heißt er?«

Hada lächelte herablassend. Jetzt trat sein Akzent noch stärker hervor. »Du könntest es doch nicht richtig aussprechen. In euren Worten heißt er Axt.« Um dies zu verdeutlichen, machte Hada eine schneidende Bewegung.

Jadetränen antwortete: »Ich werde das Mädchen zur Seite nehmen und mich von ihm verabschieden. Du magst das Gleiche mit Axt tun, wenn du willst.«

»Nicht nötig.« Hada versteifte den Rücken, sein Gesicht wurde hart. »Nions Söhne kennen die Pflichten ihren Vätern gegenüber.«

»Dessen bin ich mir sicher.« Jadetränen nahm die schweigende Jaleeta am Ellbogen und führte sie ein Stück vom Feuer fort. »Verscheuche Zweifel und Furcht aus deinen Gedanken. Ich habe dir alles erzählt, was wir über Gan Moondark und diese Hexe Sylah wissen. Tu, was ich dir befohlen habe. Wenn du mich hintergehst, werde ich es erfahren. Weißt du, was dann geschehen wird?«

»Ja, ich weiß.« Ihre Antwort kam wie ein Seufzen, ein Schaudern.

Die alte Frau legte der jungen die Hand auf den Arm. Jadetränen kniff durch den Stoff ins Fleisch. Jaleeta schnappte nach Luft und wich zurück. Die Alte packte fester zu, woraufhin Jaleeta voller Schmerz stöhnte. »Was meinst du mit ›ja‹, du Närrin? Du weißt bestimmt nicht, was ich tun werde, noch wie ich es zu tun gedenke. Du gehorchst. Du ›weißt‹ gar nichts.«

»Ja, ja, ich w- ich verstehe. Ich werde genau das tun, was du verlangst. Ich schwöre es.«

»Gewiss. Weil deine Mutter hier ist. Es geht ihr gut, solange du Erfolg hast.« Jadetränen ließ los. Sie nahm den Arm in die andere Hand und strich über die gepeinigte Stelle. »Armer Schatz.« Die trockene Stimme versuchte zu trösten. Doch die Worte klangen wie das nervöse Surren von Wespenflügeln. »Manchmal denke ich, du hegst insgeheim die Hoffnung, mich eines Tages auszutricksen. Das hoffen alle. Früher oder später. Sie kommen mit ihren Hoffnungen und Träumen zu mir, mit ihrer Feindseligkeit, alles wunderbar als Wahrheit getarnt. Sie glauben, ich würde ihnen helfen. Ich benutze sie. Sie alle. Nach Sosolassas Wünschen. Und im Augenblick benutze ich dich. Gehorche und dir wird es gut ergehen. Komm. Dein Abenteuer beginnt.«

Unter einem flachen grauen Himmel, der mit feuchter Hartnäckigkeit auf die Erde drückte, holte das gedrungene Handelsschiff der Nion drei Tage später die Segel ein und schlingerte auf die Steinmole von Ola zu. Die Mannschaft warf den wartenden Booten Leinen zu, und Ruderer zogen das Schiff längsseits zum hölzernen Anleger. Sobald der Bug vertäut war, eilte Hada mit Jaleeta an Land. Im Tageslicht sah man, dass die Robe der jungen Frau mit den verschlungenen rot-schwarzen geometrischen Mustern der Skan verziert war. Überall im Hafenbereich verzogen die Männer hasserfüllt die Gesichter. Während die beiden auf das Land zugingen, folgten ihnen Blicke. Der sonst gewohnte Lärm und die Rufe verstummten, und nur das leise Seufzen des Windes in der Takelage war noch zu hören.

Lange, bevor Hada und Jaleeta das Südtor von Ola passierten, war Gan bereits auf die Mauer gestiegen. Neela begleitete ihn und hielt den jungen Coldar, der die Augen weit aufgerissen hatte, an der Hüfte. Zu Gans Rechter beobachteten Sylah, Bernhardt,

Carter und Anspach ebenfalls den Anmarsch des selbstzufriedenen Nion über die Grünfläche zwischen Burg und Stadt. Ihm eilte in kurzem Abstand Jaleeta, gebeugt und verhüllt, hinterher.

Carter sagte: »Das ist eine Frau, da bin ich sicher. Sie muss praktisch laufen. Rücksichtslos.«

Um sie zu reizen, antwortete Gan: »Oder ein Junge. In dieser Robe kann man das unmöglich erkennen …«

»Du weißt es ganz genau.« Über Carters Gesicht huschte ein Grinsen, das dem Unaufmerksamen leicht entgangen wäre. Gan dachte, wie typisch dieses Lächeln für die Frau war. Ihr Verstand war messerscharf, doch verlor sie allzu leicht die Beherrschung. Sie ging inzwischen ganz in der Kirche auf; die jungen Auserwählten bestätigten das. War sie mit ihnen zusammen, stellte sie die personifizierte Liebenswürdigkeit dar. Gan fühlte sich dann stets an eine Schneeleopardin mit ihren Jungen erinnert. Carter strahlte die gleiche würdevolle und zärtliche Liebe und Sorge aus. Er wusste ebenso, dass diese Geduld in rohe Wildheit umschlug, sobald ihren Kleinen auch nur die geringste Gefahr drohte.

Dennoch konnte er nicht vergessen, dass Carter einmal unter Belastung zusammengebrochen war. Dieses Ereignis lag wie ein Schatten über ihr.

Er schüttelte die Gedanken an Carter ab. Neela, die stets spürte, was in ihrem Mann vor sich ging, blickte ihn fragend und mit gerunzelter Stirn an. Gan sagte: »Der Nion ist fast da.«

Neela ergriff seinen Arm, als Gan sich zum Gehen umwandte. Er drehte sich überrascht zu ihr um. Sie lachte. »Du willst uns doch nicht hier lassen, während du dich mit diesem geheimnisvollen Nion und dem Skan unterhältst?«

Verwirrt ließ Gan den Blick in die Runde schweifen. »Seid ihr neugierig? Unvorstellbar. Das hätte ich nie vermutet. Natürlich könnt ihr mich begleiten. Aber vergesst nicht: benehmt euch anständig. Die Nions halten nichts von Frauen als Geschenken bei

Geschäften. Sie glauben, das bringe Unglück. Ich habe mich schon oft gefragt –«

Sylah unterbrach ihn. »Frage dich lieber, wie dein Leben aussehen wird, wenn du noch ein einziges Wort dieser Art von dir gibst, Gan Moondark. Ein einziges.«

Er grinste. »Ihr werdet euch hinter dem Vorhang verstecken, der den Raum teilt.« Er zeigte auf Coldar. »Trotzdem sollte er nicht mitkommen. Er wird nicht ruhig bleiben.« Coldar gab nichts auf die Worte seines Vaters. Er richtete seine Aufmerksamkeit auf den großen Zeigefinger, schrie fröhlich und griff danach. Vater und Sohn kicherten verschwörerisch. »Siehst du, Neela?«

Neela verzog gereizt das Gesicht. »Meine Damen, ihr geht voran. Ich werde jemanden suchen, der auf diesen kleinen Unruhestifter aufpasst, und dann nachkommen.«

Aber die Frauen von der Kirche begleiteten sie lieber. Während sie an Gan vorbeigingen, schnaubten sie.

Nachdem er allein war, verschwand die Fröhlichkeit von seinem Gesicht. Er rief Shara und Cho zu sich und stieg die Treppe hinunter.

Wer auch immer die Frau bei dem Nion war, sie verhieß nichts Gutes. Die Skan würden keine Frau schicken, wenn es sich um Verhandlungen drehte. Die Beziehungen zwischen den Nions und den Skan waren gespannt. Besorgt dachte Gan an seine eigenen Beziehungen zu den Nions, die ebenfalls schwierig waren. Diese Menschen waren aggressiv und verteidigten alles, was sie zu ihrem Besitz zählten. Und schlimmer noch, sie bewiesen kaum Urteilsvermögen, wenn sie entschieden, was ihnen zustand und was nicht.

Auf der anderen Seite bedeutete jeder Kontakt mit den Skan Blutvergießen. Wegen der Jade und des rosa-schwarzen Sostein trieben viele Handel mit ihnen. Im Gegensatz zu anderen Völkern, die das Meer als Weg betrachteten, von einem Punkt zum nächsten zu gelangen, hielten die Skan die See für ihr Zuhause. Ihre Siedlungen an Land dienten nur dem Zweck, die Haiboote nach der Rückkehr mit neuen Vorräten zu versorgen. Es kam nicht selten vor, dass ihre Schiffe zwei Jahre unterwegs waren und die Skan währenddessen handelten, raubten oder sich einfach die Zeit vertrieben.

Tief in seinem Herzen beneidete Gan sie dafür.

Jetzt musste er sich jedoch mit einer ihrer Frauen befassen. Möglicherweise einer Gefangenen des Nion.

Ein Jalailwolf mit rot-gelbem Armband auf seinem schwarz-weißen Hemd wartete auf Gan vor dem Versammlungssaal.

Gan erwiderte seinen Gruß. »Spricht der Nion unsere Sprache, oder brauchen wir einen Dolmetscher?«

Der junge Wolf verzog das Gesicht. »Er spricht zwar mit Akzent, aber sehr gut. Und ist ungeheuer von sich überzeugt.«

»Wirklich? Was hat er gesagt?«

»Nicht viel. Man merkt es eher an seinem Benehmen. ›Erkläre dem mächtigsten Krieger auf dieser Seite des Großen Meeres, dass ihn ein Vertreter des mächtigsten Volkes der Welt sprechen möchte.‹ Im Mund hat er Honig, aber in der Hand ein Messer, wenn du mich fragst.«

»Habe ich zwar nicht, hätte ich aber tun sollen«, antwortete Gan. »Was ist mit der Frau?«

»Die hat keinen Laut von sich gegeben. Bisher hat sie auch niemand zu Gesicht bekommen, da sie in diese Skanrobe gehüllt ist. Wahrscheinlich blendet sie jeden, der sie ansieht, sonst hätte man sie bei dieser Hitze doch nicht so eingepackt.«

Als Gan den Versammlungssaal von der Seite betrat, standen Hada und Jaleeta vor dem massiven Tisch, den man vor dem Vorhang platziert hatte. Auf den Vorhang waren stilisierte Wölfe gemalt, jeder in der Farbe eines Rudels. Sie waren im Halbkreis angeordnet und starrten mit entblößten Reißzähnen jeden an, der davor stand.

Gan wandte sich, flankiert von den Hunden, dem Nion zu. »Erkenne mich. Ich bin Gan Moondark.«

Der Nion sah ihn an, nahm Haltung an und verneigte sich dann aus der Hüfte, wobei er beide Arme ausstreckte. Die letztere Geste deutete Gan so, dass der Mann keinen Versuch unternahm, zu den Waffen zu greifen. Nachdem er sich wieder aufgerichtet hatte, umschloss er die linke Faust mit der rechten Hand und legte beide unter das Kinn. »Ich erkenne dich, Gan Moondark. Erkenne mich. Hada von den Nion. Wir sind das Inselvolk der Schwerter, welches dem Kaiser Mas, dem Eroberer, gehorcht.« Daraufhin senkte er die Hände.

»Ich erkenne dich, Hada«, erwiderte Gan. »Ich beglückwünsche dich dafür, dass du unsere Sprache so gut sprichst. Und ich entschuldige mich dafür, dass ich die eure nicht kenne.«

Hada sagte: »Das wäre auch unerwartet, Murdat.« Der Tonfall erweckte bei Gan den Eindruck, Hada würde genauso wenig erwarten, dass eine Kuh zu singen beginne. Gan erinnerte sich an die Worte des jungen Wolfes im Gang und entschied, dieser aufmerksame Mann gehöre befördert. Höflich sagte er zu Hada: »Deine Gedanken wurden gehört und begrüßt. Du bist der erste Nion, dem ich begegne, der Erste, der je um ein Treffen mit mir gebeten hat. Wie kann ich dir helfen?«

»Ich bin hier, um dir zu helfen.« Abermals ließ sich die versteckte Herablassung nicht überhören. Hada fuhr fort: »Mein Kaiser weiß von deinem Krieg mit den Skan. Im Stillen möchte er dich unterstützen, doch ist das sehr schwierig. Kompliziert? Ist dies das richtige Wort? Gut. Jedenfalls hatte ich auf See Glück. Vor drei Tagen sahen meine Männer in der Dämmerung ein kleines Boot. Nördlich von hier, zwischen der Skaninsel und dem Festland.« Er zeigte auf Jaleeta. »Sie war in dem Boot.«

»Ich will keine gefangenen Skan. Wie du weißt, gibt es in den Drei Territorien keine Sklaven. Bring sie dorthin, wo sie hingehört.«

»Sie gehört zu dir.« Hada lächelte. »Sag es ihm, Weib. Sprich.«

Jaleeta schüttelte den Kopf. Ihre zaghafte Stimme wurde durch die Kapuze gedämpft. »Ich erkenne dich, Gan Moondark. Erkenne mich. Ich heiße Jaleeta und stamme von den For.« Sie schob die Robe zurück, und Gan war sicher, er habe eine Bewegung hinter dem Vorhang wahrgenommen. Das überraschte ihn nicht. Jaleeta war von unglaublicher Schönheit. Mit grünen Augen voller Hoffnung und voller Angst schaute sie ihn an, während ihre roten Lippen sich zu einem schüchternen Lächeln verzogen. Die weißen Zähne und die blasse Haut passten vollendet zum obsidianschwarzen Haar. »Ich war eine Gefangene der Geisterfrau, einer bösen Person, die sich Jadetränen nennt. Sie dient dem falschen Gott Sosolassa. Ich habe ein Boot gestohlen und bin geflohen. Hada hat mich gefunden.«

Gan sagte väterlich: »Ich werde jemanden holen, mit dem du reden kannst, jemanden, in dessen Gegenwart du dich besser fühlst. Es muss dir unangenehm sein, deine Geschichte zwei Männern zu erzählen.«

Er ging hinter den Vorhang zur Gruppe, zu der sich nun auch Leclerc gesellt hatte. Gan gebot ihnen mit einer Geste Schweigen und deutete an, sie sollten vom Vorhang zurücktreten. Nachdem er Ordnung hergestellt hatte, sagte er laut: »Neela, komm bitte her. Nimm sie zur Seite und höre dir ihre Geschichte an.«

»Misstraust du dem armen Mädchen etwa?«

»Ich misstraue niemandem, und ich glaube niemandem. Ich will nur einfach mehr erfahren.«

Neela ging an ihm vorbei. Gan wandte sich den anderen zu, bat mit einem Achselzucken um Verständnis und eilte davon, um ihrer kalten Zustimmung zu entkommen.

Hada wartete geduldig. Neela und Jaleeta unterhielten sich bereits und hatten sich auf Stühlen so weit wie möglich von den Männern niedergelassen. Gan forderte Hada auf, sich an den Tisch zu setzen. Der Nion warf einen misstrauischen Blick auf den Vorhang, bevor er das Band löste, welches die Schwertscheide am Gürtel hielt. Feierlich legte er das Schwert auf den Tisch und packte es in der Mitte mit der Faust. Gan beobachtete ihn, ohne seine Neugier zu verhehlen.

Hada sagte: »Auf diese Weise sprechen Nionkrieger die Wahrheit – mit der Hand auf dem wichtigsten Gegenstand ihres Lebens. Ich habe dich belogen. Dieses Weib hat kein Boot gestohlen, sie ist auch nicht geflohen. Sie wurde mir übergeben, damit ich sie zu dir bringe. Für Handelswaren.«

»Die Skan haben dich bezahlt, damit du sie zu mir bringst? Ist sie krank?«

Erbleichend umklammerte Hada die Scheide. »Ich glaube nicht. Ich glaube nicht ...« Die Ungeheuerlichkeit des Gedankens schnürte ihm die Kehle zu.

»Warum erzählst du es mir jetzt?« fragte Gan.

»Die Skan denken, die Nion seien nur Handelsleute und hätten keine Ehre, und für Waren würden sie alles tun. Ich denke, das Weib ist ein Spion. Gan Moondark ist ein guter Mann, ein starker Krieger. Ich helfe dir. Einmal. Danach bist du der Murdat. Ich bin Nion. Wir halten uns an die Ehre, doch wir sind keine Freunde. Aber du darfst nichts verraten. Jadetränen hält meinen Sohn gefangen, bis du das Weib angenommen hast.«

»Deinen Sohn? Als Geisel?«

Hada zuckte gleichgültig mit den Schultern, sein Stolz war hingegen nicht zu übersehen. »Nion. Tapfer.«

»Jaleeta ist eine For«, erwiderte Gan. »Die sind Feinde der Skan. Wie sollte sie ihre Informationen an Jadetränen übermitteln? Das ist unmöglich. Jaleeta kann kein Spion sein.« Abwesend zupfte er am Ohrläppchen. »Außer, in der Stadt gäbe es bereits jemanden, der sich von den Skan bezahlen lässt. Trotzdem, was könnte sie schon herausfinden?«

»Mehr weiß ich nicht. Ich muss aufbrechen«, antwortete Hada. Er erhob sich und legte sein Schwert wieder an. »Jetzt spreche ich mit dem Weib. Sie hat ein Zeichen für mich. Das übergebe ich Jadetränen, und die händigt mir meinen Sohn aus.«

Gan begleitete den Nion zu Neela und Jaleeta. Neela begrüßte den Mann kalt. Jaleeta lächelte dankbar. Aus einer Tasche ihrer Robe zog sie etwas hervor und reichte es Hada. »Mehr kann ich dir nicht anbieten. Keine Belohnung, doch ein Andenken an jemanden, den du gerettet hast. Bitte, falls du je mit den Skan Handel treibst, richte ihnen Folgendes aus: ›Jaleeta von den For belegt die Skan für immer mit ihrem Fluch.‹« Gan überraschte die plötzliche Härte ihres Gesichts, die Rage in ihren funkelnden grünen Augen. Hadas' ernste Haltung schwankte. Jaleeta sagte noch: »Bitte, merke dir meine Worte genau.«

Hada nahm das Zeichen, verneigte sich knapp vor Neela und ging hinaus. Gan begleitete ihn zur Tür. Außer Sichtweite der Frauen zeigte Hada Gan das Zeichen. Es war ein kleiner goldener Krake. Mit einer Grimasse steckte Hada ihn ein.

Als Gan zu den beiden Frauen zurückkehrte, hielt Neela Jaleetas Hände. Neela sagte: »Jaleeta bleibt in der Burg. Sie hat furchtbare Angst vor dieser Frau, dieser Jadetränen.« Neela schauderte. »Was für ein fürchterlicher Name. So kalt.«

Mit großen unschuldigen Augen fügte Jaleeta hinzu: »Ich habe Neela die Wahrheit gesagt. Ich bin nicht geflohen. Jadetränen hat den Nion bezahlt, damit er mich hierher bringt. Sie hält seinen Sohn als Geisel, bis ich sicher hier eingetroffen bin. Ich soll euch ausspionieren. Sie sagte, falls ich nicht eine Möglichkeit finde, hier bei euch in der Burg zu bleiben, wird sie meine Mutter bestrafen.«

»Woher weiß sie, wo du wohnst? Kann sie so weit sehen?« Gan

spürte das Misstrauen in seiner Stimme und bemerkte Neelas Ärger.

Jaleeta nahm seine Frage als Stichwort. »Jemand wird zu mir kommen. Vielleicht morgen, vielleicht auch erst in einigen Monden. Ich muss vorbereitet sein. Aber vor allem möchte ich Jadetränen vernichten. Alle Skan. Sie haben meine Familie niedergemetzelt. Alle. Jadetränen sagt, ich sei ihre Waffe, ihr schrecklicher Gott habe mich ihr geschenkt, damit ich hierher gehe und euch schwäche. Die Skan und die Flussmenschen und ein Volk, das Windbande heißt, wollen alle Menschen in den Drei Territorien versklaven.« Plötzlich wurde die junge Frau von ihren Gefühlen überwältigt. Sie schluchzte, aber nur einmal. Stur reckte sie dann das Kinn nach vorn.

Neela war erbittert. »Darf sie jetzt gehen, Murdat? Keine weiteren Prüfungen ihres Mutes und ihrer Ehrlichkeit?«

Gan schüttelte den Kopf und entließ sie mit einem stillen, unabsichtlich rüden Wink. Dann, als er verspätet bemerkte, was er getan hatte, fragte er sich, ob diese Grobheit wohl seinem Instinkt entsprang.

Zwanzig

Leclerc starrte der verhüllten Jaleeta hinterher, während diese neben Neela durch den Gang davonging. Gan packte die Gelegenheit beim Schopf, betrachtete den Freund eingehend und war froh, seine Gedanken auf etwas anderes als den Unheil verkündenden seltsamen Neuankömmling richten zu können.

Leclerc hatte etwas Umständliches an sich, eine Art, als betrachte er die Welt von der Seite anstatt von vorn. Gan fragte sich, ob er deshalb davon überzeugt war, dass sich hinter Leclercs Fassade mehr verbarg, weil er seine Persönlichkeit nicht richtig zu fassen bekam.

Sylah bemerkte irgendwann einmal, dass sie stets Einsamkeit um Leclerc herum spürte. Neela stimmte dem sofort zu und meinte: »Ich glaube, er ist einsam, aber ich denke, er weiß es selbst nicht.« Gan lachte darüber. Die Frauen schenkten ihm einen von diesen Blicken, die besagen, dass Männer in der Hauptsache etwas von Hundesabber und Pferdeschweiß verstehen.

Vielleicht war es diese Kompliziertheit, die Leclerc von anderen unterschied. Interessant war auch, dass er bei der Wahl seiner Kleidung Weiß bevorzugte. Das erinnerte ihn an König Altanars alte Garde, die Männer mit dem ironischen Namen Beschützer. Gan war sicher, Leclerc könne sich keine Verbindung zwischen sich selbst und diesen Teufeln vorstellen. Falls überhaupt auf etwas, deutete das saubere Äußere auf sein Bewusstsein von den schöneren Dingen des Lebens hin. Nur die feinste im Rauch getrocknete Hirschhaut hatte die sahnige Farbe für Leclercs Lieblingshemden. Heute trug er eines von ihnen, dazu eine braune, grob gewebte Hose. Beide waren mit kleinen, hellen Mustern bestickt. Seine stets schwarzen Stiefel bestanden aus der besten Büffelhaut. Allerdings behielt er die Sitte bei, sie im Inneren der Burg in einer Tasche zu tragen, wenn er seine weichen Pantoffeln aus Elchhaut anzog.

Plötzlich verlor Gan die Geduld mit seinen umherschweifenden Gedanken und rief ihn: »Leclerc? Du hast vorhin gesagt, du wolltest mit mir sprechen.«

Leclerc zuckte zusammen, als habe er sich verbrannt. »Oh. Ja.« Er errötete und runzelte die Stirn. »Bestimmt weißt du noch, was alle über dieses Ding erzählt haben, das sie in Kos Mauertöter nennen; das Ding, das große Gewichte über weite Entfernungen schleudern kann. Ich habe mir etwas überlegt, mit dem man das

Schwarzpulver schleudern kann. Daher würde ich gern ein anderes Modell bauen.«

»Ein anderes?«

Mit fliegenden Händen malte Leclerc Bilder in die Luft und erklärte. Seine Versunkenheit war verschwunden. »Wir brauchen keine so große und schwerfällige Maschine wie den Mauertöter. Aber ein einfacher Bogen soll es auch nicht werden. Die Waffe muss mobil sein, so dass die Wölfe sie auseinander bauen und transportieren können.« Er hielt inne und grinste. »Würde es dir gefallen, Pfeile zu verschießen, die so dick sind wie zwei Daumen und so lang wie ein Arm? Und zwar wenigstens dreihundert Schritt weit? Die eine Tür durchschlagen wie ein vertrocknetes Blatt?«

Gan verbarg seine wachsende Aufregung hinter tödlicher Ernsthaftigkeit und antwortete: »Das würde mir sehr gut gefallen. Und dieses Ding könnte auch das Schwarzpulver verschießen?«

Leclercs kurzes Stirnrunzeln wirkte fast wie ein Zusammenzucken. »Das ist schon ein wenig schwieriger. Aber ich glaube, ich könnte es schaffen. An viel erinnere ich mich nicht ... wollte sagen, versprechen kann ich es nicht. Ich habe noch nie eine derartige Maschine gebaut.«

»Wenn jemand dazu in der Lage ist, dann du. Wir werden jede Hilfe benötigen, die wir bekommen können. Falls es einen harten Winter gibt, halten sich die Überfälle der Skan vielleicht in Grenzen. Doch mit dem Frühjahr werden unsere Feinde kommen. Die Drei Territorien sind erschöpft. Die Wölfe brauchen dich und deine Freunde. Ihr seid unsere ganze Hoffnung.«

Verlegen trat Leclerc von einem Fuß auf den anderen. »Wenn ich die Erlaubnis habe, fange ich sofort mit dem Projekt an. Ich benötige jedoch einige Materialien.«

»Nimm dir alles, was du brauchst.«

Leclerc warf einen Blick auf den Gang, in dem Jaleeta verschwunden war, dann ging er durch die Tür auf der anderen Seite hinaus.

Gan dachte über die neue Waffe nach. Dreihundert Schritt. Mit einem Pfeil, der an Gewicht die Lanze eines Hundekriegers übertraf. Der Magen drehte sich um, als er sich an den Abscheu und den Ekel erinnerte, die ihn angesichts des durch das Schwarzpulver verursachten Gemetzels befallen hatten. Magie war nicht die Art, mit der ein Mann den anderen unterwarf.

Doch der Gan Moondark, der die Drei Territorien beherrschte, begrüßte die Magie. Er hasste sie und hortete sie wie ein Geizhals seinen Reichtum.

In schlechter Stimmung verließ er den Raum. Die einfühlsamen Hunde folgten ihm in großem Abstand. Er nahm zwei Stufen mit jedem Schritt und eilte in das Badezimmer in seinem Stockwerk. Darauf, Neela dort vorzufinden, war er nicht vorbereitet. Sie lächelte ihm zur Begrüßung entgegen. Obwohl ihm ganz andere Dinge durch den Sinn gingen, beschleunigte sich sein Puls angesichts ihrer nackten Gestalt in der großen steinernen Badewanne. Dampf verzerrte ihren unter Wasser liegenden Körper noch mehr; ein klarer Blick war nicht vonnöten. Eigentlich steigerte das verschwommene Bild seine Aufregung sogar noch. Sie sagte: »Ich habe auf dich gewartet.«

»Gewartet? Ich wusste selbst nicht, dass ich hierher komme.«

Sie lachte fröhlich. »Wenn du Probleme hast, kommst du fast immer hierher. Das Mädchen, Jaleeta, beunruhigt dich. Deshalb wusste ich, wir würden uns hier treffen.«

Er schloss die Tür hinter sich. »Demnach erhalte ich jetzt einen Ratschlag von dir, nicht wahr?« Er zog sich aus.

»Sie haben ihre ganze Familie getötet, Gan. Die Mutter ist die Geisel dieser alten Frau.«

»Welcher alten Frau?« Nachdem er sich in die Wanne gesetzt hatte, tauchte er den Kopf bis über die Ohren ein.

Neela zog ihn an der Stirnlocke nach oben. »Lass die Ohren draußen, damit ich mit ihnen reden kann.« Sie erklärte ihm Sosolassa und die Religion der Skan und auch den Platz, den Jadetränen darin einnahm. Dann berichtete sie über Jaleetas Gefangennahme und ihr Leben bei den Skan. Sie endete mit: »Wenn ein so grausamer Mensch Gewalt über deine Mutter hätte, würdest du nicht auch vorgeben, alles zu tun, was man von dir verlangt?«

Mit geschlossenen Augen erwiderte Gan: »Ich habe meine Mutter niemals kennen gelernt. Wie kann ich darauf antworten …?«

Neela tauchte ihn unter. Er erhob sich schnaufend und hustend, räusperte sich und ergab sich dann. »Deine überlegene Beredtheit überwältigt mich. Ich verspüre den unwiderstehlichen Drang, dir mitzuteilen, weshalb Jaleeta mein Misstrauen erregt. Weil sie uns nämlich nicht die ganze Wahrheit über sich selbst und darüber erzählt hat, aus welchem Grund sie hier ist. Sie hat bei dieser Geisterfrau – Jadetränen, sagtest du? Seltsamer Name – fast vier Jahre lang gewohnt. Weißt du vielleicht, welche Arbeit ihr die Alte auferlegt hat? Ich glaube nicht. Und wundert es dich nicht, dass eine so wunderschöne Frau keinen Verehrer hat? Und eins noch.« Er hob die Hand, um die wütende Entgegnung abzuwürgen, die er erwartete. »Oh, sie sagt, Jadetränen hätte sie geschickt, damit sie bei uns spioniert und das, was sie in Erfahrung gebracht hat, einer unbekannten Person übermittelt. Aber wozu soll sie uns bespitzeln? Um unsere Gespräche zu belauschen? Unsere Essgewohnheiten zu erfahren? Oder unsere Lieblingsfarben? Denk an diesen mysteriösen Verschwörer; wenn ich Jaleeta Glauben schenke, muss ich jeden verdächtigen, der sich ihr nähert. Und dieses Misstrauen hilft allein unseren Feinden.«

»Sie hat mir bereits versprochen, alle zu verraten, die zu ihr kommen.« Neelas überlegenes Lächeln blitzte erneut auf wie ein scharfes Messer.

»Nach dem, was du mir über diese Jadetränen erzählt hast, und dem, was ich über die Skan weiß, würde es mich nicht wundern, wenn sie einen falschen Kontaktmann zugunsten des Richtigen opfern.« In dem dunstigen, von Apfelaroma erfüllten Raum breitete sich unbehagliches Schweigen aus. Als Gan sich vorbeugte und Neelas Kinn in die Hände nahm, reagierte sie nicht. Sie senkte den Blick. Er fragte: »Was denn? Was habe ich Falsches gesagt?«

Sie schüttelte den Kopf, soweit es sein Griff erlaubte. »Nicht, was gesagt wurde, sondern wer es sagte.« Sie sah ihn besorgt an. »Der Gan, in den ich mich verliebt habe, die Nachtwache, mein treuer Träumer, hätte ein solches doppeltes Spiel niemals vermutet. Jetzt musst du über solche Dinge nachdenken. Und du gewöhnst dich daran. Was haben wir dir angetan?«

»Niemand hat mir etwas angetan. Aber das erwartet man von mir. Ein Mann von den Hundemenschen regiert drei Königreiche.« Er ließ sie los, schloss die Augen und lehnte sich zurück.

»Die Prophezeiung –«

Gan schnitt ihr das Wort ab. »Die Prophezeiung. Ich kann mich daran erinnern, dass du gesagt hast, du würdest auf die Prophezeiung meiner Mutter nichts geben.«

»Ich habe gesagt, das wäre nicht das, was du willst, einfach wegzulaufen. Ich stehe auf deiner Seite.«

Zerknirscht lehnte sich Gan an ihre Schulter. »Ich habe Verpflichtungen. Die Barone aus Harbundai – Fir, Galmontis, Jalail, Malten, sie alle – führen seit Generationen in wechselnden Bündnissen Krieg gegeneinander. Eines der wenigen Dinge, die sie gemeinsam haben, ist das traditionelle Misstrauen der Olaner, und das aus gutem Grund. Ich bin der Einzige, dem sie vertrauen. Wenn ich sie verlasse, werden sie wieder miteinander streiten, und sobald der Frühling kommt, sind sie ein Opfer der Skan, der Windbande und der Flussmenschen.«

»Für ihr Schicksal bist du nicht verantwortlich.«

Gan drehte sich um und schaute sie an. »Sieh mir in die Augen und wiederhole das.«

Neela blickte zur Seite und tat, als wolle sie gehen. Sanft und doch bestimmt hielt er sie an der Schulter fest. Der Dampf aus dem Bad verhöhnte ihre Anspannung, seine formlosen, duftenden Tentakel trieben sorglos dahin. Endlich antwortete Neela: »Das ist nicht fair.«

Gan seufzte erleichtert und lächelte schief. Er beugte sich zu ihr vor und küsste ihre Wange. »Ich erkläre dir, was unfair ist. Ich bin hinter einer verschlossenen Tür mit meiner Frau nackt im Bad, und wir reden nur.«

Sie blitzte ihn an und wandte erneut den Blick ab. Ihr Kinn schob sich vor. »Das … das ist typisch Mann. Wir müssen über solche Sachen reden. Es ist ernst.«

»In meinem ganzen Leben habe ich noch nie etwas ernster gemeint.«

»Nein, Gan, ehrlich. Hör auf.« Sie packte seine Hände, als sie von den Schultern abwärts glitten. Dann wollte sie aufstehen und aus dem Wasser steigen, bemerkte jedoch, welcher Körperteil dabei sichtbar wurde. Sofort sank sie zurück.

Einen Moment lang war sie verärgert und sagte sich, für alles und jedes gebe es den richtigen Augenblick, und zu zweit und unbekleidet zu sein, habe nichts mit wichtigen Angelegenheiten zu tun. Oder sollte wenigstens nichts damit zu tun haben, und sie müsse sich dessen bewusst sein. Sollte es wenigstens.

Nun, sie war sich seiner bewusst. Er roch an ihrem Haar. Schmiegte sich an sie. Es war noch nicht zu spät, sich entschlossen zu zeigen, ihn von sich zu schieben und darauf zu bestehen, die Unterhaltung über seine Probleme fortzusetzen.

Nicht, dass er ihr nicht vertrauen würde, sie nicht um Rat bat. Er fragte sie. Vertraute ihr.

Sie hatten einfach zu wenig Zeit, um sich miteinander zu vergnügen …

Das war ein gefährliches Wort. Zu wenig Zeit, um zueinander zu finden.

Vergnügen war besser. Bestimmt. Man konnte genausogut ehrlich sein. Und er sah so gut aus. Stark war er. Stark? Wie waren seine Hände an diese Stelle gelangt, obwohl sie die Arme doch festhielt?

Sie hob den Kopf, denn seltsamerweise lag ihr Gesicht plötzlich an seiner Schulter, und blickte ihn an. »Bist du sicher, dass die Tür verschlossen ist?«

Er grinste. Zwinkerte. »Das habe ich als Erstes gemacht, als ich hereingekommen bin.«

Eigentlich hätte sie das abermals ärgern müssen. Er hob sie hoch und trug sie die Stufen hinauf aus der Wanne. Sie schlang die Arme um seinen Hals, zog jedoch der Form halber einen Schmollmund. »Du bist wirklich ein hinterlistiger Kerl.«

Er grinste noch breiter. »Einfach typisch Mann.«

Am folgenden Morgen saß Leclerc über Bernhardts Tisch gebeugt und kritzelte wild vor sich hin. Sein Schreibutensil war ein Federkiel. Die Grundlage, die er fleißig mit Skizzen bedeckte, war Haut. Während der Arbeit murmelte er Bernhardt zu: »Ich hasse es, mit diesem Holzkohle-Wasser-Gemisch auf Leder zu schreiben. Für einen Block Papier und einen Kugelschreiber würde ich meine Seele verkaufen.«

Bernhardt klopfte ihm auf die Schultern, lächelte mitfühlend und schalt ihn: »Hüte deine Zunge, Louis. Wegen solchen Geredes könnten die Menschen hier auf die Idee kommen, deine Seele von allen irdischen Sorgen zu befreien.«

»Ich weiß.« Wütende Resignation begrub die Worte. Doch sofort hellte sich seine Miene wieder auf. Er setzte sich aufrecht und zeigte mit dem Federkiel auf das Bild. »Das ist es. Ja, das wird funktionieren. Genauso habe ich es in Erinnerung. Um diese Schäfte werden Sehnen gewickelt, und die ziehen den Wurfarm zurück, siehst du? Natürlich werde ich noch eine Winde anbringen, aber das ist leicht. Der Abschussmechanismus wird ein Problem.«

Eine andere Stimme mischte sich ein. »Na, was guckt ihr euch denn so begeistert an?« Von Sue Anspach gefolgt, betrat Janet Carter Bernhardts kleine Zelle in der Irisabtei. Die Gegenwart von vier Erwachsenen in dem winzigen Raum behinderte den Luftdurchzug zwischen dem Fensterschlitz und der Tür. Möbel gab es nur wenige: ein schmales Bett, einen Tisch, kaum groß genug für die Waschschüssel, den Krug und Leclercs Arbeit. Und einen einsamen Stuhl. Eine Kiste unter dem Bett stellte die einzige Möglichkeit dar, etwas zu verstauen. Ein hoher Kerzenständer stand in einer Ecke auf dem Boden. Direkt dahinter hing unglaublich anachronistisch Bernhardts Gewehr an einem Nagel.

In ihren schwarzen Roben schienen die Neuankömmlinge das Licht zu absorbieren. Bernhardt sagte: »Conway hatte Louis berichtet, der Mondpriester benutze einen übergroßen Bogen, um damit Pfeile zu verschießen. Louis meint, die besseren Katapulte seien anders. Er will eins konstruieren.«

Carter sprach zu Leclercs gebeugtem Rücken: »Ich dachte, du wolltest den Menschen beibringen, wie sie Gewölbe bauen können. Bessere Straßen. Aquädukte. Conway und Tate führen Krieg; sollen sie sich doch um dieses Katapult kümmern.«

»Glaub mir, gern entwerfe ich bestimmt keine Waffen, aber niemand von uns wird noch irgendwelche seiner Ziele weiter verfolgen, wenn Gan besiegt wird. Hast du die Erntemeisterin schon vergessen? Stell dir vor, was sie mit deinen kleinen Auserwählten tun wird, die Lesen und Schreiben gelernt haben.«

Anspach mischte sich ein. »Janet meinte doch nur, du seist ein zu guter Mann, um mit solchen Dingen deine Zeit zu verschwenden. Diese Welt braucht so vieles. Du könntest es erschaffen.«

»Danke, Sue. Ich kann dabei helfen, ich weiß. Aber diese Sache ist trotzdem wichtig. Im Frühjahr wird sich die ganze Welt auf uns stürzen.«

Carter wollte sich nicht überzeugen lassen. »Größere und bessere Waffen sollen dabei einen Unterschied ausmachen? Was ist mit Verhandlungen? Vernunft und eigene Interessen?«

Leclerc wandte sich von seinen Skizzen ab und drehte sich langsam um. »Dazu braucht man zwei. Gan hat bereits Boten zur Windbande und zu den Skan geschickt und um Unterredung gebeten. Aber dabei wird nichts herauskommen. Sieh dir allein die Veilchenäbtissin hier in Ola an. Sie hasst Gan. Er tut mehr für die Kirche und die Auserwählten als jeder andere je zuvor, und die halbe Kirche verabscheut ihn.«

Anspach warf ein: »Wir verabscheuen nur, dass du solche Sachen machst.«

»Ich nicht.« Die Verlegenheit in Bernhardts Miene wurde von zaghafter Entschlossenheit überlagert. »Louis tut, was er tun muss, damit wir weiterhin das machen können, was wir machen wollen.« Während sie sprach, behielt sie die anderen Frauen aufmerksam im Auge. Dabei schob sie sich näher an ihn heran.

Leclerc dankte Bernhardt mit einem Blick. »In diesen Kulturen gibt es kaum Tradition mit Schlichtungen; jedenfalls nicht so, wie wir es verstehen. Gespräche finden, wenn überhaupt, nach dem Kampf statt, nicht davor.«

»Wir werden das ändern.« Eigentlich konnte man von dem Trio Anspach am wenigsten Unverblümtheit vorwerfen, doch jetzt reckte sie das Kinn vor. »Die Auserwählten der Irisabtei werden gebildet aufwachsen. Wenn sie von hier als Missionarinnen der Kirche ausziehen, werden sie nicht nur bloße Heilerinnen und Kriegsheilerinnen sein. Sie können die Bildung verbreiten.«

»Gan besteht darauf, dass seine Offiziere Lesen und Schreiben lernen sollen«, hielt Leclerc dem entgegen.

»Mit dieser Situation bin ich auch nicht so richtig glücklich«, sagte Carter, deren Miene sich verdüsterte. »Wir haben die Machtelite in allen Stämmen kennen gelernt, mit denen wir Kontakt haben. Der Gedanke, dass Waffen und Bildung sich in der Hand einiger weniger befinden, macht mir Sorgen. Das ist ein Rezept, mit dem ein Kastenwesen entsteht.«

»Sicherlich«, antwortete Leclerc beschwichtigend. »Wir sind diejenigen, die die Verantwortung für Gerechtigkeit übernehmen müssen. Eitel Freude und Sonnenschein werden dafür nicht genügen. Deshalb sollten wir auf Führerschaft und Stärke setzen.«

Eine Auserwählte erschien sittsam in ihrer Miniaturausgabe der Kirchenrobe an der Tür. »Die Frau des Murdats kommt«, verkündete das Mädchen feierlich. »Sie bringt diese Jaleeta mit.«

Bernhardt dankte dem Mädchen und schickte es in die Abtei zurück. Die vier entschieden sich, ihre Gäste draußen zu begrüßen, denn das Wetter war schön. Nachdem man sich bekannt gemacht hatte, ging man im Kräutergarten der Abtei spazieren, wobei Jaleeta bei jedem Schritt ein neues Wunder entdeckte. »Alle sagen, wie wunderbar Ola ist, aber es übertrifft die Schilderungen noch. Niemand hat je so hohe und dicke Mauern gesehen. Und die Gärten sind so groß. So viele Blumen.«

»Was ist mit dem Dorf der Skan?« fragte Carter. »Wie leben sie?«

Jaleeta durchbohrte die Fragestellerin mit einem Blick, und für einen Moment wurden ihre Züge hart und wachsam. »Grausame Menschen. Sie behaupten, andere würden nur existieren, um den Skan zu dienen.« Während die anderen schweigend weitergingen, berichtete Jaleeta ihnen von ihrer Gefangennahme. Bei der Beschreibung der Foltern, denen sie und ihre Mutter im Dorf der Skan ausgesetzt gewesen waren, weinte sie.

Alle drängten sich um sie, sprachen ihr Mitgefühl aus und versicherten ihr, sie brauche die Erzählung nicht fortzusetzen. Jaleeta beharrte jedoch darauf. »Wie sonst könnt ihr verstehen, aus welchem Grund ich sogar zustimmte, mein Volk zu verraten und den Mann, der mir und meiner armen Mutter helfen kann, auszuspionieren? Ihr müsst erfahren, wie sie sind. Sie verehren einen Kraken, den sie Sosolassa nennen, und ihre Religion besteht aus Furcht und schrecklicher Magie. Die Geisterfrau, Jadetränen, ist sehr, sehr, sehr alt. Und hässlich. Liebe ist ihr unbekannt, und sie hasst jeden, der dieses Gefühl empfindet.« Plötzlich ergriff Jaleeta den Arm, der ihr am nächsten war und der zufällig Leclerc gehörte. »Bitte, ihr alle, meine neuen Freunde; ich vertraue euch. Ich weiß, ihr werdet mich beschützen, und ich würde mein Leben für euch geben. Lasst mich nie wieder in ihre Hände fallen. Tötet mich lieber. Ich würde die Hand küssen, die das Messer führt, das schwöre ich.«

»Genug davon.« Neela eilte zu Jaleeta und schob Leclerc zur Seite. »Wir besitzen ebenfalls Magie. Zum Beispiel Louis Leclerc. Er kennt mehr Geheimnisse, als Sterne am Himmel leuchten. Diese Frauen können lesen und schreiben. Conway und Tate sind große Krieger. Unsere Freundin aus der Kirche, Sylah, ist die Blume, die uns seit Generationen verheißen wurde.« Neela hielt Jaleeta auf Armeslänge vor sich und lächelte zuversichtlich. Sie warf den Kopf hin und her, und die Sonne glänzte warm auf ihrem goldenen, hüftlangen Haarschopf. Hinter Jaleeta zog etwas ihre Aufmerksamkeit auf sich. »Und wir haben genauso große Anführer.«

Jaleeta drehte sich mit den anderen um. Neela winkte Emso und Wal zu ihnen.

»Der mit dem finsteren Blick ist Emso«, erklärte Neela. »Der Schwarzbärtige ist ein For, einer von deinem Volk.«

Mit einem lauten Juchzer löste sich Jaleeta von Neela, rannte zu

Wal, warf die Arme um ihn und umschlang ihn. Wal erstarrte verwirrt. Emso heulte vor Lachen. Endlich wandte Jaleeta das Gesicht mit Freudentränen in den Augen Wal zu. Fast stammelnd sagte sie: »Wal, Seeräuber und Kaufmann. Ich bin Jaleeta, die Tochter von Narom Segler. Erinnerst du dich an mich?«

»Du bist tot.« Wals Augen, die er im Schock bereits weit aufgerissen hatte, traten noch mehr vor. »Das Frühjahrsfest ... die Skan ...«

»Ich konnte fliehen. Sie nahmen mich gefangen und übergaben mich Jadetränen. Ich bin entkommen.« In abgehackten Sätzen fasste sie ihre Geschichte zusammen. Schließlich verschwanden die Tränen, nur das freudige Lächeln blieb zurück. Am Ende wirbelte Wal sie in einem verrückten Tanz im Kreis. Die Kapuze flog ihr vom Kopf und enthüllte eine Kaskade rabenschwarzen, glänzenden Haars. »Sieh dich an!« jubelte Wal. »Du warst ein magerer kleiner Wellenläufer, die Augen waren zu groß für den Kopf, und du hast immer nur gekichert. Niemand wollte etwas von dir wissen. Und du lebst.«

Die Aufregung in Wals Stimme ebbte ab. Er wurde traurig. Jaleeta verstand seinen Blick und sagte: »Nur ich, Wal. Und meine Mutter. Jadetränen hält sie gefangen, damit ich sie nicht hintergehen kann.«

Wal nickte grimmig. »Wir werden dich beschützen. Wenn wir die Skan zermalmen, werden wir deine Mutter retten.«

»Das kann mir niemand versprechen.« Jaleeta legte die Hände auf seine Oberarme und drückte sich von ihm zurück. »Vielleicht bringen sie sie schon morgen um. Die Skan brauchen nicht einmal einen Grund zum Töten. Das habe ich erlebt. Versprich mir nichts. Außer Rache. Darum bitte ich dich.«

»Du sollst deine Rache bekommen.«

Carter unterbrach die beiden. »Jaleeta, da ist noch jemand, den du kennen lernen solltest. Emso. Er gehört zu Gans Männern der ersten Stunde. Emso ist neben Gan der Einzige, der die Streitmacht der Drei Territorien befehligt hat.«

Emso errötete. An die Stelle seiner für gewöhnlich düsteren Miene trat ein unbehagliches Lächeln. Er nickte höflich. »Was Wal sagte, entspricht der Wahrheit. Hier bist du sicher.«

»Die Skan werden kommen. Im Frühjahr. Eigentlich sollte ich das nicht wissen.«

Emso warf Wal einen kurzen Blick zu und wandte sich wieder an Jaleeta. »Wir bereiten uns auf sie vor.«

»Sie beherrschen das Meer. Viele, viele Haiboote und Krieger haben sie. Die Flussmenschen wollen ihnen helfen.«

Diesmal blickte Emso Wal wesentlich länger und bedeutungsvoller an. Der schwarzbärtige For näherte sich. Emso fragte: »Was weißt du über die Flussmenschen?« Seine Stimme klang ungewohnt sanft. Die zusammengekniffenen Augen verrieten Sorge.

Jaleeta trat nervös zurück. »Jadetränen hat einen Adoptivsohn, Lorso. Er ist der Sklavenfänger. Das ist so eine Art Kriegshäuptling. Sie hat ihn zum Mutterfluss geschickt, um mit den Flussmenschen und der Windbande zu reden.«

»Hast du das dem Murdat erzählt?« fragte Wal.

Jaleeta deutete auf Neela. »Bisher hat man mich nur über mich selbst ausgefragt. Habe ich etwas Falsches gesagt? Warum sind alle böse mit mir?«

»Niemand ist böse auf dich.« Leclerc trat heran und sah Emso und Wal missbilligend an. »Du berichtest uns da etwas, das wir bisher nicht wussten. Und zwar keine guten Neuigkeiten.« Er bemerkte die Besorgnis in Jaleetas Gesicht und fügte hastig hinzu: »Wenn auch sehr wichtige Neuigkeiten. Wir müssen es sofort Gan mitteilen. Alles.«

»Wirst du mitkommen?« Auf sein Nicken hin drehte sie sich, ehe er antworten konnte, zu Emso um. »Und du? Janet Carter behauptet, er würde euch beiden vertrauen, aber mich kennt er nicht.«

Emso erwiderte: »Von allen Menschen in den Drei Territorien bist du diejenige, die am wenigsten Grund hat, uns über die Skan zu belügen.«

»Danke. Und auch dir, Neela, weil du mich mit deinen Freunden bekannt gemacht hast. Schon vorher habe ich mich sicher gefühlt. Jetzt spüre ich, dass ich mich sogar wehren kann, wenn auch nur auf die Art von Frauen.«

Die drei im Schwarz der Kirche beobachteten die anderen, die nun auf die Burg zueilten. Bernhardt ging langsam auf die Abtei zu, blieb jedoch stehen, als sie Carters nachdenkliches Sinnieren bemerkte. »Das ist eine komplizierte, verdrehte Angelegenheit. Habt ihr gesehen, wie sie die drei Männer um den Finger gewickelt hat? Ich habe ja schon einige Schliche von Frauen erlebt, aber das war eine knallharte Eva in Reinform.«

»Oh.« Bernhardt zog den Laut verächtlich in die Länge. »Sie ist jung und hübsch und verängstigt. Dem kann kein Mann widerstehen.«

Carter wandte sich zu ihr um. Sie nahm Bernhardt am Ellbogen und schob sie sachte auf die Abtei zu. »Bloß eins von den Dreien stimmt nicht: Sie ist nicht verängstigt.«

Anspach war anderer Meinung. »Doch. Ich hab's selbst gesehen.«

»Wir haben irgendetwas gesehen. Zum Beispiel war sie ganz normal, als Louis meinte, sie solle mit Gan sprechen, bis er hinzufügte, sie müsse ihm ›alles‹ erzählen. Ich schwöre, da ist sie zusammengezuckt, aber da war etwas. Ganz kurz. Möglicherweise hat sie nur die Miene verzogen. Aber gesehen habe ich etwas.«

»Unfug«, widersprach Anspach. »Kate hat recht. Das Mädchen fürchtet sich. So einfach ist das.«

Carter ließ sich nicht überzeugen. »Falsch und nochmals

falsch. Sie hat keine Angst, jedenfalls nicht so, wie wir sie hätten. Und außerdem: Wenn ihr glaubt, unsere dunkle bezaubernde Schönheit sei noch ein kleines Mädchen und keine junge Frau mit sexuellen Erfahrungen, dann solltet ihr besser ein paar Stunden auf einer Wiese verbringen und die Bienen und Vögel beobachten. Vertraut mir.«

Kate Bernhardt gab sich sarkastisch. »Und wann bist du zur Expertin für verlorene Unschuld geworden?«

Drahtig, wie sie war, richtete sich Carter stolz auf. »Du stehst vor einer Frau, deren Vollkommenheit etliche Männer in die tröstenden Arme von Wesen wie Jaleeta getrieben hat.« Carter wirbelte herum und breitete die Arme aus, wobei sich ihre Robe aufbauschte. »Ich präsentiere: Janet Carter, neu in dieser Welt, aber nichtsdestotrotz die Koryphäe auf dem Gebiet der zeitlosen Prinzipien, wie man eine Romanze vermasselt. Ich erkenne einen *Sukkubus,* wenn mir einer über den Weg läuft. Wenn wir diesem Püppchen seinen Kopf lassen, sind wir alle zu ewigem Ledigsein verdammt.«

Anspach und Bernhardt fielen mit Spott über sie her. Die beiden packten ihre Freundin bei den Armen und nahmen sie in die Mitte. Bernhardt wagte nicht, Carter in die Augen zu sehen.

Jaleeta stand in der Mitte des Raums und hatte die Hände vor dem Bauch gefaltet. Weil sie den Kopf gesenkt hielt, konnte sie die Magd nur bis zur Taille sehen. Doch am herablassenden Tonfall der anderen jungen Frau erkannte sie trotzdem, dass diese eine spöttische Miene aufgesetzt hatte. »Neela sagte, du sollst in diesem Zimmer wohnen. Als Altanar noch König war – damals bin ich in der Burg in Dienst getreten –, war dies alles ein Quartier für Diener.« Jaleeta bemerkte die Bewegung des bodenlangen Rocks ihres Gegenübers und wusste, sie machte eine weite Geste. Obwohl Jaleeta versucht war, aufzuschauen und zu sehen, was ›dies alles‹ bedeutete, zwang sie sich zu mäuschenhafter Demut. Die Magd fuhr fort: »Eines Tages werden die Zimmer viel schöner sein. Für wichtige Gäste.«

Diese sorglosen Beleidigungen ärgerten Jaleeta. Die Frau wusste, dass ihr Schützling unter der persönlichen Obhut von Neela stand, und dennoch besaß sie nicht den Verstand, ihre Zunge zu hüten. Das war enttäuschend. Diese Magd war dumm und würde ihr höchstens als Quelle für unwichtigen Klatsch dienen. Bestenfalls für zweischneidige Neuigkeiten. Jadetränen hatte ihr immer eingeschärft, dass jeder, der einem eine Geschichte über andere erzählte, anderen auch mit Geschichten über einen selbst aufwartete. Jaleeta war nicht sicher, ob das stimmte, aber bisher hatte Jadetränen mit allem Recht behalten.

Die Magd beschrieb das Zimmer, und ihrem Tonfall war deutlich anzumerken, dass sie Jaleeta für unfähig hielt, solchen Luxus wie Daunenmatratzen und verglaste Fenster, die man zum Lüften öffnen konnte, von alleine angemessen zu würdigen. Die Frau beendete ihre Führung an der einzigen Tür. Während Jaleeta den Kopf noch immer gesenkt hielt, fragte sie: »Wo ist der Riegel?«

»Als Altanar König war, besaßen diese Zimmer als einzige Riegel. Niemand brauchte Schutz. Wir hatten die Beschützer. Die waren ganz in Weiß gekleidet. Alle hatten Angst vor ihnen, aber wir konnten ruhig schlafen. Niemand schlich des Nachts herum, weil die Beschützer wachten.«

»Ist es heute in der Burg gefährlich? Schleicht nun jemand herum?«

»Das habe ich nicht gesagt. Ich habe dir nur geschildert, wie es früher war.« In den Worten schwang Angst mit. Jaleeta murmelte eine verständnisvolle Entschuldigung. Sie ergänzte ihre Einschätzung der Magd. Die Frau hegte Groll. Wodurch wurde er erzeugt? War sie ein Einzelfall?

Sobald sich die Tür hinter der Magd geschlossen hatte, schob

Jaleeta die Kapuze zurück und lief in dem Zimmer herum. Sie strich über das polierte Holz der beiden Stühle und des Tisches am Fenster und stöhnte sinnlich dabei. Dann begutachtete sie Krug und Waschbecken aus Keramik und den mit Kupfer verzierten Kleiderschrank. Angesichts des hohen Kerzenleuchters musste sie lächeln, da sie an den Reichtum dachte, der mit so vielen Kerzen verbunden war. Bei den Skan gab es nur stinkende Fischtranlampen. Sie öffnete das Fenster und triumphierte, da sie aus dem ersten Stock leicht zum gemähten Rasen in dem gepflegten Garten hinuntersteigen konnte. Von Westen her wehte eine Brise durch die spätsommerliche Hitze. Die Luft war voll fremdartiger Düfte: über den Geruch von heißem Stein und Mörtel rümpfte sie die Nase; dazu Pferde; aufgeworfene Erde; und der angenehme Duft von Blumen. Alles jedoch wurde vom vertrauten und eindringlichen Geruch des Meeres überlagert. Jaleeta lehnte sich auf die breite Fensterbank und atmete tief durch.

Sie erschrak, als es an der Tür klopfte, und fuhr herum.

Es klopfte erneut, darauf folgte eine herrische Stimme: »Jaleeta. Das geflohene Mädchen von den For. Du bist dort drin. Ich habe dich gehört.«

Sie holte tief Luft. Dann setzte sie die Kapuze auf, nahm ihre unterwürfige Haltung ein und öffnete.

Die Veilchenäbtissin wartete vor der Tür mit verschränkten Armen. Die Hände hielt sie in den Ärmeln verborgen. Ein heller grüner und violetter Rand zierte die Säume ihrer schwarzen Robe. Die zurückgeworfene Kapuze war ebenso geschmückt; tief im Innern und unsichtbar, solange sie es nicht absichtlich enthüllte, leuchtete ein grünes Band. Die Äbtissin rauschte herein und stieß Jaleeta buchstäblich zur Seite. In der Mitte des Zimmers blieb sie stehen und sagte, wobei sie dem Mädchen den Rücken zukehrte: »Ich bin die Veilchenäbtissin. Du wurdest von Ungläubigen gefangen genommen. Gefoltert. Du hast bei einer Geisterfrau gelebt. Bist du der Kirche noch treu? Sag mir die Wahrheit. Lüge, und du wirst verbannt. Gestehe deine Sünden frei heraus, und deine Strafe wird dementsprechend gemildert.«

»Bitte, Äbtissin«, sprach Jaleeta zu dem Rücken der alten Frau. »Ich habe mich ihrem Gott verweigert. Sie konnten mich nicht dazu bringen, ihn zu verehren. Ich bin treu.«

»Aha.« Die Äbtissin fuhr herum und drohte Jaleeta mit dem Zeigefinger. »Wem bist du treu? Sogar bei den Skan weiß man um die Spaltung der Kirche. Die Hälfte unserer Schwestern befinden sich in offenem Aufstand. Wen unterstützt du?«

Jaleeta schlug die Augen nieder und dachte nach. Diese Frau besaß Macht. Einfluss. Jaleeta hatte das schon einmal überlebt. Sie packte die Hand der Äbtissin, drückte sie sich an die Stirn und sank auf die Knie. Bei dieser unerwarteten Bewegung verlor die alte Frau das Gleichgewicht. Jaleeta schluchzte: »Sie hat mich geprügelt! Die haben meiner Mutter weh getan, und ich musste dabei zusehen. Die Geisterfrau sagte, sie würde meine Mutter der Tiefen Stille übergeben. Aber ich habe ihren Gott niemals angebetet, Äbtissin. Nie. Ich schwöre es.«

Die Äbtissin zog die Hand zurück. Scharf betrachtete sie Jaleetas Gesicht. Die Intensität dieses Blicks verängstigte die jüngere Frau und gab ihr das Gefühl, die Poren ihres Fleisches müssten sie verraten. Mit Leichtigkeit kamen ihr die Tränen.

Indem sie Jaleeta die Hand unter das Kinn legte, sagte die Äbtissin: »Deine Furcht verrät mir, dass du noch Ehrlichkeit und Anstand besitzt. Aber bislang hast du meine Frage nicht beantwortet. Welche Gruppe der Kirche unterstützt du?«

»Bei den Skan wusste man nur, dass die Rosenpriesterin Sylah das Geheimnis der Tür aufgedeckt hat und dass die neue Schwester Mutter Sylah verbannt hat. Niemand kannte den Grund, ich auch nicht. Aber es wurde behauptet, Sylah sei die mächtigste Frau der Kirche. Ich glaube, ich unterstütze sie.«

Das Klatschen der Ohrfeige, die die Äbtissin ihr verabreichte, erschütterte Jaleeta mehr als der Schmerz. In dem kleinen Zimmer hallte es wie ein Peitschenknall wider. Einen Augenblick lang verschwamm die Welt vor ihren Augen. Als sie wieder klar sehen konnte, hatte die Äbtissin die Arme erneut verschränkt und die Hände zurück in die Ärmel geschoben. »Du glaubst das Falsche. Wie kann Sylah ›die mächtigste Frau der Kirche‹ sein, wenn sie ausgestoßen wurde? Sie ist gegen die Kirche.«

»Sie ist eine Kriegsheilerin. Wenn sie Menschen das Leben erhält, wie kann sie dann gegen die Kirche sein?«

»Was ist eine Person, die zwei der heiligen Aufgaben der Kirche ausübt, aber nicht zur Kirche gehört? Wie nennen wir jene, die sich der Magie bedienen?«

Jaleeta riss die Augen auf. Sie schüttelte den Kopf und verweigerte die verlangte Antwort.

»Sag es. Sag es, Kind. Sag, was Sylah ist, oder sei mit ihr verflucht.«

»Hexe.«

»Lauter.« Die Äbtissin schüttelte Jaleeta, deren Kopf hin und her geworfen wurde. Die Kapuze verrutschte und enthülle ein wildes Gewirr glänzender schwarzer Strähnen. »Ich will dein Herz sprechen hören. Und ich will es wissen. Die Veilchenäbtissin will es wissen.«

»Hexe. Hexe! *Hexe!*«

Jetzt ließ die Äbtissin sie los und starrte sie an. Jaleeta spürte die kalte Gegenwart, die durch ihren Kopf schlich und herumspähte und -stocherte.

Die Äbtissin sagte: »Du hast Angst. Gut. Sylah eine Hexe zu nennen, sollte dich auch verängstigen. Wenn nicht, wüsste ich, dass du lügst. Sie ist eine Hexe, genau wie ihre kleine Freundin Lanta, die Seherin. Aber die Kirche wird über beide triumphieren. Sie werden große Qualen erleiden. Das Feuer reinigt.«

Jaleeta bemerkte erst jetzt die winzige Veränderung in der Miene der alten Frau. Die erinnerte sie an Jadetränen, an ihren Hass, ihre Vorfreude, ihr Vergnügen.

Das rührte Jaleeta. Dieses Gesicht kannte sie von Jadetränen, wenn sie ihre Pläne für den armen, dummen Lorso beschrieb. Den armen, leidenschaftlichen Lorso.

Die Veilchenäbtissin hielt sich für hart und grausam. Am liebsten hätte Jaleeta laut gelacht. Im Vergleich mit Jadetränen sah sie aus wie ein fettes Milchkätzchen. Lorso würde ihr rein zum Spaß die Kehle aufschlitzen.

Sie mussten alle noch viel von Jaleeta lernen.

Die Äbtissin ließ sich auf einem der Stühle nieder und gebot Jaleeta mit einem Wink, sich ebenfalls zu setzen. »Ich bin bereit, dir zu vertrauen«, sagte die Äbtissin, »weil ich keine andere Wahl habe. Dir wurde Zutritt zur Burg gewährt, zu Neela, sogar zu Gan Moondark und dem Pöbel, der ihn unterstützt. Die Kirche wird sie überwinden und die Ordnung der Kirche wiederherstellen. Dabei hilfst du mir.«

Jaleeta wich zurück. Das war Verrat. »Der Murdat hat mich bei sich aufgenommen, Äbtissin. Neela schloss mit mir Freundschaft. Die anderen …«

»Feinde.« Die alte Frau erhob sich und trat zu ihr. Die Hand, mit der sie Jaleetas Kinn packte und hochzog, war heiß und trocken. »Wenn du ihnen alles über die Skan erzählt hast, werden sie dich fallen lassen und dich mit irgendeinem alten Kerl verheiraten, der dich benutzt, bis er deiner müde ist. Sie haben die Kirche verraten. Sie werden dich verraten. Ich bin deine einzige Hoffnung.«

Jaleeta schüttelte den Kopf. Die Hand folgte ihrer Bewegung. Dann plötzlich war sie frei. Die Äbtissin nahm wieder Platz. Sanfte Traurigkeit machte sich in ihrem Gesicht breit. »Ich habe zu grausam gesprochen. Ich bin alt, Jaleeta, ich habe mich an meine Art gewöhnt, an mein Leben in und für die Kirche, an jene um mich herum, die die Kirche genauso lieben wie ich. Streit und Schmerz haben mich vorzeitig älter gemacht, so wie eine verfaulte Ernte. Jetzt komme ich zu dir, einem jungen Reh, das müde und verwirrt ist. Mein rüder Eifer treibt dich womöglich den Wölfen zu. Ich fürchte um dich, ich fürchte um die Kirche und ihren rechtmäßigen Platz. Die Kirche bedeutet Schönheit. Jaleeta ist schön. Du glaubst, dein Wissen sei der Preis, den sie in Ehren halten. Doch damit irrst du gewaltig. Rasch werden sie dein Wissen erfahren haben. Zuzuschauen, wie deine Schönheit vergeht, wird sie jahrelang unterhalten. Einer von ihnen wird es genießen, die anderen werden sich darüber amüsieren. Du wirst die Qualen der Hilflosigkeit und der Einsamkeit kennen lernen. Alles nur, weil ich dir gegenüber versagt habe.« Unter Schmerzen erhob sich die Äbtissin und ging zur Tür, wo sie stehen blieb. »Denk nur an Emso. Alt und hässlich, gewiss, aber er ist der Einzige, der sich den Predigten dieser Hexe Sylah widersetzt. Die Kirche wird ihn wesentlich freundlicher behandeln als die anderen. Doch schweige darüber; solltest du ein Wort von dem, was ich gesagt habe, verlauten lassen, ist er verdammt.«

Jaleeta bedeckte die Ohren mit den Händen und wich an die Wand zurück. »Ich will es gar nicht hören.«

Die Äbtissin brachte ein schwaches Lächeln zu Stande und nickte. »Ich war schon wieder so ungeschickt. Auf keinen Fall darf ich dich in die Irre führen; glaube nicht, Emso sei untreu. Er ist bloß altmodisch und tritt diesem neuen Wissen entgegen, welches Gan so sehr schätzt.«

»Die Kirche ist stark, und sie wird noch stärker werden. Ich bin zu klein und zu schwach, um mich in solche Angelegenheiten einzumischen, Äbtissin. Ich würde mehr Schaden als Nutzen anrichten. Dennoch liebe ich die Kirche und glaube an sie. Am Ende wird sie den Sieg davontragen. Du wirst sehen.«

»Danke. Dein Glaube ist so gut, wie er groß ist. Ich lerne von dir.« Die Äbtissin ging hinaus und schloss leise die Tür, schlurfte den Gang entlang und bog um die Ecke. Dort blieb sie stehen, richtete sich auf und reckte sich. Während sie lächelte, kniff sie die Augen zusammen wie jemand, der in einen Ofen starrt, in dem Roheisen zu Stahl gekocht wird.

Zur selben Zeit trat Jaleeta in ihrem Zimmer wieder ans Fenster. Sie warf den Kopf in den Nacken und lachte. Dabei gab sie kaum einen Laut von sich, was ihrer Freude einen düsteren Anstrich verlieh. Einen Augenblick später nahm sie die Hände vor sich und setzte eine Faust auf die andere. Sie wirkte, als betrachte sie einen vorgestellten, langen und schlanken Gegenstand, der sich ein ganzes Stück vor ihr erstreckte. Erneut lachte sie, lehnte sich zurück und riss beide Hände hoch. »Angebissen«, sagte sie. »Wirklich und wahrhaft angebissen.«

Diesmal gellte ihr Lachen laut durch den sonnigen Garten.

Einundzwanzig

Geckenhaft stolzierte der Bote in den Audienzsaal. Auf Gans Wangen breiteten sich zwei hellrote Flecken aus. Emso, der neben dem sitzenden Gan stand, streckte diskret die Hand aus und berührte den Murdat kaum spürbar am Arm.

Gan sprach ausgesucht neutral. »Hast du eine Botschaft für mich?«

Der Bote verneigte sich. Er trug einen weichen Lederhut, der auf seinem Kopf einen schlaffen Kegel bildete und eine ganze Elle hoch war. Zum Gruß zog er ihn vom Kopf und schlug ihn wie eine Peitsche auf den Boden. Daraufhin richtete er sich wieder auf, beugte ein Bein und lud dazu ein, ihn zu bewundern. Sein Hemd war mit roten, weißen und grünen Streifen gemustert, die Hose war grün und zeigte rote, handgroße Flecken. »Ich habe die Ehre, dem Murdat, Herrscher der Drei Territorien, eine Nachricht zu überbringen.«

»Erkenne mich. Ich bin Gan Moondark, genannt Murdat. Sprich.«

»Das geht nicht. Mein Auftraggeber befahl mir, die Botschaft nur dem Murdat auszuhändigen.« Er starrte Emso unverschämt an. Diesmal streckte Gan die Hand aus, um Emso zu beruhigen.

»Emso ist mein Freund, dem ich vertraue. Er weiß, was ich weiß. Sprich.«

»Ich darf nicht. Die Botschaft muss so überbracht werden, wie es der Absender verlangt.«

Gan ließ Emso los und erhob sich langsam. »Ich habe keine Geheimnisse vor meinem Freund. Jetzt sprich.«

»Mein Befehl ist eindeutig.« Während seine vorherige Zuversicht langsam abbröckelte, fummelte der Mann an seinemLederhut herum. Seine Stimme wurde schrill. »Jeder, der einen Boten behindert –«

»Halt.« Gan spuckte das Wort geradezu aus. Emso kam jeder weiteren Auseinandersetzung zuvor. »Ich warte nebenan. Das macht mir nichts aus. Wirklich.« Er schenkte dem Boten ein Lächeln, das diesen zusammenzucken ließ.

Sobald sie allein waren, trat der Bote näher an Gan heran. Nachdem er sich konzentriert hatte, veränderte sich seine Stimme vollständig. Sie klang heiser und flüsternd. Gan erkannte den Tonfall der Frau, die jetzt Schwester Mutter war. »Wir haben gewisse Meinungsverschiedenheiten, Gan Moondark, doch keine, die zwei vernünftige Menschen nicht überwinden könnten. Mir wurde ein Bündnis angetragen, und zwar von jemandem, der geschworen hat, dich zu vernichten. Auf Grund meiner schwachen

Position muss ich einwilligen. So lange du dem nicht ein eigenes Angebot entgegensetzt. Die Kirche muss einig bleiben. Ohne dich wird das nicht gelingen. Zwing mich nicht, meine Wahl gegen dich zu treffen. Zwing mich nicht, dich gemeinsam mit meinen Feinden zu vernichten.«

Einen bedeutsamen Augenblick lang blieb der Bote noch steif stehen. Sein Gesicht war von der Anstrengung verzerrt, die Botschaft mit ihren richtigen Worten, ihrer Intonation und ihrem Tonfall wiederzugeben. Schweiß trat ihm auf die Stirn. Zitternd schlüpfte er zurück in seine eigene Persönlichkeit.

»Das ist alles? War das die ganze Botschaft?«

»Jedes Wort, das mir gesagt wurde.«

»Hast du auch zu niemandem gesprochen? Zu einem aus deiner Gilde vielleicht?«

Hochmütig antwortete der Bote: »Man vertraut uns, weil wir nichts verraten, weder etwas über den Absender noch über den Empfänger oder irgendjemanden sonst. Ich würde nie etwas über dich verraten.«

Diese Zurechtweisung war angemessen, und Gan nahm sie mit niedergeschlagenem Schweigen hin. Daraufhin entließ er den Mann mit höflichem, wenn auch knappem Dank und rief Emso. Als sein Freund zurückkehrte, verzog Gan das Gesicht und hob die Hände. »Er hat die Wahrheit gesprochen. Die Botschaft verlangt mein Schweigen. Ich wünschte, ich könnte sie mit dir besprechen. Denn ich glaube, deine Antwort an den Absender wäre klar, und dein Urteil hat mich noch nie im Stich gelassen. Entschuldige bitte, wenn ich dich aus dieser Angelegenheit heraushalte.«

»Jeder hat seine Geheimnisse. Gan hat welche, der Murdat sogar noch mehr. Selbst ich habe das eine oder andere. Glaube ich jedenfalls. Manchmal erinnere ich mich nicht so genau.« Emso zwinkerte.

Gan lachte. »Du bist immer so verständnisvoll. Ich frage mich stets, weshalb.«

»Ich wundere mich selbst darüber. Bisweilen denke ich, es liegt an der Angst.« Plötzlich wurde Emso todernst. »Du strahlst eine Verzweiflung aus, die ich nicht verstehe. Es ist, als würdest du jedes Mal, wenn du wettest, deinen gesamten Besitz einsetzen. Verstehst du? Wir, die wir dich lieben, bemerken dann auf einmal, dass wir die gleichen Wetten mit dir abschließen.«

Gan vollführte das Zweizeichen, was nicht häufig geschah, und beschwor den Einen, dessen Name niemals ausgesprochen wurde. »Ich möchte treue Freunde. Ich führe, Emso; ich befehle nicht. Wenn ich die Wölfe befehlige, dann nur, weil wir alle den gleichen Kampf austragen, alle für die gleichen Ziele eintreten.«

»Die Männer folgen dir, weil du ihnen Hoffnung gibst. Sogar jetzt, da wir von Stämmen umgeben sind, die uns auslöschen wollen, und uns Krankheit und Krieg geschwächt haben, wissen die Menschen der Drei Territorien, dass ihnen der Murdat Sieg, Frieden und Wohlstand bringen wird. Sie kämpfen bis zum Tode, denn sie glauben, wenigstens die Überlebenden werden in den Genuss dieser Segnungen kommen. Ich? Ich weiß doch, Krieg ist nur ein Spiel, das niemals endet.«

»Warum soll man dann überhaupt kämpfen?«

»Ich war ein besiegter Mann, der für ein besiegtes Land kämpfte und den Tod vor Augen hatte, als du nach Jalail kamst. Irgendetwas sagte mir, dass ausgerechnet du, dieser verstoßene Bengel, uns vor Altanar retten würdest. Ich wollte gar nicht glauben. Ich musste. Du hast mir mehr als das Leben geschenkt. Deshalb kämpfe ich.«

»Du schuldest mir nichts.«

»Wer hat von Schulden gesprochen?« Emsos Stimme klang eine Spur schärfer. »Ich bin dir dankbar, aber deshalb lebe ich nicht nur für dich. Ich führe das Leben, Murdat, das ich mir aussuche, und ich werde auf meine Art sterben. Mein Leben gehört mir. Heute jedenfalls wieder. Und für immer.«

Gans Lächeln begann als ein schwaches Zucken im Mundwinkel und breitete sich langsam über das ganze Gesicht aus. Er legte die rechte Faust ans rechte Ohr und salutierte wie ein Wolf. »Ich höre. Ich verstehe. Emso ist sein eigener Herr. Sollen die Boten in alle Himmelsrichtungen aufbrechen und die Nachricht verkünden.«

Emso nuschelte eingeschnappt etwas vor sich hin, bis er endlich ein verkniffenes Grinsen über Gans Scherz zu Stande brachte. »Das ist eine ernste Angelegenheit. Mir fällt es nicht leicht, darüber zu sprechen, und deshalb bin ich so barsch. Zu barsch. Ich werde nie wieder ein Wort darüber verlieren, versprochen. Einmal ist genug. Aber ich kann dir sagen, dass fast jeder Mann im Rudel so über diese Sache denkt wie ich.«

»Fürchten sie sich vor meinem ›verzweifelten‹ Benehmen?«

»Ich würde es eher Sorge nennen, nicht Furcht. An deiner Seele nagt etwas, etwas, das du mehr fürchtest als die Niederlage, mehr als den Tod. Einen Angriff auf die Kwa hatte ich erwartet, weißt du. Ich habe Männer in die Schlacht ziehen sehen, die sich mit dem Tod abgefunden hatten, und Männer, für die der Kampf den Weg in den Tod bedeutete. So wirkst du im Augenblick auch ein wenig auf mich, aber es ist nicht ganz dasselbe. Als ich dich zum ersten Mal gesehen habe, hast du für das Recht und für die Hoffnung gestritten. Jetzt spüre ich Hoffnung, bloß verstehe ich nicht mehr, worauf du hoffst.«

»Ich hoffe auf die Freiheit. Ich will die Verantwortung nicht. Niemals habe ich mir vorgestellt, wie das sein würde und wie schwer sie auf mir lastet.«

»Wenn du lediglich auf Macht aus wärst, so wie Altanar oder dieser Vorsitz, von dem Conway uns erzählt hatte, würde dir das nichts ausmachen. Doch den Umständen nach fürchte ich, sie könnte dich umbringen.« Den letzten Satz sagte Emso dermaßen gleichgültig, dass Gan herumfuhr. Unbekümmert fuhr Emso fort: »Du weißt nicht, auf welche Weise du es beenden kannst. Sobald du es versuchst, wird dir der Wohlstand, den du erschaffst, neue Feinde bescheren. Du wirst stets darauf reagieren müssen. Deiner Freunde und deines Volkes wegen.«

»Das ist das Grausamste, was mir je gesagt wurde.« Fast unmerklich beugte sich Gan aggressiv vor.

»Mich zu töten, ändert nichts an der Wahrheit. Du würdest nur einen Freund verlieren.«

»Sprich nicht so daher.« Gan richtete sich rasch auf, als wolle er die vorherige Anspannung verleugnen. »Ich verlasse mich auf dich.«

»Gut. Jetzt zurück zu dem Punkt, an dem der Bote hereinkam: Alle wurden benachrichtigt. Die Barone treffen morgen ein. Und auch dieser Forpirat Wal. Conway, Tate und Leclerc werden ebenfalls anwesend sein. Möchtest du noch jemanden dabei haben?«

»Das sind alle. Wir können nicht so vielen Feinden entgegentreten, ohne dass jeder seine Pflichten genau kennt. Koordination, Emso. Die macht die Wölfe unschlagbar. Heute ist sie wichtiger denn je.«

Emso schickte sich zum Gehen an. »Ich werde mich um die Vorbereitungen zum Essen heute Abend kümmern.«

»Sorge auch für Unterhaltung. Morgen können wir uns streiten. Heute Abend wollen wir uns vergnügen.«

Schnaubend schlug Emso die schwere Tür hinter sich zu.

Kurz darauf stand er in der Tür der riesigen Küche, welche sich um das leibliche Wohl der Burgbewohner sorgte. Die Oberköchin begrüßte ihn. Sie trug den rot-gelben Gürtel des Burgpersonals über ihrer vergilbten Kleidung und Schürze. Als sie sich die Hände an der Schürze abwischte, stoben kleine Mehlwölkchen auf. »Guten Morgen, Emso. Wie viele Gäste erwartet der Murdat heute zum Abendessen?«

»Gibt es denn in den Drei Territorien überhaupt keine Geheimnisse? Ich komme gerade erst vom Murdat.«

Die Frau zuckte mit den Schultern. »Der Sohn der Frau, die mir das Gemüse bringt, wurde zu Baron Galmontis geschickt. Die Tochter meines zweiten Bäckers ist …«

»Genug.« Emso hob die Hand. »Es reicht schon, wenn es keine Geheimnisse gibt, da will ich nicht noch hören, wie jeder Gärtner und Teigkneter sie ins Land hinausschreit.«

»Der einzige, der hier schreit, bist du. Wenn du dich an meinen Tisch setzt, scheinst du meine Köche und Lieferanten nicht für so gefährlich zu halten.«

Emso öffnete den Mund, um die Verbindung zwischen Essen und Staatsgeheimnissen zu erkunden, verzweifelte aber schier an der umwerfenden Logik der Köchin. Stattdessen nannte er grollend die Zahl der erwarteten Gäste und wandte sich zum Gehen, wobei er angestrengt den Eindruck zu vermeiden suchte, er würde schleichen.

Neela wich seinem Rückzug geschickt aus. Unbeholfen blieb Emso stehen. Er streckte die Hand aus und wollte sich vergewissern, ob er Neela gestoßen habe, wobei er versehentlich Jaleeta auf den Unterarm schlug. Verblüfft griff er Jaleeta an die Schulter, damit sie nicht das Gleichgewicht verlor, vergaß dabei jedoch sein eigenes. Stolpernd fiel er der jungen Frau praktisch in die Arme und verlor die Fassung vollends. Er machte einen Satz, als hätte er sich an Jaleeta verbrannt, und stieß gegen die Wand hinter sich.

Mitleid konnte Emso nicht ausstehen. Jedoch zu erleben, wie es von hemmungslosem Lachen abgeschnitten wurde, war fast unerträglich.

Neela stieß schließlich atemlos hervor: »Was führt dich in die

Küche?« Er antwortete mit verletzter Würde, die beinahe den nächsten Heiterkeitsausbruch nach sich gezogen hätte: »Ich treffe Vorbereitungen für das Abendessen des Murdats. Und du?«

Die Köchin antwortete für Neela. »Ich zeige dir und Jaleeta die Küche, sobald ich nach meinem Brot gesehen habe, Neela. Ich habe schon auf euch gewartet, als Emso hereinplatzte.« Sie deutete auf die Laibe auf dem Tisch, und Neela nickte verständnisvoll. Die Köchin eilte davon. Die Frau des Murdats wandte sich an Emso. »Ich habe die Ankunft der Barone vollkommen vergessen. Das ist eine schöne Gelegenheit für Jaleeta, die Herren kennen zu lernen. Es gibt doch auch Unterhaltung heute Abend, nicht?«

Jaleeta wich zurück. »Ich kann nicht kommen.«

»Warum nicht? Du bist mein Gast und der meines Mannes. Die Barone sind bloß Männer. Sylah wird auch dabei sein. Und Lanta und Tate. Natürlich kannst du kommen.«

»Das ist es nicht.« Sie warf Emso einen verstohlenen Blick zu.

»Gan und ich vertrauen Emso, wie wir einander vertrauen. Du musst ihm auch vertrauen.«

»Danke.« Emso nickte Neela ausdruckslos zu. Er wiederholte die Geste in Jaleetas Richtung, die ein erleichtertes Lächeln aufsetzte, welches jedoch rasch einer sorgenvollen Miene wich. »Verstehst du denn nicht, Neela, ich kann nichts erzählen, ohne möglicherweise mit einer unschuldigen Bemerkung etwas Wichtiges zu verraten. Lass mich Sylah und den Kirchenfrauen mit den Auserwählten helfen. Jadetränen wird vermuten, dass ich mich vor meiner Aufgabe drücke, aber mir ist das gleichgültig.«

»Von wem soll sie es erfahren?« Emso starrte sie finster an.

Jaleeta drängte sich an Neela heran und richtete den Blick auf Emso. In ihren Augen stand Verletzlichkeit. Neela sagte: »Jaleeta wurde erklärt, dass man an sie herantreten wird. In den Drei Territorien gibt es einen Spion, der alles, was sie erfährt, Jadetränen und den Skan überbringen soll. Aber du brauchst sie nicht auszuhorchen; Jaleeta hat keine Ahnung, wer es sein könnte.«

Widerstrebend gab sich Emso alle Mühe, eine freundlichere Miene zu ziehen. Das Ergebnis war eine Grimasse. »Natürlich ist das sehr klug von dir. Und sehr tapfer. Wenn man von der Sonnenaufgangsseite der Feindseligen Berge stammt wie du und Gan, weiß man nicht sehr viel über die Skan. Hier auf der Sonnenuntergangsseite kennen wir den Namen Jadetränen nur allzu gut. Will man das Böse benennen, braucht man ihn nur auszusprechen.« Emso wandte sich an Jaleeta. »Geh kein Risiko ein. Tu, was Neela sagt, und geh zu dem Abendessen. Du wirst keine Geheimnisse erfahren, aber du könntest deinen Verbindungsmann mit deinem Wissen über unsere Vorbereitungen beeindrucken. Wir werden dafür sorgen, dass du ihm ein paar hübsche Geschichten erzählen kannst, keine Angst.«

Schüchtern lächelnd streckte Jaleeta die Hand aus und zog sie plötzlich verlegen wieder zurück. Sie sah Neela an. »Ich weiß nicht, ob ich das kann, Neela. Ich meine, diese Person treffen und ihr sagen, was ich ihr sagen soll. Da müsste ich lügen. Und dass ich das nicht besonders gut kann, habe ich wohl schon bewiesen.« Sie errötete.

Emso beugte sich vor und tröstete sie. »Mach dir keine Sorgen. Wir werden uns ein paar leichte Sachen ausdenken und sie so lange mit dir durchgehen, bis du sie kannst.«

»Du bist wirklich nett. Jetzt weiß ich, warum Neela und Gan so viel von dir halten. Glücklicherweise bist du stets in der Nähe. Manchmal frage ich mich, was wohl passiert, wenn Jadetränen von meinem Verrat erfährt. Oder mich einfach nur loswerden will.«

Emso runzelte die Stirn. »Du bist eine von uns, Jaleeta. Wir passen gegenseitig aufeinander auf.«

Neela sah die flehentliche Bitte in dem dankbaren, angerührten Blick, den Jaleeta ihr zuwarf. Sie drehte das Mädchen in Richtung Küche um und sagte zu Emso: »Ich habe Jaleeta versprochen, ihr die Küche zu zeigen. Entschuldige uns, bitte.«

Der raue Krieger wirkte eher feierlich denn verärgert, stellte Neela überrascht fest. Als er zum Abschied salutierte, lag sein Blick noch einen Moment lang auf Jaleeta. Was Neela nun in den Furchen und Narben des harten Gesichts entdeckte, erzeugte in ihr ein Gefühl, das über bloße Überraschung weit hinausging.

Zweiundzwanzig

Das Haiboot kämpfte gegen die Strömung an. Mühsam schnitt der Bug durch das turbulente Wasser und zog an lauernden Klippen und hohen Bäumen vorbei. Jedes Vorankommen musste sich das Schiff hart erkämpfen, und wie ein feuriges, leicht erregbares Pferd reagierte es manchmal auf Wind und Strömung auf temperamentvolle Art und Weise. Das Schiff bäumte sich auf, erbebte und drehte sich über die ganze Länge, bis die Segel sich knatternd wieder mit Wind füllten. Die Seeleute zuckten bei jedem dieser Ausbrüche zusammen. Sie fürchteten die unbekannten Geister dieses tosenden, unerbittlichen Süßwassers und misstrauten ihnen. Auch kannten sie die Gefahren, die eine Fahrt auf einem wütenden Boot barg.

Die Männer hatten darüber hinaus mehr Probleme als nur den Fluss. Da sie Seeräuber waren, konnten sie einen Horizont nicht akzeptieren, der verlangte, das Kinn zu heben, um ihn zu betrachten. Der Schlund des Mutterflusses beschränkte die Aussicht und ragte in Ehrfurcht gebietendem Schweigen über ihnen auf. Die Mannschaft hatte allerdings bereits festgestellt, dass diese Stille den meisten Geräuschen aus dem dunklen Wald an den Flussufern vorzuziehen war.

Zwei Tage nach ihrer erschütternden Einfahrt in die Flussmündung erkannte Lorso, dass Jadetränens Ansicht über die politische Situation am Fluss durchaus fehlerhaft war. Die Dörfer der Flussmenschen lagen weit auseinander, und entsprechend galt ihre Loyalität unterschiedlichen Herrschern. Viele wollten keinerlei Eingliederung in die Windbande; das war Lorsos erster Schock. Die Feindseligkeit dieser Flussmenschen war ein weiteres unliebsames Erwachen.

Die beunruhigendste Erkenntnis kam jedoch aus einer gänzlich unerwarteten Richtung.

Traditionell eigentlich nur eine Quelle für Sklaven, war der Stamm im Süden des Mutterflusses, die sogenannten Kleinen, zu einer Macht geworden, mit der man rechnen musste. Die einsiedlerischen Waldbewohner waren sonst stets eher zur Flucht als zum Kampf bereit gewesen. Schockiert stellte Lorso fest, dass die Kleinen bis auf das bewaldete Nordufer vorgedrungen waren und nun Land für sich beanspruchten, welches zuvor den Flussmenschen gehört hatte. Jene Dörfer, die sich zur Opposition gegen die Windbande entschlossen hatten, hießen die Eindringlinge sogar willkommen, da die Kleinen einen Puffer zwischen ihnen und dem Volk des Mondpriesters bildeten. Dies alles musste Lorso auf die harte Weise erfahren, als sie eines Abends in dem jüngst von den Kleinen eroberten Territorien anlanden wollten.

Ihr Angriff war nicht sehr erbittert, wie es für dieses Volk typisch war. Man wollte die Eindringlinge lediglich vertreiben. Trotzdem starben drei Skankrieger durch Pfeile des so gut wie unsichtbaren Feindes, und allgemein hielt man diesen Hinterhalt für einen Beweis dafür, wie unbeholfen die Kleinen waren. Anstatt die Mannschaft auszulöschen, hatten sie nur ein paar Opfer gefordert. Die Skan schworen, bald zurückzukehren.

Auf Lorsos Zeichen hin, erneut an Land zu gehen, duckte sich die Mannschaft hinter dem erhöhten Schandeck und hielt Pfeil und Bogen bereit. Im ruhigeren Wasser eines großen Strudels ließen sie kleine Boote zu Wasser, eins am Bug und eins am Heck, mit dem sie die Leinen und Wachen ans Ufer brachten. Kochen und Essen wurde an Bord erledigt, und das Feuer vor Einbruch der Dunkelheit gelöscht. Die Männer begaben sich auf ihre zugewiesenen Posten. Trotz der feuchten Kälte wurde das Fell, welches nachts für gewöhnlich als Schutz von Schandeck zu Schandeck gespannt wurde, diesmal im Frachtraum belassen. Ein wenig Unbequemlichkeit war allemal vorzuziehen, denn die Alternative wäre ein böses Erwachen: bei einem Angriff unter dem Leder in der Falle zu sitzen.

Dann kam die Zeit, die Lorso hasste. Ohne die Anforderungen der Segelfahrt, die ihn ablenkten, lastete das Gewicht seines Auftrags mit ganzer Schwere auf ihm.

Jadetränen hatte keine Vorstellung von den Schwierigkeiten, die damit verbunden waren, mit jemandem wie der Windbande so weit flussaufwärts Kontakt aufzunehmen. Sie hatte lediglich einen bestimmten Zeitpunkt festgelegt, wann diese zu erreichen war. Die Länge des Mutterflusses und die neuen Bündnisse und Intrigen in diesem Gebiet hatte sie nicht voraussehen können.

Sowohl die Kirche als auch die abtrünnige Rosenpriesterin Sylah hatten ihre Anhänger. In der einen Siedlung hasste man die Kosier, in der nächsten die Windbande. Eine beunruhigende Anzahl von Dörfern – insbesondere die auf dem Nordufer – standen offen auf der Seite der Drei Territorien, für den Fall, dass es im Frühjahr tatsächlich zu den erwarteten Kämpfen käme. Am Südufer drohten Angriffe der Kleinen auf die Haiboote der Skan. Bei jedem Anlegen hörte man neue Gerüchte über Bündnisse und Abspaltungen. Und um all dies kreisten nun Lorsos Gedanken.

In der Dunkelheit nach der letzten Mahlzeit verdrängte Lorso die politischen Sorgen. Schlaflos beobachtete er die Sterne und lauschte dem murmelnden Zwiegespräch zwischen seinem Boot und dem Fluss. Er war allein am Ruder, wie es sich für den Kapitän gehörte. Dort konnte man das Liebesgeflüster zwischen Schiff und Wasser am besten vernehmen. Eigentlich war es das Privileg des Kapitäns, diesen Tönen zu lauschen. Trotzdem taten es die anderen ebenfalls, versuchten zu erkennen, ob das gereizte Jammern der Planken bedeutete, dass diese sich lockerten oder ob das irritierende Knarren des Mastes auf das Reiben an einem Baum hinwies. Die Beziehung zwischen Boot und Wasser war stets sehr sensibel; und ihr Gleichgewicht war weitaus empfindlicher und barg mehr Gefahren, wenn man es störte, als das in einer Beziehung zwischen Mann und Frau.

Lorso lag lang ausgestreckt auf Deck, hörte jedes Flüstern und spürte das geringste Beben im Kiel. Für ihn verkörperte das Boot die Weiblichkeit, war in einem Augenblick schüchtern und anmutig, im nächsten angespannt und verlangend. Aber immer wunderschön.

Und so dachte er ständig an Jaleeta. Das Blut rauschte ihm durch die Adern und kümmerte sich weder um Götter noch um Geisterfrauen oder das Schicksal ganzer Nationen.

Immer wieder verfolgte ihn ein Traum, wenn er doch einmal einschlief. Das Haiboot floh vor Wolken von Pfeilen. Einer der Pfeile, ein riesiger, rief seinen Namen. Stets hob er sich dunkel vor dem Mondlicht ab. Das Schrecklichste war, das Ding hatte ein Gesicht, ein menschliches zudem, das im Blutrausch der Schlacht verzerrt war, mit den Zähnen knirschte und Lorso mit Wahnsinn in den Augen anstarrte. Das Gesicht schrie seinen Namen und flog auf ihn zu. Schmerz hüllte ihn ein. Und kaltes, schwarzes Wasser. Schwärze.

Lorso erwachte würgend.

Der Lorso im Traum kannte den Namen des Gesichts.

Er ging zur Reling und erleichterte sich. Wegen des Plätscherns näherte sich eine Wache mit gezogenem Schwert. Der Mann grinste, nachdem er begriffen hatte, was los war. Lorso befahl ihm, er solle die Wache am Ufer zurückrufen und beendete damit das Gespräch. Als er sicher war, allein zu sein, wandte er dem Rest des Schiffes den Rücken zu, zog ein kleines Messer hervor und ritzte sich in die Fingerspitze. Aus der winzigen Wunde drückte er etwas Opferblut. Dieses ließ er in den Fluss tropfen und flehte Sosolassa um seine Gunst an.

Jadetränen hatte ihm versichert, alle Flussgötter seien Untertanen von Sosolassa und seinem unendlichen Meer. Nichtsdestotrotz war der Gott des Mutterflusses ungehorsam und wütend. Jadetränen hatte die Grenze nicht gesehen, wo das frische Wasser endlos gegen das Reich des überlegenen Gottes anstürmte. Natürlich verlor der Fluss den Kampf und wurde aufgezehrt. Aber was für ein Tod war das, der den Streit nicht und auch das Leben nicht beendete?

Lorso strich mit dem Daumen über die Kuppen aller Finger und stellte fest, dass sie gut verheilten.

Er drehte sich um. Seine Männer regten sich bereits. Sie wirkten mürrischer als gewöhnlich. Lorso runzelte die Stirn. An Bord lebte man zu dicht beieinander, um Launen zulassen zu dürfen. Im letzten Dorf, wo man auf Freunde gestoßen war, hatte man die Entfernung bis zum Treffpunkt mit dem Mondpriester auf fünf Tage geschätzt. Heute wäre es bereits der Sechste, und noch immer hatten sie kein Zeichen einer Siedlung gesichtet.

Der Stimmung der Männer zufolge war etwas Erholung angebracht. Lorso befahl dem Koch, Haferkuchen zuzubereiten und eines der Honigfässchen zu öffnen. Sobald die Mannschaft bemerkte, dass die große Eisenplatte ausgepackt und über das Feuer gehängt wurde, hellten sich die Mienen auf. Ein warmes Frühstück anstelle kalter Wurst und harten Brotes gefiel jedem. Und

Honig wurde gewöhnlich für besondere Gelegenheiten aufbewahrt.

Während der Duft der Haferkuchen über das Boot hinwegzog, wandte sich Lorso an die Mannschaft. »Es war eine ermüdende Reise. Ihr habt sie gut hinter euch gebracht. Ich bin stolz auf euch, aber ich weiß, damit seid ihr noch nicht zufrieden. Heute sollen wir den Mondpriester erreichen. Wenn nicht, fahren wir weiter, bis wir bei ihm ankommen. Sosolassa befiehlt es. Nachdem ich meine Angelegenheiten mit dem Mondpriester geregelt habe, sind wir wieder unsere eigenen Herren. Wir haben uns viel von diesen schlammfressenden Landmenschen gefallen lassen. Deblo, du bist für die Vorratsräume zuständig. Schaff Platz für Sklaven. Und sorge dafür, dass wir genug starke Seile haben.«

Das war die Aufmunterung, die die Skan brauchten. Außerdem kam mit der aufgehenden Sonne eine steife Brise auf. Am Vormittag entdeckte der Ausguck am Bug ein Dorf. Farbige Banner hingen in den Bäumen. Der raue Ton eines Horns hallte über den Fluss zu ihnen herüber und wurde von den aufragenden Bergen geisterhaft zurückgeworfen. Jubelnd legten sich die Skan härter in die Riemen. Wagemutige junge Männer fuhren in Kanus oder kleinen Segelbooten auf sie zu. Letztere waren nur von einem Mann bemannt und schienen über das Wasser zu fliegen. Die Kerle darin steuerten sie mit erstaunlichem Geschick. Am liebsten rauschten sie mit großer Geschwindigkeit über das Wasser auf eine große Welle zu und sprangen dann weit durch die Luft. Nachdem das Haiboot angelegt hatte, rollten die Skan die Segel ein und applaudierten den Seglern.

Lorso ging an Land. Er trug über Hemd und Hose einen Eisbärenfellumhang aus feinster, cremefarbener Wolle. Das Hemd, das schlicht aus einer Vorder- und einer Rückseite zusammengenäht war, war mit einem Muster grauer Säulen in horizontalen Reihen verziert. Die Hose hatte Lorso in die scheckigen Stiefel aus Seehundfell gesteckt. Ein dünnes Jadeamulett, vielleicht so lang wie Lorsos Hand, hing ihm an einer goldenen Kette um den Hals. Die Jade stellte einen springenden Mörderwal dar.

Das Schönste war jedoch Lorsos Hut. Dieser war aus gefärbter Zedernrinde geflochten, gut zwei Handspannen hoch und glänzte schwarz. Er bildete einen Rabenkopf mit leuchtend goldenen Augen nach. Die Rückseite stellte ein fauchendes Tiergesicht dar, ebenfalls mit goldenen Augen und einem Gebiss aus Muschelzähnen. Borstige Seehundbarthaare waren in den Hut mit eingeflochten und ragten überall hervor. Winzige Silberglöckchen an ihrem Ende läuteten bei jedem Schritt wie ein fast unhörbarer Chor.

Der Mondpriester, der ihn in seiner weißen Robe, Turban und silberner Mondscheibe begrüßte, wirkte dagegen eher schlicht. »Willkommen in meinem bescheidenen Lager, Lorso. Unsere Kundschafter haben uns von deiner Ankunft erst gestern Abend unterrichtet, deshalb vergib uns, dass wir keine angemessene Begrüßung vorbereiten konnten.«

Trotz dieser Entschuldigung flatterten helle Stoffwimpel in den Bäumen. Alle Anwesenden hatten sich offensichtlich in ihre prächtigste Kleidung geworfen. Dieser Ort war ein Meer von Farben, Federn, Blumen. Und das Schönste war: Über dem Lager breitete sich der rauchige Duft von gekochten Speisen aus.

Ein Stück vom Fluss entfernt hinter dem Mondpriester stand ein riesiges weißes Zelt, das wohl seinem Gastgeber gehörte, dessen war sich Lorso sicher. Eine breite Straße führte zum offenen Eingang mit dem Schatten spendenden Vordach. Der Mondpriester drehte sich halb um und wartete, bis Lorso sich zu ihm gesellte. Während er dann auf das Zelt zuging, sagte er: »Wir sind erst vor einigen Tagen eingetroffen. Im alten Lager hat es gebrannt. Viele aus der Windbande haben in jener Nacht die Zelte verloren. Eine Strafe. Wir hießen einen Betrüger in unserer Mitte willkommen, nährten einen Mann, der behauptete, unser Bruder zu sein, ein Kind des Mondes, so wie ich. Er hat meinen Kriegshäuptling ermordet und unser Lager zerstört. Gan Moondark und diese Kirchenhexe, die sich die Blume nennt, haben ihn geschickt.« Er blieb vor dem Zelt stehen und sah Lorso an. »Ich suche Verbündete. Mich interessieren Beute und Sklaven nur wenig, allenfalls genug, um meine Verluste, Kosten und die berechtigten Forderungen meiner Krieger auszugleichen. Auf alles andere verzichten die Windbande und der Mondpriester. Aber die Hexe gehört mir.«

»Kaufleute haben mir von dem Schaden in deinem Lager berichtet. Ich soll dir das Mitgefühl unserer Navigation überbringen. Und auch das Beileid unserer Geisterfrau Jadetränen. Da sie auch eine religiöse Führerin ist wie du, versteht sie die Qual, die mit einem solchen Vertrauensbruch verbunden ist.«

Dieser schwache Schimmer der Verärgerung, der kurz über das beherrschte Gesicht des Mondpriesters huschte, entlarvte ihn. Der Mondpriester mochte es offensichtlich nicht, wenn man ihn »auch« als religiösen Führer bezeichnete. Insgeheim war Lorso sehr mit sich zufrieden. Was immer der Mondpriester darstellte, und auf jeden Fall war er ja das Oberhaupt eines grimmigen Volkes, er glaubte an falsche Götter. Der Mondpriester würde nicht in den Genuss göttlicher Führung gelangen wie Jadetränen, und somit stand Sosolassas Triumph außer Frage. Schwierigkeiten könnten das Unausweichliche verzögern, doch sie würden es nicht aufhalten.

Ehe er das Zelt betrat, wandte sich der Mondpriester nach Westen. Die Sonne hatte gerade ihren höchsten Punkt erreicht, und der Mondpriester hob die Silberscheibe um seinen Hals und hielt sie ins Licht. Die Reflexionen trafen auf einen Hügel in der Nähe. Sofort wurde ein Geheul laut, eine zitternde Spirale von Lauten, und Lorso stellten sich die Nackenhaare auf.

Ein Geräusch wie ferner Donner folgte den Echos des Rufes. Es wurde lauter, und als es schließlich über den Hügel schwappte, stellte sich heraus, dass eine Woge Reiter herangaloppierte. Sie kamen mit Schlachtrufen näher, manche brüllten mit tiefer Stimme, andere kreischten hoch und wild. Kommandowimpel knatterten im Wind.

Pferde und Reiter – Lorso war sicher, es mussten Hunderte sein – stürmten vorbei. Einige nur knapp vor seiner Nase. Der Wind, den sie erzeugten, fuhr ihm durch die Kleidung. Doch das war nichts im Vergleich zu dem, was die bebende Erde mit seinen Eingeweiden anstellte.

Über die Schultern hatten die Reiter kurze, geschwungene Bögen geschlungen. Solche hatte Lorso noch nie gesehen. Dazu schwenkte jeder eine lange Lanze mit Stahlspitze. An jedem Sattel hing ein Schwert in seiner Scheide. Lorso kannte sich mit Pferden und Reiten nicht aus. Aber er liebte Rüstungen, und er bemerkte, wie viele der Krieger Kettenhemden trugen, die fast bis zum Knie herabreichten. Jeder hatte außerdem einen Helm. Offensichtlich bestanden sie aus Metall über gepolstertem Leder. Hinten waren kleine bunte Wimpel befestigt. Sie wehten im Wind und teilten die Reiter in Gruppen auf: weiß, rot, gelb und blau.

Endlich verschwanden die letzten jubelnden Krieger in einer Staubwolke, die alles verhüllte. Lorso atmete tief durch. Er hasste den Gestank von Erde, frischem Tierkot und Schweiß.

Im Inneren des Zeltes spielten ein verborgenes Saiteninstrument und eine hohe, metallisch klingende Trommel zu einer ruhigen, verschlungenen Melodie auf. Über ihnen sorgte ein Fächer für Luftbewegung. Es roch stark nach Blumen. Sklaven eilten herein und brachten Tabletts mit Beerensirup in Keramikgefäßen. In einer größeren und weitaus dickeren Schüssel mit Deckel befand sich gestoßenes Eis. Lorso folgte dem Beispiel des Mondpriesters und mischte den Sirup mit Eis und Wasser aus der großen Schale. Ihm stockte beinahe der Atem bei dieser angenehmen Erfrischung, und jetzt erst wurde ihm richtig bewusst, wie heiß ihm unter dem Umhang und der Wollkleidung war.

Der Mondpriester sagte: »Leg ruhig den Umhang ab. Wir wollen es doch bequem haben, du und ich. Wir werden Freunde. Meine Mutter hat es mir erzählt.«

Die Erwiderung, von Sosolassa habe er eine solche Mitteilung nicht erhalten, lag Lorso auf der Zunge, aber er hielt sie denn doch für zu unhöflich. Außerdem schien dieser sonderbar gekleidete kleine Mann mit dem verkniffenen Gesicht, das aussah wie getrocknete Fischhaut, auf fast Mitleid erregende Weise gefallen zu wollen. Lorso entschloss sich, das Spiel mitzuspielen. Er entledigte sich des Umhangs. »Es ist mir eine Ehre, von dir als Freund bezeichnet zu werden. Dein Ruf hat dir unter den Skan großen Respekt eingebracht. Unsere Navigatoren werden deine Erfolge im Osten mit Angriffen aus dem Westen aufwiegen.«

Plötzlich bekam das schmeichelnde Lächeln des Mondpriesters etwas Bissiges; Lorso fühlte sich unvermittelt an das weiße, kalte Land weit im Norden erinnert, wo ein unbedachter Mann die Haut seiner Hand verlieren konnte, wenn er mit bloßen Fingern ein Stück nackten Eisens packte. »Der Angriff der Windbande wird von Süden ausgehen. Wir brauchen etliche Haiboote, um die abtrünnigen Flussmenschen zu vertreiben. Wir bitten um wenig, denn ich bin sicher, die Skan werden die bevölkertsten Gebiete nahe Ola und Harbundai angreifen wollen, wo sie Sklaven und Beute erobern können.«

»Die Skan sind Krieger, keine Verwalter.«

Der Mondpriester schüttelte den Kopf. »Nur die Skan kämpfen zu Wasser so gut wie an Land. Wenn die Windbande die Flussmenschen angreift, hüpfen sie in ihre Boote und fliehen. Wir brauchen Hilfe gegen Angriffe in unserem Rücken.«

»Der Mutterfluss ist immerhin nur ein Fluss. Wenn die Windbande einige Boote hat …«

»Die Windbande gesteht ein, nichts über Boote zu wissen. Würden die Skan auf unseren Pferden in die Schlacht reiten?«

Lorso unterdrückte ein Schaudern. »Ich werde die Angelegenheit mit den Navigatoren besprechen. Vielleicht können wir zwei oder drei Haiboote zu einer Unterstützung erübrigen.«

»Na, siehst du?« Der Mondpriester war wieder die Freundlichkeit in Person. »Habe ich nicht gesagt, wir würden Freundschaft schließen? Unser erstes Problem haben wir bereits ohne Streit gelöst. Jetzt sollten wir darüber nachdenken, wann genau wir angreifen. Ihr werdet euch dabei nach den Gezeiten, Strömungen, Winden und der Mondphase richten, nicht wahr?«

Lorso stützte das Kinn auf die Hände, beugte sich vor und beobachtete den Mondpriester, der mit den Fingern eine riesige Karte in den staubigen Boden des Zeltes malte. Während Länder, die er bisher lediglich dem Namen nach kannte, Gestalt annahmen, begriff er, dass der Mondpriester ihr erstes Problem noch nicht gelöst hatte. Auf der anderen Seite hatte er ihre erste Auseinandersetzung gewonnen. Das war nichts Bedeutsames, aber immerhin ein Unheil verkündender Anfang.

Eine beunruhigende Trockenheit breitete sich in Lorsos Mund und Hals aus. Er verfluchte sein Schicksal. Von einer religiösen Führerin war er aufgezogen worden, und nun hatte man ihn losgeschickt, um mit einem weiteren zu streiten. Falls er zu viel einräumte oder möglicherweise das Bündnis gar nicht zu Stande kam, würde Jadetränen ihn bestrafen, da er vor Sosolassa versagt hatte.

Er würde nicht versagen. Jadetränen hatte ihn entsandt, und sie war Sosolassas Gegenwart auf Erden. Lorso fand seine kalte Selbstsicherheit wieder. Die Macht des Gottes war bei ihm.

Dreiundzwanzig

Die kühle, nächtliche Brise fuhr durch die Wimpel der Windbande. Spannung lag in der Luft.

Stolz erfüllte Jungen der Flussmenschen bewachten die schweren Taue, mit denen das Haiboot am Strand befestigt war. Krieger der Windbande und der Flussmenschen vermischten sich rasch, wenn auch nicht sehr herzlich, mit der Skanmannschaft. Die Frauen flirteten mit den exotisch tätowierten Skan. Sie waren für ihre Schönheit berühmt und sich dessen bewusst. Und sie widmeten sich ihren sozialen Verpflichtungen mit lobenswertem Eifer.

Das war allerdings zum Teil der Grund für die auftretenden Spannungen.

Die Männer dieser Volksgruppe der Flussmenschen wurden für ihr Geschick im Umgang mit Waffen gefeiert. Auch für die Nomaden der Windbande stellte der Krieg einen Teil des Lebens dar. Ein einziger Blick auf die Skan genügte, und man wusste, sie waren verwegene Kämpfer. Jetzt saßen diese drei Kulturen zum Essen und Trinken zusammen. Waffen wurden herumgereicht, geprüft und bestaunt. Man sprach über Pfeilherstellung und besprach die Vorteile der Federn von Wasservögeln gegenüber denen anderer Vögel. Vorsichtig testeten Daumen die Schärfe von Klingen.

Auch die Sänger und Geschichtenerzähler einer jeden Gruppe duellierten sich mit ihren Gegenspielern und trugen so zur Spannung bei.

Dem Mondpriester war die Tatsache durchaus gegenwärtig, dass ein einziger zu begeistert demonstrierter Hieb und eine zu aufgeregte Abwehr in einem blutigen Chaos enden konnten. Er roch die Gefahr, die beißend stank wie Stahl, der zu lange an den Schleifstein gehalten worden war.

Während er zu Lorso an die große, auf Böcken ruhende Tischplatte trat, deutete er lächelnd auf seinen Begleiter. Gemeinsam setzten sich die beiden, und der Mondpriester stellte ihm den anderen vor: »Lorso, dies ist meine rechte Hand. Mehr noch, mein Bruder, mein treuester Freund. Fuchs Elf, früher ein Menschenjäger von den Bergmenschen, heute Kriegshäuptling der Windbande.« An Fuchs gewandt fügte er hinzu: »Unser Freund Lorso ist der Adoptivsohn von Jadetränen, der Geisterfrau der Skan. Obwohl wir unterschiedliche Götter verehren, sehen wir in Gan Moondark unseren gemeinsamen Feind. Denn er beschützt die Hexe Sylah, die die Kirche zur Erhebung gegen alle Männer führen will.«

Fuchs und Lorso nickten sich still und beherrscht zu.

Einen Augenblick lang war der Mondpriester verzweifelt; sogar seine höchsten Leutnants beäugten einander wie Hunde, denen man ein Knochen hingeworfen hat. Er zwang sich, fortzufahren, als sei nichts geschehen.

»Jeder muss begreifen, welch fürchterliche Macht das Geheimnis der Tür darstellt. Frauen wollen diese Macht kontrollieren. Sylah lächelt und behauptet, sie wolle nur gleiche Rechte für die Frauen erreichen. Als wäre das nicht schon genug! Tatsächlich jedoch beabsichtigt sie, die Kirche und ihre Frauen zur Herrschaft über alle zu führen. Männer wären dann nur mehr Diener. Frauen, die nicht zur Kirche gehören, hätten es noch schwerer. Denkt nur, eine Frau mit Privilegien. Wir wissen doch alle, wie hinterhältig und gehässig sie sind. Stellt euch vor, ihr wärt der Sklave einer Frau.«

Ein Hauch Röte überzog Lorsos wettergegerbtes Gesicht. Der Mondpriester verfluchte sich, weil er den Einfluss dieser Jadetränen über ihren Adoptivsohn unterschätzt hatte. Er sprach rasch weiter und wetzte seinen Fehler aus. »Bestimmt hat Jadetränen nie auf der Herrschaft von Frauen über dein Volk bestanden.«

»Jadetränen würde solche Arroganz niemals einfallen.« Eigentümliche Bilder gingen Lorso durch den Sinn. Von Männern, die mit Jadetränen Meinungsverschiedenheiten hatten. Von Männern, die dumm genug waren, jene jungen Frauen zu begehren, die Jadetränen Männern ihrer Gunst vorbehalten wollte. Lorso erinnerte sich an Beschwörungen. An Tränke und Pulver, die im Geheimen hergestellt wurden. An die Angelegenheiten des Gottes. Sosolassa konnte sehr grausam sein. Männer starben unter unbeschreiblichen Qualen. Ein Haiboot unter dem Befehl eines Kapitäns, der Jadetränen beleidigt hatte, verschwand auf See.

Ernst erinnerte sich Lorso daran, dass Jadetränen niemals nach persönlicher Macht gestrebt hatte. Die Macht ruhte in Sosolassa. Alles war sein Tun.

Fuchs fragte: »Was denkst du über unsere Verbündeten, die Flussmenschen? Einer deiner Leute hat mir erzählt, ihr seid auf dem Weg den Fluss hinauf häufig überfallen worden.«

Lorso zupfte an einem seiner langen Zöpfe, und seine Antwort fiel fast wie eine Herausforderung aus: »Am Ende wird es hilfreich sein, dass sie gespalten sind. Nachdem Gan Moondark zermalmt und Sylah tot ist, werden die Skan die Flussmenschen nicht mehr brauchen.«

»Viele würden diesem Einwand zustimmen.« Die Lippen des Mondpriesters bewegten sich kaum. »Wenn zwei Verbündete jedoch plötzlich über ihren Dritten herfallen, wird es später womöglich schwierig, Verbündete für einen Angriff auf Kos zu finden.«

»Sollte sich der dritte Verbündete jedoch gegen die beiden anderen wenden, hätten diese doch das Recht, sich zu verteidigen.« Lorso zuckte mit den Schultern.

»Genau.« Fuchs beugte sich vor und spähte Lorso um den Mondpriester herum an. Der schlanke, lederne Bergkrieger trug die prachtvolle Kleidung seiner Nomadenbrüder. Feurige Opale in Silberscheiben waren auf die großen Blütenmuster seines Hemdes genäht; kleinere Versionen davon zierten seine Ärmel. Von seinen Ohren baumelten große Opale an langen goldenen Kettchen. Der Feuerschein reflektierte von ihm in Myriaden Richtungen. Fuchs schlug die Faust auf den Tisch und fügte hinzu: »Ich beabsichtige, Gans Kopf auf meinen Schlachtenwimpel zu spießen. Aus seinen Beinknochen werde ich eine Geisterflöte schnitzen, und aus dem Fell seiner Hunde mache ich mir einen Umhang. Aber das alles werde ich natürlich unterlassen, wenn der Mondpriester es befiehlt, weil er ein Gott ist. Er darf –«

Eine Hand schoss überraschend schnell hervor. Der Mondpriester umklammerte Fuchs' Handgelenk. Er brachte den Satz zu Ende. »Er darf nicht vergessen, dass andere gezwungen werden können, seine Göttlichkeit anzuerkennen. Wir wissen, was geschieht, wenn Macht missbraucht wird.«

Der Mondpriester ließ Fuchs los und lehnte sich zurück. Sein Blick wurde schwammig. Seine Stimme nahm einen geisterhaften Ton an, und dennoch klang sein heiseres Krächzen bedrohlich. »Ein Gott, der seine Macht einem anderen leiht, wird bestraft. Conway ist ein Helfershelfer von Sylahs Kirche. Voller Boshaftigkeit hat er das Lager der Windbande vernichtet und viele Leben gefordert. Er brachte den Fluch der Krankheit zur Windbande und half Sylah, mich um die Tür zu betrügen. Wären nicht Fuchs und meine besten Krieger namens Schneesturm gewesen, wären meine Nomaden zermalmt worden. Wir sind stärker als je zuvor. Meine Macht ist so groß wie nie. Und du und deine Männer werden das begreifen. Aber genug der Geschichten. Unser Gastgeber deutet an, es gibt jetzt Unterhaltung.«

Die Musik der Flussmenschen wirkte unmännlich auf Lorso. Er war an gellende Pfeifen und den hypnotischen Schlag schwerer Trommeln gewöhnt. Die vier Musiker zupften an Saiten, die über Kisten mit langen Hälsen gespannt waren und brachten verstrickte, volle Klänge hervor, die sich zart wie Rauch um die Zuschauer schlangen. Sie erinnerten an die Musik im Zelt des Mondpriesters, bis hin zu den drängenden metallischen Trommeln im Hintergrund.

Dennoch rührte die Musik Lorso an. Obwohl er sich dagegen wehrte, verschwanden die Gedanken an seinen Auftrag, und er konnte nur noch an Jaleeta denken. Als wollte sie ihn in seiner Schwäche verspotten, trat eine Flussfrau in die Fläche innerhalb der drei Esstische. Bei ihrem Erscheinen erhob sich in der Menge Jubel, und über zweihundert Männer versammelten sich. In der anschließenden erwartungsvollen Stille schienen die Instrumente lauter zu werden. Das Lied wurde treibender.

Die Frau schritt verwegen wie eine Elster vor dem Tisch auf und ab. Sie war in ein langes, weißes Hirschfell gekleidet und trug eine enge Weste aus dem gleichen Material. Ihr schwarzes glänzendes Haar hing ihr bis über die Hüften. Das weiße Leder war mit grünen, gelben und blauen geschwungenen Linien bestickt, die Geschichten von der Leben spendenden Kraft des Flusses und der Sonne erzählten. Knöchel- und Armbändchen mit Glöckchen klingelten bei jedem ihrer Schritte. Geschmeidig lächelte sie ihr Publikum mit der Zuversicht einer Frau an, die weiß, wie verführerisch und gefährlich ihre Schönheit ist, und die dieses Wissen genießt. Nachdem sie den Kreis um die Tische beendet hatte, zeigte sie auf die Stelle, wo die Flussfrauen und Nichtkrieger hinter dem Feuer auf der vierten Seite saßen. Ein Mädchen mit einer Maske eilte herbei und rannte sofort zurück.

Die Maske stellte einen Tiger dar. Die weißen Reißzähne waren erstaunlich lebensecht zum Fauchen entblößt. Das Tempo der Musik nahm zu, die Lautstärke ging zurück. Die komplizierte Melodie wich einem einfachen, wiederholten Refrain.

Die Frau blies dem Bild Leben ein. Eine ganze Weile pirschte sie umher. Die Zuschauer spürten, wie sie sich an Deckung gebende Steine drückte, und wie sich die raue Rinde der Bäume anfühlte, um die sie schlich, wussten, dass die Zweige unter ihren Füßen nicht knacken durften.

Sie stellte eine Jagd dar mit all ihren atavistischen Gefühlen und durchdrang sie mit Sinnlichkeit. Gebannt schauten ihr die Krieger zu.

Die kleine Trommel hetzte jetzt. Die Saitenmusik zitterte vor Erwartung.

Die Frau setzte zum Sprung an, wobei diese unglaublich athletische Übung mit vier schnellen Schritten begann, denen man mit den Augen kaum mehr folgen konnte. Hoch flog sie durch die Luft, legte sich flach, segelte über den Tisch am Kopf der Tafel, auf den Mondpriester, Lorso und Fuchs zu. Im letzten Augenblick, als sie schon drohte, lang hinzufallen, zog sie die Beine an, landete auf dem Boden in einer triumphierenden Hocke. Rasch erhob sie sich, nahm Haltung an und streckte die Arme Beifall heischend aus. Dann rannte sie davon und verschwand in der Menge der Flussmenschen.

»Ist sie nicht wundervoll?« Der Mondpriester errötete und grinste.

»Eine sehr anziehende Tänzerin.« Lorso hörte die Gereiztheit aus seiner Stimme heraus und verfluchte sie.

Die Musik ging im rauen, heiseren Lachen und Schreien der aufgeregten Männer unter.

Einer aus Lorsos Mannschaft erschien neben ihm. Der Schweiß rann ihm über das Gesicht. Essensreste hingen ihm im Bart. »Die Windbande hat Frauen«, sagte der Mann. »Sie meinen, wir können mit ihnen zu den Wagen vor dem Dorf gehen. Komm mit.«

Lorso sah Fuchs an, der zwinkerte. »Gefangene. Einige Kleine, überwiegend jedoch Kosier. Ein paar Flussfrauen aus feindlichen Siedlungen. Keine ist allerdings so hübsch wie diese Tänzerin.«

Der Mondpriester fügte hinzu: »Wir können unsere Krieger nicht zwingen, ein Mönchsdasein zu führen. Niemand darf den Frauen jedoch Leid zufügen. Die Sache ist anständig geregelt. Du und deine Mannschaft seid eingeladen.«

»Nein. Ich kann nicht. Ich habe einen Eid abgelegt. Zuerst muss mein Auftrag erledigt sein.« Über die Schulter wandte er sich an seinen Skan: »Geht ohne mich. Ich hätte es niemals schwören sollen ...« Er lachte gezwungen. In seinen Ohren klang es wie zerstoßene Muschelschalen.

Niemand sonst schien seiner Lüge gewahr zu werden. Der Skan lief davon. Lorso fühlte sich dumm und verletzlich und stand auf. »Ich schlafe an Bord«, erklärte er dem Mondpriester. »Vielen Dank für deine Gastfreundschaft.« Dann fügte er, ein wenig verlegen, weil er nicht früher danach gefragt hatte, hinzu: »Warum hat sich keiner von den Flussmenschen zu dir und Fuchs und mir gesellt?«

Der Mondpriester lachte. »Ich habe Saris gebeten, uns den heutigen Nachmittag und Abend zu lassen. Ich habe ihm erklärt, dass noch ein wenig Überredung notwendig sei, um die Skan vollständig in unser Bündnis zu holen. Verstehst du?« Ein verschlagenes Grinsen täuschte Komplizenschaft vor, und der Mondpriester fuhr fort: »Morgen werdet ihr beide euch kennen lernen. Saris und ich haben weitere Unterhaltungen geplant. Flussmenschen aus vielen bisher unbeteiligten Dörfern kommen her. Ich werde sie zum Mondtanz bekehren. Sie werden dich und dein Haiboot anschauen und dir zuhören, wie du die Macht der Skan beschreibst. Dadurch können wir unsere Streitmacht um viele, viele Krieger vergrößern.«

»Ich soll zu ihnen sprechen?«

»Erzähl ihnen nur, wer du bist und wie viele Haiboote du einbringen kannst, solcherlei Dinge. Das kannst du doch?«

Lorso warf sich in die Brust. »Ich spreche zu Hause vor unseren Navigatoren. Hier werde ich keine Schwierigkeiten damit haben.«

»Guter Mann. Wir werden herrschen, mein Freund von den Skan.« Der Mondpriester klopfte Lorso auf die Schulter, während dieser winkte und sich umdrehte.

Nachdem Lorso außer Hörweite war, sagte Fuchs: »Er hat den Blick, den die Tänzerin ihm zuwarf, überhaupt nicht bemerkt. Vielleicht ist er gar kein Mann.«

Der Mondpriester führte ihn vom Tisch fort. »Lorso hat eine andere Frau. Zu Hause. Da bin ich mir ganz sicher.«

»Dann ist unser Plan gescheitert. Du wolltest Lorso verstricken. ›Unseren Einfluss auf ihn vergrößern‹, hast du gesagt.«

Gereizt beschleunigte der Mondpriester seine Schritte. »Benutze deinen Verstand. Du kannst Fährten lesen wie kein anderer; begreifst du nicht die Wichtigkeit seiner Weigerung? Ist es nicht für einen Fährtenleser genauso wichtig zu sehen, was wirklich vorhanden ist, wie das, was du *erwartest*? Lorso verleugnet sich selbst. Wir haben unseren Ansatzpunkt.«

»Die Sache mit dem Fährtenleser verstehe ich. Die Sache mit Lorso nicht.«

»Gut.« Das Wort klang scharf wie eine Waffe. »Überlasse das Denken mir. Gute Nacht.« Damit machte sich der Mondpriester zu seinem Zelt auf.

Lorso ging über das schwankende Brett zu seinem Haiboot hinüber. An den Mondpriester oder Fuchs verschwendete er keinen Gedanken. Jaleeta nahm ihn vollständig ein. Er dachte an ihr Haar. Wie das der Tänzerin. Ihre Anmut. Anmut einer Tänzerin. Ihr weicher, üppiger Körper.

Er schloss die Augen, und Zedern- und Lilienduft schienen in seine Nase zu strömen, jene Gerüche, die ihr die liebsten waren. Ihre drängende Umarmung presste ihm die Luft aus den Lungen, und sein Körper straffte sich unter der lebendigen Erinnerung an ihre warme, weiche Haut. Doch welche Mühe er sich auch gab, Jaleetas Gesicht wollte sich seinem inneren Auge nicht recht enthüllen.

Einmal hatte er einen ertrunkenen Freund gefunden, der tot in nur hüfthohem Wasser lag. Es war ein heiterer, wolkenloser Tag, die Sonne war eine Wohltat. Das Licht vermischte sich mit der vom Wind gewellten Oberfläche des Wassers und verzerrte sie, so dass Lorso nicht erkennen konnte, ob der Mund grinste oder eine Grimasse schnitt, ob die aufgerissenen blinden Augen um Erlösung flehten oder in einem makabren Scherz zwinkerten.

Warum erschien ihm Jaleeta mit dem gleichen schwankenden Gesicht?

Vierundzwanzig

Am nächsten Morgen stand Lorso am Bug seines Haibootes und beobachtete ein Gespann von sechs schwarzen Pferden, das einen großen Wagen auf den ebenen Grund jenseits des steinigen Ufers schleppte. Er schnaubte. Pferde. Sie rollten mit den Augen, stampften mit den riesigen Füßen – sie konnten einen Mann mit einem Tritt zum Krüppel machen, wenn sie wütend waren. Sie stanken. Widerlich.

Die Ladung des Wagens war abgedeckt. Neugierig fragte sich Lorso, was an einem so schönen Tag Schutz brauchte.

Hinter ihm sagte der Mondpriester: »Guten Morgen, Lorso«, und der Skan zuckte zusammen. Als er sich umdrehte, lächelten ihm der Mondpriester und ein Flussmann vom Ufer her zu. »Wir wollten dich nicht erschrecken. Ich bin gekommen, um dir Saris vorzustellen.« Er deutete mit dem Kopf auf den Flussmenschen und zeigte dann auf das Gespann und das Gefährt. »Das ist ein Teil der Darbietung, die ich für heute geplant habe. Was beunruhigt dich?«

»Nichts. Ich wundere mich nur, was sie da tun.«

»Du wunderst dich?«

Lorso trat an die Lücke zwischen Rumpf und Land und schwang sich über die Seite. Der Mondpriester lachte amüsiert. »Sehr akrobatisch.«

»Was?« fragte Lorso. Er bemerkte, dass der Flussmann genauso verwirrt war wie er selbst.

Der Mondpriester wurde blass und geriet ins Stocken. »Ein Wort aus meiner Vergangenheit«, erklärte er. »Aus der Zeit, bevor meine Mutter mich gerufen hat und ich wiedergeboren wurde. Wir nannten jemanden, der auf diese Weise springen konnte, einen ›Akrobaten‹; was sie vollführten, war ›akrobatisch‹. Ich habe vergessen, dass ihr dieses Wort nicht kennt.«

Saris nickte weise. »Dann würdest du unsere Frau, die den Tigertanz aufgeführt hat, auch einen Akrobaten nennen?«

»Eigentlich nicht.«

Lorso hatte keine Lust, dieses Thema weiterzuverfolgen, denn es erinnerte ihn an seine eigene Unzulänglichkeit, das Humpeln. »Wo ist dein Land, Mondpriester? Die Skan fahren überall hin, wo die Erde ans Wasser grenzt, sogar bis zu den Nions. Niemand, mit dem wir Handel treiben, kennt diesen Ort. Wir wissen, deine Freunde kamen zu Gan Moondark –«

»Sag das nie wieder!« Das sichtliche Unbehagen des Mondpriesters angesichts der Fragen nach seiner Heimat verwandelte sich in Wut bei dieser Bemerkung über Gan Moondark. Innerlich frohlockte Lorso und freute sich, weil er den Mann so herrlich gereizt hatte. Dann lief ihm kurz ein Schauer über den Rücken, als er begriff, dass er einen Gott verärgert hatte. Doch Sosolassa wachte über ihn, fiel ihm ein, und die Anspannung ließ nach.

Der Mondpriester war noch immer zornig: »Früher war ich ein einfacher Mann, und ich stamme von einem Ort, der weiter entfernt ist, als du dir vorstellen kannst. Ich kam mit anderen Männern und Frauen. So weit stimmt die Geschichte. Ich habe mich jedoch nie Gan Moondark angeschlossen wie die anderen. Sie sind Narren und stehen unter Sylahs Einfluss.« Er unterbrach sich wutschaubend.

Lorso sah zu, wie die Gesichtsfarbe des Mannes sich plötzlich veränderte. Das Blutrot des Zorns löste sich in ein erschöpftes bleiches Blau auf. Der Mondpriester erholte sich und fuhr eisig fort: »Heute wirst du meine Macht erleben. Dann erfährst du auch, wie unglücklich derjenige ist, der meine Zuneigung verspielt.« Er stolzierte davon.

Einen Augenblick lang standen die beiden Männer unbeholfen da. Schließlich brachte Lorso ein schwaches Grinsen zu Stande. »Vielleicht habe ich ihn geärgert. Ein bisschen.« Er hob Daumen und Zeigefinger und ließ nur einen kleinen Abstand zwischen ihnen.

»Mehr, denke ich.« Saris lächelte zaghaft und warf dem davongehenden Mondpriester einen vorsichtigen Blick hinterher. »Er ist sehr gefährlich.«

Um sich mit Saris zu unterhalten, lud er ihn zum Essen ein, und währenddessen betrachtete er den Anführer der Flussmenschen genau. Die enge Weste betonte den muskulösen Oberkörper. Ein Arm war schwer verwundet. Die lange Hose ähnelte für Lorsos Geschmack zu sehr einem Rock. Im Gegensatz zu seiner Kleidung schien Saris' Hut neu zu sein. Die breite Krempe bot hervorragenden Schutz vor Wetter und Sonne. Erst beim zweiten Hinschauen bemerkte Lorso, dass das Hutband aus einer Schlange bestand, deren Kopf sich mit entblößten Fangzähnen nach vorn reckte.

Er wich zurück. Saris bemerkte es und begriff. Sicherer geworden, nahm er den Hut ab und reichte ihn Lorso. In seinen Worten schwang Spott mit. »Ich habe gehört, wo ihr lebt, gibt es keine Giftschlangen.«

Lorso nahm eine Haltung an, als wollte er mit einem Schwerthieb antworten. Er legte die Hand auf das Heft der Waffe. »Du hast recht gehört. Sie töten Menschen. Warum sollte man eine auf dem Kopf tragen?«

Saris lachte. »Schlangen sind die Geistertiere des Mondtanzes. Diese Schlange, die ihren Feind warnt, ist des Mondpriesters Geistertier. Nur vom Mondpriester ausgewählte Männer dürfen die Haut der heiligen Schlange tragen.«

»Wenn ein Mann ausgewählt wird, muss er die Haut dann tragen?«

Saris wurde ernst und dachte über die Frage nach. »Das hat der Mondpriester nie gesagt.«

»Gut. Die Skan haben ihre eigenen Geistertiere.«

»Der Mondpriester respektiert diese Dinge. Er erlaubt jedem, seinen eigenen Gott zu verehren, so lange nur die Vormacht des Mondtanzes anerkannt wird. Er sagt, alle Götter und Geister unterstehen seiner Mutter.«

Schweiß kribbelte auf Lorsos Rücken. Er wünschte, Jadetränen wäre hier. Wie konnte er zustimmen, dass Sosolassa der Mondmutter untergeben war? Falls er gegen diese Regel des Mondpriesters verstieß, wäre das Bündnis gescheitert. Würde er sie akzeptieren, würde ihn Sosolassa holen. Ob er nun Jadetränens Adoptivsohn war oder nicht, sie würde traurig zum Zeremonienfelsen gehen und das Lied der Flüche für Lorso singen. Die Geister, die dieses Lied der Flüche beschwor, lauerten im Meer geradewegs unter der Oberfläche, immer nass, immer kalt, immer bereit, Lebende nach unten zu zerren.

Saris bemerkte wohl Lorsos Sorgen. »Wenn mich ein Widerstreit zwischen meiner Religion und dem Mondtanz beunruhigte, würde ich nichts davon sagen. Falls der Mondpriester nicht verlangt, die Mondmutter anzuerkennen, warum soll man dann darüber sprechen?«

Jadetränen hatte ihn vor den Intrigen gewarnt, die den Abschluss des Bündnisses begleiten könnten. Lorso betrachtete die Verhandlungen inzwischen so, als würde er sich an eine Beute heranpirschen; nicht derjenige hatte den Vorteil, der am schnellsten oder aufbrausendsten vorging, sondern der, der sich am stillsten verhielt.

Er wechselte das Thema. »Was ist das für ein Wunder, von dem du gesprochen hast?«

Der Flussmensch reagierte unerwartet. Er riss kurz die Augen auf. Lorso war sicher, er habe eine Spur von Angst bemerkt. »Die Überraschung des Mondpriesters. Später, vor Sonnenuntergang. Wir brauchen Zeit, um die Leute zu versammeln.« Er zeigte flussaufwärts. Lorso sah zwei Boote, die er bisher nicht bemerkt hatte. Das graue Holz der Rümpfe und die staubigen braunen Segel verschmolzen sehr nett mit dem Grün-Braun des Wassers und der Klippen, die am Nordufer in der Sonne lagen. Und das war auch schon das Beste, was Lorso darüber sagen konnte. Die schweren, wackeren Boote waren für die Arbeit gebaut worden. Sie beförderten Kaufleute, Fracht, Vieh oder Fischer. Lorso verhehlte seine Verachtung und stellte sich vor, mit welcher Leichtigkeit seine Haiboote diese plumpen Gefährte versenken würden. Er fragte Saris: »Wie viele Menschen kommen, um den Mondpriester anzuhören?«

»Hunderte. Die Flussmenschen sind ein großer Stamm, selbst nachdem wir vom Mondtanz gespalten wurden. Nicht jeder, der erscheint, wird den Mondpriester anerkennen. Viele aber schon. Der Mondpriester sagt, für jeden, der ohne Glauben geht, werden sich zwei zu uns gesellen.«

Dieser Gedanke faszinierte Lorso. Die Skan hingen einer einfachen Überzeugung an, was den Glauben betraf: Falls eine Religion etwas taugte, beschützte sie die Gläubigen gegen die Skan und Sosolassa. Wenn jedoch Sosolassa siegte, wurden die Verlierer durch seine Macht zu Sklaven. So einfach lag die Sache.

»Was machen wir bis zu dieser großen Vorführung?« Lorso gab sich keine Mühe, seine Ungeduld zu verbergen. »Ist sie denn so wichtig für mich und meine Mannschaft? Ich sollte besser über den Zeitpunkt unseres Angriffs reden und die Ziele unserer Streitmacht. Der Mondpriester weiß, dass kein Skan in Ohnmacht fallen und ihn einen Gott nennen wird. Wir kamen her, um über Krieg und Plünderung zu reden.«

Obwohl Saris aussah, als habe er in etwas Verdorbenes gebissen, antwortete er in aller Ruhe: »Du bist stärker als deine Männer, Sklavenfänger. Deine Mannschaft hat die Nacht mit den Sklavinnen der Windbande verbracht. Manche halten sich immer noch bei ihnen auf. Ich zweifle daran, ob sie im Augenblick wirklich an Krieg und Plünderung denken.«

Innerlich vor Zorn rauchend, gestattete sich Lorso nur ein knappes Nicken. Er ging in die Richtung, in die Saris gezeigt hatte. Schließlich entdeckte er die Wagen, die in das weite, schöne Tal gezogen worden waren. Inzwischen schwitzte er. Er kannte die Wagen bereits aus Erzählungen, daher war er auf ihren Anblick vorbereitet. Trotzdem gab er einen Laut der Überraschung von sich, als ein Skan aus einem der Wagen sprang und er feststellte, dass das Speichenrad einen ganzen Kopf größer war als der Krieger.

Es waren mindestens zwanzig. Lorso war sicher, die zehn bunt geschmückten waren für die Frauen. Die Oberseite bestand aus bemaltem Stoff, der über Rahmen gespannt war. Ein Bild stellte einen Mond dar, der über einer Bergkette aufging, ein zweiter einen Tiger, der einem Hirsch hinterherspringt, ein dritter lediglich große und kleine, rote und gelbe und weiße Rosen. Die Räder und Joche waren ebenfalls bemalt. Lorso betrachtete das alles, während er unter einem großen Felsüberhang stand.

Er spürte Blicke auf sich ruhen.

So gleichgültig wie möglich gab er vor, er würde seinen Stiefel untersuchen und sah sich dabei nach hinten um. In dieser Haltung suchte er die Hänge zu seiner Seite ab. Sie waren mit Bäumen bewachsen, die jedoch weit auseinander standen, und zwischen ihnen gab es wenig Buschwerk. Dennoch konnte man sich dort an unzähligen Stellen verstecken, wenngleich das keine wirkliche Gefahr verhieß.

Gebüsche drängten sich an dem Weg, der in das Tal und zu den Wagen führte. Für gewöhnlich war es wohl ein Wildwechsel, denn an den Sträuchern entdeckte er frische Schäden von den riesigen Rädern. Lorso schalt sich, er benähme sich wie ein verängstigtes Kitz, verscheuchte das unheimliche Gefühl, beobachtet zu werden, und trat hinaus auf seine Männer zu. Zur selben Zeit wusste er plötzlich genau, dass er etwas gesehen oder gehört oder gerochen hatte, nur war es ihm nicht gelungen, es zu bemerken.

Ein Pfeil, der seine Brust hatte treffen sollen, flog vor ihm vorbei und schlitzte sein aufgeblähtes Hemd auf. Damit er nicht vollständig vergeblich abgeschossen worden war, ritzte die rasiermesserscharfe Klinge die Unterseite seines rechten Oberarms und landete danach im Gebüsch. Lorso schrie, sprang hinter einen Strauch in Deckung, drückte die Linke auf den hässlichen kleinen Schnitt am Arm und zog mit der Rechten das Schwert. Indem er sich verfluchte, weil er Pfeil und Bogen nicht dabeihatte, wagte er sich vorsichtig und langsam mit dem Kopf hervor.

Weit oben am Berg rannte ein Mann davon. Die Entfernung erschreckte Lorso. Dass der Pfeil ihn verfehlt hatte, war kaum überraschend; eher, dass er sogar beinahe getroffen hätte.

Lorsos Schrei war gehört worden. Die Skanmannschaft und etliche Frauen wankten aus den Wagen. Einige Nomaden der

Windbande tauchten auf. Einer schwang sich auf ein Pferd ohne Sattel und Zügel, schlug dem Tier mit der Hand auf die Flanke und galoppierte zu Lorso.

»Bist du schwer verletzt?« fragte der Nomade, wartete die Antwort jedoch nicht ab. »Wer war das? Ein Flussmensch?«

Das Gesicht des Neuankömmlings wurde ausdruckslos, als Lorso eingestand, er habe keine Ahnung. Doch als Lorso hinzufügte, der Mann fliehe den Berg hinauf und auf die Gestalt zeigte, erhellte sich die Miene des Nomaden. »Eine Jagd!« rief er. »Auf einen Mann. Das beste Wild. Tut mir leid wegen deines Arms. Sieht ja nicht sehr schlimm aus. Wir werden ihn dir trotzdem fangen. Ich hole nur schnell die anderen.« Und damit sprengte er wieder davon.

Kurz darauf trafen die ersten Skan ein. Lorsos Wunde wurde fachkundig untersucht und verbunden. Lange, ehe der letzte Skan Lorso erreicht hatte, preschte eine Gruppe berittener Nomaden bereits den Berg hinauf. Ihr Johlen und ihre Schreie hallten durch das Tal. Die Skan beobachteten sie mit stolzem Interesse von Männern, die eine Gefahr einschätzen, die eines Tages ihnen selbst drohen könnte. Die zähen, breiten Pferde der Windbande schienen die Schwerkraft zu überwinden. Lorso fragte sich, ob diese erstaunlichen Tiere Klauen statt Hufen hatten, so wie sie den Hang erklommen. Die Reiter hingen wie Dämonen an ihnen und sprangen nur ab, wenn eines der Pferde drohte, nach hinten zu rutschen. Zu Fuß halfen sie ihren Tieren dann weiter. Manchmal zogen sie an den Zügeln vorwärts. Einige schoben ihre Reittiere regelrecht, bis sie wieder Halt gefunden hatten.

Gleichzeitig ritt eine weitere Gruppe der Windbande johlend um die Ostseite des Berges. Lorso nahm an, sie würden einen weiten Bogen schlagen, um jede Flucht nach Süden zu verhindern.

Der arme Kerl, der versucht hatte, ihn zu erschießen, tat ihm fast leid.

Fünfundzwanzig

Der Mondpriester verspürte kein Mitleid mit dem Mann, der Lorso hatte ermorden wollen. Er hörte sich die Geschichte an, und in ihm schwelte offensichtlich stiller, wahnsinniger Groll. Lange noch, nachdem Lorso seine Erzählung beendet hatte, saß er unbeweglich da und richtete den Blick auf einen Punkt weit jenseits der Zeltwände.

Ihn zu beobachten, erregte in Lorso ein unbehagliches Gefühl. Jadetränen hatte die gleiche Angewohnheit. Lorso nutzte die Gelegenheit und betrachtete eingehend das Zelt. Genauer gesagt, diesen Raum des Zeltes. Vier Hütten der Skan hätte hier hereingepasst. Durch den weißen Stoff drang gedämpftes Licht, so dass es hell war, aber nicht heiß. Teppiche bedeckten fast den gesamten Boden. Wo sie ein Stück der gestampften Erde freiließen, hatten Sklaven Thymian, Minze und andere Kräuter verstreut. Diese Düfte vermischten sich mit dem Geruch des warmen Bienenwachses, mit dem die Zeltleinwand wasserdicht gemacht worden war.

Man saß in zierlich geschnitzten Stühlen, die im Halbkreis um eine leicht erhöhte Plattform angeordnet waren. Der Mondpriester hatte darauf auf einem langen, gepolsterten Gegenstand Platz genommen. Lorso wurde gesagt, es handle sich um ein Sofa. Es war ebenfalls weiß, und so wirkte es, als würde es den Mondpriester aufsaugen. Dahinter stand ein dunkelblauer Wandschirm. Die Farbe des Stoffes war nicht gleichmäßig, an einigen Stellen war sie heller als an anderen. Oben in der Mitte stand ein dunstverhüllter Mond, der verwirrend schimmerte, nichtsdestotrotz aber den Mittelpunkt des Wandschirms bildete.

Lorso erschien das Ding zunächst als bloßer Luxusgegenstand, bis er zur Seite und dann wieder hinsah. Plötzlich erkannte er die Bedeutung. Der Mond trieb durch die Dämmerung. Die helleren Farben stellten Wolkenbänder dar. Der Mondpriester versank in der Szene, wurde zu einem Wesen des Himmels.

»Sylah.« Dieses einzelne, knirschende Wort riss Lorso aus seinen Betrachtungen. Ohne eine Bewegung wiederholte der Mondpriester lauter: »Sylah. Es muss Sylah sein. Nicht einmal Gan Moondark ist so fanatisch, um eine derartig törichte, nutzlose Tat zu veranlassen.«

Ungehalten erhob sich Lorso. »Töricht? Nutzlos? Ich?«

»Setz dich. Du hörst Beleidigungen, wo es keine gibt.« Ungeduldig gestikulierte der Mondpriester und ließ sich durch Lorsos Verärgerung nicht weiter in seinen Gedankengängen stören. »Die Skan haben ihren besten Krieger geschickt, um mit mir ein Bündnis zu schließen. Gan Moondark weiß, über deinen Tod wäre dein Volk außerordentlich verärgert. Deine eigenen Männer werden bezeugen, dass dabei kein Verrat unsererseits im Spiel gewesen ist. Verstehst du. Der Mann wird es uns erzählen.«

Lorso spottete: »Zuerst müssen wir ihn erwischen.«

»Wenn ein Mann fliegt, wird Fuchs seine Fährte bis in den Himmel verfolgen. Wenn er schwimmt, wird Fuchs die Wellen aufspüren, die er im Strom verursacht.«

»Trotzdem könnte er vor seinem Geständnis zu Tode kommen.«

Der Mondpriester lachte. Seine Miene verursachte bei Lorso eine Gänsehaut. »Falls ihm der Glaube gut dient, stirbt er bei seiner Gefangennahme. Fällt er uns jedoch in die Hände, wird er gestehen. Oh, ja, bestimmt. Du wirst es sehen.«

Widerwillig räumte der Mondpriester sich selbst seine Grobheit gegenüber Lorso ein. Er erkundigte sich ausführlich über die Wunde und drückte seine Besorgnis wegen einer möglichen Infektion aus. Lorso verhielt sich beeindruckend; ihm bereitete der Schaden an seinem Hemd mehr Kummer. Erst auf Lorsos Erklärung hin begriff der Mondpriester, dass es sich bei dem Stoff nicht um Baumwolle, sondern um Leinen handelte. Die darauf folgende Enthüllung, die tiefblaue Farbe sei durch Färben mit Indigo entstanden, ließ den Mondpriester erst recht staunen. Da er das Interesse seines Gegenübers für solche Dinge bemerkte, beschrieb Lorso ihm die Herstellung von Leinen.

Innerlich stöhnte der Mondpriester. Hastig, aber taktvoll, unterbrach er Lorso. »Darüber möchte ich unbedingt mehr erfahren, Lorso, aber zuvor muss ich an neueren, besseren Waffen für unseren Sieg arbeiten.«

Er sah dem hinausgehenden Lorso hinterher und fragte sich, ob dieser unwissende Wilde überhaupt irgendein Verständnis für die Wichtigkeit dieser neuen Waffen hatte. Die Skan waren für Belagerungen nicht besser gerüstet als die Nomaden der Windbande. Beide Kulturen fielen ohne Vorwarnung über ihre Feinde her, mordeten und plünderten und verschwanden anschließend wieder. Der eine verschmolz mit dem unendlichen Meer, der andere in den ähnlich geräumigen Weiten des Trockenen.

Das musste ein Ende haben. Raubüberfälle mochten zwar einer Eroberung vorausgehen, aber Handel und Industrie waren die Basis für ein Imperium.

Der Mondpriester beugte sich vor, stützte das Kinn auf die Hände und grübelte. Nach der Katastrophe mit Conway und dem fürchterlichen Feuer im Lager der Windbande bezeichneten ihn viele als falschen Gott. Die Anzahl der Abtrünnigen vervielfältigte sich, nachdem der Angriff auf das Heim der Kirche scheiterte und die Windbande von einer Seuche befallen wurde. Dennoch hatte er die Schwierigkeiten überwunden und wurde so wiederum zum lebenden Beweis dafür, dass seine Vorhaben gesegnet waren.

Ein Imperium. Es brauchte eine Basis. Kirche und Staat an einem Ort. In einem Mann. In einem Menschengott.

Kein Imperium konnte erblühen, wenn es keinen Zugang zum Meer hatte. Keine Religion war sicher ohne Barrikaden zur Verteidigung gegen die Ungläubigen. Die befestigten Städte Ola und Harbundai boten für beide Probleme eine Lösung.

Entschlossen erhob sich der Mondpriester und eilte in seiner silbernen und weißen Kleidung nach draußen. Dort bestieg er sein weißes Pferd. Ein Sklave hielt das Tier ruhig, bis der Mondpriester im Sattel saß. Der Mondpriester betrachtete diese Hilfe mittlerweile als Höflichkeit; inzwischen war er ein wesentlich besserer Reiter geworden. In der Windbande reiste man hoch zu Pferd und mit großer Geschwindigkeit, oder man wurde in einem Wagen durchgerüttelt und geschüttelt und brauchte Ewigkeiten, bis man sein Ziel erreichte.

Der Mondpriester wandte sich nach Süden und erreichte bald einen kaum erkennbaren Weg, der von der vielbefahrenen Straße entlang des Flusses abzweigte. Er schien geradewegs auf die aufragenden Berge zuzugehen, führte in Wahrheit jedoch in ein schmales Tal.

Ein Stück weiter stand sein Ziel.

Raues Holz leuchtete vor dem dunklen Hintergrund. Einsam stand auf der Lichtung ein riesiges Katapult und wartete darauf, getestet zu werden.

Der Mondpriester hörte dem nervösen Sklaven zu, der für den Bau verantwortlich war. »Es ist jetzt fertig, Mondpriester. Wir könnten es morgens auseinander nehmen und es in der Zeit zwischen zweiter Mahlzeit und Abend wieder zusammensetzen. Und es kann einen Stein vom Gewicht eines großen Mannes weiter schießen als der beste Bogenschütze seinen Pfeil.«

»Wie lange braucht ihr, um ein zweites zu bauen?«

Die sichtbare Anspannung des Sklaven nahm noch zu. »Manchmal hat das Holz Fehler, Mondpriester. Oder die Seile aus Bullenhaut sind nicht so kräftig, wie sie sein sollten.«

»Entweder wirst du meinen Erfordernissen nachkommen, oder du stirbst.«

»Vier Tage. Fünf, wenn es regnet.«

»Drei. Und einen Teil des Vierten. Verflucht sei das Wetter. Und jetzt zeigt mir, ob das Ding funktioniert.«

Der Sklave rannte zu der Maschine und seiner Mannschaft. Der lange Arm mit dem Korb aus dicken Lederbändern senkte sich nach hinten, während die Männer an der schweren Winde drehten. Das Ende mit den Steingewichten ging in die Höhe. Schweißüberströmt drehten die Arbeiter weiter an dem Rad. Der Korb erreichte den Boden. Zum Schluss hievten vier Männer eine wuchtige Steinscheibe in das Geflecht.

Die festgestellte Winde wurde gelöst. Der Korb ging in die Höhe. Das Gewicht senkte sich und landete mit lautem Krachen auf dem Boden. Der lange Arm peitschte unbeschreiblich schnell nach vorn; der Mondpriester traute seinen Augen nicht. Der Balken bog sich wie Schilf, und der Stein flog mit einem Rauschen durch die Luft, das an einen Wasserfall erinnerte. Als er die Felswand traf, zersplitterte er in tausend Stücke. Große Brocken wurden aus dem Fels gehauen und hinterließen eine verfärbte Wunde. Sogar später noch brachen immer wieder einzelne Steine heraus.

Der grinsende Obersklave meinte: »Ich habe es dir gesagt. Wir haben es geschafft. Willst du jetzt sehen, wie wir es auseinander bauen? Oder sollen wir noch einen Stein schleudern? Es dauert nicht lange.«

Der Mondpriester war zufrieden. Er wendete sein Pferd und trabte davon.

Die Sonne stand bereits tief am Himmel und tauchte die ruhelose Oberfläche des Flusses in sanftes Gold, als Fuchs und die Sucher ins Lager zurückkehrten. Muntere Zurufe verkündeten ihren Erfolg. Die Männer blieben vor dem Zelt des Mondpriesters stehen und erzählten lauthals die Neuigkeiten.

Der geprügelte, blutverschmierte Mann, der an ein Pferd gebunden war, schwankte. Sein Gesicht war übel zerkratzt, sein Hemd war an den Schultern zerrissen und hing über seinen Gürtel. Die Haut an Brust und Bauch sah verbrannt aus, offensichtlich hatte man ihn geschleift. Es war kaum zu sagen, ob die Blutlache unter ihm von seinen wunden bloßen Füßen herrührte oder von den anderen Verletzungen.

Nun kam der Mondpriester heraus und betrachtete den Gefangenen. Fuchs rief er knapp zu: »Gute Arbeit«, dann umkreiste er den Mann langsam. Der Gefangene keuchte und richtete den Blick zu Boden. »Gebt ihm etwas zu trinken«, befahl der Mondpriester und wartete, bis der Kerl seinen Durst gestillt hatte.

Der Mondpriester sprach milde. »Du hast versucht, meinen Freund zu töten. Sag mir, warum.«

Der Mann brauchte zwei Anläufe, bis er ein Wort hervorbringen konnte. »Skan. Wichtiger Skan. Rosa und schwarzer Stein, Sostein. Dachte, er habe viele davon. Wollte ihn berauben und die Steine verkaufen.«

»Warum belügst du mich?« fragte der Mondpriester, streckte die Hand aus und drehte das Kinn des Mannes nach oben, damit er ihm in die Augen blicken konnte. »Ich stelle dir nur ein paar Fragen, und du könntest mir ehrlich antworten und so deine Qualen vermindern. Ich bin der Mondpriester, der Mensch, der ein Gott ist, der Gott, der ein Mensch ist.«

»Wahrheit.« Der Mann wollte mit den auf dem Rücken gebundenen Händen gestikulieren. »Wollte nur rauben. Bitte. Töte mich nicht.«

»Er ist ein Händler«, sagte Fuchs.

Der Mondpriester lächelte. »Gib ihm noch Wasser. Auch etwas zu essen, wenn er will. Er wird heute Abend sehr nützlich sein. Lorso sollte sich glücklich darüber schätzen, wie ernst wir diesen Anschlag auf sein Leben nehmen.«

Fuchs sagte: »Wenn er herausfindet, dass ein dreckiger Händler auf ihn geschossen hat, wird er das selbst sehr ernst nehmen.«

Später, nachdem Lorso und seine Mannschaft gekommen waren, enthüllten Nomaden den großen Wagen, der nun in der Mitte eines mit Seilen abgesperrten Bereichs stand. Hunderte von Flussmenschen drängten sich an diese Schranke und äußerten lautstark ihre Bewunderung und ihre Ehrfurcht, als das Gerät offenbart wurde. Die Skan, die sich hinter Lorso aufgereiht hatte, unterhielten sich murmelnd. Einer rief: »Und das ist es, worüber alle sprechen, Lorso? Der Blitzwagen des Gottes?«

Lorso fuhr herum, wobei er wegen seines steifen Beins leicht schwankte. Überrascht wollte der Mann ausweichen und stieß seinen Kameraden an. Eine Reihe Flüche und Rempler folgte. Schließlich wurde die Gruppe wieder still. Lorso fauchte sie an: »Wir dienen unserem eigenen Gott. Ich habe euch gesagt: Kein Skan beleidigt den Mondpriester und diesen Mondtanz oder irgendwelche anderen Ungläubigen. Wir verteidigen uns, wenn es sein muss. Aber ich will nichts mehr über Götter hören. Kapiert?«

Einer der Älteren erwiderte: »Kapiert. Aber es ist nur –«

Brüsk würgte Lorso den Mann ab. »Bleibt zusammen, dort drüben an der Ecke des abgesperrten Bereichs. Falls wir verraten werden, kämpfen wir uns zum Haiboot durch. Wer schneidet die Leinen durch?«

Zwei Hände wurden gehoben.

»Und wer, wenn sie nicht durchkommen?«

Zwei weitere Männer erklärten sich bereit.

»Gut. Ich werde beim Mondpriester mit Fuchs, Saris und einigen Flussmenschen an einem besonderen Tisch sitzen. Seid wachsam. Und vergesst nicht, ihr seid Skan.«

Weiterhin leicht gereizt, ließ Lorso die Vorstellung etlicher Häuptlinge der Flussmenschen und ihrer Würdenträger über sich ergehen. Nach den ersten beiden sahen sie für ihn alle gleich aus; Schlapphüte, weite Hosen, selbstherrliche schlaffe Gesichter. Sie bevorzugten Federn als Schmuck. Die waren zwar bunt, aber zitterten und schwankten ständig und verstärkten so den Eindruck, dass es sich bei ihren Trägern um keine echten Männer handelte.

Nachdem dem Protokoll Genüge getan war, nahm der Mondpriester den Anführer der Skan am Arm. »Komm. Schau dir den Altar meiner Mutter an.«

Die beiden gingen um das Gerät herum. Der Mondpriester sagte nichts, bis sie die Vorderseite erreicht hatten, welche man an den auf Hochglanz polierten Kupferstufen erkannte, die von der breiten Ladefläche des Wagens zur oberen Plattform des Altars führten.

Der Mondpriester genoss die Ironie der Situation. Lorso glaubte nicht an die Macht der Mondmutter. Das Witzigste daran war jedoch, selbst wenn man ihnen die Funktionsweise eines elektrischen Generators erklärte, würden diese blutrünstigen Wilden die wissenschaftlichen Fakten einfach zu Magie erklären. Um das Spiel auf die Spitze zu treiben, zeigte der Mondpriester auf die hervorstechendsten Teile des Gerätes und erklärte sie auf eine Weise, mit der Lorso leben konnte.

»Der eigentliche Altar ist der Tisch in der Mitte der Fläche. Die beiden Keramikscheiben heißen Mondscheiben. Siehst du, wie sie von einem großen Stück gespannten Leders getrennt werden? Sie befinden sich auf der gleichen Achse – sie ragen hinten aus den beiden dreieckigen Halterungen. Die beiden Scheiben werden getrennt, weil sie den Mond darstellen, den wir eine Zeit lang sehen, und den Mond, der uns eine Zeit lang verborgen bleibt. Sie sind ganz schön groß, nicht wahr? Haben fast einen Durchmesser von einer Armlänge.«

Lorso täuschte nur sehr schlecht Interesse vor. »Sehr hübsch. Ich verstehe die vier bemalten Säulen auf dem Leder in dem Rahmen; jede Säule stellt eine der Mondphasen dar, von Vollmond bis Neumond, und die Metallbilder, die auf dem Rahmen stecken, ebenfalls. Die Metallstrahlen, die an den Gesichtern der Scheiben befestigt sind, müssten den Vollmond zur Zeit der Herbst-Tagundnachtgleiche verkörpern. Sie sind aus Kupfer, und wir nennen ihn den roten Mond der Erntezeit. Vermutlich soll er deinen Anhängern eine reiche Ernte bringen.«

Sarkasmus färbte die Worte, und auch ein wenig Hohn. Der Mondpriester hörte ihn so klar wie eine Trompete heraus. Die Röte stieg ihm ins Gesicht. »Die Strahlen zeigen, dass die Macht meiner Mutter in alle Richtungen fließt. Sie segnet alle Jahreszeiten.« Der Mondpriester strich über einen der Strahlen vom schmalen inneren Ansatzpunkt bis zum dickeren runden Ende, das ungefähr eine Handspanne von den Scheiben entfernt war. Sie waren spiegelglatt. Sogar die Kupferstifte, mit denen sie an der Scheibe gehalten wurden, wiesen keinerlei Unebenheiten auf. Nun ließ der Mondpriester die Hand zu den beiden Ruten weiterwandern, die aus dreieckigen Achsenklammern ragten. Eine reichte bis zum oberen Rand der Scheibe, die andere bis zum unteren rechten. Bürsten aus Kupferdraht berührten die Kupferstrahlen.

Inzwischen hatte der Mondpriester seinen Gast fast völlig vergessen und liebkoste die Klapperschlangen, die in die zwei Pfosten graviert waren, welche den mit Leder bespannten Rahmen trugen. Aus beiden Pfosten ragten auf jeder Seite zwei Schlangen, wobei die eine kurz vor der Kugel endete, die in die Spitze des Pfostens geschnitzt war, während die andere nur halb so hoch reichte. Die untere hielt einen Kamm im Maul. Die Kupferzähne aller vier Kämme berührten fast die Kupferstrahlen der Scheibe.

Der Mondpriester prüfte die Stabilität der Kupferruten, die an dem vordersten Paar Kämme angebracht waren. Die Ruten steckten in horizontalen Löchern im Pfosten. Genau unterhalb der Rute kam eine Kupferkette aus einer ähnlichen Öffnung; deren

Ende wiederum führte zum hölzernen Teil der Oberfläche des Altars. Ein Kupferdraht an den hintersten zwei Kämmen war mit einer Kupferscheibe auf dem Altar verbunden; das Metallstück lag auf mehreren gewachsten Schichten Wildkuhhaut. Von dieser Scheibe gingen zwei Kupferruten wie eine Art Geländer zu einer weiteren Kupferplatte im Boden des Wagenaufbaus.

Der Altar war perfekt. Nur der Mondpriester kannte seine Funktionsweise. Sogar diese Narren an Sylahs Seite und die schwachen Gebete ihrer fruchtlosen Kirche konnten die Macht seiner Mutter nicht beherrschen. Nur der Mondpriester. Vielleicht würden sie die Entstehung von Elektrizität verstehen, aber konnten sie diesen Apparat nachbauen? Wer außer dem Mondpriester konnte ein Gerät entwerfen, das ihm erlaubte, die Unwürdigen zu vernichten und diejenigen zu verschonen, die er noch brauchte? Mondpriester. *Mondpriester.*

»Mondpriester?« Lorsos Ruf riss ihn aus seinem inneren Monolog. Er bedeutete Lorso, ihm zu folgen. Indem er dem Skan zwei röhrenförmige Kupfertöpfe mit flachem Boden reichte, sagte er: »Schau dir an, wie wunderbar genau diese heiligen Gegenstände gefertigt wurden.« Er bückte sich, nahm rasch etwas aus dem Kupfertopf und versteckte es hinter seinem Rücken. Freimütig übersah er Lorsos Versuche, einen Blick darauf zu erhaschen, und fuhr fort: »Der Kupfertopf weist überhaupt keine Naht auf. Und jetzt sieh dir an, wie genau das Porzellangefäß hineinpasst!« Der Mondpriester schob es in den Topf, den Lorso mit der Rechten hielt. »Nun kommt der kleinere Kupfertopf in das Porzellan. Hier: feinstes Porzellan, das vollständig von reinstem Metall eingehüllt wird, außer oben, wo das Porzellan ein wenig herausragt. Drei Stärken sind notwendig, Lorso. In diesen Gefäßen sammelt sich die Macht meiner Mutter und wartet, um den Ehrlichen vom Lügner zu unterscheiden. Stell diese Gefäße auf die Metallscheibe.«

In seiner plötzlich barschen Stimme schwang ein Befehl – und ein Geheimnis – mit. Widerwillen keimte in Lorso auf, dennoch gehorchte er, als würde ihn diese neue Stimme kontrollieren. Lorso richtete sich auf, und plötzlich hielt ihm der Mondpriester das vors Gesicht, was er zuvor hinter seinem Rücken verborgen hatte.

»Der Mann, Der Der Tod Ist«, sagte der Mondpriester und drückte das Kinn an die Brust. Mit zusammengekniffenen Augen spähte er nach oben. Langsam zog er die Kupferfigur zurück. Sie stellte einen lang gestreckten Mann auf einem runden Fuß dar. Die Arme hielt er an die Seiten, die Fäuste waren geballt. Die dünnen, knochigen Beine waren steif. Riesige runde Augen aus weißem Quarz starrten in die Welt. Zähne aus Knochen leuchteten in dem winzigen Mund, der voll Schrecken bis in alle Ewigkeit zu einem stummen Schrei aufgerissen war.

Die Figur wanderte in den kleinen Kupfertopf. Kopf und Schultern ragten über den Rand hinaus. »Du wirst es erleben.« Das Zischen des Mondpriesters klang wie der eisige Nordwind. Von der strahlenden Unmenschlichkeit in den Augen der Figur gebannt, von der Stimme des Mondpriesters erschreckt, konnte Lorso keinen klaren Gedanken mehr fassen. Sein Herz klopfte, die Knie wurden ihm weich.

Jadetränen. Nur sie konnte so sprechen und ihn seiner Kraft berauben. Nur sie.

Bis heute.

Sechsundzwanzig

Lorso sagte kein Wort, bis er sicher zum fackelerleuchteten Flussufer zurückgekehrt war und sich an den Tisch zu Fuchs, Saris und den anderen Würdenträgern der Flussmenschen gesetzt hatte. Als Saris sich erhob, um dem Mondpriester die jüngst eingetroffenen Flussmenschen aus den entfernteren Siedlungen vorzustellen, verfluchte er sich, weil er dem Mondpriester gestattet hatte, ihn dermaßen aus der Fassung zu bringen. Am Ende von Saris' überraschend kurzer Rede hatte Lorso sich so weit wieder im Griff, dass er dem Mondpriester ein Hohnlächeln zuwarf, als der weiß gekleidete Mann den Tisch verließ. Jeder Skan wusste, Sosolassa hob den Mond, um das Meer höher an Land zu ziehen; so bewies der Gott auf friedliche Weise seine Kraft. Über Sosolassas Macht, wenn er verärgert war, sollte man besser nicht einmal nachdenken. Welche Kraft wollte dieser hagere Landmensch aus Ton und Kupfer ziehen?

Jadetränen würde ihn zu Staub zermahlen.

Der Mondpriester bereitete sich auf seinen Auftritt vor. Mit einer Hand hielt er seine Robe und drehte sich so rasch um, dass sich der Stoff aufblähte. Im Fackellicht funkelten die eingewebten Silberfäden. Dann verneigte er sich vor seinen Gästen. Während er sich wieder aufrichtete, bemerkte er Lorsos Blick. Einen Moment lang überlegte er, ob er dem Anführer der Skan verschwörerisch zuzwinkern sollte. Lorsos Miene verscheuchte diesen Einfall. Enttäuschung trat an Stelle des Eifers. Er war so sicher gewesen, eine Spur Angst auf Lorsos Gesicht gesehen zu haben, als er ihm den Mann, Der Der Tod Ist, vor die Nase gehalten hatte. Jetzt spürte der Mondpriester nur mehr Feindseligkeit.

Was das Spiel lediglich noch spannender machte. Ein Spiel, das die Wilden nicht verstanden, konnten sie nicht gewinnen.

Götter spielen. Menschen wetten.

Mit dem Mondaltar im Rücken und dem Publikum zu beiden Seiten begann der Mondpriester seine Rede. Er bot ihnen seine wahre Seele dar, die Seele des Gottes, und seine Mutter erfüllte ihn mit Verführungskraft. Vernunft floss aus seinem Mund, eingehüllt in süße Verlockungen, gewürzt mit Witz und Humor. Der Mondpriester suhlte sich darin und ließ sich von seinen eigenen Worten einnehmen, bis er sich ihrer Herkunft kaum mehr bewusst war wie eine Pflanze, die ebensowenig die Zusammensetzung der Nährstoffe in der Erde analysiert.

Lorso wehrte sich gegen die zwingende Stimme, die erst mahnte und dann einlullte, um am Ende abermals sein Herz anzurühren. Kein Krieger konnte die Geschichte vom ewigen Leben hören, das durch den Tod gewonnen wurde, die Geschichte von einem Leben nach dem Tod in einem Land der Ehre und des Stolzes, ohne sich danach zu sehnen.

Lorso riss sich zusammen. Sein eigener Gott hatte Ohren. Kannte Strafen.

Er blickte seine Männer finster an. Jene, die seinen Blick bemerkten, verdrängten rasch die dummen, gaffenden Mienen. Sie stießen ihre Nachbarn mit den Ellbogen an und deuteten verstohlen auf Lorso.

Der Mondpriester sah all das. Der Gott in ihm schwebte frei umher, betrachtete Lorso und lachte glücklich. Einen solchen Mann zum rechten Glauben zu bekehren war eine größere Belohnung als hundert Narren mit schwachem Willen zu überzeugen.

Dann, während der Gott, welcher der Mondpriester war, unsichtbar zwischen den Sterblichen herumschlich, die sich an den Worten erfreuten, welche der Mensch, der der Mondpriester ebenfalls war, hervorbrachte, geschah etwas Erschütterndes.

Der Mann, der zum Mondpriester geworden war, schaute dem

Mann in die Augen, der zum Gott namens Mondpriester geworden war.

Der Gott taumelte angesichts der Abscheu in dem Mann, angesichts der Verzweiflung und der Hingabe. Der göttliche Mondpriester fühlte sich entblößt und verletzt.

Voller Entschlossenheit strebte der Gott nach seiner rechtmäßigen Vorherrschaft. Die letzte Schwäche des hinterlistigen, starrsinnigen Menschen musste ausgelöscht werden.

Der Mondpriester hielt in seiner Rede inne. Er winkte den Nomaden der Windbande zu, sie sollten den Gefangenen bringen. Dann bedeutete er Lorso vorzutreten.

Daraufhin nahm der Mondpriester den Anführer der Skan am Ellbogen und führte ihn auf den Wagen, wo er ihn hinter den Altar stellte.

Zwei Nomaden in feierlicher Tracht brachten den Gefangenen. Die Wachen trugen enge Westen, die die Arme von der Schulter an freiließen, und lockere weite Hosen. Vorn war die Kleidung weiß, hinten schwarz. Der Gefangene trug inzwischen eine große weiße und ärmellose Robe, die bis zu den Knöcheln reichte. Die Wachen hoben ihn auf den Wagen und stellten ihn auf die Kupferplatte vor dem Altar. Der Mann zeigte weder Hoffnung noch Furcht. Dennoch schwankte er und packte das Kupfergeländer mit beiden Händen.

Lorso bemerkte den giftigen Blick, den der Mondpriester dem Gefangenen zuwarf, und schloss daraus, dass der Mann dem Mondpriester irgendwie die Pläne durchkreuzt hatte. Diese Annahme wurde rasch bestätigt.

»Seht diese Kreatur«, donnerte der Mondpriester. »Er kam, um den Freund des Mondpriesters zu ermorden. Nur die verdorbensten aller Männer nennen sich Händler. Nur Sylah allein würde jemanden zwingen, sich als Händler zu bezeichnen. Dieser Mann hatte keine Packtiere und keine Waren. Dennoch gibt er nicht zu, dass er zu Sylahs Kirche gehört. Leugnen wird ihn nicht retten. Meine Mutter wird seine Lügen entlarven.«

Jetzt tat der Mondpriester etwas Unvorstellbares. Er bat Lorso, sich auf dem Wagen zu ihm zu gesellen.

Verblüfft verharrte Lorso zunächst reglos. In der Mannschaft der Skan breitete sich Unruhe aus, einige gaben warnende oder furchtsame Äußerungen von sich. Der Mondpriester winkte erneut. Aus den Mundwinkeln zischelte Saris Lorso zu, er solle gehorchen. »Geh, Lorso. Es bedeutet große Ehre. Viele Angehörige meines Volkes werden ihre Angst verlieren, wenn sie sehen, dass du keine hast.«

Lorsos Hand fuhr zu seinem Schwert. In Saris' Stimme schwang ein leichter Vorwurf mit, als bewege sich Lorso nur deshalb nicht, weil er sich fürchte.

»Er hat mich erschreckt.« Rasch stand Lorso auf. Mit einem Blick brachte er seine Mannschaft zum Verstummen. Erhobenen Kopfes marschierte er auf den Wagen zu. Die Stufen beachtete er nicht, sondern sprang mit einem Satz zum Mondpriester hinauf. Unter den Zuschauern wurden bewundernde Rufe laut.

Der Gefangene starrte Lorso mit unverhohlener Verachtung an. Er hatte die harte Miene eines geschlagenen Mannes aufgesetzt, und Lorso überlegte sich, welche Verhörmethode bei ihm wohl versagt hatte. Dann bemerkte er die Hand, mit der der Kerl sich am Kupfergeländer festhielt. Das Fleisch an den Fingerspitzen lag offen. Die Nägel fehlten.

Der Mondpriester sagte: »Jetzt werde ich dir beweisen, dass dieser Mann lügt, dass er ein Feind des Mondtanzes und der Feind aller Freunde des Mondpriesters ist.« Auf ein Nicken hin nahmen die beiden Nomaden ihre Plätze auf den Enden der langen Balken ein, die durch die Mondscheibe gingen. Vor den Sitzen waren Kurbeln angebracht. Die beiden Wachen drehten sie. Durch Lederriemen wurden die Scheiben in Bewegung versetzt.

Sie rauschten leise und erinnerten Lorso an ferne Brandung. Der Wagen bebte.

Inzwischen nahm der Mondpriester die kleine Statue des Mannes, Der Der Tod Ist, aus dem Behälter auf dem Altar und hielt sie in die Höhe. Im Dunkeln blitzte die polierte Kupferfigur hell auf. Geisterhaft schienen die hohlen Augen das Licht der Fackeln anzuziehen und zu verschlingen. Die gequälte Grimasse löste im Publikum erwartungsvolles Murmeln aus.

Jetzt winkte der Mondpriester mit der stabähnlichen Figur und sprach leise zu Lorso: »Ich habe heute Abend eine Überraschung für dich. Unter uns befindet sich ein Verräter. Saris sagt, einer der Anführer der Flussmenschen sei ein Emporkömmling von Sylahs Flügel der Kirche. Er ist der wahre Anlass, weshalb meine Mutter so zornig ist. Du wirst es sehen.«

Nachdem der Mondpriester die Figur zurückgestellt hatte, wandte er sich erneut an die Menge. »Viele von euch bezweifeln, ob meine Mutter nur diejenigen bestraft, die ich auswähle, oder ob sie wirklich jene bestraft, die uns belügen oder uns Böses zufügen wollen. Mag einer von euch dem Gefangenen eine Frage stellen, von der wir die Antwort kennen. Welcher meiner Freunde möchte unseren Feind auf die Probe stellen?«

»Ich!« Ein kleiner dicker Krieger duckte sich unter dem Seil hindurch und betrat tapfer den abgesperrten Bereich. »Frag ihn, ob er Angst hat.«

»Frag ihn selbst.« Der Mondpriester lächelte milde. Lorso unterdrückte ein Grinsen, ahnte er doch, dass der Fragesteller vorherbestimmt worden war. Jadetränen benutzte den gleichen Trick.

Die Frage wurde wiederholt, und der Gefangene antwortete mit einem Kopfschütteln.

Die schwarz-weiß gekleideten Wachen beschleunigten die Mondscheiben. Der Lärm stieg an. Der Wagen erweckte den Eindruck, als wolle er sprechen, seine Bretter und Aufbauten ächzten. Der Mondpriester hob die Stimme, breitete die Arme aus und ergriff den Zierknauf auf dem geschnitzten Pfosten. »Nimm den Mann, Der Der Tod Ist, von seinem Platz«, befahl er und trat von dem Rahmen zurück. Lorso machte ihm Platz.

Vorsichtig streckte der Mann die malträtierten Finger aus. Angst spielte über sein Gesicht, aber er biss fest die Zähne zusammen. Er packte das Kupferstück und hob es hoch. Einen Augenblick lang schwankte er und wusste nicht recht, ob er noch lebte oder nicht. Dann hohnlächelte er.

»Stell sie zurück. Es gibt noch weitere Fragen.« Der Mondpriester deutete mit dem Kopf auf den Krieger, der eifrig fragte: »Gefangener! Bist du ein Händler?«

Erneut tat der Gefangene das Seine zur Unterhaltung der Menge, antwortete, nahm die Figur und stellte sie zurück. Weitere dümmliche Fragen folgten. Die Menge beteiligte sich inzwischen an dem Spass, fragte, ob er fliegen können oder ob er im Wasser des Flusses lebte. Endlich bat der Mondpriester um Ruhe.

»Antworte nun mir, Mörder. Antworte meiner Mutter. Alle haben gesehen, dass du die Wahrheit sprichst. Und noch lebst. Ich werde dir meine Frage stellen.« Er breitete die Arme aus und hielt sich an dem mit Schlangen verzierten Pfosten fest. »Jene, die den Mondtanz annehmen und den Mondpriester anerkennen, werden wie meine Geisterbrüder, die Schlangen, dazu fähig, ihr Leben wie eine Haut abzustreifen. Meine Brüder werden mit mir gemeinsam wieder geboren, um vom Mond in die Welt zurückzukehren und im Paradies zu leben.«

Die Männer an den Kurbeln arbeiteten härter. Schweiß tropfte ihnen vom Kinn und bildete Flecken auf ihrer Kleidung.

Die rotierenden Kupferstrahlen bildeten ein glänzendes Rad.

Lorso nahm ein Geruch wahr, der ihm niemals zuvor in die Nase gestiegen war. Aufdringlich und fordernd wie er war, erinnerte er an Hitze, aber außer den Fackeln war nirgends Feuer zu sehen.

Er vernahm ein Geräusch. Ein Zischen. Bösartig. Es stand mit dem schlechten, stickigen Geruch in Verbindung. Lorso hatte keine Ahnung, woher er das wusste.

»Wurdest du von der Kirche gesandt?« Der Mondpriester betonte jedes Wort.

Der Gefangene lächelte rätselhaft und selbstzufrieden, als würde gerade ein Witz erzählt, den nur er verstehen konnte. Seine Stimme war lediglich auf dem Wagen zu hören. »Ich habe der Kirche gegenüber versagt. Sie hat mich nicht geschickt.« Er drehte den Kopf und rief über die Schulter zu den sitzenden Würdenträgern: »Ich wurde nicht von der Kirche geschickt.«

Die blutige, gepeinigte Hand ergriff den stumm schreienden Mann, Der Der Tod Ist. Ein erschreckend heller blaugrüner Funke schlug ihm im dämmerigen rötlichen Fackelschein entgegen. Darauf erfolgte ein ohrenbetäubendes Krachen. Der Gefangene stieß einen unverständlichen Schrei aus.

Lorso wusste, der Schrei würde ihm für den Rest seines Lebens in den Ohren gellen. Oft schon hatte er Männer sterben sehen; keiner hatte je einen solchen Laut von sich gegeben.

Keiner war bisher von einem Gott getötet worden.

Der Gefangene zuckte zusammen. Der ausgestreckte Arm wurde steif wie Stahl. Im selben Augenblick flog er nach hinten. Schlaff sank die Leiche in sich zusammen.

Zwei oder drei Herzschläge lang, eine Zeit, die sich wie eine Jahreszeit dehnte, rührte sich niemand. Dann fuhren plötzlich alle auf. Lärm wälzte sich durch die Nacht auf den Fluss hinaus und kehrte als Echo zurück. Jemand rief den Namen des Mondpriesters. Die Menge griff ihn auf und machte einen Gesang daraus.

Der Mondpriester aalte sich darin. Er schwoll vor Stolz an und paradierte auf dem Wagen hin und her.

Lorso weigerte sich, ins Gebrüll der anderen einzufallen. Dem konnte er sich verweigern; aber dem Rauschen in seinen Ohren und dem Herzklopfen konnte er nicht Einhalt gebieten. Der Mondpriester zog ihn vom Wagen herunter. Lorso taumelte hinter ihm her und fühlte sich gleichzeitig freudig erregt und beschämt. Der Mondpriester sagte: »Wir sprechen jetzt mit dem Verräter unter den Flussmenschen.«

Er beobachtete Lorsos Reaktion genau. Sein Schweigen während des Jubelausbruchs verstärkte nur die Annahme, dass er ein richtiger Anführer war, dass er seine Gefühle kontrollieren konnte.

Der Mann war genau das Gegengewicht zu Fuchs, das er brauchte, dachte der Mondpriester. Fuchs war zwar nicht besonders schlau, doch er reagierte immer zuerst emotional. Der Verstand trat erst später in Aktion. Ein Mann wie Lorso würde die perfekte Ergänzung bilden; ein Kämpfer – und auch ein Gott – brauchte zwei Hände.

Aber zunächst wandte der Mondpriester seine Aufmerksamkeit wieder der Gegenwart zu. Er blieb vor dem Schuldigen stehen. Der kopflose Donner der begeisterten Menge ebbte ab.

Er blickte dem Flussmenschen in die Augen und sagte: »Ich kenne dein Herz. Du gehörst zu Sylah.«

Der Flussmensch hob abwehrend die Hand, was dem Mondpriester lediglich ein leises Lachen entlockte. Ehe der Mann etwas zu erwidern vermochte, fuhr er fort: »Schaut euch diesen aufgesetzten Zorn an. Lügner. Ich verlange von dir, den Mann, Der Der Tod Ist, zu berühren.« Der Mondpriester trat zurück. Er sprach laut in dem eingeübten Tonfall an seinem Opfer vorbei und wandte sich direkt an die Menge. »Alle haben bezeugt, dass meine Mutter die Wahrheit ehrt. Seid aufrichtig, und ihr gehört zu uns. Lügt, und eure Seele wird verbrannt.«

»Ich kann nicht.« Der Flussmensch verdrehte die Augen.

Schaumiger Speichel hing ihm im Mundwinkel. »Ich meine, ich will nicht. Niemand darf meine Ehre in Zweifel ziehen. Ich bin ein aufrichtiger Mann. Frag die anderen.« Er hielt abrupt inne, denn niemand würde für ihn einstehen, wurde ihm plötzlich bewusst.

Jeder seiner früheren Freunde zeigte eine ablehnende Miene: traurig, wütend, beschämt.

»Ich brauche gute Männer«, sagte der Mondpriester. »Gestehe, dann sei dir vergeben. Komm zu mir. Hilf mir.«

Die Einsicht, auf verlorenem Posten zu stehen, schien den Mann zu überwältigen. »Ich werde mich der Prüfung nicht unterziehen. Kein Mensch darf meine Aufrichtigkeit bezweifeln.«

»Kein Mensch, ja, aber ich, der Mondpriester. Der Gott, der ein Mensch ist. Erkläre dich zu meiner Prüfung bereit, oder deine Schuld ist bewiesen.«

Die Herausforderung war ausgesprochen. Die Menge seufzte erwartungsvoll.

Der Flussmensch atmete schwer und starrte dem Mondpriester in die Augen. Er kniff die Lippen zusammen. Seine Worte klangen wie durch Eis gezogen. »Ich erkläre mich zur Prüfung bereit. Dann werden ich gehen. Auf diese Weise lasse ich mich nicht beleidigen. Du hast dir einen Feind gemacht.«

Während die Anspannung bei den Umstehenden nachließ, hatte der Mondpriester so eine Ahnung, dass dies der gefährlichste Moment sei. Er gab seinen Männern ein Zeichen, die Mondscheiben zu drehen.

Daraufhin legte der Flussmensch seinen Schwertgürtel ab und trat vor den Tisch.

Der Mondpriester führte sein Opfer zum Altar. Er sah eine Flussfrau, die den Mund aufriss, als wolle sie schreien. Ihre Augen wurden rund. Sie schlug die Hände vors Gesicht.

Er duckte sich und ließ sich wie ein Stein fallen.

Der angreifende Flussmensch, der ein Messer in der Hand hielt, stolperte über die Füße des Mondpriesters und taumelte an ihm vorbei.

Lorso hatte den Spion bereits erschlagen, eher er noch stürzen konnte. Das Schwert duchbohrte den Mann von hinten. Die Wucht des Hiebs warf ihn nach vorn, und er krümmte sich wie ein Greis. Ein zweiter Schlag traf ihn in den ungeschützten Nacken. Fast enthauptet taumelte er noch drei, vier, fünf erschreckende Schritte weiter.

Er endete mit dem Gesicht zum Boden, wobei er die Arme in Richtung des Mondscheibenaltars ausgestreckt hatte.

Ein eigentümliches Gefühl der Loslösung erfüllte Lorso. Zu seiner Linken umzingelten Nomaden und verbündete Flussmenschen jene Abtrünnigen, die von der gefallenen Gestalt befehligt worden waren. Menschen jubelten, schrien, kreischten. Lorso sah die Mundbewegungen und hörte nichts. Endlich erreichten ihn wieder Wörter.

»Es ist geschehen, wie meine Mutter es mir vorausgesagt hat. ›Behalte Sklavenfänger an deiner Seite. Er muss deine Macht erleben, ehe er sich bereit erklärt, dich zu beschützen und sich mit dir zu verbünden.‹ Deshalb hast du bei mir auf dem Altar gestanden. Deshalb hast du mich begleitet, um den Verräter zu entlarven.«

Der Rest der Erlebnisse dieses Abends erschien Lorso wie ein Traum. Später, nachdem er allein war, saß er am Ruder des Haibootes. Flussabwärts schob der sterbende Mond seine Sichel hinter den Horizont. Unter Lorsos baumelnden Füßen murmelte das Wasser des Flusses auf seiner dringlichen Reise.

Lorso ballte die Fäuste, schloss die Augen und verzog das Gesicht. Wieder und wieder sprach er den Namen von Sosolassa vor sich hin.

Siebenundzwanzig

Shara und Cho rührten sich gleichzeitig. Unisono hoben sie die großen Köpfe von den Pfoten und schnüffelten. Mit einer Anmut, die man diesen schweren Körpern gar nicht zutrauen mochte, standen sie auf. Gan beachtete sie nicht, bis Cho sich an seine rechte Seite lehnte. Er lächelte. Sie drängte sich immer so an ihn, wenn sie beunruhigt war und seine Aufmerksamkeit verlangte. Gan packte sie am Schlappohr und zog sanft ihren Kopf hin und her. »Was gibt's denn? Tun wir so, als lauere draußen eine Gefahr, damit du dich bei mir anlehnen kannst?«

Die Hündin wedelte träge mit dem Schwanz. Keiner der beiden wandte den Blick von der Tür ab, durch die man vom Dach der Burg ins Innere gelangte.

Obwohl er sicher war, dass Chos Neugier nur einen unerwarteten Besucher ankündigte, behielt Gan die Tür im Auge. Ein Angriff gegen den Murdat auf seiner eigenen Burg war ausgesprochen unwahrscheinlich, dachte Gan trocken, aber Männer, die nur auf Wahrscheinlichkeiten reagierten, wurden nicht sehr alt.

Er kehrte den Zinnen der Mauer, von denen er hinaus aufs Meer geschaut hatte, den Rücken zu. Ein stechender Groll ließ ihn unbewusst die Stirn runzeln. Das Innere Meer faszinierte ihn. Nicht nur die stets im Wandel befindliche Oberfläche oder die Schönheit der von Bergen umringten Küstenstreifen und Inseln. Er sah einen Weg, der dorthin führte, wo immer der Mut einen hinbrachte, ein Feld, wo Geschick und Tapferkeit das lebendige Herz jeder Schlacht bildeten. Er sah eine endlose Straße von Horizont zu Horizont, auf der in alle Richtungen Handel getrieben werden konnte. Handel. Die Seele jedes Imperiums.

Emso erschien, ihm folgten Conway, dann Tate und schließlich Leclerc.

Gan gab den beiden Hunden einen Klaps auf den Kopf und tat, als würde er sie schelten. »Schwindler! Ihr wusstet die ganze Zeit, wer kommt.« Die hellen Augen und das hündische Grinsen erinnerte ihn an freche Kinder. Und ganz passend dazu legten sich die zwei Hunde nun mit selbstzufriedenem Seufzer wieder hin.

»Chos Verletzung scheint ja vollständig verheilt zu sein. Sie sieht gut aus«, sagte Conway.

»Wo sind deine Hunde?«

»In meinem Zimmer. Du weißt doch, Shara und Karda wollen sich immer miteinander messen. Ich fürchte, wenn sie sich einmal richtig beißen, können wir sie nicht mehr voneinander trennen.«

Gan verzog das Gesicht. »Der Gedanke, zwischen die beiden Hunde treten zu müssen, wenn sie kämpfen ...« Er brachte den Satz nicht zu Ende.

Emso grunzte. »Vergiss die Hunde. Wir stecken mitten in einer viel übleren Geschichte. Deswegen sind wir hier.«

Trocken erwiderte Gan: »Vielleicht kommst du eines Tages mal mit einer frohen Nachricht zu mir, Emso. Vor Überraschung würde mich dann womöglich der Schlag treffen.« Er sah die anderen an. »Was führt euch an der Seite meines krächzenden Raben zu mir?«

»Ideen.« Leclerc blickte sich unsicher um. Da ihm niemand ins Wort fiel, fuhr er fort: »Alle wissen, die Windbande, die Skan und viele der Flussmenschen werden uns angreifen, sobald der Winter vorüber ist. Wir drei haben Emso erklärt, dass die Drei Territorien diesem Druck nicht standhalten können.«

Verärgert wandte sich Gan dem Meer zu. »Ich verlange von niemandem, an meiner Seite zu bleiben. Ihr seid aus eigenem Willen zu mir gekommen. Daher könnt ihr auch jederzeit gehen.«

»Seht ihr?« Tate schalt die anderen. »Hab ich euch nicht gesagt, er würde wütend wie ein Eber werden? Habe ich nicht gesagt: ›Erzählen wir ihm einfach, was wir haben, und schauen wir mal, was er davon hält?‹ Ich habe es euch gesagt.«

Gan drehte sich nicht um und kämpfte gegen ein Grinsen an. Zu gern hätte er zugesehen, wie sich Leclerc und Conway vor Tate duckten.

»Tate hat natürlich Recht«, ergriff Leclerc eingeschüchtert wieder das Wort. »Ich wollte es natürlich nicht so ausdrücken. Die Sache ist die, wir haben einige Einfälle gehabt. Im Hinblick darauf, wie wir unsere zahlenmäßige Unterlegenheit ausgleichen können.«

»Das klingt schon besser.« Tate klang versöhnlich.

Nun wandte sich Gan wieder zur Gruppe um. »Ich war ein wenig vorschnell.« Er wollte noch etwas hinzufügen, entschied sich aber dagegen. Tatsächlich war er nie sicher, wie viel er diesen seltsamen Menschen sagen sollte, die so wichtig für ihn geworden waren. Trotz all ihrer guten Eigenschaften hatten sie eine Sache gemeinsam, die ihm Sorge bereitete.

Ihre Heimlichtuerei. Was immer sie taten, was immer sie sagten, sie wirkten distanziert und so, als wüssten sie Dinge, die sie nicht preisgeben wollten. Selbst in den glücklichsten Momenten spürte Gan immer eine schaurige Melancholie bei ihnen, als wäre ihnen allen etwas sehr Unangenehmes über den anderen bekannt.

Seinen letzten Gedanken berichtigte Gan. Bei der kleinen Seherin Lanta hatte er manchmal das Gefühl, sie wisse Dinge über Conway. Gan hatte erfahren, dass Lanta Matt Conway liebte, und deshalb würde niemals eines seiner Geheimnisse über ihre Lippen kommen.

Im Augenblick sah Conway in seiner Lederhose und dem Wollhemd und der gefleckten Kalbslederweste, die er zum Schutz gegen die erste Kälte des Herbstes trug, genauso aus wie jeder andere Krieger aus Jalail, Harbundai oder Ola. Und ebenso Leclerc, obwohl man auf den ersten Blick bemerkte, dass er kein

Krieger war. Und dann war da noch Tate. Mit ihrer katzenhaften Anmut, ihren hohen Wangenknochen und den exotischen schlitzförmigen Augen war sie auf jeden Fall ungewöhnlich. Nahm man noch die schwarze Haut und dieses Gesicht dazu, welches ihre Gedanken so klar zum Ausdruck brachte wie Wolken das Wetter vorhersagen, so hatte man jemand eindeutig *Anderes*.

Gan bewunderte ihren lustigen roten Umhang. Darauf war ein heller gelber Adler gestickt, der die Flügel ausbreitete und einen Anker umklammerte. Was wollte ein Adler mit einem Anker? Aber das Bild zog den Blick an, es lag Kraft darin. Und waren es nicht die schönsten Farben, die seines eigenen Clans? Obwohl er selbst einfache Kleidung bevorzugte, freute er sich über ihr großspuriges Auftreten und ihre Lebenskraft. Unvorhersehbar und gleichzeitig verlässlicher als Fels. Unabhängig und trotzdem stets voller Sorge um die anderen.

Sie mochte er lieber als alle ihre Gefährten. Und er kannte sie am wenigsten.

Conway ergriff das Wort. »Die Wahrheit ist: Tate und ich müssen für eine Weile fortgehen.«

Ohne Kommentar nahm Gan die Nachricht nickend zur Kenntnis. Das genügte Emso aber nicht. »›Religiöse Angelegenheiten‹, haben sie gesagt. Vielleicht bekommst du mehr aus ihnen heraus.«

Tate grinste. »Ich frage dich ja auch nicht nach deinem Glauben aus. Also frage mich nicht nach meinem.«

Emso knurrte vor sich hin. Gan glaubte, er habe etwas wie »Froschschweiß« verstanden. Unübersehbar zeichneten sich Schuld und Sorge auf Leclercs Gesicht ab, bevor er den Blick senkte. Gan blieb keine Zeit, sich Gedanken darüber zu machen. Conway sagte: »Ich wollte zuerst nicht fortgehen. Aber sie hat Recht, es ist notwendig. Jetzt denke ich allerdings, sie sollte hier bleiben und bei der Ausbildung der Wölfe helfen. Nalatan ist wütend, weil sie mitkommen will. Er ist zornig genug, um Eisen durchzubeißen. Vielleicht kannst du sie zur Vernunft bringen.«

»Ich habe mehr Vernunft als ihr alle zusammen.« Tate riss die Augen auf und schob trotzig das Kinn vor. Ihre Worte waren für Gan bestimmt, ihren stechenden Blick hatte sie jedoch auf Conway gerichtet. »Mit dieser Sache werden Conway und ich schon fertig. Gemeinsam. Nur weil ich inzwischen zufällig verheiratet bin, brauchen er und Nalatan mich nicht gleich für den Rest meines Lebens in die Küche zu verbannen oder zum Nähen zu schicken.«

Conway säuberte sich die Fingernägel. »Ich habe dein Essen bereits genießen dürfen. Vielleicht solltest du dich lieber mit Nähen bescheiden.«

»Werd nicht frech. Ich lasse dich nicht allein zu unserer … raus in die Berge gehen, und damit hat es sich.« Die kurze Pause verriet Gan, dass Tate sich auf die Zunge gebissen hatte, weil sie sonst etwas von sich gegeben hätte, das sie nicht sagen sollte. Zunächst hatte sie amüsiert auf Conways Sticheleien reagiet, sich aber plötzlich zurückgehalten. Schon wieder. Erneut stellte sich das unwillkommene Gefühl ein, einer der Fremden habe einen Gedanken ausgedrückt, den nur die anderen Mitglieder der Gruppe verstehen konnten. Ihr Wissen war zu vertraulich. Gans Nackenhaare stellten sich auf.

Seltsamerweise war es Leclerc, der das gespannte Schweigen brach. »Gib auf, Matt. Erstens wärst du ein Narr, allein loszuziehen. Zweitens kannst du Tate nicht davon überzeugen, zu Hause zu bleiben. Wenn ihr Mann sie schon nicht dazu überreden kann, welche Chancen rechnest du dir aus?«

Tate nahm ihren Sieg großmütig hin. Sie sagte zu Gan: »Nalatan wird ausreichender Ersatz für mich sein. Er ist dir und Clas na Bale ähnlicher als jeder andere. In den Drei Territorien gibt es keinen besseren Krieger. Und ich werde es mit jedem aufnehmen, der das bestreitet.«

Gan konnte nur unter Mühen lächeln. Schließlich begann er zu lachen. Geschockt zuckte Tate zusammen. »Lachst du über meinen Mann?«

»Nein, nein.« Abwehrend hob Gan die Hand. »Ich habe nur gerade gedacht, wenn ihr beide einmal Kinder bekommt, werden es hoffentlich nur Jungen. Sonst könnte man Nalatan arg bedauern, weil er mit mehreren Frauen wie dir unter einem Dach leben muss.«

Tate schnaubte und wandte der Gruppe den Rücken zu.

Gan blickte Leclerc an. »Du hast gesagt, ihr wolltet mit mir über eure Ideen sprechen. Meinst du so etwas wie den Pfeilwerfer, den du beschrieben hast? Ich habe Berichte gehört, denen zufolge du mit Wildkuhsehnen arbeitest. Das Wort *Hexenwerk* ist gefallen.«

Leclerc verzog das Gesicht. »Es bereitet mir mehr Schwierigkeiten, als ich erwartet habe.«

Gan bemühte sich, sich seine Besorgnis nicht anmerken zu lassen. »Es gibt noch weitere Berichte. Dieser Mondpriester hat Katapulte. Und zwar nicht nur das eine, das er in der Schlacht an der Tür eingesetzt hat.«

Daraufhin grunzte Leclerc nur verächtlich und beugte sich vor. In seiner Begeisterung bemerkte er den wachsamen Blick der Hunde nicht. Seine Hände tanzten geradezu, während er Skizzen in die Luft malte. »Die Waffe des Mondpriesters ist ein übergroßer Bogen. In der Schlacht wird er zu schnell abnutzen. Außerdem kann die Sehne keinen Regen vertragen. Ich benutze geflochtene Sehnen, die sehr straff gezogen werden. Und die größeren Pfeile sorgen für bessere Treffgenauigkeit.«

Emso unterbrach ihn. »Falls wir sie jemals bekommen. Der Mondpriester hat seine Waffe bereits. Und sie funktioniert.«

»Meine wird besser.«

Gan beschwichtigte Leclerc. »Emso ist immer sehr ungeduldig. Glaub mir, wenn du die Waffe vollendet hast, wird er der erste sein, der schreit, wir hätten nicht genug davon. Emso stellt man nie zufrieden.« Er legte ihm liebevoll die Hand auf die Schulter.

»Wir haben noch weitere Ideen«, sagte Tate. »Im Augenblick sind sie jedoch noch nicht spruchreif. Außerdem haben wir uns die Schätze von der Tür angesehen. Die werden die Territorien retten.«

Emso warf die Hände in die Luft. »Das Einzige, was uns retten kann, ist tapfer zu kämpfen, Murdat, wir haben damals einen Haufen besiegter Männer und unerfahrener Jungen in die Jalailwölfe verwandelt. Mit ›Türen‹ oder ›Kata-dingsdas‹ haben wir uns nicht abgegeben. Wir haben eine kämpfende Truppe aufgebaut. Und das können wir jederzeit wiederholen.«

Tate drehte sich zu ihm um. »Ich war dabei, Emso. Ich, hier. Hast du das vergessen? Wer hat den Murdat verbessert, das Schwert, das jetzt alle benutzen? Und den Schild?«

Conway legte Tate besänftigend die Hand auf den Arm. Sie riss sich los, weil die letzte Bemerkung sie zu sehr beleidigt hatte, um einfach darüber hinwegzusehen.

Jetzt wandte sich Gan an Emso. »Wie Leclerc bereits feststellte, sind wir zahlenmäßig weit unterlegen. Daher brauchen wir jeden Vorteil, der sich uns bietet. Willst du das bestreiten?«

Mit rotem Gesicht suchte Emso nach Worten. Die einfachen, groben Züge brachten so etwas wie Bedauern zu Stande. »Entschuldige, Tate, ich wollte dich nicht aufregen. Mir gefallen all diese neuen Dinge nur nicht. Ein Schwert oder die Art, wie ein Mann seinen Schild hält, zu verändern, ist eins. Sogar Gans Idee mit dem Drachen war gut. Aber dieses Schwarzpulver. Und dieses Kata … na, dieses andere Ding. Und die Blitzwaffen. Das sind *Gegenstände*, die *Menschen* töten. Meiner Meinung nach ist das falsch. Was tun wir da eigentlich? Ich meine, um die Skan oder die Narren des Mondtanzes und vor allem diesen Abschaum, den Mondpriester, tut es mir nicht leid; sie werden alle zu ihrer Zeit im Unterland verfaulen. Aber was geschieht in uns selbst?«

Niemand hatte auf diese Frage eine Antwort parat. Auch Gan dachte bereits seit längerem darüber nach. Wenn er den Schaden sah, den die Blitzwaffen oder das Schwarzpulver anrichteten, fühlte er sich stets irgendwie besudelt. Seine Haut begann dabei zu jucken.

Emso hatte den springenden Punkt getroffen und ihn wie einen Vorwurf ausgesprochen: Was geschieht in uns?

Während Gan in die Runde sah, um die Reaktion seiner Gefährten zu beobachten, bemerkte er die Blicke, die Conway, Tate und Leclerc wechselten. Und diese erschreckten ihn. Die drei Fremden, durch vielerlei Gemeinsamkeiten miteinander verbunden, welche sie gleichzeitig von den anderen distanzierten, waren von Scham erfüllt.

Achtundzwanzig

»Du bist wunderschön.« Sylah trat von Lanta zurück, stemmte die Fäuste in die Hüften und legte den Kopf schief. »Am schönsten wäre es, wenn du die helle Baumwolle tragen könntest, die die Hundefrauen weben, oder die Hirschhaut und das Leinen der Frauen von Harbundai. Das ist die Strafe, die wir dafür zahlen, Frauen der Kirche zu sein. Schwarz und immer nur schwarz. Nur wenn wir lange genug leben und weit genug aufsteigen, bekommen wir einen bunten Saum, der unseren Rang verkündet.« Sie schnaubte leise und seufzte dann. »Jetzt muss ich für meine Sünde der Eitelkeit um Vergebung bitten. Worauf die Gebete um Vergebung folgen, weil ich gelogen habe. Was soll's; wir wollten dir eine Robe schneidern, mit der eine Frau ihren Liebsten auf sich aufmerksam machen kann, und wir haben unsere Aufgabe in Vollendung erledigt. Und vor allem du hast dabei geholfen, weil du eine hübsche Figur hast.«

Die kleine Seherin errötete. Sylah neckte sie weiter. »Der arme Mann hat natürlich schon verloren. Es wird sicherlich einen Skandal geben, wenn er heute Abend durch den Saal springt und sich auf dich wirft.«

Lanta war so rot, als würde sie im nächsten Augenblick in Flammen aufgehen. Doch die Freude wurde durch Besorgnis getrübt. »Glaubst du wirklich, Sylah? Er weiß, dass ich ihn liebe. Ich dachte, wenn wir erst einmal wieder hier wären, würde alles gut werden. Aber er macht einen so verwirrten Eindruck.« Sie beendete ihren Satz mit einem schwachen Abwinken.

»Warum reden wir überhaupt darüber? Keiner von euch beiden will eingestehen, was eure Freunde längst wissen; zwischen euch ist etwas vorgefallen, und zwar etwas Schreckliches. Offensichtlich wollt ihr beide es überwinden. Lasst euch doch von euren Freunden helfen.«

Lanta schüttelte den Kopf. »Was immer ich sage, würde uns nur beide verletzen. Ich dachte, er wäre … nachdrücklicher, glaube ich. Vielleicht sehe ich etwas, das überhaupt nicht da ist.«

Sylah legte ihr die Hände auf die Schultern und drehte sie herum, bis sie von Angesicht zu Angesicht standen. »Ich habe bemerkt, wie er dich anschaut. Ich verstehe nicht, was euch voneinander getrennt hält.« Auf Lantas schmerzerfüllten Blick hin zog Sylah ihre Freundin an sich und umarmte sie. Daraufhin fuhr sie tröstend fort: »Das Schlimmste ist doch, dass Conway sich die Schuld für das gibt, was Tee passiert ist. Er ist überzeugt, sie hätte sich der entlaufenen Sklaven von Kos niemals angenommen, wenn er sie nicht dazu überredet hätte. Und wenn er nicht die ganze Zeit mit dir zusammen gewesen wäre, hätte er sie nicht beeinflussen können.«

Lanta zuckte hilflos mit den Schultern. »Es ist so kompliziert. Ich habe ihn von der ersten Minute an geliebt. Warum hat er das nicht wahrgenommen? Was hätte ich denn tun sollen?«

»Frag mich doch auch noch, wie viele Sterne es am Himmel gibt. Bitte mich nicht um Antworten, wenn es um Liebe geht.«

»Aber du und Clas seid so glücklich.«

Zu spät versuchte Sylah, ihren Schmerz zu verbergen. Lanta schlug die Hände vors Gesicht. »Oh, Sylah, wie konnte ich nur so dumm sein. Ich verderbe aber auch alles.«

Sylah lächelte bemüht. »Wir sagen wohl beide das Falsche. Meine Bemerkung hat dich getroffen.«

»Ausgeliefert.« Lantas Miene verdüsterte sich. »So nennen sie es bei Frauen. Wir sind immer so ausgeliefert.«

»Nicht alle. Vergiss die Erntemeisterin nicht. Nun, eigentlich ist sie heute Schwester Mutter. Wie ausgeliefert ist sie, und wem?«

Lanta wollte das Thema nicht wechseln und fuhr fort: »Ich mache mir Sorgen um mich und meine Verletzlichkeit. Gewiss ist es nur natürlich, Männer als Beschützer zu betrachten, bis zu einem gewissen Grad jedenfalls. Ihre Muskelkraft muss doch für irgendetwas gut sein. Wenn es jedoch über körperliche Hilfe hinausgeht, sind wir dann wirklich ausgeliefert? Benutzen wir die Männer nicht? Wenn er mich heiratet, macht ihn dies zum Verteidiger der Kirche. Ist das ehrlich? Will ich wirklich ihn, oder will ich ihn nur zu dieser Heirat verführen, weil ich dieses entsetzliche Ausgeliefertsein verspüre, da ich das bin, was ich nun einmal bin?«

»Hast du nicht gesagt, du würdest ihn lieben? Wenn das stimmt, welche Wahl bleibt dir dann?«

Einen Augenblick lang blieb Lanta still. Schließlich strahlte sie wieder, als sei ihr eine schwere Last vom Herzen gefallen. »Keine. Natürlich. Wenn man sich verlieben will, muss man sich dem Anderen ausliefern.«

»Genau. Jetzt noch eine letzte Frage zu dieser Angelegenheit, und dann sprechen wir über etwas anderes: Hast du bemerkt, wie Leclerc dieses Formädchen, dieses Jaleeta, angesehen hat?«

Lantas kurze Erleichterung löste sich in Luft auf. »Nein, habe ich nicht. Trotzdem ist mir nicht entgangen, wie sie die anderen Männer angeschaut hat. Als würde sie abschätzen, auf welche Weise sie sie ausnutzen kann. Warum mag Neela sie so gern? Man könnte meinen, Jaleeta sei ihre kleine Schwester.«

»Neela war sehr einsam, während wir fort waren. Sie konnte sich mit kaum jemandem unterhalten. Mit niemandem jedenfalls, dem sie so vertraut wie dir, mir oder Tate. Jetzt sind wir zurück, aber wir haben viel zu tun. Jaleeta ist ständig da. Wir nicht. Und auch wenn, Jaleeta gibt Neela das Gefühl, gebraucht zu werden.«

»Sie hat doch ihr Kind. Und Gan erzählt jedem, wie wichtig Neela für ihn ist. Er fragt sie wegen der Barone um Rat, wegen der Verhandlungen und wie er den Frauen der gefallenen oder verletzten Wölfe helfen kann. Ja, er schätzt sie sehr. Wie viele Männer würden das tun?«

»Äußerst wenige. Aber würdest du das wollen? Zum Preis all der anderen Dinge? Wenn Gan nicht gerade irgendwo unterwegs ist, redet er von morgens bis abends mit Leuten über deren Probleme.«

Lanta berührte Sylah mit gequälter Sanftheit am Arm. »Du würdest das verstehen, nicht wahr? Weil dein Clas bei den Hundemenschen im Osten ist. Du kümmerst dich auch immer noch um andere, während du selbst schon mehr Schwierigkeiten hast als wir alle zusammen.«

»Lob mich nicht zu hoch in den Himmel.« Sylah drückte Lantas Hand. »Eigentlich bin ich bloß neugierig und schaue mir an, was die anderen so machen. Dennoch haben wir Arbeit zu erledigen. Die soll dich aber nicht von Conway fernhalten. Ich denke immer noch über Jaleeta nach. Ich glaube, sie könnte Neela tief verletzen. Und auch Leclerc.«

»Glaubst du, sie ist eine Spionin?«

»Möglicherweise. Du hast schon gesagt, wie sie die anderen mustert; hast du sie beobachtet?«

»Warum? Welchen Sinn hätte das?«

»Einfach nur so. Behalt sie im Auge und erzähl mir, was du über sie denkst.«

Lanta nickte beflissen. Sylah sah zur Sonne. »Das Abendessen beginnt gleich. Kate, Janet und Susan wollen etwas vorstellen. Es hat mit den Büchern von der Tür und den Auserwählten zu tun. Der Zeitpunkt ist vielleicht der richtige, Jaleeta ein wenig Aufmerksamkeit zu zollen. Setz dich neben mich. Dann vergleichen wir unsere Beobachtungen.«

Weit in der Ferne zeigten sich die ersten Streifen des Sonnenuntergangs über den schneebedeckten Gipfeln des Walküstengebirges. Lanta schien diese Pracht nicht zu bemerken. »Soll ich mich für dich in Trance versetzen und in die Zukunft sehen, wenn ich kann?«

Sylah rang nervös die Hände und antwortete mit einer Sicherheit in der Stimme, die sie gar nicht verspürte. »Falls ich tatsächlich das bin, was die Schwester Mutter behauptet: jemand, der die Kirche spaltet, so hätte ich das Recht, die Kirche zu repräsentieren und dich um die Anwendung deiner Kräfte zu bitten. Trotzdem glaube ich nicht, dass ich eine Spalterin bin. Ich will lediglich das Richtige tun, und wir wissen, die Schwester Mutter ist bösartig. Aber falls ich dich bitte zu sehen, und die Hüterinnen der Abtei eines Tages beschließen, ich habe Unrecht gehabt, werden sie dich bestrafen. Das könnte ich nicht ertragen, Lanta.«

»Machen wir uns jetzt keine Gedanken darüber. Bereiten wir uns lieber auf das Abendessen vor. Dort werden wir alle Hände voll zu tun haben.«

»Vor allem du. Du musst mit Matt Conway flirten.« Sylah verdrehte die Augen. Lanta streckte die Hand nach ihr aus. Sylah duckte sich, und die beiden eilten davon, verscheuchten die Sorgen und lachten für einen Augenblick unbekümmert.

Später im Speisesaal erinnerte sich Sylah an diese herzliche Freude und verglich ihre Gegenwart mit der Zeit, als Altanar geherrscht hatte. Der Raum sah genauso aus wie früher, ein kurzer Tisch stand an der Wand, wo Gan an Stelle des toten Tyrannen Platz genommen hatte, und zwei längere Tische hatte man entlang der flankierenden Wände aufgebaut. Die Versammlung war lange nicht so groß, wie Sylah es von einigen Treffen Altanars gehört hatte. Dennoch waren wenigstens sechzig Gäste anwesend.

Große Kamine in den Wänden hinter jedem Tisch lieferten Licht, und die Beleuchtung wurde durch einen großen viereckigen Kerzenständer und durch kleinere auf den Tischen ergänzt. Durch kleine Fenster, kaum größer als Schlitze, entwich die heiße Luft unter der Decke. Trotz der Ventilation hing Rauch in der Luft, und das Licht der Flammen erzeugte einen rosaroten gedämpften Schein.

Sylah gefiel er. Er verlieh der Wärme im Raum etwas Gemütliches. Sie verspürte eine familiäre Atmosphäre. Alles war dennoch deutlich zu erkennen. Mienen und Gesten blieben nicht im Verborgenen, die Farben wurden nicht gedämpft. Dennoch kam ihr dieser Ort weich vor, als habe er keine Kanten.

Gan trug Elchleder mit wenigen Stickerein. Neela neben ihm hatte eine wunderschöne dunkelblaue Robe angelegt, die das Gold ihres Haars perfekt herausstrich. Jaleeta saß zu Neelas Linker und war mit Bluse und Hose aus leichtem Leder bekleidet. Sie verstrickte Neela in ein Gespräch, und die beiden steckten die

Köpfe zusammen. Die junge For mit ihrer dunklen Schönheit war eine Herausforderung für Neelas hellen, sonnigen Liebreiz. Wie Neela trug sie wenig ablenkendes Zierwerk; einen viereckigen Obsidian, der an einer Silberkette um ihren Hals hing und einen perlenbesetzten Kamm, der das dichte schwarze Haar zähmte. Sylah bemerkte, dass es Neelas Kamm war.

Zu Jaleetas Linker hockte Leclerc und verdrehte sich unbeholfen, um ihr das Gesicht zuzuwenden. Sylah dachte, er sähe aus wie ein verwundeter Reiher.

Auf Gans anderer Seite hatte Emso den Ehrenplatz erhalten. Seinem Herrn gleich trug er schlichte Kleidung, die jedoch seine raue, fast grobe Art zu unterstreichen schien. Das Wollhemd war nicht verziert; selbst von ihrem Platz aus an einem der langen Tische erkannte Sylah, dass die Manschetten abgewetzt waren. Flicken auf den Ellbogen waren nichts Ungewöhnliches, bei Emso hingegen glänzten sie vom Tragen blank. Sylah musste über den Haarschnitt lächeln, mit dem er an ein geschorenes Schaf erinnerte. In dieser Stadt, in der es so viele Barbiere gab, war eine solche Mähne reine Affektiertheit. Er war einige Jahre älter als der Murdat, aber unbedingt treu. Sylahs Gedanken schweiften ab, und vor ihrem inneren Auge sah sie Clas na Bale. Sie vertrieb das Bild, denn von der Abwesenheit ihres Mannes wollte sie sich nicht noch einen weiteren Abend verderben lassen. Die Tatsache, dass Emso Gan den Rücken freihielt, weil Clas nicht für ihn da sein konnte, tröstete sie.

Und auch nicht für sie. Clas' Bild lauerte weiterhin am Rand ihrer Wahrnehmung.

Nun betrachtete sie Conway genauer. Sylah erinnerte sich an die ursprüngliche Kleidung, in der er hier angekommen war, dieses eigentümliche Fleckenmuster auf unglaublich widerstandsfähigem und wasserdichtem Stoff. Damals hatten alle Fremden die gleiche Kleidung getragen. Heute ähnelte Conway eher einem

Hundemenschen, wenngleich er sich nicht ganz so bunt wie diese Krieger anzog.

Tate saß neben ihm. Natürlich hatte sie sich auch heute wieder in ihrem eigenen Stil gekleidet. Sie trug eine schwarze enge Bluse und eine schwarze Jacke mit Silberknöpfen. An ihrem Ohr funkelten Ohrringe aus Silber und Obsidian. Die Hose mit den fingerbreiten weißen Streifen auf den Seiten der Beine war zwar unter dem Tisch verborgen, aber Sylah kannte sie und wusste, sie lag ebenfalls eng an. Kein Mann in der Burg würde Donnacee Tate übersehen.

Nicht, das irgendwer sie belästigen würde. Tates kriegerisches Benehmen schreckte selbst den kühnsten Verehrer ab. Und Nalatans Geschick mit Waffen war bereits eine Legende.

Sylah dachte daran, dass es heute gutes Essen in guter Gesellschaft geben sollte. Dieser Gedanke brachte ein trockenes Lächeln auf ihre Lippen. Gleichgültig, welche Untermalung Bernhardt, Carter und Anspach geplant haben mochten, es gab genug Dinge, um sich darüber zu freuen. Zum ersten Mal konnte sie Jaleeta in ganzer Pracht bestaunen. Neela hatte sie wunderbar zurecht gemacht wie eine nervöse Henne ihr Küken. Allerdings war Neela nur zwei Jahre älter, was der Sache etwas Komisches verlieh.

Seltsamerweise wirkte Jaleeta älter und reifer. Glatt. Berechnend. Ihre Augen leuchteten unbeirrt hell wie Schwertspitzen.

Diener brachten die Tabletts mit dem Essen herein. Musiker nahmen ihre Plätze auf einer kleinen Bühne ein. Die Diener verteilten Schüsseln mit Gemüse und den letzten Tomaten des Sommers. Kräuteröl und -essig wurde in Keramikflaschen auf die Tische gestellt. Augenblicklich war der ganze Saal von dem Duft erfüllt. Kurz danach wurden schwere Platten mit gebratenem Schinken hereingetragen. Das Gemüse – Mais, Bohnen, Kartoffeln – wurde herumgereicht. Die entspannte Geräuschkulisse beim Speisen fiel Sylah als weiterer Unterschied zu Altanars Hof auf. In jenen Zeiten war das Essen eher verschwendet denn verzehrt worden; es gab von allem zu viel. Inzwischen drohte Gans Volk jedoch eine Hungersnot, und deshalb bestand er darauf, angemessene Portionen zu servieren und nicht mehr. In der Vergangenheit hatte auch metallischere Musik von Hörnern und Glocken vorgeherrscht, während heute auf zarten Saiten und leisen kleinen Trommeln der melodische Rhythmus der Gegenwart gespielt wurde. Die Menschen an Altanars Hof hatten allenfalls gezwungenes Lachen, Bewunderung und Ehrfurcht an den Tag gelegt. Die Atmosphäre hatte vor Falschheit geknistert. Hier nun fand sie eine Gemeinschaft, und die Gäste unterhielten sich fröhlich mit Freunden.

Plötzlich erstarrte Sylah wachsam und mit erhobenem Kopf wie ein Reh, das einen Jäger wittert. Ihr Verstand redete ihr ein, inmitten dieser Fröhlichkeit und wegen des Duftes von Essen und Trinken könne sie eine solche schon lange nicht wittern.

Eine Bewegung in den Augenwinkeln erregte ihre Aufmerksamkeit. Die Veilchenäbtissin gegenüber erhob sich von ihrem Stuhl. Der grüne Saum ihrer zurückgeworfenen Kapuze leuchtete im Feuerschein hell wie Juwelen. Als sei sie sich der Musterung durch Sylah bewusst, hielt die Frau inne. Während sie hinter den unbesorgt Speisenden verharrte, drehte sie sich gemächlich in Sylahs Richtung und blickte ihr geradewegs in die Augen.

In diesem Moment vergaß Sylah alle anderen im Raum. Sie hörte das Summen der Gespräche und die Musik nicht mehr. So verlor sie sich im Anblick der feindseligen Veilchenäbtissin.

Neunundzwanzig

Die Veilchenäbtissin zog die Kapuze über den Kopf. Ihr bleiches Gesicht strahlte Boshaftigkeit aus, den brennenden Blick hielt sie weiter auf Sylah gerichtet. Er schien die Rosenpriesterin regelrecht zu durchbohren.

Zorn stieg in Sylah auf und suchte sich einer warmen Flut gleich seinen Weg. Selbstgewiss hielt sie dem Starren der anderen Frau stand. Die Veilchenäbtissin verlangte Unterwürfigkeit. Hier fand eine unwiderrufliche Konfrontation statt, die mit Religion nichts zu tun hatte. Sylah lächelte ihr Gegenüber spöttisch an.

Die Veilchenäbtissin wandte sich ab. Sie ging weiter, als wäre nichts geschehen.

Zufrieden mit ihrem kleinen Sieg lehnte sich Sylah zurück. Eine Berührung an ihrem Unterarm riss sie aus ihrer Versunkenheit. Lantas Stimme zitterte, während sie flüsterte: »Ich habe ihn gesehen. Diesen Blick. So offensichtlich hat sie es noch nie gezeigt. Die Kirche hat uns bereits ausgestoßen. Wir haben es weder herausgefordert noch uns dagegen zur Wehr gesetzt. Weshalb lässt sie sich ihren Hass so deutlich anmerken?«

»Das ist die Frage«, antwortete Sylah abwesend. In ihr zog ein Sturm von Gefühlen auf. Erschrecken. Gleichzeitig war sie fröhlich dabei. Mit jedem Herzschlag erkannte sie die Verwandlung besser, die vor sich ging. Ihr Verstand arbeitete mit ungekannter Klarheit. Was sie vor ihrem inneren Auge sah, war dermaßen kaltblütig, präzise und so analytisch, dass es sie schon wieder abstieß.

Bilder.

Tate schwang den linken Arm immer von ihrem Körper fort, bevor sie mit dem Murdat zuschlug.

Gan nickte stets kaum wahrnehmbar, ehe er den Hunden einen Befehl erteilte.

Die Veilchenäbtissin blinzelte zweimal, nachdem sie eine Aussage gemacht hatte, um deren Falschheit sie wusste. Sie leckte sich die Lippen, bevor sie etwas Verletzendes von sich gab.

Warum ausgerechnet jetzt? Welchen Wert hatten diese Beobachtungen?

Was war das für eine unbekannte, unwiderstehliche Kraft, die sich in ihr aufbaute? Sie hatte einen Zweck, das entging Sylah nicht. Wenn sie ein Ziel hatte, worin bestand es?

Stärke. Willen. Verschlagenheit.

Eigenschaften, nicht Gefühle. Dennoch spürte sie diese in sich, obwohl es wahrscheinlich dem ähnelte, was die Erde fühlte, wenn sich die Samen in ihr rührten. Sie betrachtete ihre Hände. Sie konnten heilen, Schaden wieder gutmachen. Sylah, die Kriegsheilerin, stand für das Leben. Ihr Feind war der Tod.

Abermals ein Bild. Ihr geliebter Clas. Anders; verrenkt. Sein wilder Blick, wenn er sich der Herrin unterwarf, die er so sehr hasste, die er trotzdem nicht herauszufordern wagte. Sie sah seine aufgerissenen Augen, sein vorgerecktes Kinn. Die festen Muskeln spannten sich an und wurden glatt wie Stahl, der gebogen wird. Leidenschaftlich. Sie fühlte diese Leidenschaft, fühlte seine entsetzliche Furcht und seinen wilden Jubel, als er seine dämonische Geliebte umarmte.

Endlich begriff Sylah. All ihre Sinne, jeder Teil ihres Seins begriffen. Die stille, unheilvolle Herausforderung der Veilchenäbtissin durchstieß in Sylah alle gewöhnlichen Ebenen des Verstehens.

Sie kannte Leiden und Kampf, kannte die Magie, die dem Herzen eines Menschen entsrömt, der einer unvorstellbar großen Gefahr entronnen ist. Dieses neue Gefühl war dagegen vollkommen anders. Jetzt umarmte sie ihre Existenz in einer Weise, die niemand, der den Tod nur fürchtet und ihm nicht ins Auge gesehen hat, kaum begreifen kann. Die Einsätze waren unermesslich höher als bei einer Auseinandersetzung, in der nur ein Leben gegen das andere stand. Der Sieger in dieser Schlacht würde für Generationen über Gut und Böse bestimmen. Eine überwältigende Verantwortung lag darin. Dennoch frohlockte Sylah. Ihr ganzes Wesen sang ein Lied voller glücklicher Erwartung.

So wie Clas singen musste, wenn er sich dem Feind stellte.

Sylah blickte zu Tate, ihrer oft beneideten Freundin, die dieses wilde Gefühl der Sterblichkeit kannte. Ihr Verstand wandte sich rasch von dieser Ablenkung ab und richtete sich wieder auf diejenige, die diese Gedanken ausgelöst hatte.

Die Veilchenäbtissin.

Hier begann der wahre Krieg um die Herrschaft über die Kirche. Jetzt.

Auf dem Spiel standen die Seelen unzähliger Seelen, Menschen die einen Glauben verdienten, der für sie Hoffnung verkörperte und nicht Pflichten. Es durfte keine Kompromisse geben. Sylah fragte sich, ob wenigstens Gnade. Mitleid.

Das Testament der Apokalypse. »Die Wahl zwischen der Verteidigung der Kirche und dem Frieden unter den Menschen wird jenen eine Prüfung auferlegen, die die Kirche lieben. Die Kirche kann nicht und wird nicht sterben, aber besser sollte sie von den Menschen hundert Jahre lang vergessen werden, als dass ihre Liebe für alle in einem einzigen Augenblick verloren geht.«

Sylah war entschlossen, diese Mahnung niemals zu vergessen.

Die Veilchenäbtissin blieb dort stehen, wo sich die Tische trafen, und schob sich in die düstere Ecke, in der sie fast mit der Dunkelheit verschmolz. Lanta zischte wie ein Kätzchen. »Sie wird eine Szene veranstalten, Sylah. Was kann sie nur vorhaben?«

Sylah schüttelte den Kopf. »Ich habe da so ein Gefühl. Was mich allerdings verwirrt, ist der Zeitpunkt; du hast es selbst bereits erwähnt. Als wir in Ola eintrafen, konnte sie es gar nicht erwarten, uns mitzuteilen, dass wir verbannt waren: Inzwischen sind wir lange genug hier, damit sie uns ihre persönliche Feindschaft hätte erklären können. Warum ausgerechnet jetzt? Sieh nur, was hat das zu bedeuten?«

Kate Bernhardt, Janet Carter und Susan Anspach scheuchten zwei Reihen von Auserwählten herein. Sylah konnte nicht anders, sie musste ihrem Entzücken lauten Ausdruck verleihen. Dann machte sich im Saal erwartungsvolle Stille breit. Die Mädchen kamen herein und trugen eine fast engelhafte Feierlichkeit zur Schau, wie sie nur durch die Unschuld der Kindheit möglich wird. Die langen schwarzen Roben verbargen ihre Füße, die aufgesetzten Kapuzen alles außer den strahlenden, aufgeregten Gesichtern. Die kleinen Gestalten trugen weiche Pantoffeln. Geräuschlos schwebten sie durch die Tür herein und dann über den rauen Steinfußboden weiter.

Am offenen Ende des Tischhufeisens bildeten die zwölf Kinder einen Halbkreis und warteten. Susan Anspach trat zwischen ihren beiden Freundinnen vor. In ihren Roben wirkten die Erwachsenen neben den Auserwählten riesig. Anspach räusperte sich. »Murdat. Freunde. Seit unsere Schwester, die Rosenpriesterin Sylah, mit den Schätzen der Tür zu uns zurückkehrte, sagten viele, dass aus den entdeckten Geheimnissen nur Böses erwachsen könnte. Andere hielten sie für wertlos. Wir von der Irisabtei glauben, den Büchern wohnt vieles Gutes inne. Wir glauben, Wissen ist gut.«

Einigen der Anwesenden stockte der Atem. Weitere runzelten die Stirn und warfen Gan unsichere Blicke zu, der allerdings schaute unbeirrt zu. Anspach fuhr fort: »Was Heilerinnen tun, entspringt allein ihrem Wissen. Gibt es eine unter ihnen, die sich weigerte, jemandem das Leben zu retten? Jene, die Häuser bauen, Leder gerben oder Stahl herstellen, sind dazu nur in der Lage, weil sie ihr Wissen erlernt haben. Ist es böse, unter einem Dach zu wohnen, Schuhe zu tragen oder Feuerholz mit einer scharfen

Axt zu schlagen? Niemand behauptet das. Böses ist immer die Schuld der Menschen, nicht des Wissens. Verwehrt man das Lernen, verwehrt man ebenso das Gute, das man den Menschen durch Wissen schenken kann. Wenn wir uns diesem Guten entziehen, ermutigen wir dann nicht das Böse?«

Was das betraf, hatten einige bestimmt Einwände. Ein Mann erhob sich halb, wurde jedoch von der offensichtlich entsetzten Frau neben ihm zurückgezogen. Sylah erkannte in dem Mann einen Baron, der früher unter Altanar gedient hatte. In Ola gab es noch mehrere dieser Adligen; und viele galten als nicht gerade vertrauenswürdig. Die Frau fürchtete anscheinend, ihr Gemahl könnte zu den Letzteren gezählt werden. Sylah fragte sich, ob die Frau sich noch aus anderen Gründen Sorgen machte.

Anspach schwankte, als bliese ihr ein Orkanwind ins Gesicht. Sylah wollte ihr gerade für ihre Entschlossenheit Beifall spenden, da sprach sie weiter. »Die Irisabtei will das Wissen allen zugänglich machen. Wir glauben, die Lehrer haben ihren Schatz für unsere Sylah, die Blume, bewahrt, damit diese ihn entdeckt, wenn die Welt dafür bereit ist. Diese Zeit ist nun gekommen. Um dir zu helfen, Murdat, schlagen wir vor, dass du ein Gesetz darüber erlässt, wie wir zu messen haben. Durch die Einheit der Maße würden viele Dinge Fortschritte machen. Dadurch würde auch das Ansehen der Bücher steigen.« Erneut erhob sich ein verängstigtes und gleichzeitig verärgertes Murmeln in der Versammlung, bis Anspach einen Stab in die Höhe hielt. »Wir meinen, du solltest diese Länge eine ›Einheit‹ nennen. Sie wird in zwölf Untereinheiten geteilt. Ein Mann kann dann sagen, eine Mauer sei fünfzehn Einheiten hoch, und jeder weiß genau, wie viel das ist. Wir bitten dich, die Vorteile vorführen zu dürfen.«

Gan nickte knapp. Auf seinem Gesicht spiegelte sich Besorgnis, und bei seinem schwachen Stirnrunzeln zuckte Sylah zusammen. Ihr Herz flog ihm zu. Er wurde gebeten, sich gegen die Gesetze und Sitten von Generationen zu stellen. Zwar hatte er das schon einmal getan, als er kleinen Mädchen gestattete, Lesen und Schreiben zu lehren. Nur schlug Anspach diesmal etwas weitaus Verwegeneres vor.

Königreiche – und Könige – waren schon aus nichtigeren Anlässen zerstört worden.

Anspach trat an den Tisch und nahm sich eine der leeren Schüsseln. Sie trug das Gefäß zu den Auserwählten und hielt es in die Höhe, damit die Gäste es sehen konnten. »Ihr alle seht die Schüssel. Wenn ihr eine möchtet, die genau den gleichen Umfang hat, wie sagt ihr es dem Töpfer?«

Ein Mann rief: »Das kann doch jeder. Man schaut die Erste an und stellt eine Zweite her.«

Ein anderer berichtigte ihn: »Nicht, wenn du die gleiche Größe willst. Dann brauchst du eine Schnur. Du legst sie um den Rand und schneidest sie entsprechend ab. Die Schnur gibst du dann dem Töpfer. Eine zweite Schnur verrät ihm, wie tief er die Schüssel machen soll. Das sollte sogar eine Frau können.«

Aus ihren Roben zogen die Kinder Tafeln hervor, Holzscheiben, die mit Wachs beschichtet waren, und scharfe Griffel, mit denen man die Oberfläche einritzen konnte. Eins nach dem anderen benutzte jedes Mädchen nun den Einheitsstab, um sorgfältig den Durchmesser der Schüssel zu messen. Sie berechneten den Umfang. Anspach brachte die Tafeln zum Tisch und zeigte sie den Anwesenden. »Alle, die lesen können, seht selbst: Die Auserwählten haben kein einziges Wort gewechselt, und trotzdem schreibt jede die gleiche Zahl ins Wachs. Die Größe des Schüsselrandes wird dabei in Einheiten wiedergegeben. Diese Zahl können wir überall in die Drei Territorien verschicken, und jeder Töpfer mit dem gleichen Einheitsstab wird eine Schüssel in der genauen Größe herstellen.«

Verunsichertes ärgerliches Murmeln folgte ihr auf dem Weg

zum Tisch. Nichtsdestotrotz waren alle neugierig, und viele unter den Anwesenden zeigten sich beeindruckt. Der Bann auf dem Lernen hatte Intelligenz nicht unterdrücken können, und die helleren Köpfe unter den Gästen erkannten durchaus die Vorteile dieser Methode.

Zaghaft hob eine Frau die Hand. »Sie haben gar nicht den Umfang gemessen. Die Auserwählten, meine ich. Nur quer. Woher willst du wissen …?« Sie zuckte hilflos mit den Achseln und wich dem bösen Blick ihres Mannes aus.

»Jeder kann das erlernen. Lasst mich euch noch etwas vorführen.« Voller Begeisterung drehte sich Anspach zu ihren Schutzbefohlenen um und klatschte in die Hände. Während sie auf die Mädchen zueilte, pfiff sie schrill. Eine einzelne Auserwählte betrat schüchtern den Raum. Sie trug eine große Kiste. Diese stellte sie auf dem Boden ab. Die Mädchen griffen hinein und holten ein Wirrwarr von Stöcken und Schnüren hervor. Damit begannen sie etwas zu bauen. Die Versammlung erhob sich. Manche stiegen auf die Stühle. Einige wenige, die vielleicht dem gereichten Bier zu stark zugesprochen hatten, schoben das Geschirr zur Seite und stellten sich auf die Tische, um besser sehen zu können. Kurz darauf traten die Auserwählten von dem Modell ihrer Hängebrücke zurück.

Ansprach trat nun geradewegs vor Gan, stützte die Hände auf den Tisch und beugte sich zu ihm vor. »Murdat, was geschieht in jedem Frühjahr mit den meisten unserer Brücken?«

»Was mit ihnen geschieht? Sie werden fortgespült.«

»Diese nicht. Die Enden ruhen auf einer Erhebung. Nichts kommt mit dem Wasser in Berührung. Leclerc kann solche Brücken bauen, Murdat. Weil der Schatz der Tür uns verrät, wie. Die Menschen können ihre Waren zum Markt transportieren. Boten können ihre Reise fortsetzen, ohne abwarten zu müssen, bis der Wasserstand gesunken ist. Denk an das kommende Frühjahr,

Murdat. Die Windbande wird von Süden her über uns herfallen. Niemand glaubt, du könntest ihnen schnell genug entgegenziehen. Leclerc kann zwar über den Stellen beim Bärenpfotenfluss, Hirschfluss oder Heringsfluss, wo diese zu breit sind, keine Brücken schlagen, aber an den schmaleren Stellen wird es ihm möglich sein. Beweglichkeit, Murdat.« Anspach trat zurück, und Carter und Bernhardt gesellten sich zu ihr. Sie fassten sich an den Armen und sahen ihn an. Anspach fuhr fort: »Wir glauben, die Kirche ist unsere größte Hoffnung in dem bevorstehenden Konflikt. Wir arbeiten mit Leclerc zusammen. Wir versprechen dir Macht. Wir versprechen dir Treue. Wir bieten dir den Schatz der Tür an. Zu einem Preis. Die Irisabtei muss das neue Heim der Lehrer werden.«

Sylah war verblüfft. Eine Mischung aus Staunen, Groll und Verwirrung brodelte in ihr auf. Dankbarkeit.

Falls Gan das Angebot der drei Frauen zurückwies, kam ihr Leben ernsthaft in Gefahr. In den Augen der gegen jeden Wandel so gefeiten Bewohner der Drei Territorien hätten sie dann kaum mehr Ansehen als die Händler. Schlimmer noch, gleich wie Gan reagierte, die Schwester Mutter würde diese Beleidigung niemals hinnehmen. Sie würde die Fremden mit dem Kirchenbann belegen. Da im Heim der Kirche nun die Erntemeisterin herrschte, bedeutete das praktisch ein Todesurteil.

Sylah entging auch nicht, dass die drei Fremden genau wussten, was sie taten. Sie hatten ihre Absichten geheim gehalten, weil sie Sylah oder Lanta nicht mit hineinziehen wollten. Heldenhaft gingen sie ein unglaubliches Risiko ein.

Das allerdings auch für Gan bestand. Nahm er das Angebot an, erteilte er dem Heim der Kirche damit eine Zurückweisung. Und Gan würde eine Gegenkirche entstehen lassen.

Eine Bewegung zog Sylahs Aufmerksamkeit auf sich. Die Veilchenäbtissin kam aus der dunklen Ecke hervor. Ihre plötzliche

Erscheinung rief Sylah alle früheren Gefühle ins Gedächtnis. Nichtsdestotrotz blieb sie still, beobachtete und wartete ab.

Die Äbtissin hob den Zeigefinger. Noch bevor sie ein Wort sagte, sorgte die bloße Wucht ihrer Wut im Saal für Ruhe. »Murdat!« Die Anrede klang, als wäre ein Knochen zersplittert. Die Auserwählten huschten von der kleine Brücke fort und scharten sich um die drei Fremden. Carter und Anspach knieten neben ihnen und umschlossen sie mit den Armen. Bernhardt stellte sich wie ein Schild zwischen die Gruppe und die Äbtissin.

Abermals rief die ältere Frau: »Gan Moondark! Höre das Wort der Kirche! Und gehorche!«

Ein Bote eilte wie aufs Stichwort in den Saal. Er nahm seinen scharlachroten Hut ab und verneigte sich tief, wobei er mit seinen bis zum Ellbogen reichenden Handschuhen herumfuchtelte. Beim Aufrichten betrachtete er sein Publikum und erfasste die Situation; daher verschwendete er keine Zeit auf eine Einleitung, sondern schloss die Augen. Seine Gesichtszüge wurden scharf. Den Rücken aufrecht, die Schultern zurückgezogen, öffnete er die Augen und sprach: »Ich wende mich an Gan Moondark und alle, die ihm folgen.«

Der Bote hielt inne. Lanta zischte Sylah ins Ohr: »Es ist die Erntemeisterin. Wie macht er das? Er sieht aus wie sie und klingt wie sie.«

Sylah nickte ungeduldig, denn sie wollte kein Heben der Stimme und keine Geste verpassen. Die Körpersprache und die Intonation der Boten konnte beinahe so aufschlussreich sein wie die der nachgeahmten Person. Der Mann fuhr fort: »Die Frau, welche vormals als Rosenpriesterin Sylah bekannt war, wurde aus der Kirche verbannt, was jedoch ein Fehler war. Die Verantwortung dafür liegt allein bei mir.«

Aufgeregtes Geflüster wurde laut. Neela grinste breit und erleichtert. Sylah bemerkte es nur aus den Augenwinkeln, da ihr

Instinkt verlangte, sich ganz auf den Feind zu konzentrieren. Die hassverzerrten Züge der Veilchenäbtissin nahmen einen zufriedenen Glanz an.

Der Bote verkündete weiter: »Sylah ist diejenige, die einen Berg in Brand gesetzt hat. Sie ist Schuld daran, dass die Gemahlin des Vorsitzes, des Herrschers von Kos, Selbstmord beging. Nicht jedoch, ohne diese arme Frau zuvor mit dunklen Fähigkeiten dazu zu überreden, ihren Erstgeborenen Jessak zu nennen, nach einem bösen Geist. Sylah brachte eine Seuche. Sylah ist befreundet mit der abtrünnigen Seherin, welche ihre Gabe zu ihrem eigenen Vorteil und dem Sylahs einsetzt. Sylah hat mich, die Schwester Mutter, mit dem Zeichen belegt.«

Auf diesen Vorwurf hin wich das entsetzte Schweigen der Anwesenden einem leisen Seufzer. Sylah erwischte sich dabei, wie sie den Blick der Veilchenäbtissin mied.

Und noch einmal sprach der Bote: »Die Handlung, jemanden mit dem Zeichen zu belegen, ist Frauen verboten. Ein jeder weiß dies. Sylah ebenso. Dennoch hat sie es getan. Für ihre Sünden wurde sie aus der Kirche verbannt und ausgestoßen. In Abstimmung mit allen Hüterinnen der Kirchenorden wurde entschieden, dass ihre Strafe unzureichend war. Alle, die von der Kirche Heilung oder Segen oder Vergebung erwarten, sollten mich anhören! Sylah! Höre auch du, solange du kannst! Jeder, der sich mit dir zusammenschließt, ist verflucht. Jeder, der dir hilft, wird ausgestoßen. Die Kirche sucht nach dir. Die Kirche wird dich dem Ritual entsprechend vernichten. Ich, Schwester Mutter, erkläre dich zur Hexe. *Hexe*!«